U0110011

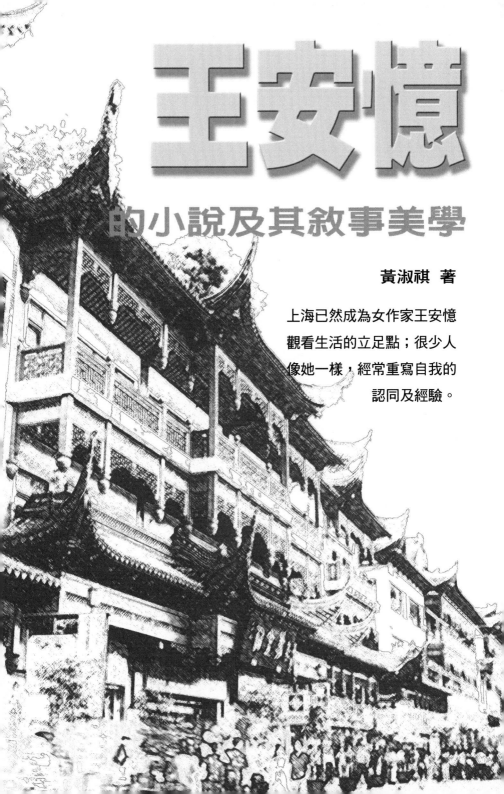

王安憶

的小說及其敘事美學

黃淑祺　著

上海已然成為女作家王安憶
觀看生活的立足點；很少人
像她一樣，經常重寫自我的
認同及經驗。

代序

　　淑祺的論文《王安憶的小說及其敘事美學》要出版了，作為她的指導教授，我自然是高興的。

　　淑祺這篇論文對王安憶的研究集中在兩個方面；一是分階段的小說主題分析，尤其注意這些主題與王安憶本人及整個社會背景之聯繫；二是各階段王安憶表現在作品中的美學追求，特別是敘事學意義上的美學追求。雖然這兩面在各章中是分開處理的，但在內部邏輯上卻是有機地緊密聯繫著，沒有時下流行的理論脫離文本，自個兒地騰雲駕霧的壞習氣。而從作者運用敘事學理論的熟練程度來說，也比時下許多食洋不化，滿篇術語打架的論文要好。作為一篇碩士論文，能做到這樣也就難能可貴了。

　　當然，淑祺還很年輕，這篇論文也遠非盡善盡美，可以改進求精的地方所在多有。在學術研究的道路上，這只是一個起點，前面的路還很長，希望淑祺兢兢業業，堅持不懈地走下去，則未來更大的成就是一定可以期待的。

康翠明

2005 年 3 月 12 日

自序

　　投入大陸新時期小說的相關研究，於我來說大概是一種機緣與巧合吧。2001 年的秋天，我選讀了一門有關現代西方文學理論專題的課程，這門課便是我的老師唐翼明先生所開設的。為期一學年的課程，主要爬梳了現代西方文學理論的大脈絡，並以大陸當代小說家的重要作品作為批評實踐的文本。

　　我在這門課中獲益良多，在面對西方理論的時候，也不時提醒自己，千萬不可賣弄未經消化的術語。理論是一項工具，也是一扇開啟不同視野的窗。敘事學確實開啟了我對當代中國小說的研讀興趣，從新時期到當代，大陸的作家群紛紛以各自的才華與人格特質對現代性的問題提出個人的回應與詮釋，「尋根思潮」與「先鋒小說」大致上即象徵了當代大陸作家對於西方現代文化進入中國的回應與反省。前者主要是針對文化內涵與創作內容的省思，後者則主要針對創作技巧上的學習。不過這並不是說，新時期文學僅有此二者才與現代性的問題有關。事實上，我的立論是站在一個較為全觀的立場上，將中國自清末民初以來迄今的一連串變革與騷動，皆大要地視為近、現代中國對於西方現代性的回應。

　　基於這樣的觀點，新時期文學的特殊之處即在於，這是

一段文革剛剛結束，中國式的社會主義即將與西方資本主義產生交集的開始，無論是在經濟或文化層面上，中國的社會主義在全球化的今日，可說具有相當獨特的特色。

　　然而，這樣的變革在文學的表現上又會呈現出怎樣的面貌呢？觀察新時期的小說，從傷痕、反思到尋根、先鋒、新寫實……等等，似乎演變成一種具有轟動效應的群體創作現象，然而這些階段性的思潮當真可以截然劃分，或者以進化論的觀點來看待嗎？恐怕並非如此。文革結束後，中國大陸開始「面向」西方，文壇上快速的「思潮」變革似乎演變成某種無法阻擋的趨勢。而作家群身處其間，也依據他們的信仰、背景……等因素，發展出種種相應的選擇與態度。

　　在諸多作家當中，王安憶成為我的首要選擇，除了基於她創作質量上的豐盛之外，相當重要的一個原因，是由於她背景上的特殊以及她本身在創作上的努力不輟。在所謂的當代中國的現代性問題方面，文革後的新時期是一道值得切開細究的時間點，而恰巧，王安憶的創作時間大抵是與之相符的。也因此，藉由王安憶小說的觀察，才足以一窺當代中國在全球化的語境下，面對西方文化所帶來的衝擊情形。而文學研究，除了需要重建語境脈絡之外，更重要的則是探索文本本身具備的審美內涵並評定價值。敘事學儘管已將發展多年，卻仍是一項可供審美挖掘的利器。小說是以散文為敘事工具的一種文類，是語言文字藝術的展現，而敘事研究，正是藉由「敘事」的理論化，分析「敘事」的內涵。

　　這本書名為《王安憶的小說及其敘事美學》，其實便是我的碩士學位論文。撰寫期間，冀明老師誨我不倦，是本書能夠完成的最大功臣。而後的刪訂修改工作，宋如珊老師更是

惠我良多。我深深感激老師們的教誨以及親友的支持鼓勵。我的母親更是在我遭遇瓶頸時最大的支柱。倘若我能稍有成就，這些榮耀都應屬於我的師長與家人朋友。

　　本書成書之際，我刪去了原論文中少部分的文字與內容，但無損全書的完整。作為一本學術專著，本書的不足之處仍有很多，則有待前輩後進給我指教。

黃淑祺

2005 年 3 月 16 日

於木柵文山

目　次

第一章　導論

第一節　王安憶生平略述及研究架構

一、王安憶及其作品簡介

　　王安憶，1954 年生，1955 年隨母親茹志鵑從南京來到上海，在上海成長，成為 69 屆初中生。在王安憶的小說觀察裡，上海是一個排拒外來移民，有著小市民傳統的城市，由於語言與家庭社會階級等方面的差異，使得王安憶亟欲尋求獲得這個城市的認同。在找尋認同的過程中，上海的特殊文化一點一滴滲透進作家敏感的心靈。1970 年以後，上山下鄉的知青插隊生涯與文工團經歷，也成為作家日後書寫的重要背景。1978 年王安憶隨返城潮流調回上海，擔任《兒童時代》雜誌編輯，以短篇小說〈平原上〉[1]正式開啟了她的寫作生涯，隨後有〈誰是未來的中隊長〉、〈雨，沙沙沙〉等短篇小說陸續發表。評論者一般認為王安憶以「一逝」、「二莊」、「三戀」[2]為其早期創

---

[1]　一般認為，〈平原上〉是王安憶的小說處女作，但在討論王安憶的寫作開端時，卻也有論者根據她 1975 年所寫的散文〈大理石〉為起始年代，〈大理石〉收入由張抗抗所編的知青散文集《飛吧，時代的鯤鵬》。但此書甫出版即遭銷毀。

[2]　「一逝」指以〈流逝〉等為代表的不少作品。「二莊」指〈大劉莊〉、〈小

作奠定地位的代表作，而《69 屆初中生》等以雯雯或桑桑為主要小說人物的作品，則被視為具有自傳性質的系列作。1988年王安憶較為具體地提出了她的小說理念：一，不要特殊環境特殊人物；二，不要材料太多；三，不要語言的風格化；四，不要獨特性[3]。1989 年天安門事件發生後，王安憶停筆將近一年，一年後她發表了〈叔叔的故事〉，似乎是在嘗試一種以虛構為旗幟建立故事的新敘事模式。從 1993 年分別發表於《收穫》2、3 期的《紀實與虛構》、〈傷心太平洋〉，到 1995 年連載於《鍾山》2、3、4 期的《長恨歌》，我們看到一個作家在自身的寫作生命裡，對於小說本質的一意追問與力圖履踐。《長恨歌》之後，她又陸續發表《我愛比爾》、《妹頭》、《富萍》、《上種紅菱下種藕》、《桃之夭夭》……等作品。迄今她依然創作不輟，是大陸當代重要的作家之一。歷年來，王安憶的作品陸續在文壇獲得重要獎項[4]，證明她的作品已經相當受到評論界的肯定，2001 年王安憶並當選為上海作協主席，在大陸文壇具有相當大的影響力。

鮑莊〉、「三戀」指〈荒山之戀〉、〈小城之戀〉、〈錦繡谷之戀〉。

[3] 見〈不要的原則〉一文，為王安憶小說理論集《故事與講故事》一書自序，收於王安憶散文集《獨語》，長沙：湖南文藝出版社，1998 年 4 月，頁 131-134。

[4] 1982 年〈本次列車終點〉獲得全國短篇小說獎；1987 年〈流逝〉獲全國中篇小說獎；1987 年〈小鮑莊〉獲全國中篇小說獎；2000 年《長恨歌》獲第五屆茅盾文學獎。

二、「誤讀」王安憶：一種詮釋角度的選擇

當評論家將雯雯時期的王安憶歸類到知青或女性小說時，〈小鮑莊〉的出現又使王安憶被歸入「尋根文學」的作家群裡，而當「三戀」使得評論家以為王安憶是一位女性主義者時，王安憶卻否認她的書寫是從性別的角度做切入[5]，在〈紀實與虛構〉及〈長恨歌〉裡細緻的上海景象及人物描寫之後，王安憶儼然成為評論家眼中的海派傳人[6]，認為她繼承了海派的文學精神。

李潔非認為：「她的作品必須分成若干類塊來閱讀和理解，而她本人也習慣於集中地推出一批屬於同一種思路、同一種方式或體現同一種旨趣的作品。」[7]她的作品風格幾經變化，卻也因此難以將她歸類為某類或某派作家，例如〈我的來歷〉一文發表於 1985 年 10 月，這篇小說已經透露了王安憶對自身家族淵源的關切，但當王安憶真正開始構築起她一個家族神話

---

5 王安憶在〈最遠與最近〉一文裡提到：「人們早在我寫作『三戀』的時候，已經將我定於『女性主義作家』，其實要說自覺地以女性主義觀點寫作，〈姊妹們〉是唯一的一篇。……倘若如外界那樣，一定要將我定位於『女性主義』，那麼〈姊妹們〉堪稱是代表作了。或許這裡的『女性主義』很難與國際流行的『主義』接軌，而得不到認同。我只想就此說一句，西方女性主義概念難免有一股霸權主義的氣味，所以，身處發展中國家的我，也無法與此認同。這麼一來，代表作的說法就又玄了，不管怎麼說，這總是我最近的小說，至少代表了我的最近。……」（收於《獨語》，頁 211-212。）

6 見王德威〈海派作家，又見傳人──論王安憶〉一文，《紀實與虛構》，台北：麥田，1996 年。

7 見李潔非〈王安憶的新神話──一個理論探討〉，《中國現代、當代文學研究》，1993 年第 11 期。此文亦收於王安憶，《父系與母系的神話》，杭州：浙江文藝出版社，1994 年 10 月，頁 1-9。頁 1。

時，卻已經是 90 年代了，此間相隔了一段不短的時間。又或者王安憶仍是可以歸類的，《紀實與虛構》分明有著濃厚的尋根色彩，與 80 年代中期《小鮑莊》的尋根似有承繼，而誰能說《長恨歌》不恰如在此之前，王安憶不斷以上海為本，寫下的一系列「上海故事」？

王安憶在 2000 年的一篇訪問裡提到：「……以前一些評論家對我的定位不是那麼準，在我開始寫作時說我是『兒童文學』作家，其實我只是寫了幾篇兒童題材的作品，根本算不上兒童文學作家。然後，評論家又說我是知青題材作家，其實我也極少寫知青題材的作品。我覺得我的作品是隨著自己的成長而逐漸成熟。如果說有變化那就是逐漸長大逐漸成熟。我並沒有像評論家說的那樣戲劇性的轉變。」[8]王安憶認為自己的寫作變化在於「逐漸成熟」，她並沒有如評論家所言那樣戲劇化的轉變。評論家與作家看法的差異在於：作者的自陳，時常與評論者所解讀的不太一致。部分原因來自，王安憶除了從事小說寫作外，也經常提出自己對於她的小說或創作理念與文學觀念的看法，但她的許多說法卻又常因為個人生活經驗的歷練而改變，因此便時有在不同時期對同一件事的看法出現前後不一的現象。而小說家本身對於文學評論語言的認知異於評論者，也是造成評論這位作家的作品產生困難的緣故。儘管王安憶後來也確切明白「作者已死」的觀念，但她似乎總是很難放開對於自己的小說重新詮釋的權力[9]，因而屢屢造成評論家的「誤讀」。

8　見陳潔，〈寫作只服從心靈的需要——訪作家王安憶〉，原出處不詳，轉引自「中國期刊網」，2000 年 3 月 1 日。

9　也許王安憶認為真正讀懂她寫作用意的評價還不多見，因此有些著急。她曾在一些談話裡，提到有關當代大陸評論家對她的小說批評的意見。

　　文學批評究竟應該如何詮釋作品？哲學詮釋學的發展歷史裡曾對「詮釋」產生過不同的觀點。「照原樣理解」或「復建式理解」曾經是古典詮釋學工作的指標，這代表著一種盡可能依照原本的歷史情境與創作者心意去理解文本的努力，可以用拉丁文所言的「作者的心思」（mens auctoris）或「作者的意圖」（intentio auctoris）標示其基本態度與目標。相對於古典詮釋學的原則，在近代詮釋學學者 Schleiermacher 的〈1819年講義綱要〉中，曾兩度提起詮釋者應該要「比作者理解的更好」的說法，這種「較好地理解」並非新創之說，但卻是在普遍性詮釋學興起以後才成為越來越重要的議論詮釋定位和取向問題的一個關鍵。而迦達瑪（Gadamer）在此對於詮釋本身的發展歷程裡，另外提出「不同地理解」的詮釋原則。「較好地理解」其實可以說明迦達瑪一向強調的一個看法：「一個文本的意義不只是偶然（有時候），而是一直會超過它的作者之上。」因此他認為倘若鎖定作者原意或客觀歷史實境去進行重建或重構，不但無法達成成效，反而是倒退的回向過去。因此「真理的理解」是建立在詮釋者和文本之間的理解活動，此活動迦達瑪命名為「視域融合」（fusion of horizons）。理解與詮釋並非是從一種符合（Übereinstimmung）的關係來談，因為原意或原樣的比對關係在根本上並不存在。不同的視域，總是在

她曾說：「我最高的願望，當然希望一個很好的評論家能夠準確地很理解地給予我的作品一個評價。這是很高的願望，但事實上很難說。……最怕的事情還不是人家批評你，而是誤解。」也就是說，王安憶期待的「理解」是一種「接近原意的理解」，然而在近、現代哲學詮釋學裡，這種理解的困難度與適合性，則有待斟酌商榷。（見 1994 年 4 月，〈感情與技術——與復旦大學中文系九一級學生對話〉，收於《王安憶說》，長沙：湖南文藝出版社，2003 年 9 月。頁 59。）

不斷交融以形成新視域的過程中被把握的。迦達瑪在《真理與方法》中認為，每一次的理解都是一次新的理解，而非重複舊的「照原樣」理解。儘管迦達瑪所提出的「不同地理解」遭到批判理論者的批評，認為迦達瑪哲學詮釋學有忽視方法步驟和標準確立的短處，但在近代詮釋學的發展歷程裡，「較好地理解」或「不同地理解」確實已有取代「照原樣理解」及「照原意理解」的趨勢。「照原樣理解」和「照原意理解」所代表的是客觀主義方法建構的詮釋方針與理解原則，取向以回返到原作者，原作者時代以及原作者時代當時的讀者如何理解為主。而「較好地理解」在迦達瑪詮釋學裡，並不提供真理的判準，其意義乃在透過詮釋對話以促成真理的展現。「不同地理解」則指詮釋工作必須不斷興起重新理解的努力，但又不能和原作精神背道而馳的要求下，一種回顧舊有文化遺產而繼續向前探索可能的嘗試。[10]不管是古典詮釋學或近代詮釋學所提出，對於詮釋的看法或詮釋方法合法性的要求，評論者都必須根據對自我的理解來選擇詮釋的原則，以作為理解文本的前提。基於詮釋學所提供的思考，批評家無論是從原作者的自陳以及其他還原作者時代背景的材料裡，試圖依照原作者的理解脈絡來進行文本的詮釋，或者是從近代詮釋學的演變結果，將詮釋視為一種對話的可能來尋找真理的展現，批評家的工作都與原作者的工作方式不同。假如「真實的再現」是一種絕對意義上的不可能，那麼我們應該同意的是一種符合個人自身審美選擇，又能與詮釋對象進行對話，而不至於無所交集的詮釋原則。以

---

[10] 以上關於哲學詮釋學的討論，見張鼎國：〈「較好地」還是「不同地」理解？──從詮釋學爭論看經典註疏中的詮釋定位與取向問題〉，《中國文哲研究通訊》，第 9 卷第 3 期（經典詮釋專輯），1999 年 9 月，頁 87-109。

此，在詮釋的過程裡，新的意義才能被挖掘與發現。而這，就是在進入王安憶小說的文本詮釋時，必須具備的基本前提。

三、研究架構說明

本書以王安憶歷年來小說文本為主要的研究材料，其他王安憶的散文、講稿等文字資料，則作為輔助材料，並同時參照前人研究成果，檢視王安憶小說審美的脈絡。

在小說文本方面，王安憶的小說多先發表於大陸各期刊後再結集出版，結集出版者，內容上多是期刊定稿，改動不多，考慮到文獻的可取得性，首先選擇所能取得掌握的發表於原期刊上的文本，其次則選擇使用已經結集出版簡體版的小說集，但由於部分文集出版年代久遠，不易獲得，因此部分文本在簡體版小說難以尋求得到的情況下，將視情況選擇於台灣出版的繁體版文集。

到 2003 年止，王安憶最近一篇小說為發表於《收穫》雜誌的長篇小說《桃之夭夭》，該書已分別在 2003 年由大陸的南海出版社及在 2004 年 1 月由臺灣的印刻出版社出版。因此本書的討論範圍基本上是由 1978 年 10 月王安憶發表於《河北文學》的第一篇小說〈平原上〉至 2003 年《桃之夭夭》為主。

要將王安憶的小說分類派別是不容易的，但為了更清楚地釐清她數量龐大的小說創作，本書選擇以 1984 年《69 屆初中生》；1985 年〈小鮑莊〉；1990 年〈叔叔的故事〉；1993 年《紀實與虛構》、〈傷心太平洋〉；1995 年《長恨歌》這幾篇小說的發表年份，作為切割王安憶小說分期的關鍵。然而這些切割並非絕對截然，例如約與〈小鮑莊〉創作年代同時的幾篇短篇作

品：〈人人之間〉、〈麻刀廠春秋〉、〈阿蹺傳略〉……等，便已經開始更深入的挖掘普遍的人性。〈大劉莊〉這篇小說基本上也可視為王安憶走向尋根的探路之作。

而在〈叔叔的故事〉以前，甚至更早地在〈小鮑莊〉的寫作之前，王安憶便開始有意識想要掙脫她早期過於貼近個人生活經驗的書寫方式。過渡期間，如：〈逐鹿中街〉、〈弟兄們〉、〈好婆與李同志〉、〈神聖祭壇〉等等，都體現了作家個人的小說實驗歷程。甚至我們也可將〈叔叔的故事〉視為《紀實與虛構》這樣的後設敘事作品的一個創作過程。

至於《長恨歌》的出現，除了延續王安憶一貫的寫實態度以外，也是在〈叔叔的故事〉等後設作品提出「虛構」小說敘事精神的同時，作者對紀實性題材與現實主義的眷戀。但同時，《長恨歌》也是王安憶書寫上海故事的典型。

自《長恨歌》之後，王安憶接連書寫了一連串的「上海故事」，諸如〈我愛比爾〉、〈妹頭〉、《富萍》等。《上種紅菱下種藕》則可以視為以另一種面貌出現的上海故事的一部份。

然而當王安憶正醉心於上海故事的主題書寫時，幾乎是同時的，她還重拾了創作初期的知青與農村題材。這種創作傾向基本上都可說是延續了她在 90 年初期對自身小說創作與個人經驗的重新反省與釐清，並重新決定她的創作路線的實踐。她一方提出「虛構」的口號，一方面卻又無法逃離個人對於現實主義寫實精神根深柢固的認同，因此越到後來，她的小說觀念也越明確。基本上，王安憶是一個張揚著小說虛構旗幟的寫實主義者。對她來說，寫出個人眼中所聞所見的現實，這種經驗的重建儘管並非客觀真實，但卻比什麼都更加重要。

另外，上海在她的小說裡也是必須特別關注的一個主題。

上海在過去曾經因為租界的緣故成為中國近代的城市的典型。而現代上海在大陸經濟轉型後，更已然是當代中國的一個象徵——它象徵現代化，象徵與農村不同的生活形式，象徵文明，因此最後也成為人們無意識層面裡的精神象徵，是中國對於「現代」的具體投射。上海不再僅僅只是上海，它成為中國土地上的一塊巨大投影。透過王安憶的「上海故事」，我們可以追蹤到這細微、潛在的文化軌跡。而王安憶本人對上海的認同也隨著她創作的歷程逐漸產生鮮明的變化。

隨著每一個創作階段的進展，王安憶小說技巧漸臻成熟。梳理王安憶小說中的美感形式，是本書的核心所在。建構方式主要透過敘事理論的觀察，以細緻地分析王安憶不同時期小說的變化，並從中獲取意義。

創作階段的分期，對於王安憶的小說研究與理解是相當重要的。除了與王安憶本人小說創作量的龐大，以及歷年來她一直持續創作著，保持一定的創作水準有關外，她對小說的觀念與創作意圖經常在某個令人意想不到的時候進行大角度的轉折與突破，以致於假如只從這些轉折上看，王安憶的小說歷程簡直是一個又一個的不對稱的角度。而影響王安憶小說發展的，除了作者文字技巧的成熟以外，更多的因素是來自小說家對於小說觀念的改變。

觀念的改變往往會影響文學範式的轉換，因此王安憶的小說創作從 1978 年到 2003 年，二十多年的創作實踐，使她的小說呈現多元的面貌。即使是相同的材料與背景，當被運用在她不同時期的創作時，往往便便會因為小說家觀念的轉變產生不同的書寫意圖與表現。因此從學術研究的角度來看，「分期」似乎是一種不大具有絕對合法性的方法，但基於上述理由，以

及一個從心理學出發的文學觀——作品的創作本身，就是一種個人主體的建構——這個概念來看，分期討論王安憶的小說似乎是一種較好的方式。然而必須強調的是，分期的概念往往是在一定的客觀真實上建立起來的主觀。「分期」本身僅是一種便於研究並組織論述的權宜，不具絕對的客觀意義。

在章節的安排上，本書共分六章，

第一章是全書導論。

第二章討論王安憶 1978 年至 1984 年的小說作品。此時期作品大多是從個人經驗出發，在審美價值上尚未成熟，但卻具有相當重要的指標意義。如同王安憶本人對「處女作」的看法：作家的處女作裡，有一些東西是它永遠不可再得的。其中帶有「非常純粹的感性，這種感性沒有受到污染」，是「原始人藝術世界的特徵」[11]。很顯然王安憶是接受了來自西方心理學的文學觀念。王安憶並將「處女作」定義為：「創作者第一階段的作品」[12]。從這裡，我們可以發現，王安憶本人亦將她第一階段的作品視為她小說（複數型）中的原型。關於王安憶小說「原型」的討論，詳見本書第二章。

第三章則討論從王安憶 1984 年到 1989 年間的作品。這個時期的創作最突出的便是以〈小鮑莊〉為代表的「尋根文學」作品。廣義來看，王安憶此後的作品都是一種「尋根」。本章即分別從狹義與廣義的路徑來探討王安憶小說裡的「尋根」意義。

第四章的重點放在 90 年代年初期，王安憶小說觀念的轉

---

[11] 王安憶：《心靈世界——王安憶小說講稿》，上海：復旦大學出版社，1997 年 12 月，頁 24。

[12] 同註 11，頁 26。

型因素與實踐。王安憶一向是個寫實主義者。有時我們會看到「現實主義」或「自然主義」、「古典浪漫主義」這些「形容詞」被套用在她身上。其中有些是作者加諸於自己身上,而有些則是評論家所贈與。無論如何,這些帶有風格與價值界定的詞彙,都表明了王安憶的小說在審美上大抵是傾向於社會主義文學傳統的寫實精神的。然而 90 年代初〈叔叔的故事〉的出場,卻顛覆了小說這一層「寫實」的意義,小說的「虛構性」被視為一種文學範式的改變,並成為一種刻意彰顯的敘事前提。而具體完成這一種「虛構」意義的小說實踐,則集中表現在她1990 年〈叔叔的故事〉到 1993 年《紀實與虛構》、〈傷心太平洋〉的寫作上。[13]而同時期的其他作品,如〈妙妙〉、〈米尼〉、〈香港的情與愛〉等,從創作意圖來看,則更為接近《長恨歌》等偏向小說「紀實」價值的過渡時期作品。

　　第五章將從「上海」城市的象徵談起,作為王安憶小說中最重要的主題之一,上海是一個不得不談的重點。但 1995 年以後,王安憶的小說也不僅只有寫上海。上海故事固然是王安憶之所以成其為「王安憶」(以寫上海聞名的那位王安憶),的原因,然而王安憶的小說幅度遠遠超出「上海」所能提供的指涉。20 世紀末到 21 世紀初的這個階段,王安憶的小說裡呈現了一種對上海認同的急切以及對過去經驗的再回顧,農村與知青經驗再次在她的作品裡得到重生與轉化。

　　最後一章,則針對王安憶的小說做出一具體的評價,並對社會主義國家知識份子的身分和立場提出討論,總結收束。

---

[13] 按:《紀實與虛構》、〈傷心太平洋〉完成於 1992 年。這裡所談論的「年份」都是以作品實際發表的時間為主。

此外尚需要說明的是：在引用大陸期刊資料方面，由於部分資料的取得乃來自「中國期刊網」的學術資料庫，但此資料庫所下載單篇期刊因為原資料庫掃瞄建檔緣故，部分論文並未提供詳細的頁碼。筆者雖曾赴大陸收集相關資料，但限於時間及其他因素，無法一一對照期刊頁碼，因此凡註釋中，出現缺少頁碼的情況，皆為此類。

第二節　王安憶小說的研究價值

一、新時期的文學轉向

1976 年，周恩來、朱德、毛澤東等政治領袖領袖先後辭世。「四人幫」倒台，歷時十年的「文化大革命」結束，一連串的政治變革預示著中國當代新文學似乎也將走入一個新的方向。1978 年 12 月中國共產黨在北京舉行第十一屆三中全會，會議中確定將全黨的工作重點轉移到社會主義現代化建設，並提出新的歷史時期以經濟建設為中心的總路線，決定停止「以階級鬥爭為綱」、「無產階級專政繼續革命」的口號。這個會議是新時期社會轉型的起點，它連接了中國 20 世紀初以來的民族理想與世紀之夢。[14]

清末以降，中國便籠罩在「現代化」的陰影下，近代中國一連串政治社會上的重大變革，可說全是由於畏懼「落後」，想要迎頭趕上西方社會的恐懼心理所致。於是中國的「現代性」

---

[14] 參考孟繁華：《百年中國文學總系——1978 激情歲月》，濟南：山東教育出版社，1998 年初版，2001 年再版，頁 49。

問題便成為無法迴避的一個核心問題。文革結束後，中國轉向經濟的全力發展，迄今（西元 1976-2004 年）近三十年，中國社會在各方面都產生了巨大的變革。知識份子如何觀察這一段歷史進程，用什麼樣的形式來表現？所側重的又是那些方面？這些問題都可以深入探討。

政治社會的變革表現在文學上，有論者認為，過去為政治服務的「革命文學」路線宣告瓦解[15]，政治上對文學態度的鬆綁，1977 年 11 月復刊的《人民文學》發表了劉心武的短篇小說〈班主任〉這一篇傷痕文學的肇端，似乎預示著一個文學的新話語時代即將展開。1978 年，中國文聯召開第三屆第三次全體會議，宣布中國文聯及五個協會正式恢復工作；《文藝報》復刊；同年 8 月 11 日，盧新華的短篇小說〈傷痕〉在上海《文匯報》發表；9 月 2 日，北京《文藝報》召開座談會，討論〈班主任〉與〈傷痕〉這兩篇小說，這也是大陸文學史上，以批判文革、揭露社會弊病的「傷痕文學」的命名由來。[16]作為新時期文學的開端，這時期投入寫作的作家基本上有兩個類型：一類是 50 年代開始走上文壇的一批作家；一類則是在文革中成長起來的知青作家[17]，當中國社會主義在進行著「大躍進」、「反

---

[15] 以陳思和主編的《中國當代文學史教程》文學史觀為代表。

[16] 參考陳思和主編：《中國當代文學史教程》，上海：復旦大學出版社，1999年，頁 189-192。

[17] 依據《中國當代文學史教程》的定義，「知青」是指「文革」中下鄉的知識青年，即文革時期大批中學生畢業後被直接送到農村「接受再教育」，他們在個人成長過程中經歷了理想與信仰的失落，內心深處對整個時代存有著巨大的懷疑，而當「文革」結束後，這種無法彌補的心靈「傷痕」，伴隨著「已逝青春的感傷」給他們的創作籠上了一層陰鬱和和絕望的色調，同時也使他們磨練出對於現實的異常敏感。而以「傷痕文學」作為

右運動」的時候，他們或許才剛剛出生，而當文革開始時，他們則被迫暫停學習，配合黨的政策投入「一片紅」的上山下鄉，走向農村進行思想的「鍛鍊」。

王安憶在這兩類作家中屬於後者。她出生於 1954 年，當了 69 屆的初中生，而於 1970 年 4 月到安徽淮北五河縣插隊，1972 年考入徐州地區文工團，直到 1978 年才因為文革的結束，隨著返城的潮流回到上海。[18]她的寫作生涯歷經了新時期文學的各種不同的文學主要思潮，包括「傷痕文學」，以及隨之而來的「反思文學」、「改革文學」、「尋根文學」「先鋒小說」、「新寫實小說」等潮流[19]，因此歷來評論家難以確切掌握她的風格歸屬。

二、在當代大陸文學史上的意義

大陸新時期以後文學發展迄今近三十年的歷程，文學思潮變化之快，是王安憶小說難以確切定位的原因之一。倘若由時間先後來看，不難發現，王安憶自 1978 年展開其創作生涯迄今，她雖然從未在這些文學思潮中獨領風騷，但也未曾在中國當代的文學史上的重要階段缺席。這位作家創作力之豐富，在大陸當代文學的作家群中是一個少見的個例。透過她的創作軌跡，幾乎便可架構出一部大陸新時期以後，包括「後新時期」

其主要的創作表現。（頁 192-193。）

[18] 關於王安憶從出生到文革後的這一段經歷，可見其〈本命年述〉、〈說說 69 屆初中生〉等文章。收於散文集《獨語》，長沙：湖南文藝出版社，1998 年。

[19] 以上文學思潮乃參照一般大陸文學史的主要分期。以陳思和主編之《中國當代文學史教程》所使用之名詞為主。

[20]文學迄今的大陸文學「發展史」。當然，這個從個別作家出發的觀察角度絕對無法涵蓋大陸當代文學的全面情況，但仍具有重要的意義。因為王安憶似乎有意識地在建構她自己的文學史與歷史，不同於學術界的是，她是用她的小說作為文學歷史的實踐。

假使透過個別作家的文學創作歷程及作品的觀察，能夠詮釋當代中國文學與社會的一個特殊面向，那麼，透過對王安憶小說作品的觀察，或許能在文學與歷史之間，找出一道通向近代中國與現當代中國現代性文化語境的縫隙。

中國大陸社會自文革後的快速變遷表現在政治、社會與經濟等各個層面，從文化與文學的角度來看，80 年代初的傷痕、反思；80 年代中期的「文化熱」與文學「尋根熱」；以及 90 年代初期的關於「人文精神尋思」的文化論戰，都表現社會變遷的快速。到了 90 年代，社會文化在全球化的背景下益加多元，使得 90 年代以後社會最重要的文化命題產生了根本上的轉變，而與 80 年代的文化命題有所差異。

90 年代初期那場有關「人文精神」的論戰所表現的，首先是知識份子自我定位的危機，其次才是對社會的關懷，當然

---

[20]　唐翼明認為：所謂「新時期」是指鄧小平當政，實行「改革、開放」的新國策以來的時期。一般說「新時期」通常都是從 1977 年，即毛澤東死後次年算起。「後新時期」則相對於「新時期」而言，由於「新時期」這個概念並非純粹的文學術語，它含有明顯的政治分期意味，因此對「後新時期」眾說紛紜的分期看法，唐翼明主張應該從 1989 年「六四天安門事件」以後算起，作為標誌「後新時期」轉變的文學思潮，則是以「新寫實小說」為代表的審美意識。90 年代以後的小說發展，則又臻於複雜多元。（參見唐翼明：《大陸「新寫實小說」》，台北：東大，1996 年。頁 1-3；14-15。）

除此之外，還包含了許多關於「啟蒙」、「市場」等等的問題。這個危機並非只存在於浮上檯面的筆戰和討論上，而是作為一股潛流一直存在著。學者、作家們對「人文精神」「失落」的看法，事實上都體現出 90 年代的大陸社會確實存在著許多矛盾與衝突，其中當然包括政治層面上的矛盾，但更顯著的一面，恐怕是傳統知識份子的菁英文化與市場經濟下的大眾通俗文化的衝突。

市場經濟消費文化與知識份子之間在中國社會似乎總會造成某種對立的現象，30 年代京派與海派文學之爭，已可見出端倪，90 年代社會的「面向西方」更使得這個問題重新浮現。對當代中國大陸而言，這兩種文化的對立事實上也就是西方與東方的矛盾之處，這或許可以用「現代性」一詞來加以總括。但「泛論式」的話語往往會使意義的挖掘流於表面與簡單，並且容易忽視個別性與特殊性，於是從事個別團體或個別作家的研究，便具有特殊的價值，這正是研究王安憶小說的意義所在。

第三節　王安憶小說的出版及研究

一、在台灣的出版及研究

做為大陸新時期文學的重要作家之一，王安憶從 1980 年發表〈雨，沙沙沙〉嶄露頭角，便開始受到大陸當代評論家的注意。從 1978 年至 2004 年為止，其作品有短篇小說超過 110 篇，中篇小說超過 30 篇，長篇小說 9 篇。相關評論逾百篇。她的部分作品並有英、德、荷、法、捷、日、韓、以色列文等

譯本。1988 年，台北新地出版社出版王安憶《雨，沙沙沙》短篇小說集，收錄有〈雨，沙沙沙〉、〈流逝〉、〈荒山之戀〉等三篇小說，正式將王安憶的作品介紹給台灣讀者。隨後台北業強、麥田、一方、印刻等出版社陸續出版王安憶的小說、散文集、講稿等，加之學術界給予的正面評價，使得王安憶的小說在台灣的也漸漸受到重視。

但從 90 年代迄今，王安憶在台灣的相關評論卻不多見，且大多是附錄於小說集前後文的導讀式序言或後記。在這些作為導讀的評論裡，王德威有數篇文章收於王安憶小說集裡做為序論，較為整體地為讀者介紹王安憶的小說及其人。

〈海派作家，又見傳人——論王安憶〉[21]一文裡簡單討論了王安憶從 80 年代以來的寫作情況，特別提出在〈叔叔的故事〉之後王安憶小說書寫的轉向，並認為 90 年代的王安憶越來越意識到上海在她作品中的份量，上海是王安憶安身立命的創作溫床。王德威並歸納了王安憶創作的三個特徵：對歷史與個人關係的檢討；對女性身體及女性意識的自覺；對「海派」市民風格的重新塑造。這些特徵在 1993 年《紀實與虛構》中形成緊密的關係。王德威認為王安憶形成了一種自覺的新海派意識。此外，王德威並進一步指出王安憶的《長恨歌》中的海派傳統與張愛玲的異同。[22]〈憂傷紀事——王安憶的《憂傷的

---

[21] 王德威：〈海派作家，又見傳人——論王安憶〉，《紀實與虛構》，台北：麥田，1996 年，頁 7-25。

[22] 王德威：〈上海小姐之死——王安憶的長恨歌〉，《長恨歌》，台北：麥田，1996 年，頁-3-10。（此篇文章乃〈海派作家，又見傳人——論王安憶〉一文中的第三部分。）

年代》〉[23]是王安憶短篇小說集《憂傷的年代》一書的序言，這篇文章簡單介紹了收錄於這本小說中的諸篇作品，並認為「憂傷」已然成為王安憶的小說美學特徵。上海是多麼巨大的一個投影，〈前青春期的文明小史──讀王安憶《上種紅菱下種藕》〉[24]一文裡，王德威從華舍小鎮上看到了上海的隱約光影。

然而這便是王安憶小說的全部嗎？王安憶歷年來創作不輟，作品多不勝數。上海的確在她的作品裡佔有重要的一席之地，甚至也在作者自身的認同問題裡具有重要意義，但要以上海來詮釋她小說的全部，恐怕仍是值得商榷的。

印刻出版社於 2003 年出版的一系列王安憶小說尚有梅家玲、范銘如、郝譽翔等所寫的導讀性文章。

至於其他分別刊載於各文學期刊與報紙的單篇論文，較為深入的評論有：黃錦樹〈意識形態的物質化──論王安憶《紀實與虛構》中的虛構與紀實〉，石曉楓〈論王安憶《長恨歌》的海派傳承〉及〈論王安憶《紀實與虛構》中的個人與城市〉……等等。這些評論文章多是針對單篇小說做分析，或是從女性主義的角度來詮釋小說文本[25]，而被選為分析的文本又多為一般評論家所認定的王安憶小說「代表作」，這些被評論的篇章集中

---

[23] 〈憂傷紀事──王安憶的《憂傷的年代》〉，《憂傷的年代》，台北：麥田，1998 年。

[24] 王德威：〈前青春期的文明小史──讀王安憶《上種紅菱下種藕》〉，《上種紅菱下種藕》，台北：一方，2002 年，頁 3-14。

[25] 從女性主義角度來詮釋王安憶小說者，有：葉玉靜〈錦繡天衣──女性文學紀念碑的編織工程，淺論王安憶《長恨歌》中女性書寫〉，《中外文學》，1998 年 4 期。；曾恆源〈從女性立場看王安憶《三戀》中的女性〉，《國文天地》，1994 年 6 月，頁 27-35。……等。

在：《長恨歌》、《紀實與虛構》、「三戀」（〈荒山之戀〉、〈小城之戀〉、〈錦繡谷之戀〉、〈流逝〉[26]、〈金燦燦的落葉〉[27]等作品。

　　黃錦樹從《紀實與虛構》的結構和主題切入，認為：王安憶一再申明她的「虛構」有著現實基礎，正是毫無保留的道出她寫作上的信仰，其價值守則立基於她忠誠的革命同志家庭與馬克思主義信仰。而小說中所謂「母系的血緣」其實不過是「母姓的歷史」。跨過母親之後，母親的姓依舊是男性的血系的延續。仍舊是男性的姓──血緣──的歷史。黃錦樹認為，這種虛構本身是男性沙文主義與英雄主義的，和女性意識恰恰背離，在某種程度上反而是回到了 5、60 年代中共的革命浪漫主義和革命英雄主義的教義[28]。而生長在中國最接近西方型態的大都會上海，王安憶身上體現的正是那種對現代主義歷史的拋棄，而讓同志的理念凌駕於都市的感覺結構之上。所以她的上海故事雖然企圖面對上海都會人的社會關係、和存在的時空破碎，卻又主張一種邏輯井然、充溢著理性秩序的長篇著作，一種社會寫實主義的古典形式[29]。

　　假如在敘事傾向上以寫實主義為美學標準是一種致命傷的話，黃錦樹的批評確實看到了王安憶小說的致命傷──在強調「虛構」的同時，仍戀戀不忘寫實主義的小說紀實審美，而造成在高豎小說虛構原則之際，其虛構仍必須立基在唯物主義

---

[26] 陳碧月：〈王安憶的〈流逝〉──從環境看端麗的性格轉變〉，《明道文藝》，283 期，1999 年 10 月，頁 116-128。

[27] 陳碧月：〈多情應笑我──王安憶〈金燦燦的落葉〉〉，《中國文化月刊》，245 期，2000 年 8 月，頁 120-127。

[28] 黃錦樹：〈意識形態的物質化──論王安憶《紀實與虛構》中的虛構與紀實〉，《國文天地》，1997 年 8 月，第 147 期，頁 57-69。頁 60-61。

[29] 同註 28，頁 65。

觀點的審美方式上——但寫實主義或唯物主義的審美形式確實
不可取嗎？這個問題恐怕將成為永無定論的爭議。

另外在學位論文的研究成果上，有 2001 年洪士惠《上海
流戀與憂傷書寫——王安憶小說研究（1976~1995）》，以及同
年，莊宜文撰寫的《張愛玲的文學投影——臺、港、滬三地張
派小說研究》。前者以王安憶 1976 年至 1995 年小說作品為主
要研究對象，並將主要重點放在王安憶小說的風格；後者將王
安憶視為張派小說作家，別列一節專論，認為王安憶的〈逐鹿
中街〉、〈文革軼事〉、〈香港的情與愛〉、《長恨歌》等，明顯具
有張派風格。[30]

《上海流戀與憂傷書寫——王安憶小說研究（1976~1995）》
為台灣迄今較為完整的王安憶小說研究。此論文雖題名為「王安
憶小說研究」，但範圍侷限在 1976~1995 年間王安憶的小說創作，
以主題式的研究架構將上海與王安憶之間的關聯、影響作為整篇
論文的寫作基點。包括王安憶幼年遷居上海後，對於上海這一城
市的認同與她創作間的關連如何再現於文本的書寫上？當上海
日益繁華，城市在時代流變中，上海與王安憶之間的關係是什
麼？最後再將此一關係置於中國的大背景中，試圖提煉出當代上
海的文化語境。此種提問方式突顯了王安憶不同於同時代其他作
家的獨特書寫風格，強化上海與王安憶之間的關連，使討論主題
集中於「上海」此一場域中，將王安憶從文革至新時期以來，一
連串尋根、先鋒的小說熱潮中提煉出來，置於上海這塊土地
上，將「憂傷」與「上海」背景連結，從而找到一個足以寄居

---

[30] 按：王安憶本人並不承認她是張愛玲的信徒，相關言論可以參考王安憶
的散文或訪談錄。

文學審美與情感的方式，使「憂傷」不至於懸空。缺點則在於
窄化了王安憶小說研究的可能性與豐富性，較不易看出王安憶
在每個不同創作階段的改變與特色。除此之外，這本論文資料
上亦有多處錯誤。例如洪士惠以「1976」年所發表的〈向前進〉
作為王安憶小說創作的開端，但是〈向前進〉是一篇散文，並
非小說[31]。王安憶「正式」發表的第一篇小說是 1978 年發表
於《河北文學》的〈平原上〉[32]，因此 1976 年的年代劃分可
能容易造成某些誤解。而研究範圍限定在 1995 年的《長恨歌》
（包含《長恨歌》）前的作品，也無法看出在這部王安憶 90
年代中期最重要長篇作品之後，王安憶小說的發展與變化。

　　莊宜文的《張愛玲的文學投影——臺、港、滬三地張派小
說研究》，則將王安憶視為張愛玲海派小說傳人，論文重點在
彰顯張愛玲對王安憶的影響，以及兩人在人生觀點以及寫作手
法上的異同，所選擇分析的小說篇章只限於研究者認為具有張
派風格的〈香港的情與愛〉、〈逐鹿中街〉、〈文革軼事〉、《長恨
歌》等作品[33]，對於王安憶個人的小說獨特性與審美意識則幾

---

[31] 王安憶〈本命年述〉：「第一篇作品是散文〈大理石〉，寫於 1975 年，由
作家張抗抗做編輯，收入上海文藝出版社編輯的知青散文集《飛吧！時
代的鯤鵬》，此書出版時，已是 1977 年秋天，每人得到一本紀念，其餘
全擣為紙漿。第二篇散文〈向前進〉，（原名〈征途綿綿〉，後為編輯所改），
發於《江蘇文藝》1976 年 11 期，是我有生以來第一篇印成鉛字的文章。」
收於《獨語》，頁 135-136。

[32] 王安憶曾自言 1978 年〈平原上〉是她發表的第一篇小說，但她又常視
1979 年發表的〈誰是未來的中隊長〉為其處女作，似有記憶混淆之嫌，
此處仍以〈平原上〉以及同年發表的〈雷鋒回來了〉為王安憶小說的最
早作品，時間確定是在 1978 年。

[33] 見莊宜文：《張愛玲的文學投影——臺、港、滬三地張派小說研究》，東
吳大學中國文學研究所博士論文，指導教授：李瑞騰，2001 年 10 月。

乎沒有研究者個人的評論。論文中並提到〈處女蛋〉、〈妹頭〉
等作品是:「融入文革其間的農村經驗,藉角色移動從繁華的
上海移動至純樸鄉村,於城鄉對比中,表現出不同於以往海派
文學的豐富層次」[34]但首先,〈處女蛋〉是台灣麥田出版社在
出版中篇小說〈我愛比爾〉時被改用的書名,並非小說原來的
名稱。而〈我愛比爾〉與〈妹頭〉等小說中所描寫的農村景象,
亦非小說的中心主旨。莊宜文將王安憶視為張派小說作家,卻
又經常以「海派」來形容她文學風格的繼承,顯然是將「張派」
與「海派」視為同義詞加以使用。這種觀點是否正確?也有待
商榷。

　　至於其他學位論文有涉及到王安憶小說研究的,有陳碧月
《五四時期與新時期大陸婚戀意識小說之女性意識研究》[35],
文中簡略地探討了王安憶幾篇被認為較具女性意識的小說,如
〈金燦燦的落葉〉、〈錦繡谷之戀〉等。

　　在台灣學者所撰寫的大陸當代文學史專著方面,則由於文
學史寫作的限制,只能略略談及王安憶的主要創作特點及代表
地位。如唐翼明在《大陸新時期文學(1977-1989):理論與批
評》一書裡,談到尋根文學作家似乎有意識地淡化現實政治,
並以阿城〈棋王〉與王安憶〈小鮑莊〉等篇小說為例說明。

　　以上大抵是目前台灣可見的關於王安憶小說的研究現況。

第六章第二節「王安憶的海派新曲」,頁258-270。
[34] 同註33,頁258。
[35] 陳碧月:《五四時期與新時期大陸女性婚戀小說之女性意識研究》,文化
　　大學中國文學研究所博士論文,指導教授:唐翼明,2001年。

二、在大陸與海外的出版及研究

王安憶的作品，大致上都是先發表於知名的文學雜誌，如：《上海文學》、《人民文學》、《收穫》、《鍾山》……等，再結集出版的。合作的出版社相當多，可以參照本書參考書目中詳列的作品出版項，除了新作外，長篇舊作再版或更換新出版社重新發行，以及中短篇小說重新選輯出版的情況也相當常見。

至於王安憶小說在大陸的研究狀況，討論文章雖多，但仍以針對單篇小說或單本著作的分析性文章為主，或有針對王安憶小說敘事特色與風格的討論，具有新意與參考價值的評論並不多見，整體來說，大多缺乏對王安憶小說較為整體的認識。

一般大陸當代文學史將王安憶寫入「史」中，大致上不外將焦點集中於：80 年代初期的一系列文革與知青小說；80 年代中期〈小鮑莊〉在尋根思潮中的價值，以及「三戀」等作品所出現的「女性意識」；90 年代以〈叔叔的故事〉為代表的，關於作家對於時代的個人反思和後設敘事，以及《紀實與虛構》與《長恨歌》為代表的上海城市與懷舊主題。

總觀來看，大陸對王安憶小說的研究結果，可就小說主題與形式結構，以及王安憶個人的小說理念幾個方面來歸納討論：

（一）小說主題方面

1、精神回歸與尋根

王安憶的知青經歷嚴格算來只有兩年，這兩年的生活卻使她在日後的創作中屢屢回望。劉傳霞認為，在王安憶看來，城市與鄉村是相通的，都充滿著真實而生動的人性[36]。鄉村的生

---

[36] 劉傳霞：〈論王安憶鄉土小說創作的轉變〉，《東方論壇》，1999 年第 2 期

活形式成為王安憶小說中的精神家園。這一類的討論主要集中在 90 年代後王安憶的幾篇短篇知青小說。王澄霞認為她這種在歲月回望中尋找、建構精神家園的執著，體現了對於當下平庸現實的背離。而距離的審美則正是王安憶精神家園得以重建的根本原因[37]。

李風則對王安憶這種精神價值的追求有不同的看法，他認為，和同時代其他作家對精神之途的探求不同，王安憶沒有 50 年代作家和知青作家的因強烈理想主義而對現實和精神生活不妥協的批判態度，她告別理想，認同命運，雖然對自我進行挽救，暫時擺脫了精神上的危機，卻並無可能完全緩解作者的精神困惑，反而因為勉強的認同而付出了喪失自己的力量和存在感的代價。李風認為這種自我拯救的姿態已經成為王安憶的一個顯著特色，它既是成就她的重要因素，卻也成為她的自縛之繭[38]。

2、女性與城市書寫

王安憶以「三戀」和〈崗上的世紀〉中的「性愛」主題引起了批評界的關注，將王安憶視為女性主義作家[39]。呂幼筠認為王安憶超越了這一個主題，且更熱衷於分析男女兩性之間，包括性愛與情愛的交流關係。相較於一些將王安憶視為女性主義作家的看法，呂幼筠認為王安憶雖然在寫作中觸及了兩性命運中的女性經驗和處境，但是她的這種寫作成果

---

[37] 王澄霞：〈精神家園的深情回望——評王安憶 90 年代末的短篇小說創作〉，《揚州大學學報（人文社會科學版）》，2001 年第 3 期。

[38] 李風：〈王安憶的自我拯救〉，《江蘇社會科學》，2001 年第 3 期。

[39] 如梁旭東：〈王安憶的性愛小說：構建女性話語的嘗試〉，《廣播電視大學學報（哲學社會科學版）》，2002 年第 2 期。

可能更多的來自於她的個人經驗和對於現實生活中兩性命運的思考。[40]李小江、陳順馨等大陸當代女性主義學者，更經常將王安憶部分作品（如〈弟兄們〉、〈姊妹們〉、「三戀」、〈崗上的世紀〉等）以女性主義的觀點將其中的「女性意識」提煉出來加以論述。

　　除了「三戀」以外，王安憶筆下的城市在評論家眼中也經常與女性有所連結。可以說，王安憶筆下的上海這個城市是屬於女性的[41]。「城市使女性再生，女性又對城市加進了新的理解和詮釋」[42]。因此評論家在解讀書寫上海城市的兩個長篇：《長恨歌》與《富萍》時，亦多循著「城市和女性」的角度去閱讀。[43]邵文實認為「女人為生存和生活而進行的努力」是王安憶小說中的一個母題，並對「女人與城市」的這個部分討論了劉以萍、妙妙和富萍……這幾個王安憶小說中的上海女性[44]。上海儼然是一個女性的城市。

---

[40]　呂幼筠：〈試論王安憶小說中的性別關係〉，《廣東社會科學》，1993 年第 3 期，頁 134-137。

[41]　南帆〈城市的肖像——讀王安憶的《長恨歌》〉，《小說評論》，1998 年第 1 期，頁 66-73。此文主要在討論《長恨歌》中的城市與女性的關連。他認為《長恨歌》的城市是一個女性視域中的城市，小說中的每一個角落都回旋著種種女性對於這個世界的感覺。並認為這樣的敘述之下隱含著一個男權社會主流歷史的框架。

[42]　劉敏惠：〈城市和女人：海上繁華的夢——王安憶小說中的女性意識探微〉，《小說評論》，2000 年第 5 期。

[43]　如俞潔：〈上海城市的當代解讀——評王安憶的兩個長篇《長恨歌》與《富萍》〉，《杭州師範學院學報（社會科學版）》，2002 年第 4 期；以及，馬超：〈都市裡的民間形態——王安憶《長恨歌》漫議〉，《天水師範學院學報》，2001 年第 2 期，頁 39-42。

[44]　邵文實：〈女人和城市‧漂泊與尋找——王安憶小說創作兩題〉，《首都師範大學學報（社會科學版）》，2002 年第 2 期。

3、孤獨與漂泊的主題

做為人類處境之一的孤獨命題，從來不乏探討者與追問者。王安憶是對此命題進行持續真誠關注和全程深度表達的極少數作家之一。王向東即從「人與人的隔絕」、「人與城的對峙」、「溯源和尋根」等方面，對王安憶的孤獨做了勾勒式的描述和具體的剖析。[45]

（二）小說形式方面

1、敘事方式和語言風格

探討王安憶小說敘事方式的論文為數不少。從王安憶早期作品的開始到近期作品，梁君梅將她的小說敘事方式歸結為：早期雯雯系列，直觀的心靈獨語；美國行後，重視小說技術的理性寫作；以及近期的物質化寫作[46]。藉以梳理出王安憶歷年來小說創作的歷程。王金珊、鄭彬亦認為王安憶早期小說中不存在真正的故事，她只是在獨語[47]。而徐德明認為王安憶從〈長恨歌〉以後的小說語言是一種「眾生話語」[48]，太過接近日常的語言。

---

[45] 王向東：〈孤獨城堡的建構與衝決——論王安憶小說的孤獨主題〉，《揚州大學學報（人文社會科學版）》，1999 年第 2 期。

[46] 梁君梅：〈從獨語式寫作到物質化寫作——王安憶小說創作歷程透視〉，《山東科技大學學報》，2000 年第 3 期。

[47] 王金珊、鄭彬：〈論王安憶小說的敘事技巧〉，收於《淄博學院學報（社會科學版），2002 年第 1 期。

[48] 徐德明：〈王安憶：歷史與個人之間的『眾生話語』〉，《文學評論》，2001年第 1 期。

2、人物形象的分析

在大陸地區討論王安憶小說的論文裡，常見的一類是針對王安憶小說人物的分析。例如吳宗蕙評價了〈流逝〉中的歐陽端麗的形象[49]；劉傳霞討論王安憶〈香港的情與愛〉中，在香港孤身奮鬥的中年女性逢佳與老魏的關係轉變。[50]除了對故事主角人物的分析散見於多篇論文之外，配角人物也有專文討論的篇章，徐潤潤即討論了《長恨歌》中長腳這個角色的性格特徵。[51]

（三）對王安憶小說理念與創作實踐的討論

從王安憶在 80 年代末期提出的小說創作的「四不」原則開始，到 90 年代以後，從〈叔叔的故事〉以降迄今的一系列創作，企圖建立一套新的小說敘事方式的努力，引起了評論者不同的解讀與評價。梁君梅與王雪瑛在談論王安憶的小說立場與王安憶 90 年代的小說創作時，都肯定她重視個人心靈的表現，認為 90 年代的王安憶已經走上一條探索小說藝術的不歸路，試圖建立自己的小說詩學。[52]黎荔更為之詮釋道：「在關於敘述方式的原則上，王安憶實際堅持了從特殊到一般的抽象方法，摒棄所有所有還停滯於感性的獨特性因素，她最終要達

---

[49] 吳宗蕙：〈一個獨特的女性形象——評〈流逝〉中的歐陽端麗〉，《文學評論》，1983 年第 5 期，頁 132-136。

[50] 劉傳霞：〈商業化的兩性遊戲與古樸的人間情義——評王安憶的《香港的情與愛》〉，《煙台師範學院學報》，1999 年第 4 期，頁 53-55。

[51] 徐潤潤〈幾副混社會的人——王安憶《長恨歌》中長腳的人物形象分析〉，《上饒師範學院學報》，2002 年第 2 期。

[52] 梁君梅：〈一個重視心靈的作家——談王安憶的小說立場〉，《山東礦業學院學報（社會科學版）》，第 1 卷第 2 期，1999 年 6 月，頁 72-76。

到的總體性效果,是建立一個在感性體驗的基礎上,經由理性的歸納概括而創造出來的世界。」[53]李魯平認為儘管王安憶強調不要小說語言的獨特性,但實際上她的小說語言仍具有王安憶式的獨特風格[54]。呂君芳亦認為王安憶這種小說語言是用平淡達到輝煌[55]。

(四)其他較為零星的討論

除了以上三個方面之外,尚有將王安憶與其他女性作家做比較的零星討論,如:聶華苓《桑青與桃紅》與王安憶《米尼》的比較[56];張愛玲和王安憶小說創作中的市民意識、女性形象[57]、香港與上海書寫[58];池莉與王安憶的記憶主題[59];李昂與王安憶的的性愛書寫[60],以及以王安憶、陳染、衛慧為代表論三代女作家筆下的性[61]……等。

---

[53] 黎荔:〈論王安憶小說的敘述方式〉,《唐都學刊》,1999 年第 4 期。

[54] 李魯平:〈構築的語言世界〉——評王安憶的小說語言的轉變,《寧波大學學報(人文科學版)》,2000 年 12 月,頁 15-18。

[55] 呂君芳:〈『用平淡達到輝煌』:王安憶小說語言風格〉,《安慶師範學院學報(社會科學版)》,2001 年第 6 期。

[56] 高廣方:〈宿命與漂流——論王安憶《米尼》與聶華苓《桑青與桃紅》內涵比較〉,《鹽城師範學院學報(哲學社會科學版)》,1998 年第 3 期。

[57] 趙欣:〈張愛玲王安憶小說女性形象比較〉,《哈爾濱師專學報》,2002 年第 2 期,頁 85-88。

[58] 倪文尖:〈上海/香港:女作家眼中的『雙城記』——從王安憶到張愛玲〉,《文學評論》,2002 年第 1 期,頁 87-93。

[59] 孫萍萍:〈尋找失去的記憶——從池莉、王安憶的兩部新作談起〉,《當代文壇》,2002 年第 2 期。

[60] 張彩虹:〈論李昂、王安憶的性愛小說〉,《中州大學學報》,2001 年第 1 期,頁 45-47。

[61] 唐蒙:〈從靈魂向肉體傾斜——以王安憶、陳染、衛慧為代表論三代女作家筆下的性〉,《當代文壇》,2002 年第 2 期。

　　另有部分關於王安憶小說研究的述評文章，針對歷來王安憶小說的相關研究做了簡單的歸納整理[62]。

　　除此之外，還有一些見地頗為精闢的評論，如：李潔非在〈王安憶的新神話──一個理論探討〉一文裡，為王安憶釐清了她「虛構」與「紀實」的關係。他認為小說家王安憶在《紀實與虛構》、〈傷心太平洋〉裡，所欲建設的那個新命題是：「小說敘事能否擺脫一切參照系而將某種獨立的『真實』陳述出來。」他認為這個命題從理論上講，含義是：「既然小說本質如眾所知在於『虛構』，那麼這種『虛構』本質應該可以達到它自身的純度，亦即無須依附別的前提，而單獨地具有意義。」[63]至此，王安憶先前那種有意無意地將故事置於個人經歷的背景下，而向人們擔保故事裡的一切都可以得到某種驗證的「虛構」和「印證」不斷的情況結束了。她朝著使小說以小說自己的邏輯來構思、表意和理解前進，而任何價值都可能被虛構出來。李潔非為王安憶的小說敘事歷程與主題脈絡梳理出一個可能的理論探討。

　　與王安憶同為「69 屆初中生」的陳思和，則自雯雯時期便開始注意到王安憶這個 69 屆初中生的創作潛力，並在 90 年代初王安憶以〈叔叔的故事〉開啟一連串經驗的省思檢討時，為她塑造了一座「精神之塔」[64]。

---

[62] 見劉影：〈王安憶小說研究述評〉，《南京師範大學文學院學報》，2001 年第 3 期，頁 54-59；唐長華：〈王安憶 90 年代小說研究述評〉，《當代文壇》，2002 年第 4 期。

[63] 見李潔非：〈王安憶的新神話──一個理論探討〉一文，收於《父系與母系的神話》。頁 3。

[64] 見陳思和：〈雯雯的今天和明天：讀王安憶的新作〈六九屆初中生〉〉、〈雙重疊影，深層象徵──讀〈小鮑莊〉裡的神話模式〉、〈營造精神

　　王曉明把焦點擺在上海淮海路上住在弄堂裡的上海小姐
們的上海故事，並認為富萍在故事末選擇從淮海路上典型的上
海弄堂，遷往外來戶聚集的梅家橋，是王安憶小說的時空背景
逐漸走出上海的徵兆[65]，於是上種紅菱下種藕的沈漊與開發中
小鎮華舍的故事開始了。王曉明認為自《長恨歌》以後，王安
憶便似乎有意地要與美人遲暮的老上海故事拉開距離，創造另
一個截然不同的上海故事。[66]但王安憶是否將自此走出上海
呢？本書在第五章的討論中持有不同的看法。

　　李靜〈不冒險的旅程——論王安憶的寫作困境〉則綜合分
析了王安憶部分的主要作品，討論王安憶當前的寫作困境，是
一篇目前大陸學界所見，對王安憶的小說持較多負面評價且具
參考性的評論。[67]

　　王安憶小說的出版其研究基本上以在台灣及大陸為主，海
外的出版及研究則較為零星。海外學者[68]對於王安憶小說的研
究除了 Chan, Sylvia 在 1991 年《ISSUES ＆ STUDIES》發表

之塔——論王安憶 90 年代初的小說創作〉。

[65] 按：筆者認為王曉明對「富萍從淮海路的上海弄堂遷往棚戶」這樣的概
述是因為讀得不夠精細的誤判。事實上，富萍儘管遷往棚戶，但上海弄
堂也不是她的歸屬之地，她原本是要嫁給另一個非上海人的青年，上海
弄堂不過是一個暫居之地。不過，儘管王曉明似乎誤讀了《富萍》，但該
文仍具有參考價值。

[66] 見王曉明：〈從『淮海路』到『梅家橋』——從王安憶小說創作的轉變談
起〉，《文學評論》，2002 年第 3 期，頁 5-20。

[67] 見李靜：〈不冒險的旅程——論王安憶的寫作困境〉，《當代作家評論》，
2003 年第 1 期，頁 25-39。

[68] 按：王德威是美國哥倫比亞大學東亞系與比較文學研究所教授，不過由
於他對王安憶小說的重要討論幾都收在麥田與一方出版社所出版的王
安憶小說集裡，對台灣研究王安憶小說的評論者有相當大的影響，因此
還是將他的評論歸類在臺灣的研究現況。

了一篇〈Sexual Fantasy and Literary Creativity──WanAn-I's（王安憶）Three Love's〉[69]的單篇論文以外，其他可見的，還有李歐梵《中國現代文學與現代性十講》中，在談到中國大陸當代的現代性與後現代性的問題時，以對《長恨歌》這部作品的觀察，認為「王安憶是中國作家中具有世紀末情緒的少數幾個人之一」[70]。另外還有唐小兵《英雄與凡人的時代：解讀20世紀》文學評論集裡，從後現代的角度對王安憶〈叔叔的故事〉、《紀實與虛構》、〈傷心太平洋等〉等篇章的細緻分析。[71]

　　縱上所述，可以知道，儘管台灣、大陸與海外都有不少王安憶相關評論，且基本上以肯定王安憶小說成就居多，但都沒有一篇論述能夠從更為整體宏觀的角度來討論王安憶的小說。

　　王安憶除了是當代大陸新時期文學的重要作家之一，不可諱言，也許在她創作初期，王安憶的小說藝術仍未成熟，但在長期創作的摸索裡，這位作家卻意外地經營出一套屬於自己獨特的小說見解，並以其小說作為實踐。文學史的建構不管是否是一種系譜的建立，抑或是一種主題式的研究，基本上，個別的文學現象一旦匯入歷史論述裡，都會成為大的論述，容易忽略個別的特色。

　　歷年來，評論家對於王安憶的小說有褒有貶，她的小說創作並非絕對完美沒有缺點，透過對王安憶小說進行較為全面與

---

[69] Chan, Sylvia，"Sexual Fantasy and Literary Creativity──Wang An-I's[王安憶] Three Love's"，*ISSUES & STUDIES*：27：4，1991 年 4 月，頁 93-108。

[70] 李歐梵（現任哈佛大學教授）：《中國現代文學與現代性十講》，上海：復旦大學出版社，2002 年 10 月。頁 98。

[71] 唐小兵，現任美國芝加哥大學東亞系中國現代文學副教授。可參見《英雄與凡人的時代：解讀 20 世紀》，上海：上海文藝出版社，2001 年 1 月出版。

整體的研究，不但可以適當地為她目前的創作成果做出一個較為公正的評價，也可以在大敘述的文學史之外，看到更為多元的文學表現。

第二章 69屆初中生的故事：從個人 經驗出發的小說書寫 （1978～1984）

　　1978年底，隨著知青返城的風潮，王安憶回到上海。在這個時期裡，大批知青作家紛紛藉由文學的形式來表達他們在文革時期所遭受的心靈創傷。這一代的知青作家們是新時期文學的先鋒，他們用幼稚卻真切的筆調寫出了一系列的傷痕文學。正走上創作之路的王安憶也用她個人風格尚不明確的筆調開始了她的創作。這時期的作品，主要以短篇小說為主，有〈平原上〉、〈雷鋒回來了〉、〈一個少女的煩惱〉、〈誰是未來的中隊長〉、〈本次列車終點〉……等四十餘篇。以及〈新來的教練〉、〈尾聲〉、〈留級生〉、〈命運交響曲〉、〈歸去來兮〉、〈冷土〉、〈流逝〉等七篇中篇小說；與此時期唯一的一篇長篇小說作品《69屆初中生》。[1]

　　其中〈誰是未來的中隊長〉、〈信任〉、〈花園坊的規矩變了〉、〈小蓓和小其〉、〈黑黑白白〉、〈留級生〉等，屬於「兒童文學」類型。王安憶於1978年曾擔任上海《兒童時代》雜誌社小說編輯，作為踏入文學殿堂的一個初步階段，「兒童文學」

---

[1] 詳細篇目，可以參照本書附錄。

的寫作，成為王安憶開展其個人小說創作的開端。

此時期的作品，大致皆有類似的社會背景——文革十年。小說形式上則以短篇為主，但隨著創作數量與質量的增加，王安憶也開始嘗試中篇小說的創作形式。這個時期的作品，由一開始的兒童文學創作，到稍後的一系列以「雯雯」或「桑桑」、「喬喬」、「南南」為名，為評論者所命名的「雯雯系列」[2]，再到脫離雯雯狹窄的個人世界，試圖將作品內容導向「廣闊天地」的幾篇中短篇作品，最後，全都匯歸回王安憶小說創作的最初衷——以作家個人的經歷、省思為主的《69 屆初中生》這一部具有自傳性質的長篇作品。

從 1978 年到 1984 年間，王安憶不斷透過各種嘗試開拓其小說創作的視野。評論界也試圖從王安憶的小說中，找到可堪討論的不同面向。然而不論是從社會主義的角度來探討小說中的社會問題，抑或從接近個人經驗的抒情語言作為作家心靈史的關照，一般多對此時期王安憶小說中所提供的單薄人物形象，與抗拒挖掘文革時期傷痕的書寫，表達了些微的不滿。

王安憶最初期創作的這幾年，在逐步探索的過程裡，漸漸讓自身的創作展示出一種「庸常」，也因此形成其小說獨特的創作特色。分析她 1978 年至 1984 年期間的創作，由於小說背

---

[2] 南帆在〈王安憶小說的觀察點：一個人物，一種衝突〉一文裡提到：「我們提到的『雯雯』系列小說，包括了《雨，沙沙沙》、《廣闊天地的一角》、《命運》、《幻影》、《從疾駛的窗前掠過的》、《繞公社一周》這些篇什，也包括了《運河邊上》的一部份。然而——不妨說得誇張一點——這不過是一篇小說而已。我們之所以不厭其煩地測定雯雯在生活中的位置，意在重複使用一些評論早已提出的一個觀點，雯雯這個位置，大致上也就是王安憶對生活的觀察點。」此文載於《當代作家評論》1984 年第 2 期，頁 48-54。頁 49-50。

景的相似，幾乎可以說她的創作最初源於個人的經驗。但此時
期，其個人經驗最為突出的，並非上海的背景，而是她的「知
青經歷」[3]與對「文革十年」的省思。小說中也因為她關照面
的特殊，而顯示出一種異於其他傷痕文學小說對於「文革十年」
的歷史詮釋。且與 90 年代王安憶所重拾知青經歷做為創作元
素的文革作品具有不同的意涵。

第一節　知青經歷與文革反思

一、對新時期文藝方針的實踐及認同危機

「傷痕文學」作為「新時期文學」的開端，得名自 1978
年盧新華的小說〈傷痕〉。此時期的文學，在大陸當代文學史
觀中，大致可區別為兩類態度：其一認為，「傷痕文學」象徵
「新時期文學」脫離了過去「文學為革命服務」的文藝路線，
重新賦予文學新的批判意識與人道主義情懷。[4]另一則認為，
「新時期文學」作為一個沿用社會政治的歷史分期，反映出
70 年代末與 80 年代初，人們的歷史觀還侷限在一個舊有的依
附於改朝換代的政治分期情結中的狀況。因此「新時期」之初
的文學體制具有：「為『新時期』國家的社會政治進行合法化
論證，並為這種實踐進行廣泛的社會動員」，以及集中體現「『新

---

[3]　廣義來看，王安憶的「知青經歷」，除了到安徽插隊的三年以外，尚包括
　　她於文工團時期的經歷。

[4]　參見陳思和主編：《中國當代文學史教程》，上海：復旦大學出版社，1999
　　年 9 月。與孟繁華：《百年中國文學總系：1978 激情歲月》，濟南：山東
　　教育出版社，1998 年 5 月。

時期」國家的現代性文化想像和文化意志」的「邊界功能」。[5]
以後者的觀點來看，的確，以 1976 年「四人幫」倒台後的文
學實踐來看，80 年代初期的文學思想張力仍然是由「政治」
色彩較濃的「文學反思」來表達。「傷痕文學」的苦難訴求本
質，決定了它是要從歷史主流中獲得認同。而獲得同情和赦免
終歸是要獲得主導文化的同情，同時它在本質上，也是在建構
新的主導文化。[6]儘管來自政治上的認同與策略晚於作品的發
表[7]，但文革後，重新確立「黨的領導」問題，卻是政治上的
迫切要務。

　　葛蘭西（Antonio Gramsci）認為：社會主義國家文學體制
的基本特點，便是無產階級依靠其強大的組織化力量建立「文
學領導權」的機器。並將政黨意識形態內化為廣大人民，特別
是知識份子的普遍意志。[8]

　　可以說，大陸 1949 年至「文革」期間的文學，全都在朝
著「為黨服務」的路線走，並且在文革期間走向了極端。然而
文革結束後，並不意味著「新時期」的文學就此徹底轉向。「文
革」的結束和「新時期」開始，意味著一種以「極左」為表徵

---

[5]　見許志英、丁帆主編：《中國新時期小說主潮》上卷，北京：人民文學出
　　版社，2002 年 5 月。頁 7；21-22。

[6]　見陳曉明：《表意的焦慮：歷史袪魅與當代文學變革》，北京：中央編譯
　　出版社，2002 年 6 月，頁 8-10。

[7]　劉心武的〈班主任〉刊載於 1977 年 11 月號的《人民文學》，盧新華的〈傷
　　痕〉則發表於 1978 年 8 月 11 日的《文匯報》。而中共黨政府於 1981 年
　　1 月 29 日才頒佈《中共中央關於當前新聞廣播宣傳方針的決定》：「關於
　　反右派、反右傾機會主意的錯誤和十年動亂的揭露性作品，幾年來已經
　　發表了不少，這些作品總的來說是有益的，絕大多數作家寫這些作品也
　　是出於對歷史對人民的責任感，出於革命的熱情。」

[8]　轉引自許志英、丁帆主編：《中國新時期小說主潮》上卷，頁 22。

的社會文化實踐破產，和一種全新的現代性社會建設的啟動。
[9]「新時期」首先意指政治分期，然後才是文學分期。而「新
時期」最重要的任務，便是在掃除極左政權遺跡的「兩個凡是」
[10]，強調「實事求是」[11]，重新呼喚「雙百方針」[12]，提出「實

---

[9] 同註5，頁21。

[10] 1977年2月7日《人民日報》、《紅旗》雜誌、《解放軍報》社論上載〈學
好文件抓住綱〉一文，宣言：「讓我們高舉毛主席的偉大旗幟，更加自覺
地貫徹毛主席的革命路線，凡是毛主席做出的決策，我們都堅決擁護，
凡是毛主席的指示，我們都始終不渝地遵循。」此即華國鋒等所堅持的
「兩個凡是」，其意義是在理論上維護了文化大革命和毛澤東晚年的錯
誤，在實踐層面則是維護一種新的政治權威，是堅持要把毛澤東同志晚
年「左」的一套繼續照搬下去。孟繁華評論道：「它與當時意識形態領域
的撥亂反正的根本趨勢是背道而馳的。」（按：此語見孟繁華：《百年中
國文學總系：1978激情歲月》，頁48。）

[11] 1978年6月2日，鄧小平在中國人民解放軍全軍政治工作會議上講話，
以「實事求是」，批評「兩個凡是」。原講話內容：「我們黨有很多同志堅
持學習馬列主義、毛澤東思想，堅持把馬列主義的普遍真理同革命實踐
相結合的原則，這是很好的，我們一定要繼續發揚。但是，我們也有一
些同志天天講毛澤東思想，卻往往忘記、拋棄甚至反對毛澤東同志的實
事求是、一切從實際出發、理論與實踐相結合的這樣一個馬克思主義的
根本觀點，根本方法……」（見鄧小平1978年6月2日在「中國人民解
放軍全軍政治工作會議」中的講話，收於《鄧小平文選》（一卷本），香
港：三聯書局，1996年7月，頁67-73。頁67。「兩個凡是」與「實事求
是」分別代表了新時期初期，以華國鋒、鄧小平兩派主政者對於共產黨
領導路線的相左與權力的鬥爭。）

[12] 1977年12月《人民文學》，有華國鋒題詞：「堅持毛主席的革命文藝路
線，貫徹執行百花齊放、百家爭鳴的方針，為繁榮社會主義文藝創作而
奮鬥。」「百花齊放，百家爭鳴」在50年代被分別提出，1956年4月28
日，毛澤東在中共「中央政治政治局擴大會議」上說：「『百花齊放、百
家爭鳴』，我看這應該成為我們的方針。藝術問題上百花齊放，學術問題
上百家爭鳴。」因此「雙百」方針是促進藝術發展和科學進步，促進社
會主義文化繁榮的方針。但分別針對文藝方面的「百花齊放」與學術方
面的「百家爭鳴」，在「反右」以後，形式上雖然未被廢除，但實際上卻

踐是檢驗真理的唯一標準」[13]，在「四項基本原則」的前提下，
全力發展中國的「四個現代化」[14]。這一時期的政治文學立場，
具體表現在 1976 年 1 月復刊的《人民文學》雜誌，與 1978
年 7 月復刊的中共全國文聯的機關刊物──《文藝報》的文藝
立場上。

　　「四人幫」倒台以後，文藝界舉行的第一個全國性會議「中
國文聯第三屆全國委員會第三次擴大會議」的決議中聲明：

> 文學藝術必須為工農兵服務，為社會主義革命和社會主
> 義建設服務，在今天就是要為實現新時期的總任務服
> 務。為了進一步繁榮社會主義文藝創作和發展社會主義

停止執行。而新時期初期，領導者重新呼喚「雙百方針」，則基於政治上
的穩定與人心的需求。無論是以華國鋒為首的「兩個凡是」或以鄧小平
為首的「實事求是」，基本上都肯定了「雙百」在社會文藝發展路線上的
正確，並藉此取得領導權的合法性。

[13] 1978 年十一屆三中全會前，以鄧小平為首的「文革」之後的黨內外的知
識份子，發起了一場旨在否定「文革」極左路線，廢除「凡是派」真理
標準的關於「實踐是檢驗真理的唯一標準」的討論。其後鄧小平並多次
說明「兩個凡是」不符合馬克思主義，「實事求是」才是毛澤東哲學思想
的精髓，並於 1978 年 5 月 11 日《光明日報》以特約評論員名義發表〈實
踐是檢驗真理的唯一標準〉一文，從理論上否定了「兩個凡是」的錯誤
方針。其後「凡是派」由於代表人物被擠出中央決策層，其政治主張乃
乏人問津。參見閔琦等著，李英明主編：《轉型期的中國：社會變遷──
來自大陸民間社會的報告，台北：時報文化，1995 年 8 月，頁 262-264；
《鄧小平文選》（一卷本）註釋 42，頁 504。

[14] 「四個基本原則」是：必須堅持社會主義道路；必須堅持無產階級專政；
必須堅持共產黨的領導；必須堅持馬列主義、毛澤東思想。此四個原則
亦成為「新時期」最核心的權威話語。「四個現代化」則指向毛澤東、周
恩來時代所確定的目標。（見鄧小平 1979 年 3 月 30 日在「中國共產黨的
理論工作務虛會上的講話《堅持四項基本原則》」，收於《鄧小平文選》
（一卷本），頁 91-108。）

> 文藝事業，我們必須繼續揭批「四人幫」，徹底粉碎「四
> 人幫」的幫派體系，打碎「文藝黑線專政」論等精神枷
> 鎖，消除「四人幫」散佈的種種反動謬論和思想流毒；
> 深入群眾生活，學習馬列主義、毛澤東思想，學習社會，
> 學習中外優秀文學遺產，不斷提高思想水平和業務水
> 準，創作出更多更好更無愧於我們這個偉大時代的作
> 品，來鼓舞人民實現建設社會主義現代化強國的宏偉目
> 標，幫助群眾推動歷史的前進。[15]

文革的「傷痕」被國家意識形態認同與深化，文學雖不再像文
革前與文革期間那樣，發展到極左的為「工農兵」服務、為政
治服務，但事實上，「新時期」初期的文學，仍帶有濃厚的為
黨的新領導政權宣傳的傾向。此一傾向，乃是藉由全盤否定「文
革」，用「傷痕」來控訴文革的錯誤路線，以強化新政權的現
代化經濟發展立場。

　　傷痕文學作家們，不管是有意識的認同共產黨的政策，或
無意識地被共產黨認同，都在這一波看似「開放」的「新時期
文學」之初的潮流中，選擇了對「文革」進行歷史的否定與反
思。然而不同的作家對此政策所表現的態度，自然不盡相同，
其歷史處境與身份認同必然會影響與制約其主體書寫話語。在
這個文藝思潮下，早期王安憶的小說雖然也反映出對於國家文
藝政策的實踐，但是她個人的書寫立場卻值得探討。

---

[15] 「中國文聯第三屆全國委員會第三次擴大會議」召開時間為 1978 年 5
月 27 日～6 月 5 日，全文載於《文藝報》1978 年復刊號第 1 期。頁 18-19。
《文藝報》乃隸屬中共「全國文聯」的機關刊物，因此所刊載的言論可
說乃為共產黨政府的政治意識形態提供宣傳。

〈雷鋒回來了〉發表於 1978 年 4 月，這篇短篇小說歷來
獲得的關注並不多。小說中確切的敘事時間是在「四人幫」倒
台後，主要以「尋找」一個見義勇為的青年人為故事線索。敘
事者以追敘的方式寫道：在黃河沿，三、四歲的苗苗在老奶奶
的看護下掉進河裡了，這時不知從哪裡竄出個小伙子，跳進了
河裡救起苗苗後，沒留下名字便離開了。於是老奶奶請敘事者
「我」幫忙尋找這個年青人。根據眾人的描述，「他」可能是
鋼鐵廠的工人，也有可能是附近人民公社的社員，還有可能是
個運動員、解放軍。而老奶奶在一聽到「解放軍」三個字後，
甚至馬上激動起來，抹著眼淚直說：「還能是雷鋒，是雷鋒回
來啦？」[16]「我」根據眾人提供的線索到處尋找，找尋過程中
也遇見各式各樣的人，最後「我」終於「覺悟」到：

> 我不找了，不，我找到了，我要告訴他奶奶，救苗苗的
> 人找到了。是那個憨厚的大個兒新農民；是那個煉鋼爐
> 台上的年青人；是那個元臉的輔導員；是那個一身楞勁
> 的大雷；是旱鴨子；是司務長；還有一個認真而熱情的
> 紅領巾，他們有一個共同的名字——雷鋒。
> 雷鋒回來了！[17]

雷鋒是 1962 年一個死於意外的士兵，他成為革命文學中反「三
突出」的典型英雄形象，「大家爭相學習他大公無私的榜樣。
自此以後，烈士（其中也有活著的英雄）的出現，層出不窮，

16　王安憶：〈雷鋒回來了〉，《少年文藝》，1978 年 4 月，頁 27-32。頁 28。
17　同註 16，頁 32。

受到雷鋒式的崇拜。」[18]文革結束後，這典型形象再度出現的意義正是在於：欲透過對文革前毛澤東思想的認同，以達到「新時期」社會主義文藝政策的「合法化」。

「文革」十年是錯誤的路線，「新時期」社會與文學的主要任務在於消除過去的錯誤路線，將中國社會重新引向經濟發展的現代化路線。是以，儘管〈雷鋒回來了〉並非王安憶的代表作，卻意外地揭示了「新時期文學」初期，作家尚未能對文學的主體性提出個人見解與思考，而延續著過去革命文學的創作方針。

新時期初期的作家，一方面擔負著為「四個現代化」服務，提供廣大民眾精神泉源的重責大任[19]；一方面對於服從於共產黨政府的個人來說，又有著理想幻滅後對現實的質疑。

這種以「批判四人幫」為寫作任務的立場，表現在另一篇小說：〈從疾駛的車窗前掠過的〉當中。小說中，敘事者「我」——女知青小方，終於結束漫長的插隊生涯，準備回城，對於插隊的地方來說，在內心裡她始終是一名過客。過去懷著接受「再教育」的理想前來，然而當要離開時，她卻迫不及待地想要結束這「再教育」，去開始新的生活。內心的漂泊，並沒有因為在農村勞動的生活而產生安慰，相反的，與農村中下貧農的接觸令她不安，小說寫到：

---

[18] 引自夏志清：《中國現代小說史》，香港：香港中文大學，2001年新版，頁452。

[19] 茅盾在「中國文學藝術工作者第四次代表大會開幕詞」中提及：「我們只有堅持『百花齊放，百家爭鳴』的方針，才有可能創作出更多更好的文藝作品。……我們要通過這次大會，進一步促進文藝界的大團結。……我們是為廣大的人民群眾服務的，我們的任務是為實現四個現代化服務……。」本文刊載於《文藝報》，1979年11月號，頁6-7。頁7。

> 在農村，姑嫂一旦吵嘴，作母親的總站在閨女一邊，同
> 時又盡力去解決和緩和矛盾。我忽然發現我在老人的心
> 目中，彷彿是佔了個閨女的位置，這真叫我不安了。[20]

敘事者「我」從不真正想在農村「扎根」，因此她的插隊生活
對她來說，猶如一幕幕「從疾駛的車窗前掠過」的幻影。對於
「文革」時下鄉的經歷，敘事者並未採取嚴厲的批判態度，但
卻選擇了以「失憶」的方式來加以忘卻。這種態度也正表明了
一種對「新時期」國家文藝路線的響應。

　　早期幾篇以兒童文學為名目所撰寫的作品，除了與她任職
「兒童雜誌社」編輯的經歷有關外，兒童文學的寫作基本上也
符合新時期文學初期的政治期待。[21]

　　〈誰是未來的中隊長〉曾獲「全國文藝作品獎」，獲得國
家獎項的作品象徵當時代的美學標準。小說中，以初中一年級
恢復建立「少年先鋒隊」組織，準備選舉「中隊長」為背景。
樂於幫助同學的李鐵錨是敘事者「我」所支持的中隊長候選
人，張莎莎則是會向老師報告班上大小事的好學生，是未來可
能的「中隊長」人選。故事最後，雖然沒有公佈最後的選舉結

---

[20] 王安憶：〈從疾駛的車窗前掠過的〉，《人民文學》，1980 年第 6 期，頁
58-61。頁 60。

[21] 1978 年 7 月，復刊第一期的《文藝報》刊載了一篇「全國少年兒童讀物
出版工作座談會」的報導。文中提到：「少年兒童讀物的寫作和出版問題，
直接關係著我們下一代的精神面貌、文化水平，以及我國能否實現四個
現代化、建設偉大社會主義強國的大問題⋯⋯與會代表們大聲疾呼，希
望立即行動起來，大家動手，盡快改變少兒讀物奇缺的狀況，更好地位
全國兩億接班人服務。」因此兒童文學在 80 年代初期大量出現在各類文
藝刊物上的原因，事實上也與「文革後」，「非革命文學」的文學作品奇
缺有關，而新作品的創作，自然服膺於國家的文藝方針。

果，給讀者留下懸念，但故事進展中的過程，卻充滿了成為一位「少年先鋒隊」中隊長真正條件的價值辯證，究竟一個中學生領導人物應該是事事徵詢老師（成人）的意見，或是能夠代表弱勢者的，具有「主見」的學生？而故事裡也隱含了「社會主義現代化國家」的未來主人翁的人格取向討論──儘管敘事者最終並未提供任何確切的解答。

同樣的討論也出現在短篇小說〈信任〉和中篇小說〈留級生〉。[22]〈信任〉描述一位在文革時期受到學生大字報批判，在四人幫倒台後，失去對學生信任的王老師在今昔對比中體認到：

> 「四人幫」是打倒了，可是，老師和同學之間，卻好像失去了一樣東西，是什麼？是信任！[23]

文革傷痕不只在復學的學生心中留下陰影，也在從事教職的教育者身上，留下了痕跡。

〈留級生〉則透過女學生喬喬與留級生李彤彤的對比，以順敘的故事時間，在生動的學生人物互動裡，烘托出一個「究竟誰才是真正英雄？」的主題。李彤彤以留級生的身份進入新班級，他有主見，不寫功課，經常反抗權威，因而成為男同學眼中的「男子漢」。而女同學喬喬則自願成為李彤彤的學習伙伴，卻不斷遭到李彤彤的反抗，直到故事最後，她終於以無比

---

[22] 此類議題，在1977年劉心武的小說〈班主任〉中已經出現。而〈班主任〉一篇，做為新時期之初「傷痕文學」的代表，顯然提供了某種思考的方向與人物形象的又一典型。

[23] 王安憶：〈信任〉，原載於《少年文藝》1980年第1期，收於兒童文學作品集《黑黑白白》，上海：少年兒童出版社，1983年。頁112。

的耐心感動了李彤彤。

　　稍晚的作品〈迷宮之徑〉，敘事者透過一個「中年級文藝編輯室」的編輯們對於一部投稿作品《皮大王》的兩極看法，提出一個「文學社會功能論」的問題。編輯小高認為《皮大王》塑造了一個新穎的兒童形象，但編輯室主任老韓卻以社會「需要塑造八十年代新型的孩子正面形象。」[24]為由，擔心宣傳「皮大王」獨立自主的精神會使大多數兒童學壞。儘管這個議題雖非〈迷宮之徑〉主要表達的內容，卻透露出社會主義國家的知識份子，對於建立新的年代的未來「價值標準」存有一定的疑慮與批判。

　　類似的情節不斷在此時期王安憶的小說中出現。例如〈牆基〉便批判了「文革」對人性的戕害，並同時揭發了對新社會價值重建的隱憂。文革前，資產階級知識份子與無產階級工人家庭截然不同的價值觀與生活方式的衝突，在「文革」時期雖然被激發成某種無以名之的仇恨，卻也同時得以暫時緩解。但這座因文革而拆除的階級之牆，卻是一座拆除不完全的牆基，透露出敘事者的憂心。

　　上述諸篇王安憶的早期作品，可視為作者對國家文藝路線的認同與合作，但認同的同時，卻也隱約表現出她認同立場上的搖擺與不確定。這樣的「認同」不確定，在她接下來幾篇同是書寫文革傷痕的作品裡，表現得更為清晰。

　　繼續深入討論之前，首先要提到美國著名的精神分析學家愛力克森（Erik H. Erikson）在其《Identity：Youth and Crisis》（《同一性：青少年與危機》）一書中，所提出的有關青少年的

---

[24] 王安憶：〈迷宮之徑〉，《文匯月刊》，1982 年第 2 期，頁 26-36。頁 31。

認同理論。

　　愛力克森認為「沒有同一感也就沒有生存感」[25]，他將人的生命周期（The Life Cycle）分成八個階段，每個階段都有自己的認同問題，其中愛力克森最為重視的是青年時期，這一時期主要的心理狀態是「同一性／同一性混亂」。他認為人在青年時期必須選擇他所認同的意識形態，由於個體的身份認同無法脫離意識形態而單獨完成，倘若沒有這些意識形態的信奉，「不管『生命方式』所蘊藏的意義如何，青少年總受著價值混亂的痛苦」[26]，因此青年時期是一個「必要的轉折點，一個決定性的時刻」[27]，青少年必須在這個關鍵的時期對於自己的性別、種族、職業等方面做出選擇，而這種選擇往往是非此即彼的斷然決定，愛力克森認為：唯有做出這種斷然決定和選擇並形成自己的堅定認同，才能結束他的青年時期並真正走向成熟。反之，便會產生認同的危機。

　　支持青年形成認同的，正是「那些與他有密切關係的社會集體的集體同一感的支持，這些社會集體是：他的階級、他的民族、他的文化」[28]，是以「我們不能把個人生命中的同一性

---

[25] 埃里克.H.埃里克森（Erik H. Erikson），《Identity：Youth and Crisis》孫名之譯：《同一性：青少年與危機》，杭州：浙江教育出版社，1998 年。（按：此處作者名據康綠島譯作「愛力克森」。）頁 115。

[26] 這裡的「意識形態」，愛力克森所下的定義是：「一種意識形態體系乃是參與其中的各種意象、觀念和理想的集合體，這個集合體所依據的，不論是一種系統闡述的教義，一種含蓄的世界觀，一種有高度結構的世界意象，一種政治信條，或者的確是一種科學觀念，或者是一種『生活方式』」都為參與者提供了如果不是系統簡化了的，也是在時間和空間中、在手段和方法上表現出前後一貫的全面傾向性。（同註25，頁 174、176）

[27] 同註25。頁 2。

[28] 同註25，頁 115。

危機和歷史發展的現代危機分裂開來，因為這兩者是相互制約的，而且是真正彼此聯繫著的」[29]。

身份的認同表現在個人生命的發展階段與歷史的時期，「生命史和歷史是互補的」[30]，因此個體的身份認同往往產生於「自己的唯一生命周期與人類歷史某一時刻片斷的巧合之中」[31]，而社會則通過「承認」的「戰略行動」來「『承認』並『肯定』它的年輕成員的身份，從而對他們的正在發展的同一性發揮一定的作用」[32]，「同一性」一旦形成便有了一定的穩定性。在愛力克森看來，極權主義往往會使「年長的人仍然固著於青年人的選擇，也使許多成年人受到限制或者喪失了抵抗的能力。」[33]

愛力克森的認同理論，正好提供了一個觀察「新時期」中具有「知青作家」身份的作者群體身份認同的角度。

知青作家多半在文革中成長起來，文革發生時，他們有的才剛成為中學生，在自我主體性還尚未建立起來的時候，心靈便被時代的混亂與強烈的國家意識所填滿。儘管如此，我們仍然不能成批成群地將「知青」視為一個集體來加以討論。即使在一定程度上，確實如許子東所言：「『知青文學』因其敘事模式的相似與相通，證實著當代小說所書寫的『文革記憶』的『集體性』；而這種敘述模式的差異，則顯示著各種文化力量對『文

---

[29] 同註25，頁10。
[30] 同註25，頁298。
[31] 同註25，頁61。
[32] 同註25，頁183。
[33] 同註25，頁76。

革集體記憶』書寫過程的不同制約。」[34]然而正是因為「各種
文化力量」制約的不同，本書所要討論的重點，不在其「集體
性」，而在作家的「個別性」與「差異性」。

　　而王安憶便是在她從青年走向成人道路的新時期初期，透
過書寫呈顯出她的認同危機。這個認同危機不僅僅出於對中國
社會主義烏托邦幻滅的理想失落，同時亦出於文革後面臨新社
會的轉型時，人心所產生的對於新理想的召喚與疑慮。這是一
種「雙重」的認同危機：王安憶一方面必須頻頻回顧文革時期
與文革前的國家改革理想──儘管已然幻滅；一方面她又必須
立足於社會現實的角度，重新檢視新舊社會之間顯然存在的價
值衝突。前者依然表現在她對文革錯誤改革路線的「反思」，
只不過，這時的「反思」已經不單純只是對響應新時期國家文
藝方針的批判「四人幫」立場而已，而是回歸到她自身的經歷，
藉由建構自己的文革歷史來重新關照文革的功過是非。她將她
關注的範圍聚焦到 69 屆這一代人的人身上，最大的原因即
是，她必須透過重寫自身的歷史來消解個人的認同危機。

二、69 屆知青理想的失落與重建

　　「文革」結束後，基於政治的因素，批判「四人幫」成為
國家新領導者強力向人民宣傳的政治話語。但是國家的歷史建
構與個人的歷史建構真能完全等同嗎？王安憶曾自述她的文
革經歷：

---

[34] 見許子東：《為了忘卻的集體記憶──解讀 50 篇文革小說》，北京：三聯
　　書店，2004 年 4 月。頁 4。

「文化大革命」開始時，我才 12 歲。停課了，大街上天天上演著鬧劇。我跟著同學上街拾傳單，看大字報，去接待站要求在小學也開展「文化大革命」……可卻知道爸爸 1957 年曾是右派，於是參加紅衛兵也沒味了……如果說，有人上山下鄉是出于迫不得已，有人真正有一股改天換地的雄心壯志，有人真誠地為了改造世界觀，那麼，我卻是因為太無聊想去尋求豐富、充實的生活。我不顧媽媽的反對，吵著鬧著地走了。——這，就是《幻影》中的雯雯。

剛滿十六歲的我，連手絹都不曾洗過，來到淮北農村，簡直是度日如年。可我真誠地相信，這一切都是由於我的嬌生慣養和軟弱。我相信我走進了新生活，一切都是好的，只是需要自己刻苦和堅強。三個月後，我被評為縣積代會代表，然後又逐級上升，終於出席了省積代會。可真叫人大開眼界：代表們在台上大喊扎根農村，台下卻為招工招生忙得不亦樂呼；有的所謂教育知青優秀大隊，卻原來是奸污女知青的黑窩；而被輿論所不恥的所謂油腔滑調、玩世不公者，似乎倒還有一絲正直、善良之處。我的心裡像是發生了一次七級地震，美和醜，善和惡，真和假，七顛八倒地在旋轉。我忽然感到長大了許多。——這是《廣闊天地的一角》裡的雯雯。在嚴酷的生活中，幻想破滅了，雙腳落回堅實的大地。可心卻執意地嚮往著，嚮往著美好的生活……[35]

---

[35] 見王安憶：〈路上人匆匆——把筆觸伸進人的心靈〉一文。收於散文集《蒲公英》，上海：上海文藝出版社，1988 年。頁 146-147。

　　這段敘述簡單呈現了王安憶對文革經歷的態度。當1966年，文化大革命發生時，王安憶才十二歲，成為「69屆的初中生」。「69屆」這一代的人，對於文化大革命的回顧是特殊的——至少，在王安憶的小說中具有象徵性的意義。

　　69屆的初中生，其實並未接受正規的教育。她曾說：「文革時學校很亂，其實一天書都沒念，在中學裡過了三年就是了。」[36]教育上的斷層導致69屆的初中生在1976年文革結束後，學校教育復甦時，成為文化上的一個「斷裂」。他們沒有受過正規的中學教育，是一屆讀書最少的學生，因而在中國在社會經濟方面急遽轉型時，成為一個特殊的族群。小說：〈廣闊天地的一角〉、〈苦果〉、〈幻影〉、〈運河邊上〉、〈分母〉、〈繞公社一周〉、〈69屆初中生〉等紛紛反映出這個問題。在中國現代化的激情之下，小說中的人物不免懷有一種集體性的理想主義。而隱藏在那社會主義拯救中國的理想之下的，是隨著現實幻滅而產生的巨大空虛與失落。

　　是以儘管〈幻影〉的雯雯，因為文革時期精神生活的貧乏與對人性的失望，使她認為下鄉插隊將開闊她生命中的廣闊天地。但那畢竟是還未下鄉，對未來懷有期許的少女心情，小說中人物對文革的記憶尚未整全，無法從歷史情境中跳脫出來，看清文革十年所結成的果實，其實是一只苦果。

　　〈苦果〉裡，獨自扶養兒子的寡婦趙瑜，是學校裡被學生「鬥爭」、「批判」的班主任。原先她全心全意教著學生，希望他們成為社會主義的建設者。然而在文革期間，十幾年兢兢業業的教學工作卻成為毒害孩子思想的罪行。她雖堅信國家的改

---

[36] 見梁麗芳：《從紅衛兵到作家》，台北：萬象圖書公司，1993年。頁57。

革的路線，但在文革極左路線的進行下，突如其來的革命使她被昔日的學生打上「牛鬼蛇神」的標誌，她十五歲兒子——明明——的笑容也因而消失了。世局的變化莫測使她感到萬分迷惘，並且萌生了死亡的念頭，以為只要自殺便可遠離鬥爭會、大字報，也不用再忍受自己學生的鞭子以及兒子表示劃清界限的沈默。小說中，敘事者描述道：

> 兒子和母親，學生和老師，在幾年、十幾年中形成的印象，在一夜之間就被取消，被替代。替代它的是革命作出的結論，這自然總是對的，可他們同意的未免太心甘情願了。他們的眼睛呢？他們的腦袋呢？程海瑞曾經說：「我相信我的眼睛。」他的眼睛被否定了。兒子曾經說：「我有我的意見。」他的意見也被否定了。……啊，趙瑜，你為什麼老是叫他們相信，相信，卻不叫他們想一想，想一想。你要他們相信一切都是合理的，對的；錯的只是他們自己。……於是他們就這樣信任著世界上的一切。萬一，萬一，這世界上有了一點點錯誤，他們也就這樣毫不動搖地去相信它仍是對的……[37]

文革時期，人倫關係遭到嚴重扭曲。敘事者藉由趙瑜的遭遇，清楚地呈現出被扭曲了信仰的真理與人性。這是來不及建立自己的價值，而以統治者的價值為價值所種下的「苦果」。人們在這場浩劫中，失去了自我思考的能力，完全被政治的洪流與激情牽著走，或者反過來說，正是由於自我思考能力的缺乏，才使得 1966 年，一場「海瑞罷官」的批判，引燃長達十年的

---

[37] 王安憶：〈苦果〉，《十月》，1980 年第 6 期。頁 87。

文革浩劫。〈苦果〉可視為王安憶對「文革十年」最具體而強烈的批判。

　　〈廣闊天地的一角〉裡，描寫鄭雯雯與荊國慶這兩個下鄉插隊者的理想，在下鄉後遭受到實際現實情況的摧折所帶來的幻滅感。十六歲的雯雯一開始懷著一股對革命的熱情加入了知青下鄉的熱潮，與她的天真熱情形成對照的，是十九歲的荊國慶在下鄉多年後，識破革命真相的幻滅與絕望。十九歲的荊國慶該是在寫畢業論文的年齡了，卻剛剛才要爭取上大學。然而1966年6月17日那天，高考制度取消了。他不無後悔地回想：

> 我那會兒真是「革命」，真有「大志」，每天戴著七吋寬的紅袖章殺來殺去，造反，奪權，把個好端端的學校，砸了個七亂八糟。毛主席發出「知識青年上山下鄉」的號召了，我咬破手指寫血書，立志到廣闊天地練紅心。那個勁兒呀可是，不知從什麼時候起，我卻開始想老師，想學校，那被我鬥得人不像人、鬼不像鬼的老師，那被我砸得「稀巴爛」的學校。我又想上大學了……時間過去了，精力耗費了。生活給人開了這麼大個玩笑。幸好，大學又開門了。只不過不能憑學習成績進去，要憑「推薦」，「研究」，哈哈！去年進去了多來勁兒的一伙，有一字不識的，有咱們班上那老留級……這是革命，前進！時代在前進，可我卻倒退了，直退到十六七歲的那個理想上。[38]

敘事者藉著荊國慶之口，發出一聲對文革真相的悲鳴，當他們

---

[38]　王安憶：〈廣闊天地的一角〉，《收穫》，1980年第4期。頁150。

懷抱著理想前進的時候，也就是理想幻滅的時候。

〈分母〉裡的盧時揚也是一個理想幻滅的代表。小說中敘述他是一個其貌不揚的人，除了學習成績優秀以外，便沒有其他的優點了。他唯一有所表現的地方是考上北大，藉以贏得他人的重視。然而文革時期，他因為出身不好，成了黑五類，被排斥在一切活動之外，任何上大學的可能都粉碎了，在很長的一段時間裡，他不願去想「北大」這個詞以及有關它的一切。雖然後來「四人幫」被打倒，他從師範畢業後當了學校的班主任。但他的理想是再也不會實現了。他只能將理想寄託在即將參加高考的學生身上，然而學校為了升學率而決定將學生進行分班。因為社會的現實情況是：

> 在培養人材的過程中，在使國家富強的過程，是要犧牲幾個平常的，微不足道的人……做什麼事都要有代價的。十年「文化大革命」，黨，終於澄清了，更堅強了，人們終於有了覺悟，但像盧時揚這一代的人卻犧牲了很多，付出了巨大的代價。[39]

文革十年，個人的價值被壓抑到最低的程度。然而在文革結束後，建立社會主義烏托邦的「理想」破滅了，而社會的現實卻仍然以使國家富強為理由，找尋犧牲的羔羊。故事中的盧時揚以及他那些被分到「垃圾班」的學生，都是這時代巨輪下被犧牲的「分母」，他們的存在是為了讓少數的「分子」成為有益於國家社會的人材。盧時揚失去了他的理想，但作為一個人的

---

[39]　王安憶：〈分母〉，原載於《上海文學》，1981 年第 4 期。收於《王安憶中短篇小說集》，北京：中國青年出版社，1983 年。頁 242。

本質，卻不會失去。他認為人活著，總要有一些驕傲，有一些用處，在人群中有一個不容小視的位置，但這樣的位置，卻潛進廣大的庸常之輩當中。小說結尾儘管給予這樣的犧牲某種肯定，但仍不無悲劇的意味，帶有自我安慰的嫌疑，並非真正的服膺於命運，只是不得不如此的一種選擇。

〈繞公社一周〉裡的鄭南南也是這樣的一個「理想型」人物。她堅信：

> 「階級鬥爭是青年人的一門主課」，文化革命開始時，她很小，沒參加上轟轟烈烈的紅衛兵運動，如今，來到農村，面臨著這麼一場活生生的階級鬥爭，她滿心是準備來經經風雨，見見世面，上好這莊嚴而神聖的一課。[40]

南南是69屆的，是省積代表、先進份子，對於參加批判大會十分認真，並且非常敬仰批判隊長海志平。這次要繞公社一周的兩個被批判的對象，一個是奸污女知青的反革命份子葉思光，一個是將毛主席像封在死屍房裡的反革命份子楊家駒。然而隨著批判大會的進行，南南對批判的意義越來越困惑，當她發現，就連她認為對這場大批判態度上應該是最認真的海志平，實際上卻把這批判會當成了一台戲。批判隊的正當性受到嚴重的動搖。到最後，繞公社一周的結果竟是：

> 繞公社一周，每個人都得到了一點所需要的。有的躲避了農忙，有的得到了現金，有的吃了一肚子油，有的打通了升天的路。南南以前光覺得海志平把「階級鬥爭」

---

[40] 王安憶：〈繞公社一周〉，《收穫》，1982年第3期。頁237。

> 當了工具使，豈不知人人皆是。……人人獲利，只有南
> 南一無所獲，甚至還覺得失去了什麼，心裡空落落的。
> 原先那種肩負重任、不負重望的神聖莊嚴感失去了，一
> 腔蓬蓬勃勃的熱情也失去了。[41]

於是不免令人疑惑，究竟像〈廣闊天地的一角〉中的荊國慶這樣只剩下倒退的理想的人、像鄭雯雯這樣懷著對現實的理想的青年，以及像〈分母〉中的盧時揚與〈繞公社一周〉的鄭南南，他們心中的「理想」究竟是什麼？

當那些堂而皇之接受再教育思想路線的知青們，被集體地送到「廣闊天地」，上山下鄉的時候，正是紅衛兵運動退潮，思想處於極度苦悶的時期。[42]這些單純的青年，於 1966 年 8 月左右走出校門，響應號召參加文化大革命。《69 屆初中生》裡的雯雯，在夜裡到學校裡聽毛主席的「講話」廣播，在街上拾傳單，在學校搞文化大革命，瘋狂地對「牛鬼蛇神」實行了從思想到肉體的清除，嚮往在脖子上繫上一條象徵革命的紅領巾。政治社會的肅穆氣氛，卻在他們身上形成了浪漫的情懷，使他們對於批判清算與階級鬥爭充滿激情，對離開學校到廣闊天地去體驗生活存有浪漫的想像。直到文革的熱潮過去，精神與生活資源的貧乏將他們徹底淘空了。那種「理想」，是一個人對於自身價值的實現期待；也是在國家機器的運作下，被操縱的中國現代化的理想藍圖。然而這兩者在文革中都失敗了。歷史的斷裂感顯著地表現在這一代人的心靈中。

---

[41] 同註 40，頁 244。

[42] 參見孟繁華：《百年中國文學總系：1978 激情歲月》，濟南：山東教育出版社，1998 年 5 月。頁 109。

　　1978 年以來，知青作家們不斷透過對過去記憶的重新建構來彌補這一道歷史的斷裂。陳曉明在探討中國的現代性問題時，認為：

> 現代以來的中國一直為一種不斷激進化的社會變革所支配，社會的進步最終選擇了暴力革命，徹底推翻了傳統的社會制度和秩序。很顯然，「斷裂」在中國的現代性發展中表現的更為突出和徹底。由此也就不難理解，現代以來的中國歷史中充滿了那麼多的結束和開始。……急迫地拋棄過去，與過去決裂，追求變遷的速度，以致於人們只有時刻生活在「新的」狀態中，才能體會到社會的前進。這一切當然都源於「落後」的焦慮情結，都來自渴求超越歷史，迅速自我更新的理想。[43]

「急迫地拋棄過去」、「落後的焦慮情結」，正是這一代人共同的情感體驗。他們喊著「破四舊」、「立四新」的口號，被政治的力量推著走。然而「舊」雖然被急切地打破了，「新」的文化精神卻沒有立即遞補上來。因此那股無以名之的熱情的理想，成為王安憶知青題材小說中，主要人物諸如：雯雯、南南、盧時揚、荊國慶……等人共同失落的鄉愁。

　　小說家試圖彌補這道「斷裂」的方式，是透過賦予人物樂觀的理想性格與對未來的期許。而精神喊話般的結局，更為那無以名之的、已然失落的理想，替代地更換成一種對卑微人性的美好信任與讚揚。所以〈廣闊天地的一角〉裡的雯雯在看清

---

[43] 陳曉明：〈現代性與文學研究的新視野〉，收於《現代性與中國當代文學轉型》，昆明：雲南出版社，2003 年。頁 10。

下鄉的「真相」後，仍然坐上了從上海開往遠縣的列車。她想
告訴荊國慶：「其實，醜惡的不就是一個張主任，而更多更多
的是美麗的青山綠水，善良的鄉親……」[44]她的樂觀使得對現
實的醜惡無比灰心的荊國慶，也開始認為：「生活中有好人，
有誠實」[45]。也因此〈苦果〉中遭到學生批判、兒子與之劃清
界限的趙瑜終究沒有走向結束生命的道路，「她想試著活下去
看看，弄明白一些事情，明白了就總會想出個辦法來。再說，
一個人只要心裡清清楚楚，那麼再多的苦也能經得起。」[46]儘
管她並不真正弄明白什麼事情。而〈繞公社一周〉裡，認為批
判任務失去了神聖莊嚴的南南，最終還是覺得她終究還是獲得
了一點什麼：「比如，她認識了很多人，是的，很多人。」而
「人，只要在生活，總會有所得即使是繞了個圈子，那也是上
升的螺旋。」[47]最後的結果是，連〈分母〉中，認為理想不會
再實現的盧時揚，也因為自身有過被鄙夷的痛苦，從而懂得人
需要尊嚴。當他放棄擔任升學班的班主任，而心痛地決定擔任
「垃圾班」的班主任時，他仍舊安慰自己：「為了人，哪怕是
作為代價的人，一切也都是值得的。他不再懊惱了，他感到他
的損失得到了補償。……別的教室傳來琅琅的讀書聲，那裡將
會有人考上北大，清華，成為工程師，藝術家，教授。這裡
呢？……不管怎麼，終究要成為人，真正的人！」[48]

　　讚頌人性的美好與光明面是早期王安憶創作上的特色之

---

[44] 同註38，頁160。
[45] 同註38，頁160。
[46] 同註37，頁87。
[47] 同註40，頁244。
[48] 同註39，頁243。

一。〈運河邊上〉描寫一個女知青下鄉插隊的故事，敘事者頌揚「希望」與「光明」的企圖更為明顯。儘管經歷插隊生涯的煩悶與苦難、畢業分配後舉行畫展的重重困難，以及婚齡蹉跎的尷尬，理想一再地幻滅，卻又一再地重新燃起希望，女知青小方依然對生活抱著熱情與理想，因為：

> 我們是野菊花，我們在最底層，最貧瘠的土地上奮力昂起頭。我們努力拔高自己。儘管我們微不足道，然而我們終究是一個生命。……

> 在現實生活中，當希望實現的同時，又生出新的，它是這樣的無窮無盡，只要不喪失信心，就永遠有希望。[49]

〈運河邊上〉可視為王安憶對於人類生命力與永恆理想的最高歌頌。較之同時期「傷痕文學」作品中所流露的對於文革的控訴與傷感，她顯然更專注於對人性展開反思，營造非常時期人性光明面的展現。評論者稱其寫出了：「平凡人物的心靈在時代漩渦中的深切變化，異化的人性在不同程度上為『復歸』而掙扎，而奮鬥。」[50]因此她早期的作品給人一種「不寫尖銳的重大矛盾衝突，也沒有追求曲折離奇的情節；寫的都是普通人常常碰到的社會問題……而又絕不給任何真理做抽象的、人為的解說。」[51]的感覺。

　　事實上，認為王安憶不給任何真理作抽象、人為的解說是

---

[49] 王安憶：〈運河邊上〉，《小說界》，1981年3月，頁50-87。頁87。

[50] 引自吳調公：〈心靈的探索 哲理的涵茹──從王安憶的《牆基》和《流逝》所想起的……〉，《鍾山》，1983年第1期，頁165-168。頁165。

[51] 引自鍾本康〈她表現了一個完整、統一的世界──讀王安憶小說隨想〉，《當代作家評論》，1984年第4期，頁76-78。頁77。

一種誤解，此問題涉及王安憶小說的敘事話語特色，因此將在下一節做較深入的討論。但評論者仍然敏銳地看到了一個王安憶小說的創作傾向：比起以建立文革的集體記憶來反思或揚棄文革十年所帶來的總總傷痕，她更關注的，似是在時代漩渦中人性光明面的描述。

何以王安憶的創作傾向會著重於對人性光明面的歌頌？假使在她的作品中尋找答案，或許我們可以以王安憶在其短篇小說〈信任〉裡，對於文革所造成的扭曲人性的討論窺出端倪。人性良善的一面在文革傷痕中遭到抹殺、扭曲，而當文革結束後，作者重新反思新時代現實生活中的人性時，王安憶顯然找到了她願意加以歌頌讚揚的一面。

延續對人性的探討與庸俗生活的挖掘，中篇小說〈流逝〉，透過對歐陽端麗這位原是資產階級家庭的媳婦從文革前到文革後的細部生活描寫，可作為此創作傾向的註腳。

三、政治話語隱退與人性回歸

同樣是以文革十年為主要故事背景的作品，〈小院瑣記〉、〈當長笛 Solo 的時候〉、〈野菊花，野菊花〉、〈年青的朋友們〉、〈庸常之輩〉、〈金燦燦的落葉〉等，所書寫的主題與焦點又有所不同。敘事者為國家意識形態服務的色彩降低了，同時故事主題也產生了變化。這是早期王安憶小說建構「歷史」的另一個方向。

〈小院瑣記〉以敘事者「我」（桑桑）的視角，漸次將一個即將拆建的小院內部的人事娓娓道來。小院作為文工團的家屬宿舍，因為有了固定住房的緣故，成就了許多對青年的婚

姻。住在小院裡的五對夫妻，包括文化局長的兒子黃健和他的
妻子李秀文、在團裡吹小號的老姜與青年女工小章、木工記小
中與新婚妻子連珠、英俊的海平與善妒的妻子任嘉，以及我（桑
桑）與阿平，各有各的相處情況。透過不同婚姻型態的對照，
隱約呈現時代環境下，知青婚戀的各種苦楚，而桑桑也從一開
始對於自己婚姻生活的些微不滿，相對地對他人婚姻生活的欣
羨，幾度心理掙扎下，重新發現了平庸的婚姻生活中的幸福。
政治性的敘述在此隱退，只剩下由小說敘事話語所支撐起來的
薄弱情節的瑣碎趣味。

〈當長笛 Solo 的時候〉裡，敘事者以全知觀點敘說了一
段知識青年們的感情發展。向明是文工團裡的臨時工，他吹長
笛，而每當長笛 solo 的時候，小提琴桑桑就會出神。有一天，
首席小提琴病了，桑桑代替了小提琴的 solo，就在這一次小提
琴與長笛交叉進行的獨奏中，她忽然發現自己愛上了那吹長笛
的人。但是愛情對於知青來說卻是一項悲劇。當戀情明朗化
時，向明卻被迫離開文工團。敘事者告訴我們，原先在知青插
隊時期，桑桑明白：

> ……首先人要有生存的基本條件，比如飯碗，那麼才有
> 權力得到愛情。她十七歲下放農村，插隊四年，這期間，
> 連飯都混不上，更別說前途未定。知識青年，十對談戀
> 愛，十對是悲劇，在她們集體戶裡就有例子。[52]

而進了文工團以後：

> 首先要當三年學員，學員期間不准談戀愛，這是鐵的規

---

[52] 王安憶：〈當長笛 Solo 的時候〉，《青春》，1980 年第 11 期，頁 4-8。頁 5。

定，儘管這個知青學員已經二十歲出頭。[53]

當向明決定拒絕桑桑的愛情，卻被團裡的指揮發現，而被領導開除時，他反問：

> 我二十八歲整了，談個對象怎麼算是生活作風有問題？我知道，就因為我是個知青，沒有戶口，沒有工作，沒有任何權利。可是知青也是人哪！[54]

短短一段文字，說明了「知識青年」的身份，在文革時期，甚至搆不上作為一個「人」的標準。小說透過桑桑與向明的一段「還沒追求到就已經失去了」的短暫戀情，控訴個人性被徹底打壓，集體意識是政治場上的唯一準則。然而儘管如此，這篇小說與其說是藉由一對知識青年戀情的夭折來提出深刻的抗議，不如說是敘事者借用了文革的時代背景，譜寫了一篇優美的愛情故事。

〈年青的朋友們〉敘事者更第三人稱全知觀點，藉由描述文工團中一群小青年們對愛情的理想，歌頌起屬於他們這一代年輕人的愛情：

> 愛情，愛情真是個奇妙的東西，叫你笑，又叫你哭。叫憂鬱的變快樂，叫軟弱的變堅強。當然，有時候也會反過來，可儘管這樣，人人都嚮往它，追求它，要它，願意為它犧牲──只要青春在。[55]

---

[53] 同註52，頁5。
[54] 同註52，頁7。
[55] 王安憶：〈年青的朋友們〉，《芳草》，1981年第8期，頁8-13。頁13。

文革時期被壓抑的個人性也藉由「桑桑們」的感情生活與婚姻
狀態，重被喚起。

〈金燦燦的落葉〉寫的便是文革後，一對夫妻之間的生活
與情感狀態的轉變。在這篇小說當中，可以看見王安憶對於探
討男女婚戀關係的興趣，〈金燦燦的落葉〉幾可視為之後的「三
戀」、〈崗上的世紀〉、〈逐鹿中街〉等小說的早期型態。文革期
間被壓抑的愛情主題在新時期文學裡被作家們大量地書寫。此
類題材可視為對「個人性」解放的要求。

「個人性」於王安憶所選擇的落實方式，則是透過對庸常
生活的歌頌，放大書寫「庸常之輩」的瑣碎生活，藉以重建那
個人退位的歷史斷層。因此我們看到了〈庸常之輩〉裡，何芬
對自己生活上的種種想法：「人人都在生活，都在追求著一份
東西。她自己也是。」[56]童年時的好友真真的婚事辦的十分簡
單，在何芬看來，那是理所當然。因為「真真的簡單，只會表
示對社會輿論舊習常規的鄙視，表示出她的與眾不同。而何芬
如果這麼簡單了，卻會被人瞧不起，會叫人覺得窮酸、卑微、
狼狽……婚禮是她一生中的大事，也許一輩子就只有這麼個機
會，是以她為中心，為主角。她希望搞得熱鬧、排場，希望這
一天中自己漂亮、大方。」[57]何芬對生活的追求是平凡的，可
她卻認為這是在盡自己的本分，認認真真地生活著。為了體現
「庸常」的價值，敘事者形容何芬：

　　她是平凡的，是連「又副冊」也入不了的「庸常之輩」，

---

[56] 王安憶：〈庸常之輩〉，原載於《中國青年》，1981年第11期。收於《王
安憶中短篇小說集》，北京：中國青年出版社，1983年。頁90。
[57] 同註56，頁97。

> 可是，她在認認真真地生活她的勞動也為國家創造了財
> 富，儘管甚微。她的行為，也在為社會風貌、人類精神
> 增添了一份光彩，自然也是甚微。[58]

儘管何芬的一切，於國家社會而言都是「甚微」，她只是廣大
群眾中，作為分母之用的。然而倘若沒有了分母，分子也就等
於零。

〈野菊花，野菊花〉裡那位在汽車站販售自製手工娃娃的
生產組工人，無論在文革時期或文革後都是那麼的際遇平常，
他的理想不過是實實惠惠過好日子，在文革時，他至少還加入
了一個公社宣傳隊，文革後，他卻成為新的社會階級中，最末
等的劣等公民。新的社會階級是這樣分的：

> 現在大家都說：人，一共分四等。國營單位頭一等，大
> 集體的第二，新集體，即國營單位中的集體單位算是第
> 三，生產組是第四。他是第四等，末等。這種劣等公民
> 是甭想有老婆了。[59]

新的經濟體制改變了社會的價值觀，造成社會階層自文革後再
一次的重組。然而儘管經濟條件極為惡劣，這個工人仍然鼓勵
自己，付出勞動換取報酬的正面意義，人不該以勞動的性質來
分等。

除了透過特定人物來書寫「庸常」以外，王安憶還以〈軍
軍民民〉這篇短篇小說寫出了小城居民與文工團和一個解放軍

---

[58] 同註 56，頁 102。

[59] 王安憶：〈野菊花，野菊花〉，《上海文學》，1981 年第 5 期，頁 38-44。
頁 42。

獨立營之間，紛雜的生活百態。

　　王安憶叨叨絮絮，不厭其煩地展示她創作歷程上的新發現，她急切地想要宣揚「庸常」的重要。因為，既是「庸常」，就不是「典型」。對典型人物的抗拒與對庸常人性的歌頌，或可視為王安憶對社會主義革命文學路線的抗拒與個人的審美抉擇。她將對文革時期的社會反思，安置在庸常生活的描寫中，從中找到她自身創作的立足點。有評論者認為這是王安憶刻意迴避政治的結果。[60] 然而如果從其家族文學淵源來看，卻可發現早在1958年「反右鬥爭」的年代，王安憶的母親茹志鵑便以其短篇小說〈百合花〉細緻的敘事，證明她擅寫生活中平凡的事物和平凡的人物。選擇平凡人物作為小說中的主要對象，或許只是一種個人的選擇。王安憶的文學嘗試沒有花費太多時間便轉向了小敘事，除了上海文學的市民性以外，或許亦與其家學淵源有關。

四、社會轉型時期的價值衝突

　　前文業已提及，王安憶在她從青年走向成人道路的新時期初期，透過書寫呈顯出她的「雙重認同危機」。此認同危機出現的原因，除了與文革時期前後，與國家改革理想的幻滅有關之外，尚表現在文革結束後，新舊社會價值間的衝突。此衝突除了發生在個人位置的錯置以外，更加深刻的是新舊時期文化

---

[60] 洪士惠將此現象視為是王安憶「迴避政治的空白敘述」。是文革後，對文革英雄的反叛與重新發現「人」的存在意義所致。見其《上海流戀與憂傷書寫——王安憶小說研究》，淡江大學中國文學系碩士論文，2001年6月，頁10-12。

轉型與替代所造成的巨大失落。

〈新來的教練〉裡，女排球隊的正教練鄭玉華原是一個工人的女兒，因為身高與「三代紅」的背景而被選為省體工隊的運動員。然而儘管懷著父母與國家的期待，她就是打不好球。在坐了幾年冷板凳後，她被分配到學校任教，卻依然無法勝任，她很惶恐，卻又不敢推辭，因為：

> 這是組織的分配，組織的信任，她不能討價還價，她只能好好幹，努力，拼命。[61]

鄭玉華是一個被時代與自己共同錯置位置的悲劇性角色，直到排球隊來了一個新的副教練谷中，她才意識到自己的不適任，並感到無所適從，然而她面對自己佔據了錯誤位置的方式，卻是以向組織報告谷中「不正確」（卻有效）的訓練方式來撫平自己內心的焦慮。

〈尾聲〉則敘述一個在文革前。曾因國家「樣板戲」政策而受到重視的文工團，在文革結束後，因為新政策的施行而逐漸蕭條、面臨解散的故事。敘事者透過團長老魏的視角，記錄了一段文工團的興衰史。敘事者暗諷團長老魏不合時宜的同時，也不無對新社會的新價值發出疑慮的呼聲。文工團裡的每個人在新時代裡，似乎都被錯置了位置。昔日柳子劇團總飾演小角色的謝師傅如今淪為團裡的電工；昔日飾演「白毛女」主角喜兒的舞蹈隊成員桑桑，因為樣板戲的沒落而得不到登台的機會；昔日本已考取上海音樂學院的樂隊指揮小唐在沒落的文工團裡無法發揮所長；昔日的盛景在「今日」社會裡已然消失，

---

[61] 王安憶：〈新來的教練〉，《收穫》，1980 年第 6 期，頁 126-155。頁 133。

文工團虧損嚴重，最主要的理由是因為跟不上時代潮流。團長老魏除了必須面對這樣的窘境以外，還面對了城市嚴重的失業與經濟問題，社會價值以金錢作為衡量的標準，這些現象都是在「四人幫」被打倒，大批知青回城以後的社會現象。而文工團存在的本身，「就是一場歷史的誤會」[62]，不管誰當團長，都無法抵抗解散的命運，舊日的價值，全在新時期裡走到了尾聲。

如同〈小紅花的故事〉[63]裡，在文革時期表演樣板戲《紅燈記》的主角李玉和和李鐵梅，而被稱為「小紅花」的三三與翠翠，以及在他們長大、不再適合演李玉和和李鐵梅之後，接替他們的另一批「小紅花」兒童演員，在文革結束後，便遭到遣散的命運，體現了轉型時期，社會所發生的巨大改變。

而如果說，〈新來的教練〉裡的鄭玉華與〈尾聲〉中的老魏尚且對自己處在一個「錯誤的位置」有基本的體認，那麼〈舞台小世界〉中的福奎，與〈迷宮之徑〉裡的主任韓則禮，則是對此一現實毫無所覺的角色。〈舞台小世界〉藉由文工團新、舊任團長對福奎這一號傳統人物的倚重，暗示了文工團前景的黯淡。〈迷宮之徑〉中，儘管社會現實已經面臨重大的變革，生活秩序已經產了變化：諸如貧困使人與人之間的關係緊張，對未來社會所需要的人材也出現了爭議。可韓則禮身為黨員，依然堅持自己舊有的價值觀。除了堅持每天早晨的過期報紙的「社論」學習儀式外，他還對新來的編輯楊銘銘大嘆：

現在的年輕人，不重視學習，什麼都不相信，就相信自己。

如今外在的影響也多了，內部電影，電視錄像，自己懂外

---

[62] 王安憶：〈尾聲〉，《收穫》1981年第6期，頁163-197。頁197。

[63] 王安憶：〈小紅花的故事〉，《少年文藝》，1983年第3期，頁62-73。（此文是為《少年文藝》雜誌社創刊三十周年而作。）

語的還能看很多外國的資料。於是，也不加分析，便認為
外國好，什麼都好！恨不能一夜之間把外國的那一套統統
搬來。這種思想很危險，弄不好要犯錯誤的。[64]

敘事者透過韓則禮的對舊社會的懷想，並不是出於「懷舊」，
只是如〈B角〉中的「B角」郁誠一樣，因為「生活秩序的結
束」[65]感受到自身所處的社會價值的混亂而做的抵抗。

郁誠因為他一片紅的工人身份而得以加入話劇團，過去他
雖能憑藉嘹亮的聲音得到樣板戲的演出機會，但當話劇團恢復
原來的性質，不再演出京劇後，他也就開始感受到了生活的危
機。他雖然喜歡演戲，卻缺少天分，進團十年，他一直是個無
名的角色，然而當他終於得到一個小角色的 B 角，甚至因為
A 角袁小彬的意外缺席而得到一次演出機會時，他卻因為太過
緊張而再度錯失了機會。B 角郁誠與 A 角袁小彬之間的「代
溝」更突顯了郁誠與新社會的格格不入。隱身敘事者以「自由
間接引語」寫出了深刻的觀察：

> 他早知道和這個七五屆畢業生談不下去，他們的生活道
> 路太不同了，所受的教育也不一樣。郁誠他們是在理想
> 主義的陶冶中長大；而袁小彬他們，怎麼說呢？可不可
> 以說是現實主義？反正，他們的主義要比老三屆畢業生
> 實用多了。雖則只差七八年，可卻是隔了一整個時代，
> 很難溝通。[66]

---

[64] 同註24，頁 33。

[65] 彭亞非：〈一種生活秩序的結束──王安憶《B角》引起的隨想〉，《上海
文學》，1983 年第 4 期。頁 87-89。

[66] 王安憶：〈B角〉，《上海文學》，1982 年第 9 期。頁 25。

文革前的社會主義理想主義，與新時期的現實主義之間產生的落差，體現在「老三屆」[67]畢業生身上，顯得既殘酷又無可奈何。因為「生活信念」的動搖而與社會產生了信念上的矛盾。這不僅是小說中人物的認同危機，也是與王安憶同時代的人共同經歷的危機。當新時期的各個社會角落疾呼變革與現代化的同時，69屆這一代人，似乎都產生了適應不良的症狀。所以〈大哉趙子謙〉裡便有一位不合時宜，卻具有傳統美德，並以成為黨員為榮，在社會主義的國家理想下，甘願犧牲個人價值的傳統知識份子趙子謙。小說中提到，「四人幫」打倒後，黨為趙先生恢復了名譽，文革時期的個人思想「檢查」也從檔案中抽出來交還給他銷毀，可趙先生卻反倒茫然起來，因為：

> 那些檢查，他都是真誠寫就的。沒有一句虛假，沒有一句不是肺腑之言，沒有一點虛偽和應付。趙先生深感改造思想的不易，做人的不易，似乎沒個現成的準則。[68]

當趙子謙認同了文革前與文革期間的國家的意識形態後，面對新時期的到來，他卻反而無所適從，只能按照自己過去的「做人」準則，成為人們眼中，犧牲奉獻，卻直到死去都沒有完成自己一直想寫的文章，實在是個「大哉趙子謙」！隱身敘事者雖以第三人稱全知觀點極力歌頌趙子謙的美德，字裡行間卻不無諷刺之意，且亦藉由趙子謙與他人的對比，對新社會的「價值」提出質疑。

---

[67] 「老三屆」指的就是1966、67、68三屆的初高中畢業生。可是論及老三屆時，其語境中的基本話題，往往是針對整個知青一代。見許志英、丁帆：《中國新時期小說主潮》上卷，頁267。

[68] 王安憶：〈大哉趙子謙〉，《北京文學》1983年2月，頁4-13。頁7。

　　文革時期的極左政權統治使得人們失去了個人主體，無法
掌握自己的命運。因此只能如〈這個鬼團〉裡那位原已考取音
樂學院指揮系，卻無法就學的林凡，在文革結束後，因為年齡
太大而無法如願入校深造，為了音樂的理想只好加入一個小規
模的地區文工團，他既恨「這個鬼團」，卻又無法離開它，林
凡可說是個被時代捉弄了命運的角色。

　　這種悲劇性的命運，更深入地表現在〈命運交響曲〉這篇
中篇小說裡的。小說以書信體的形式，透過視角的轉換與三個
故事框架，帶出一個被命運操弄的悲劇角色韋乃川。韋乃川在
文革前曾是音樂學院的天才音樂家，畢業後，受理想的驅使，
想效法卡拉揚，而選擇到一個地區性的文工團擔任指揮。結果
他失敗了。他在 1976 年時自嘲道：

> 這塊土地非但是貧瘠，而且還有一種排異的特性，它不
> 習慣的東西連嘗試的興趣都沒有，一概的斷然拒絕。我
> 是太天真，太天真了！如果我當時不這麼別出心裁的
> 話，結果會是完全不同的。[69]

理想與現實的衝突，因為「文革」而加劇，等到文革結束後，
韋乃川又因為自身的思想仍停留在舊社會時的觀念，而遭到新
時代的放逐，他只好經常沈浸在自己的回憶中。在人與命運的
交戰中，韋乃川是個典型的失敗者，他既無法面對理想的失
落，又不願看清現實的改變。是以他始終無法寫出自己的「命
運交響曲」。他認為：「人，終究是戰勝不了命運的，任憑人有
多麼強大的意志。……可是人滿心希望要強過命，做自己的主

---

[69]　王安憶：〈命運交響曲〉，《當代》，1982 年 2 月，頁 211-231。頁 215。

宰，不斷地爭鬥，失敗，又掙扎，這就形成了悲劇。……」[70]
小說經由另一位人物——寫日記者——的視角，否定了韋乃川
對於命運的定義，而重新給予命運的定義是：「人的命運是由
兩種力量促成的：一種是外在的、客觀的，是個人幾乎無法掌
握和難以迴避的力量；一種是自己的性格和意志，也就是自己
靈魂裡的力量。人們的命運之所以不同，後一種力量起著很大
的作用。」[71]透過對命運的兩種不同的詮釋，隱含作者也提供
了自己對文革後，社會轉型時期，不同人物之所以擁有不同命
運的某種解釋。並同時提出一個問題：究竟是時代還是原始的
性格，影響一個人的程度較深？

　　「文革」在中國人民心靈上留下的印痕，有沒有辦法克
服，並跟隨著新社會一同前進？〈命運交響曲〉透過韋乃川這
一個悲劇性的人物，做出反面的、充滿希望的結論，對轉型時
期的社會發出一些正面的期許。

　　然而，因為新時期社會轉型的價值衝突總是被消弭在這樣
的期許與希望中，因而使王安憶此時期的小說缺乏深刻的批判
性。小說中的「衝突」常常只是點到輒止。南帆即認為，早期
王安憶的小說往往只是靜止地展現出人物與其生活位置的衝
突的存在，而沒有將這種衝突步步深入的過程現實地展開。而
且：「王安憶的小說經常結束在這種『展現』向『展開』的過
渡之際。」[72]

　　由此也可看出，王安憶最關注的，並非〈軍軍民民〉或〈野

---

[70] 同註69，頁216。

[71] 同註69，頁231。

[72] 南帆：〈王安憶小說的觀察點：一個人物，一種衝突〉，《當代作家評論》，
1984年2月，頁48-54。頁52。

菊花，野菊花〉這類型寫一般大眾生活關係的「庸常」。她最
關注是雯雯的「庸常」，也就是她從自身經驗裡所感知的「庸
常」。陳思和稱這感知為「直感」[73]。王安憶在其創作歷程裡，
雖然不斷「向外擴大」，試圖尋找新的人物和寫作素材，以脫
離早期雯雯系列寫作範圍的狹隘。然而「自身」的所感所知才
是她創作最核心的根源。當然，文革與知青經歷是她青年時期
最重要的記憶，但除了環境所提供的外在經歷以外，王安憶始
終未曾放棄的，是她的內在經驗，亦即個人的思想與情感。

第二節　主體的確立與城鄉位置的探討

80 年代初期，王安憶曾說：

> 再照舊的寫法寫，自己不滿意，要有些新的突破。還是
> 要寫好人物，寫一個真實的人物。我現在很想達到這樣
> 一個目的：寫一個人，從這個人身上能看到很多年的歷
> 史，很大的一個社會，就像高曉聲的陳奐生一樣。這很
> 難。這是我八二年、八三年、八四年的一個方向。[74]

大略來看，這是為了將寫作範圍從「雯雯系列」向外擴大的寫
作宣言。王安憶想「寫一個人，從這個人身上看到很多年的歷
史」，這表示她的書寫方向將重心從歷史背景轉向到「人」，由

---

[73] 見陳思和：〈雯雯的今天和明天──讀王安憶的新作《69 屆初中生》,《女
作家》,1985 年 3 月，頁 158-162。頁 159。

[74] 王安憶：〈感受·理解·表達〉,《上海文學》,1982 年第 8 期，頁 83-87。
頁 87。

「人」的主體出發，去看「歷史」這條時間軸。

假如這是她1982年到1984年間的寫作方向，那麼這段時間裡，她所創作的〈迷宮之徑〉、〈命運交響曲〉、〈冷土〉、〈流逝〉、〈B角〉、〈舞台小世界〉、〈窗前架起腳手架〉、〈大哉趙子謙〉、《69屆初中生》等，確實都反映了她自述的「由人身上寫出歷史」的創作意圖。

1982年以後的王安憶的小說作品與其1982年之前的小說最大的不同處，即在視角的轉換。不論是全知視角或限制視角，焦點都很集中地聚焦在幾個主要人物身上，諸如：室主任韓則禮、編輯楊銘銘；懷才不遇的韋乃川；嚮往城市生活的鄉下人劉以萍；回復資產階級家庭身份的歐陽端麗；B角郁誠；福奎；邊微；趙子謙；雯雯們等，這些作品由於聚焦在人物的描寫，因而故事時間外在背景幾乎全被淡化了，所著重表現的是特定人物身上所呈現的「歷史感」。

然而這個轉變實際上早在1982年以前，寫入「庸常」的幾個故事裡，如：〈雨，沙沙沙〉、〈新來的教練〉、〈尾聲〉、〈運河邊上〉、〈分母〉、〈本次列車終點〉、〈庸常之輩〉、〈金燦燦的落葉〉等，已可看出端倪。

一樣都是淡化背景，加重對人物和事件的描摹。就這一點來看，早期王安憶對自己的「庸常寫作」不僅缺乏信心，也缺乏敏銳的觀察。實際上，她早期從來不曾走出自己的體驗與經歷。直至1985年以後才幡然一變，寫出了〈小鮑莊〉這樣的文化「尋根」作品，但最終她還是又回歸到對自身來歷的「尋根之旅」，試圖建立自我的心靈史。

早期體現這一條創作脈絡最為深刻的，是她對自己經歷的自傳性書寫與離開上海後，對上海這城市的再思考。這些主題

後來都在王安憶的創作中，不斷地被重新詮釋。前者先是一般評論者所稱的「雯雯系列」，後者則以〈停車四分鐘的地方〉、〈本次列車終點〉、〈冷土〉等為代表。

一、自我主體的建構

　　許多評論者都發現了，早期王安憶的書寫中，經常出現的一個名字——雯雯。這些與雯雯同類型的少女人物，先後出現在 1980 年的〈小院瑣記〉、〈廣闊天地的一角〉、〈雨，沙沙沙〉、〈從疾駛的窗前略過的〉、〈命運〉；1981 年的〈幻影〉；1982 年〈繞公社一周〉；以及 1983 年的〈窗前搭起腳手架〉；到 1984 年的《69 屆初中生》等篇什。她們可能不叫做雯雯，而叫做桑桑、南南、小方或邊薇，但基本她們都有著類似的性格，小說中並表現出某種「感傷的」、「優美的」、「理想性的」整體情調。並且通常，她們都是 69 屆的。因此這些小說就出現了一種整體性，被評論家視為同一組故事來閱讀。[75]然而這種「普洛普式」的故事閱讀，對於小說中差異的部分卻很難掌握。因此雖然可以將這些故事當作同一個系列，並將之視為王安憶的小說母題之一，但仍必須探討各篇小說的異同。

　　〈小院瑣記〉裡的桑桑，是「雯雯」最早出現的化身。她敏感、世故，儘管也嚮往某些不切實際的生活形式，但終究體會到平凡生活中的幸福。

　　〈廣闊天地的一角〉、〈幻影〉裡的雯雯，與〈繞公社一周〉裡的南南。她們共同的文革經驗則是希望脫離無聊的日常生活，希望能到廣闊天地去找尋生活的目的。如同〈幻影〉所描

---

[75] 參見註 2。南帆所歸類的「雯雯系列」與本書的歸類略有出入。

寫的：

> 雯雯沒有能力為自己的生活製造點新內容，她知識太貧
> 乏了。五年小學，剛夠她學會寫記敘文和四則運算。除
> 了記敘文和四則運算，她還有什麼呢？要說還有別的，
> 那就只有一腦子無邊無際的幻想了。[76]

生活的寂寞與知識的貧乏使她迫不及待想離開尋常的生活，去
體驗不一樣的世界。這是少女時期王安憶的體驗。也是少女雯
雯們的共同體驗。[77]儘管這些基於生活無聊的幻想很快地變成
了「幻影」，雯雯們在現實底下長大了，她們必須離開現有的
環境，才能夠發現自己，這是由於成長的焦慮所致。雖然如此，
雯雯們卻還是懷抱著自身對生活的理想。

　　〈雨，沙沙沙〉是王安憶早期小說的代表作，通篇盈滿了
雯雯的善感情懷與對理想的期盼。文革十年期間，雯雯全心投
入的愛情遭到現實無情的扼殺，但她還是無法放棄對心中理想
的堅持。她的哥哥勸她：「你不能為那朦朧飄渺的幻想耽誤了
生活，你已經付出過代價了。」[78]但雯雯並不要生活中的其他
樂趣，她只要夢想的權利，她相信：

> 夢會實現。就像前面那個橙黃色的燈。看上去，朦朦朧
> 朧、不可捉摸，就好像是很遠很遠的一個幻影。然而它
> 確實存在著，閃著亮，發著光……假如沒有它，世界會

---

[76] 王安憶：〈幻影〉，《上海文學》1981 年第 1 期，頁 15-24。頁 16。

[77] 按：此處筆者稱所有「雯雯系列」裡的雷同角色為少女雯雯們，作「複
　　數型」使用。

[78] 王安憶：〈雨，沙沙沙〉，原載於《北京文藝》，1980 年第 6 期。亦收於
　　《憂傷的年代》，北京：新世界出版社，2002 年 10 月。頁 80。

　　成什麼樣？假如沒有那些對事業的追求，對愛情的夢
　　想，對人與人友愛相幫的嚮往，生活又會成什麼樣？[79]

儘管過去的理想都成了幻影，但夢想與希望在雯雯心中，卻仍
不斷地滋長。「理想」是「雯雯系列」裡的主題之一。只不過，
〈雨，沙沙沙〉中，雯雯的理想是 1980 年的理想，這份理想
在稍後幾篇王安憶早期的小說中，被融入了庸常生活之中，乃
至於使得原來應該具有超越性的「理想」被消解了。當王安憶
試圖落實這應具有先驗本質的「理想」的同時，她就已經失去
了最初的理想，而與現實妥協。

　　也因此，當〈窗前搭起腳手架〉的邊薇，因為生活的無聊
而對修房子的林師傅感到好奇，然而一旦發現兩人之間對生活
的態度截然不同時，彼此間也就沒有可交談的話題。邊薇苦笑
地想：「面前的生活如此具體，卻要去研究廣義的生活，未免
滑稽。」[80]廣義的生活與面前的生活相較之下，變成了空中樓
閣。只有面前的生活才是可知可感。作為王安憶個人心靈世界
的投射，「雯雯們」在被書寫的過程裡，也出現了價值觀的改
變——更或者說，是價值觀得到了確立。

　　這個價值觀被確立的過程，用榮格的概念來解釋，除了宣
告隱身敘事者將自己改變成另一個異質的「我的同體」（also-I）
以外，並且也宣告了早期的自我消失於過去之中。[81]儘管在心

---

[79] 同註 78。

[80] 王安憶：〈窗前搭起腳手架〉，《人民文學》，1983 年 1 月，頁 83-92。頁
91。

[81] 容格在討論「人生諸階段」時，認為：「『青年時期』大致由青春期以後
一直延續到中年，而出現在青年時期的問題的來源，對於大多數人來說，
是生活所提出的要求粗暴地結束了童年的夢幻。如果個人有著充分的準

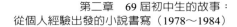

理學的某種意義上，沒有東西能夠真正、肯定地消亡，然而在
王安憶接下來的作品裡，我們的確再也看不到〈雨，沙沙沙〉
裡的雯雯那樣相信夢想會實現的具有超越性的理想，而只能看
到，那些被融入了庸常生活中，與現實妥協過後的理想。[82]榮
格認為：「在社會中為自己贏得一席之地並改變自己的本性，
使其多少適應於這一生活，無論在什麼情況下，都是一項重要
的成就。……那些理想、信念、主導觀念和態度……在青年時
期引導著我們走進生活……它們與我們自身的存在長成了一

備，那麼向職業生活的過渡就進行得很順利。但如果他緊緊抓住與現實
相矛盾的幻覺不放，問題就必然會產生。（頁 109）……人們發現自己不
得不承認並接受不同的、陌生的事物，將其作為自己生命的一部分——
作為某種『我的同體』（also-I）。……如果他將自己改變成另一個異質的
『我的同體』，並讓早期的自我消逝於過去之中，……目的都是為了要將
人改變成一個新人——一個未來的人，並讓生命的舊有形式消亡。心理
學告訴我們，在某種意義上，沒有陳舊的心理，沒有任何東西能更真正
地、肯定地消亡。（頁 110）……成就、有用性，以及諸如此類的東西好
像就是我們的理想，它們似乎引導我們走出了那由成堆的問題造成的混
亂之境。……幫助我們在這個世界中扎下根來；但是，它們不可能指引
我們去發展那更為廣闊的意識，我們將這一更為廣闊的意識命名為文
化。這一過程在青年時期無論如何是一個正常的過程，並且，在一切環
境下它都比僅僅在問題的混雜紛亂中搖蕩顛沛要可取得多。（頁 111）」
引自：容格（Carl G. Jung）著，蘇克譯：《尋求靈魂的現代人》（Modern
Man In Search of A Soul），台北：遠流，1990 年 5 月。

[82] 這一點，也正是王安憶後來為部分評論家所詬病之處。李靜即認為王安
憶的「世俗敘事」展現了「人類關係和生活表象本身，將精神意義『懸
置』起來。」以致於其小說「結構的嚴謹縝密與血肉豐滿的存在關懷之
間，一種深刻的裂痕在逐漸加深。究其原因，大概和作家精神資源的貧
乏有關。……她的精神思考和價值體系仍是一個單線條，非縱深和缺乏
精微層次與深刻悖論的存在，因此其小說會呈現出與強大的邏輯性不相
稱的精神的簡陋。」（頁 31）見李靜：〈不冒險的旅程——論王安憶的寫
作困境〉一文，刊載於《當代作家評論》，2003 年第 1 期，頁 25-39。

體，我們明顯地被改造成了它們的樣子，因此而隨我們的意願使它們得以永存和不朽。」[83]所謂的「理想、信念、主導觀念和態度」，因為帶領青年時期的人走進生活，與自身存在結合成一體，因此也與自我一樣，在一定的程度上被改造了。而王安憶的小說，「庸常」在「理想落實」問題上的被突出，則顯然與「文革十年」的社會情況有關。如同小說〈流逝〉裡所形容的，過去，歐陽端麗的生活「就像在吃一只奶油話梅……而如今，生活就像她正吃著的這碗冷泡飯，她大口大口咽下去，不去體會，只求肚子不餓，只求把這一頓趕緊打發過去，把這一天，這一月，這一年，甚至這一輩子都盡快地打發過去。」[84]「文革」時期艱困的生活環境將面前「生活」的重要性無限地放大了。但當「文革」結束，日子好過了，人心卻又覺得失去了一點什麼？端麗的小叔文光便說：「也許。有一個人，終身在尋求生活的意義，直到最後，他才明白，人生的真諦實質是十分簡單，就只是自食其力。……這一路上風風雨雨，坎坎坷坷，他嚐到的一切甜酸苦辣，便是人生的滋味……」[85]「文革」這個特殊的歷史時期，既將精神生活抽離，又使得人直接面對了物質生活中最艱難的部分，使生存成為首要的問題。經歷過文革的王安憶，也正透過將理想安頓在可觸可感的庸常生活裡，以度過青年時期中，自我生命安頓的問題。王安憶出生於 1954 年，1978 年開始從事寫作時，她不過只二十四歲。而她這時期的寫作，不僅反映了個人對歷史、時代的反思，實際

---

[83] 容格著，蘇克譯：《尋求靈魂的現代人》，頁 112。
[84] 王安憶：〈流逝〉，原載於《鍾山》1982 年 6 月，亦收於《酒徒》，南京：江蘇文藝出版社，2003 年 1 月。頁 26。
[85] 同註 84，頁 89。

上也描繪出一條寫作者個人寫作經驗與生命經驗「互為主體性」(intersubjectively)的歷程。

王安憶的小說與她自身個人生命經驗之接近，不妨藉由幾段作者的自敘來看。王安憶的散文〈那年我們十二歲〉裡記載：

> 是一九六六年的冬季，「革命」的狂飆已走過上海的馬路進入到城市的心臟——各級政府機關大樓。六月裡，掃「四舊」的熱潮如同隔世般遙遠，回想那摩登男女提著剪斷的尖頭皮鞋赤腳在街道上疾走的情景，令人有一種莫名的心悸的快意。這時候，上海的馬路格外平靜，「革命」的深入留給我們一個平淡的表面。
>
> 那年我們十二歲，正上小學五年級，「革命」沒我們的事，我們只能在街頭走來走去，看「革命」的熱鬧。我們奔跑著搶奪傳單，妄圖引起散發傳單的紅衛兵的注意；我們跟在紅衛兵的遊行隊伍後面，怎麼趕也趕不走；我們學會了許多造反的歌曲和口號。而這時，革命走過了街頭，撇下我們這些熱情的觀潮者，我們走在上海淒清的馬路上，街燈一盞一盞地亮了。[86]

於是，我們彷彿看到《長恨歌》裡，文革爆發時的上海街道景象。又彷彿看到，少女雯雯們因為生活的無聊而嚮往到廣闊天地去尋找新的自我。這些原屬於王安憶的回憶，幾乎全在《69屆初中生》這部自傳意味濃厚的長篇小說裡又一次地再現。當

---

[86] 王安憶：〈那年我們十二歲〉，原作於1991年1月4日，收於《茜紗窗下》（散文集），上海：上海文藝出版社，2002年10月。頁3。

然，也分散地出現在王安憶從早期到晚近的其他的作品中。[87]

王安憶的另一篇散文〈房子〉記敘了她插隊的部分經歷：

> 如今回想起來，當年在我十六歲的年紀裡，堅決地離家遠行，除去尚未來得及培養成熟的信念之外，更強烈的則是渴望獨立的心情。……我去的地方是安徽淮北一個叫作「五河」的地方。人們說：「五河五條河，淮，惠，仲，通，沱。它雖是淮北，卻因在淮河邊上，相對來說稍稍富裕一些，尤其在我所到的『大劉莊』，被外莊人視為一個富莊，其標誌為「青磚到頂」的房子。……我住進了大劉莊上頭一份青磚到頂的房子。這是一個公社幹部的家。這家的女主人是大隊的婦女主任，一般不下田幹活，只在家操持家務。她家有五個孩子，老大比我稍大一些，是縣高中的畢業生，這時在大隊醫療隊做發藥的工作。……這一名高中生被莊上姊妹們十分羨慕，都說她長得俊，我認真研究，並沒發現她有什麼特別的俊，卻覺得她的氣質相當不俗，人又極其聰敏，在我插隊的日子裡，她給了我一些她所意想不到的安慰。……[88]

在這段敘述裡，我們彷彿又看到了〈運河邊上〉那位插隊女知青小方以及《69 屆初中生》雯雯的經歷。在那些吃紅芋乾、沒有保留個人祕密的空間，忙著招工、招生的插隊生涯，以及

---

[87] 早期作品如：〈運河邊上〉、〈牆基〉、〈停車四分鐘的地方〉……等。近期作品如：〈招工〉、〈蚌阜〉、〈文工團〉、《桃之天天》……等。皆不斷重複的文革意象。追本溯源，自與王安憶個人的經驗有關。這也是她小說書寫中，關於「材料」的部分，掌握的最為成功的地方。

[88] 王安憶：〈房子〉，《茜紗窗下》，頁 12-14。

後來以手風琴考進徐州地區文工團的經歷……等[89]。

　　王安憶將自身的經歷轉化成小說的材料，從而使得她的小說與個人生活經驗緊密地結合在一起，幾乎難分難捨。[90]儘管根據王安憶的散文、隨筆等記敘性的文章，可以得知作者本人的部分生活經歷，但其記敘性文字的真實度，能指與所指的符號之間，當然仍存有可質疑其信度的空間。幸而小說研究的重點不在於從王安憶的文字中找尋故事的「真實」，而在於探討她「再現真實」小說中的「虛構」，有意識或無意識地呈現出的時代面貌與社會脈動。這是屬於作者獨特的觀察視點，也是隱身敘事者的虛構歷史。

　　王安憶在70年代末到80年代初這段期間，努力不輟的創作實驗，結果是回歸到她自身，試圖探究其個人的生命歷程與意義。而這便是《69屆初中生》的意義所在。這部長篇小說，具體總結了王安憶早期的創作軌跡與意圖。王安憶在談這部小說時說：

　　　　每一屆都有著每一屆各不相同的命運和經歷，大凡這一

---

[89] 王安憶相關的經歷可參考：〈我的同學董小萍〉（收於《接近世紀初》，杭州：浙江文藝出版社，1998年。）、〈投奔唐主任〉（收於《茜紗窗下》）、〈我的音樂生涯〉（收於《茜紗窗下》）；〈我在少體校〉（收於《獨語》，長沙：湖南文藝出版社，1998年。）、〈我的老師們〉（收於《獨語》）、〈本命年述〉（收於《獨語》）、〈我為什麼寫作〉（收於《獨語》）、〈說說《69屆初中生》〉，（收於《獨語》）、〈插隊後記〉（收於《獨語》）……等文。

[90] 王安憶在〈我為什麼寫作〉一文中提及：「從此我便有了一種奇怪的感覺，覺得我的小說是和著我的人生貼近著，互相參加著。我的人生參加進我的小說，我的小說又參加進我的人生。於是我再也回答不出，我終究是為什麼寫作了。」（收於《獨語》，長沙：湖南文藝出版社，1998年4月。頁170。）

屆的人都難逃脫。而隨著世態的回復正常,那一屆一屆
的內容開始失去其特殊的意義,僅止標誌年齡和畢業的
時間。因此也漸漸的不再被人用來互報山門。況且,即
便是相同的「屆」在各地區各城市也有著各不相同的情
景,因此,那「屆」所能表示的內容,是太狹小了。

可是,我卻升起一個妄想,要在最狹小的範圍內表現最
闊大的內容。我想,每一個人都是個別的,每一份生活
也都是個別的,每一個個別的人依著每一份個別的生活
走著其個別的人生,然而每一程個別的人生卻總是具有
著一種普遍的意義。……每一份個別的生活便都有了永
恆的含義。[91]

「69 屆」對王安憶來說是個象徵,而寫雯雯的同時,也是在
探究她自我的生命軌跡,於是「雯雯」也成為了一個象徵。但
雯雯並不等同於真實作者本人,甚至也不完全等同於隱含作
者。雯雯是一個虛構的小說人物,她的整個故事,從開頭到結
尾,實際上也就如同一個人逐步建構自我主體的成長歷程。

小說中寫到:「雯雯是先認識別人,然後才認識自己的」
[92]。在這裡,可以輕易看到心理學有關兒童時期理論的被應
用。[93]雯雯懵懵懂懂地經歷了公私合營、反右、大躍進、三年

---

[91] 王安憶:〈說說 69 屆初中生〉,《獨語》,長沙:湖南文藝出版社,頁 171。

[92] 王安憶:〈69 屆初中生〉(上),《收穫》,1984 年第 3 期,頁 197-256。頁
197。

[93] 拉康(Jacques Lacan)結合了佛洛伊德與梅拉妮.克萊茵(M. Klein)等精神
分析學者對於「自我」的概念所發展出的「自我」概念,與其所使用的
新概念「鏡子階段」(the mirror stage)相聯繫,他認為:兒童在半歲至
一歲間為鏡子階段,處於伊底帕斯情結階段之前。這個階段是主體與本

困難時期，「文革」掀起的時候，她小學畢業，卻沒有上過一天課，接著她下農村，又抽調到縣城、回上海，然而她費盡周折所回到的上海卻早已不是她童年時期的上海了。錯過讀書年齡的她，大學考不取，理想工作也輪不到她，她只有在街道的小生產組裡去壓瓶蓋，下班後幫正在讀大學的姊姊看孩子。青春不知不覺地溜走了，歷史彷彿與自己開了個大玩笑，最後她結婚了，在三十歲時生下了一個兒子，故事至此結束。

　　小說中運用大篇幅的文字細緻地描寫歷史洪流中，雯雯這個獨特個體的所知所感。她害怕死亡所象徵的意義；因為身材拔高，被喊是留級生而感到難堪；她參加少先隊，認為自己是共產主義的接班人，總是安慰出身資產階級的朋友娜娜「出身不能選擇，道路是可以選擇的」[94]。對於歷史大事的認識顯得淺薄而單純。因為身高的關係，雯雯被選入區少年業餘體校當籃球運動員，然而她缺乏打籃球的天分，只能坐冷板凳。當時那些中學生動員到新疆去的激情，批判海瑞與「三家村」的運動，原具有強烈的政治意識，卻在雯雯作文課上新學會的文體──「批判文章」這件事上被童趣式地消解。大串連、樣板戲。社會因充滿激情而顯得如此不安，然而這一切的時代變局，在雯雯的同班同學于小蔓罹癌的死亡陰影下，都顯得有些遙遠。

　　　面對著于小蔓，就覺得那些事情有些虛渺。資本主義復
　　辟，修正主義路線，中國要吃二遍苦，受二茬罪，這些

　　人認同歸一的過程，在此之前，自我與母體是同一的，是在想像或幻想中同一的。直到鏡子階段，主體才正式確立了自己，從意識上確立了自己。（參考方漢文：《現代西方文藝心理學》，西安：陝西人民教育出版社，1999年8月。頁100-102。）
[94] 同註92，頁221。

> 危險雖然重大，然而究竟比較遙遠。這裡有著更貼近，
> 更切實的威脅，這威脅無一時不在，無一刻不感覺到，
> 那是「死」。[95]

雯雯開始覺得：

> 無論哪個即興而起的念頭都可能作為一項決定而實
> 現。文化大革命的莊嚴似乎少去了很多。這是一場推翻
> 權威的革命，然而一旦沒有了權威，又令人有些惆悵起
> 來。[96]

上中學後，學校不上課，革命的情勢似乎蓬蓬勃勃，銳不可當。
雯雯也把自己當成是一個造反派，這時期的她注意力全在自己
身上，因而變得特別自私，也特別孤獨。她由於不了解自己要
什麼而哭，無窮無盡的閒暇使她感到憂傷。當姊姊霏霏到農場
插隊後，雯雯便將自己那一片無根無底、雲似的夢想寄託在任
一的身上，只因為生活中不能沒有盼望。69屆的方案仍是「一
片紅」，雯雯終於也下鄉插隊了。她插隊的地方是安徽淮北，
一個叫作五河縣的地方。雯雯對於插隊的想法是：

> 她終於告別了那瑣碎平凡的生活，走向了一個廣闊的天
> 地。在那天地裡，她究竟要做些什麼，那天地究竟是什
> 麼樣的，她一片茫然。而想像在這茫然中便一無羈絆，
> 自由自在地飛翔。[97]

---

[95] 同註92，頁245。
[96] 同註92，頁247。
[97] 王安憶：〈69屆初中生〉（下），《收穫》，1984年第4期，158-256。頁180。

恰如〈幻影〉與〈廣闊天地的一角〉中的雯雯們，對於下鄉一
事，懷有不切實際的期待與理想。雯雯下鄉，脖子上掛了一只
裝了三十元的小布袋。她渴望擁有一間自己的房子，好保有自
己的世界。她被推舉參加縣積代表大會，仍作著一個「紅帆」
的夢，七個月後，她暫時回到上海，卻訝異地想：「上海怎麼
一點沒有改變，真的，怎麼依然如舊？這七個月，她只覺得天
也翻了一個，地也覆了一個。她恍恍惚惚的，有一點地上千年，
天上一日的感覺。」[98]其實，真正翻覆的是雯雯的內心。她在
這樣變動的時局下成長起來，成為新一代的青年。然而現實卻
斲傷了她的內心。這原本應是一個「為未來而奮鬥的年代」，
然而「這一年裡，雯雯在尋找一個飯碗，她要解決吃飯問題」
[99]，「她來到這廣闊的天地裡，抱著的那一片無邊無際的希望，
究竟是什麼？她由不得地要認真考慮了。」[100]而後她發現「農
村是有點像跳板，在這裡，是可以爭取招工或者上大學的。不
知道什麼時候開始，雯雯發現她自己到農村來，是為了有朝一
日上大學的。她認為自己以前不這麼想，是因為沒有認清自
己。」[101]王安憶總是說：「69屆初中生沒有理想」[102]。但當一
個現實的理想出現，響應社會主義號召的激情便再不值一提。
然而招工與招生都沒有著落，雯雯再度回到上海，卻發現上海
的家中已經沒有自己的位置。她的世界在插隊的大吳莊，但她

---

[98] 同註97，頁200。

[99] 同註97，頁200。

[100] 同註97，頁205。

[101] 同註97，頁207。

[102] 見〈兩個六九屆初中生的即興對話——與陳思和對話〉，原載於《上海文
學》1988年第3期。收於《王安憶說》，長沙：湖南文藝出版社，2003
年9月。頁6。

沒有勇氣回去。針對知青的政策又不斷在變。雯雯這回終於擺脫了天真，努力地爭取到一個縣城的單位，吃了商品糧，憑的是她曾經在體校打過籃球。對雯雯來說，她「沒有料到多年前偶爾發生的一次誤會，會對她的命運起到這麼關鍵的作用。」[103]這時的雯雯有了飯碗，有了安身之所，她開始面臨婚姻的問題。1976 年，國家領導人殞逝了，「文革」也劃上終點，大學開始招生，1977 年是高考制度恢復的第一年。然而雯雯是 69 屆初中生，她連理數都不懂。當她又恢復知青的身份回到上海時，這時的上海卻多了許多新興的現代化設施，上海是另一個上海了。「文革」時期的上海是停滯的，「文革」結束後，上海的發展則是日新又新。至此，雯雯以為她人生中所有的謎都已解開，只剩下「結婚」一事，最後她與任一結婚了，也生了一個兒子，從出生到成為一個母親。

　　「雯雯」這角色象徵一個女性在自我與他者之間建立起來的主體，《69 屆初中生》像是在揭開一個少女成長過程中的各項謎題，並在成為母親的這一個階段畫下休止符，似乎代表了隱身敘事者也認為，一條從個人身上記錄而成的歷史線索已經清晰地被描繪出來。陳思和評論這篇小說道：「作者不再把歷史視為是一種簡單的周而復始，『文化大革命』也不是一個煉獄，它不能使人的靈魂淨化後升入天堂，卻能夠災難性地改變一個人的命運：一個本可以考取『上海中學』，前程如花似錦的雯雯，現在只成了一個在生產組壓瓶蓋的雯雯。……她對命運挑戰的被動態度使她仍然停留在一個『庸常之輩』的角色，它來自於作者對她的同代人的一種理性的概括，這就構成了這

---

[103] 同註 97，頁 223。

部小說的第一個特點……改變了描寫英雄成長史和性格史的
常規，展示了一個『庸常之輩』的成長史與性格史。」[104]而「這
部作品理雯雯的精神面貌不是展開其生活斷片，而是從童年到
成年的整個的成熟經歷。這也就構成了這個作品的第二個特
點。」[105]王安憶對這段評論的理解是：「雯雯在前半部份是寫
我自己，後半部份走到平凡人中去了。」[106]顯然二者的對話在
認知上不大相同。

　　陳思和所提出的兩個特點，的確說明了王安憶整體歷史觀
的改變，然而，書寫雯雯的精神面貌，其實也就象徵了，作家
透過雯雯這個人物形象的建立找到「隱含作者」[107]的主體。這
也就是王安憶小說的基本原型，也是少女「雯雯系列」的一個
總結與重新出發。

　　透過主體的確立──無論是小說人物或是作者本人──
此時期的王安憶有著確立自我主體的迫切需要，因此「書寫」

---

[104] 陳思和：〈雯雯的今天和明天──讀王安憶的新作《69屆初中生》〉，《女
作家》，1985年第3期，頁158-162。頁159。

[105] 同註104，頁160。

[106] 同註102，頁3-4。

[107] 懷恩・布斯（Wayne C. Booth）認為，隱含的作者（implied author）可以
表明，一部虛構作品的讀者不僅感知到某種正在陳述的聲音，而且也感
知到某個以整體的形式存在的人。布斯的論點是：這個隱含的作者是由
那個真實的人創造出來的一種理想化、文學化了的形式。與特定的敘述
「第一人稱」一樣，隱含的作者也是虛構整體不可分割的一部份。……
作者是在其創作過程中把它逐漸勾勒出來的。……這一作者的存在被用
於勸使讀者的想像力毫無保留地默認作品。倘若沒有這種默認，一首詩
或一部小說只能是一場複雜精緻的文字遊戲。（見M. H.艾布拉姆斯（M.H.
Abrams）著，朱金鵬、朱荔譯：《歐美文學術語辭典》，北京：北京大學
出版社，1990年11月。頁241-242。此處引文「隱含的作者」原譯作「隱
遁」的作者，據「敘事學」術語更改。）

就成為她達到此一目標的方式。在《69 屆初中生》之後，這樣的需要得到了緩和，因此之後才會有《小鮑莊》那樣的作品出現。不能說王安憶 1984 年以後的創作是在原地踏步，「雯雯」是她故事的原型[108]，但透過不斷地書寫，便不斷地顛覆、且掘深了原型的內涵。包括其後的《流水三十章》、〈叔叔的故事〉、《紀實與虛構》、《長恨歌》等堪稱王安憶代表作的作品，其實都不脫這位小說家最基本的故事原型，即「雯雯」所代表的「自我主體」及「庸常」。

二、上海位置的初步確立

王安憶總是不滿自己與上海被劃上等號，她強調她不僅只寫上海故事，但人們印象最為深刻的，仍是她筆下的上海人物與上海城市風情。

的確，王安憶寫上海自有她出色的地方。比如《紀實與虛構》，比如〈我愛比爾〉、《長恨歌》、《富萍》……等，寫出了各個面向的上海。如同「69 屆」之於王安憶是一個重要的象徵，上海在王安憶的筆下也成了一個象徵，但特別的是，從 1978 年到 1984 年這段期間，王安憶筆下的上海形象卻極其模

---

[108] 在具體的文學批評中，「原型」有時是指一種故事母題的反覆，有時是指意象的反覆，有時是指象徵和創作模式的置換變形等等。在榮格借用「原型」概念時，便已對以往的「原型」概念進行過清理，其邏輯起點是關於人的精神本體，即心理方面最初的「原始模式」，應用於精神分析方面，即所謂的「原型批評」。本文此處所使用的「原型」概念，乃指文學批評中故事母題的反覆或創作模式的變形，而非榮格心理「原始模式」意味的「原型」。（有關「原型」的定義，參考程金城：《原型批判與重釋》，北京：東方出版社，1998 年 12 月，頁 4、13。

糊，幾乎不具特殊意義。王安憶這個 1954 年出生於南京，1955
年便隨著父母到上海定居的外來者，此時的她還沒有意識到上
海在她生命裡的位置，也因此無法做出準確的判定。

　　洪士惠認為身為外來戶是王安憶憂傷風格的來源，是一種
基於「權力移民」的同志身份進入上海的「外來戶」寂寞孤獨
的心情。下鄉後，知青回城的渴望則消弭了王安憶的外來戶心
情，向上海接近。[109]這樣的觀察可以說明王安憶童年時期的孤
獨感來源，以及下鄉後，因為城鄉差距而開始視上海為真正的
家鄉的原因。

　　但難道王安憶的上海認同只發生在城鄉差距的回鄉投射
上嗎？假使如此，那麼為何在她早期的書寫裡，無法見到她對
上海的「深情回眸」？顯然，上海在王安憶在這一段時期的小
說裡尚未為她所認同，甚至，她所認同的是插隊生活裡，那一
塊被她不願意再回想，卻仍頻頻回顧的土地。

　　〈停車四分鐘的地方〉藉由詩人郁彬對那「停車四分鐘的
小站」所代表的那份既想逃避又無法遺忘的心情，暴露了王安
憶試圖對過去插隊的經歷不得不進行價值的重新定義。小說
裡，評論家對郁彬說：

> 你們這些人，如果不經歷這十年波動，絕不會有如今的
> 成就。從某種意義上來說，你應該感激你的苦難，這是
> 你的根，離開根，樹會枯萎。[110]

---

[109] 見洪士惠：《上海流戀與憂傷書寫——王安憶小說研究（1976~1995）》，
頁 66-67。文中此結論乃根據 1997 年王安憶的訪談對話。

[110] 王安憶：〈停車四分鐘的地方〉，《小說季刊》，1981 年第 4 期，頁 19-26。
頁 24。

所以儘管那塊土地有著郁彬不願意面對的過去，會令他喪失尊嚴的過去，但他始終無法真正忘記它。它已經變成了他過去的一部份，成為他的「根」。

　　王安憶在農村從青年走入成年。上海在此之前只是她兒童時期的記憶。她開始意識到「上海」的存在，是在她開始思索自我主體的存在以後才出現的，並具體表現在 1981 年發表的〈本次列車終點〉。

　　這篇小說藉由回鄉的青年陳信重新觀看上海城市的面貌。十年前，陳信離開上海時並沒有想過要再回來，可儘管他在外地有了自食其力的工作，有了歸宿，可以建立新生活了，他卻沒有找到歸宿的安定感。小說中描寫：

> 十年中，他回過上海，探親，休假，出差。可每次來到上海，卻只感到同上海的疏遠，越來越遠了。他是個外地人，陌生人。上海，多麼瞧不起外地人，他受不了上海人那種佔絕對優勢的神氣，受不了那種傲視。……他又不得不折服，上海是好，是先進，是優越。百貨公司裡有最充裕、最豐富的商品；人們穿的是最時髦、最摩登的服飾；飯店的飲食是最清潔、最講究的；電影院裡上映的是最新的片子。上海，似乎是代表著中國文化生活的時代新潮流。更何況，在這裡有著他的家……為了歸來，他什麼都可以犧牲，都可以放棄。[111]

陳信頂替了退休母親的工作回到上海後，他以為回到了過去十

---

[111] 王安憶：〈本次列車終點〉，原載於《上海文學》1981 第 10 期，亦收於《酒徒》，南京：江蘇文藝出版社。頁 2-3。

年中思念的上海就能開始建立新的生活，只是究竟是什麼樣的
新生活，他卻不及細想。而當上海不再只是夢中的家園，成為
現實生活的一部份時，他看到了上海並非想像中完美，在上海
生活其實也並不容易。回家後，家庭的人事糾紛更令陳信感到：

> 當年離開上海，媽媽哭得死去活來，他卻一滴淚不流。
> 今天，他感到一種莫大的失望，好像有一樣最美好最珍
> 重的東西突然之間破裂了。[112]

當他看到商店櫥窗裡的娃娃和模型時，他的記憶被喚回了：

> 這是他的童年，他的少年，他離開上海時，心中留下的
> 一片金色的記憶。這記憶在十年中被誤認為是上海了。
> 於是他便拼命地爭取回來。上海，是回來了，然而失去
> 的，卻仍是失去了。……他突然感到，自己追求的目的
> 地，應該再擴大一點，是的，再擴大一點。[113]

上海並未成為陳信最終的精神家園。而在其他王安憶同時期小
說中，上海也只是一塊布景。

〈冷土〉中，藉由劉以萍這角色所突顯的鄉下人對城市的
嚮往，也無不過只是點出了城鄉生活的距離。劉以萍如何嚮往
城市，小說中寫到：

> 劉以萍為自己有個上海人作同屋感到很高興，她心裡很
> 崇敬上海人的。對城市最早的認識便是從細皮嫩肉的上
> 海插隊知青小顧那裡得來的。後來去了省城，看到了不

---

[112] 同註111，頁20。

[113] 同註111，頁20-21。

如上海，但卻更切實可近的城市，她逐步明白了什麼叫
做城市，什麼叫做城市生活。她曾到一個省城同學家裡
作過客，精緻的飯菜，漂亮的家具，打蠟的地板，清潔
的浴室，一家人的文雅做派，全是她第一次體驗到。她
被迷住了，心裡忽然升上一個念頭，要努力為自己創造
這樣的生活，首先要改造自己。她想著上海，想著省城，
想著一切城市，心裡會湧上一股憤懣：她為什麼不是出
身在那裡？是誰安排她落生在那偏僻的小莊子？[114]

既然她的出身無法改變，她只好盡一切可能地模仿，於是：

> 小邵不在屋裡的時候，她就偷偷地仔細地看她的面霜，
> 髮乳，洗髮精，香皂，花露水，記下這些東西的名稱和
> 產地，然後不厭其煩地跑百貨大樓，實在買不到的，就
> 記下等有人去上海捎。她仔細觀察小邵的生活習慣，極
> 想知道她的皮膚是如何保養的那麼細嫩白淨，並且不見
> 老。……小邵晾著的衣服，她總細細地看……她發現小
> 邵衣服上的折，不是從肩膀往肩膀打下來，而是從腋下
> 往胸前打上去，她也學著這麼做。[115]

劉以萍在農村長大，在農村建立了她的勞動價值觀與美學標
準，她最初最朦朧的愛情在農村裡萌芽，然而她選擇放棄自己
成長土地的生活價值，竭盡所能將自己改造成她心中想要的上

---

[114] 王安憶：〈冷土〉，原載於《收穫》，1982 年第 4 期，亦收於中短篇小說
集《文工團》，北京：文化藝術出版社，2001 年 8 月。頁 108-109。
[115] 同註 114，頁 109。

海人的樣子，於是她成為一個變形人（proteanman）[116]，但卻始終無法真正成為時髦摩登的城裡人，她只是一個被城市象徵的現代化所異化的角色，毫無自覺反思的能力，只能在兩種生活價值產生衝突時，感到憂傷。當她察覺自己的生活已經看不到前景時，只好自我安慰地把未來寄託在尚未擁有的兒子身上。她無力領會造成這樣結果的原因是什麼。

　　陳信與劉以萍雖然一個來自上海，一個來自農村，但上海對他們來說都只是一個遙遠的理想。陳信無法真正融入「真實」的上海，劉以萍則是無論如何努力，也無法變成真正的上海人。

　　相較於〈金燦燦的落葉〉裡那成為模糊故事背景的法國梧桐，以及弄堂、少年宮、外灘、電車、百貨公司、櫥窗……等等上海的城市景觀，〈本次列車終點〉與〈冷土〉這兩篇小說中，將「知青下鄉」後，因為城鄉人口流動所突顯的城鄉差距，具體地呈現出來。

---

[116] 卡夫卡（Franz Kafka）《變形記》裡的主角一覺醒來，發現自己變成一隻巨大的甲蟲；尤涅斯科（Eugene Ionesco）獨幕劇《犀牛》的主角則發現整座城市的居民都變成了犀牛，只剩下他自己是人。在荒謬與超現實的故事中，前者體現了現代人在資本主義經濟體制下異化的結果，並呈顯現代人內心的疏離、寂寞、孤獨與絕望；後者則反諷羅馬尼亞知識份子放棄熱情理想，向納粹法西斯主義的妥協，意識形態與價值觀念在面臨人的「變形」時，人的定義也必須被重新設定。本文在此使用的「變形人」概念，並非出於一般心理學的概念，愛力克森（E.H. Erikson）提出「認同」概念為的是打破傳統的「性格」或「人格」固定性。既然「自我發展」（self-process）具有變動的意涵，那麼「變形人」（proteanman）所代表的，便是在自我發展的過程中所突顯的認同傾向。因此「變形人」不等同於病徵，但從經典文學作品裡的「變形」觀來看，顯然「變形」是身份認同「異化」的結果。因此這裡所強調的是認同發展中所產生的「異化」觀念。（參考葉頌壽譯著：《失去影子的現代人》，台北：久大，1988年1月。頁165-186。）

「上海」作為中國現代城市的象徵，儘管在 1949 年至「文革」間曾經呈現發展停滯的狀態，然而它仍是最具有中國現代性意義的城市，也因而在當代大陸文學中成為一個被書寫的主體。

王安憶此時僅是初步地建立了上海的位置。因為她還未意識到，上海與她個人的聯繫遠比她想像的深刻。她是在寫了 69 屆的那個初中生雯雯，建立了自己的創作主體之後，才真正開始處理這個城市在她小說與生命中的位置。

當作為童年記憶的那個上海只存在於記憶中時，上海「外來戶」王安憶在成年後返回上海，她終於能夠重新檢視自身與上海的關係，也因此奠定了她未來寫作的一個方向——寫上海，以及上海所象徵的現代中國。

第三節　王安憶小說敘事美學（一）
人物話語中敘事者的聲音

王安憶 1978 年至 1984 年間的小說，形式上以短篇為主，中篇只有七篇，長篇一篇。「文革」結束後，短篇小說的盛行，與新時期文學初期新一代作家寫作技巧的生澀，以及表述內容多為批判文革傷痕有關。短篇小說被認為最能表達強烈傾吐「傷痕」的情感需要。到了 80 年代初，大陸文壇上的「中篇小說熱」的興起，則被認為是「反思文學」的一種共生現象。[117]

---

[117] 陳思和主編：《中國當代文學史教程》中提到：由於「反思文學」大多傾向於濃縮幾十年的故事，篇幅拉長，而「約定俗成的短篇小說的容量無

文學史的觀點當然因系統而流於簡化，但從小說體裁的轉變，仍可看出在「文革」中成長起來的新一代知青作家最初嘗試階段的創作，寫作技巧必定生疏且缺乏鍛鍊。藝術成就與作品的審美價值也就有待商榷。王安憶早期的小說作品自然也存在著「表達內容」重於「藝術形式」的現象。儘管她在有限的技巧中試圖營造作品的藝術價值，但不論是如：〈命運交響曲〉中所使用的視點移動，或是在〈廣闊天地的一角〉中採用的書信體敘事方式，嘗試的結果都不算成功，反而顯得生硬。

基本上，王安憶這時期的小說主要採取兩種敘述視角（point of view），一是：全知視角（Ominiscent narrative point of view）；二是限制視角（Limifed point of view）。全知視角以第三人稱全知視角為主[118]；限制視角則有第三人稱限制視角與第一人稱限制視角兩種情況。

使用第三人稱全知視角的作品，敘事者多是隱身（implicit）的，如：〈留級生〉、〈黑黑白白〉、〈花園坊的規矩變了〉、〈信任〉、〈誰是未來的中隊長〉、〈小蓓和小其〉、〈朋友〉、〈年青的朋友們〉、〈牆基〉、〈軍軍民民〉、〈當長笛 Solo 的時候〉、〈繞公社一周〉、〈這個鬼團〉、〈舞台小世界〉、〈大哉趙子

法展開情節，而結構長篇小說則還沒有充裕的時間和心態，於是作家們都不約而同地採取了中篇小說的形式，這與其說是一種自覺地文體選擇，不如說是出於表達需要而在無意間形成的一種共同趨勢，但在客觀上卻是中篇小說一度空前繁榮的主要成因。」（頁 207）

[118] 第一人稱全知視角的敘事方式在小說裡幾乎是不存在的，大陸新時期文學中唯一的例外只有方方的〈風景〉採取如此特殊的寫作方式。然而王安憶的〈小院瑣記〉，由於第一人稱敘事者「我」（桑桑）在應該無法得知他人內心想法的情況下，尚能「準確」地了解其他人物的感覺和思想，因此幾乎「接近」第一人稱全知視角，但基本上仍非全知觀點。

謙〉、〈小紅花的故事〉、〈窗前搭起腳手架〉……等。以全知視角寫作的小說所欲表達的主題多半較為單一。

使用第三人稱限制視角的小說如：〈雨，沙沙沙〉、〈幻影〉、〈新來的教練〉、〈尾聲〉、〈本次列車終點〉、〈金燦燦的落葉〉、〈分母〉、〈苦果〉、〈野菊花，野菊花〉、〈停車四分鐘的地方〉、〈冷土〉、《69 屆初中生》……等。這類視角在王安憶的運用裡，多以「主角人物視角」為主，鮮少出現視角的轉移，因此對於主角人物的內心所知所感描寫較為深入，也符合王安憶想要透過單一人物表現歷史的創作目的。

使用第一人稱限制視角的作品數量較少，有：〈雷鋒回來了〉、〈從疾駛的車窗前掠過的〉、〈一個少女的煩惱〉、〈迷宮之徑〉、〈運河邊上〉、〈命運交響曲〉……等。其中〈命運交響曲〉的敘事者雖是「我」，但故事框架卻藉由日記形式與敘述視角的轉移，複雜化了小說中的視角轉換。小說中主要人物韋乃川同時作為一個敘述者與被敘述者，他對命運的定義便一再遭到顛覆與不被認同。

大略來看，王安憶早期小說，敘述視角的運用雖然標示出她有意識地嘗試建構個別人物歷史，但整體而言，並沒有特別出色的地方。

在「敘事時間」（Narrated time）方面，次序（Order）的使用多為順敘（Regular narration），追敘（Flash back）與預敘（Flash Forward）的情況較少出現。〈命運交響曲〉採取追敘的方式敘述，是較為特殊的一篇。追敘的敘述象徵韋乃川的悲劇命運已無可更改。其他出現追敘的地方，如：〈小院瑣記〉中，桑桑因為文工團分房的事情而回憶到：

> 我眼前忽然出現了另一間小小的房間：那是在中樓上，
> 如今姜邁一家住的屋子。那兒曾經並排放著四張床，最
> 裡邊的床上鋪著土布床單，床頭是一只藤箱，那是李秀
> 文的床，在她旁邊則是我的床。那時候，我們都是剛從
> 農村抽調上來，在團裡當十八元工資的學員。[119]

此處追敘的使用，不過是為了對比桑桑與李秀文兩人今昔遭遇
的差異。其他像〈分母〉中的盧時揚回想過去在農場插隊的情
形；〈尾聲〉中的老魏回憶過去文工團的盛況；B角郁誠回想
十年前唱樣板戲……之類，基本上都有一種今非昔比，不勝欷
噓被命運捉弄了的感嘆。

　　預敘的使用在此時期的作品中則十分少見[120]，對比王安憶
後來的諸篇小說，如：《長恨歌》、《富萍》、《桃之夭夭》……
等，大量使用預敘的情況，可以發現，這與「隱身敘事者」可
感知度的高低有關。[121]王安憶晚近的作品由於小說技巧的成
熟，因而在敘事語調方面，敘事者與人物的關係往往處在俯視
的角度。相較於魯迅的小說中，隱身作者往往比小說中的人物
多了一份優越感，帶有「哀其不幸，怒其不爭」的意味，王安

---

[119] 王安憶：〈小院瑣記〉，《小說季刊》，1980年3月。頁68。

[120] 「預敘」少數例子，如〈牆基〉：「……當獨醒這一代人還未長大，還沒
　　來得及鄙棄這憧憬的時候，這嚮往卻意外地實現了。文化大革命開始
　　了……」（頁128）。然而這類「預敘」出現的情況，時間的跳幅並不大，
　　多具有預言與在文章中承上啟下的功能，與之後王安憶小說中，隱含作
　　者全知全能的情況不同。

[121] 全知敘事觀點下，具有「預言」作用的「預敘」（閃前）的故事時間大量
　　使用，會使隱身敘事者在小說中的可感知度大幅提高。而比較王安憶早
　　期與近期的小說，其近期小說裡使用「預敘」的頻率較早期高出許多，
　　這代表其近期作品裡，「隱身敘事者」與「隱含作者」可感知度的提升。

憶俯瞰人物的方式,則多了一層主觀的價值評判意味。[122]從這一點觀察可以深入討論的是,此時期王安憶小說中,隱身敘事者(im-plicit)的可感知度與敘事話語(narrative discourse)的問題。

在敘事話語(narrative discourse)裡,與人物話語有關的有「直接引語」、「自由直接引語」、「間接引語」與「自由間接引語」等四大類。[123]其中「自由間接引語」在王安憶的小說中表現的尤為強烈。涉及王安憶小說中「隱身敘事者」與「隱含作者」的聲音干擾與主觀程度的問題。當然也影響到其可感知度的高或低的判斷。原本,在敘事學的觀念裡,「隱身敘事者」的「可感知度」多半是在敘事者通過事件、人物、環境等對故事的理解和評價的「非敘述性話語」中,藉由概述、議論、分析、抒情,或直接評論作品本身等方式,來呈現其可感知度。

而王安憶小說的特別之處是,此時期小說裡的「隱身敘事者」的可感知度,往往可以藉由「人物話語」所提供的集體印象來呈現。

「隱身敘事者」指的是隱藏在敘事作品中的真正敘事者,而「隱身敘事者」的可感知度往往又與「隱含作者」的可感知度成正比。

「隱含作者」在敘事學裡的定義本來是指:「一部虛構作品

---

[122] 儘管王安憶一再強調寫作的客觀立場,極力避免對小說中情節或人物做出個人的判斷,但觀察她的作品軌跡,可以很容易發現,越到晚近,隨著小說語言的成熟,王安憶的作品裡無形中洩漏了太多屬於「隱含作者」本身的強烈主觀意識。這與她後來形成的個人寫作風格有密切的關係。關於這個論點,將在第五章做更加深入的討論。

[123] 根據胡亞敏在《敘事學》中的歸納分類。參考胡亞敏:《敘事學》,武漢:華中師範大學出版社,1994年6月。頁89-90。

的讀者不僅感知到某種正在陳述的聲音，而且也感知到某個以
整體的形式存在的人。」是真實作者所創造出來的一種理想文
學人格，並且必須透過讀者的想像力與默認來確立其存在。[124]

　　通常，在單一文本裡，要從個別人物話語裡判斷「隱身敘
事者」或「隱含作者」的可感知度是不準確的。但由於王安憶
早期的小說的創作傾向是利用大量的「間接引語」、與「自由
間接引語」來表現人物的內在意識，而這類型的人物話語往往
具有相當高程度的「雙聲話語」傾向，意即，這些人物話語不
僅表現人物的內心意識，也在很大的程度上融入「隱身敘事者」
的意識，因此巴赫金將這種人物話語命名為「雙聲話語」。

　　而在「人物話語」中，最能表現出的敘事者「聲音」的，
是「自由直接引語」與「自由間接引語」，其次為「間接引語」，
最後才是「直接引語」。（但這種約略的說法，仍必須視作品所
提供的情境來加以判斷。）

　　因此，雖然透過單一文本人物話語的觀察，無法準確感知
隱身敘事者的存在，但由於在王安憶這時期的小說文本中，透
過大量整體的閱讀而觀察得到的那位「隱含作者」的基本形象
的相似，因而「自由間接引語」或「間接引語」裡的「雙聲」
特質便會造成「隱身敘事者」與「隱含作者」可感知度的提高。

　　在這裡，不談「自由直接引語」裡的雙聲特質的關係，是
因為「自由直接引語」多出現在第一人稱視角的小說裡，而在
王安憶早期的作品裡，以第一人稱作為敘事視角的作品數量較
少，且這時期，王安憶以第一人稱為視角的作品裡所使用的「自
由直接引語」，主要功能並不在表現敘事者的雙聲特質，而是

---

[124] 詳見註 107，關於懷恩・布斯對於「隱含作者」的相關說明。

作為推展小說情節來使用的。關於「自由直接引語」裡的雙聲特質，在第四章談到王安憶的「後設小說」時，將有更為深入的討論。

「人物話語」在王安憶的早期的小說中有兩種創作傾向，一類是利用「直接引語」與「自由直接引語」來推展情節，一類則以大量的「間接引語」與「自由間接引語」來表現人物的內在意識。

大量使用「直接引語」的，如〈當長笛 Solo 的時候〉，桑桑送行時，與向明的對話：

> 「回去好好過個年，別太發愁。」桑桑溫和地安慰著。
> 「我無所謂，我被解雇過不下十回。有一回幫了一年臨時工，結果還是沒有名額；還有一回昨天說給辦戶口了，今天卻又讓我開路了，不知讓那個開了後門。」
> 「你還打算再考嗎？」
> 「我還是想考文工團，真沒辦法！生就個窮命，可偏偏喜歡音樂。」
> 「你準備考哪些地方的團？」
> 「只要人家要我，天涯海角我都去。」
> 「天涯海角？」桑桑流露出掩飾不住的失望。
> 「天涯……」向明肯定了半句卻又剎住了。
> 沈默了好一會，桑桑輕得幾乎聽不見地說：「你真自私。」……[125]

大量的人物對話充斥在王安憶早期的幾篇小說裡。〈大哉

---

[125] 同註 52，頁 5。

趙子謙〉裡也有這樣的情況：

> 「趙老師！」門外有人叫，是隔壁二嬸。院裡人都這麼
> 稱趙師母──「趙老師」。
> 「怡如！」趙先生放下筆，也幫著叫。外屋沒有聲音，
> 恐怕是到巷口上廁所了。
> 「趙先生。」二嬸聽見了趙先生的聲音，便叫趙先生了。
> 趙先生只得站起身走出去：「您有事？二嬸。」
> 「趙先生，我上街買菜，一會兒就回。您和趙老師說一
> 聲，幫我瞅著眼爐子，啊！」
> 「行啊，您儘管放心去吧。」趙先生回答。
> 「謝謝啦！」
> 「不謝，不謝！」[126]

此類單純的「人物對話」降低敘事者與隱含作者的可感知度，
使人物形象較為自然鮮明。然而在王安憶的小說中，這類「直
接引語」的使用，用意不在表現人物內心意識或想法，主要是
用於情節的推展。

　　「自由直接引語」出現於第一人稱敘事的幾篇小說裡，如
在〈從疾駛的車窗前掠過的〉這篇小說中，我──女知青小方
心想：「從他們吃奶至下湖，我始終是一名知青。」[127]這句話
暗示了「我」在插隊的長時間裡，從未真正融入農村生活中，
認同農民的價值，具有角色認同宣告的意味。又如〈小院瑣記〉
裡的我──桑桑，對小院中的人事物所做出的個人價值評判、

---

[126] 同註 68，頁 4。
[127] 同註 20，頁 58。

觀察與意識流動。然而由於隱身敘事者與人物的聲音「幾乎一致」，因此其可感知度反而不若第三人稱全知或限制視角的小說來得高。

在第三人稱視角的小說裡，人物的意識與想法大多仍透過「間接引語」與「自由間接引語」來表現。「間接引語」的使用，如〈繞公社一周〉裡，南南對批判會的感覺：

> 她奇怪周圍的人對這情景這麼熟視無睹，這樣坦然，小青和張宗祥還樂得要命！[128]

一場原該是宣揚社會主義階級鬥爭的批判大會，到後來竟成為一場廟會似的遊行，南南感到困惑極了。

又如〈庸常之輩〉裡，何芬因為睡晚了，她的母親來表示關心時，有點不耐煩、在聽說她身體不適後的情景。敘事者表現了母女兩人的不同想法：

> 媽媽不說話了，何芬能感覺到她的腳步放輕了，拉嚴了窗簾，似乎在她床邊停留了一會兒，然後輕輕地帶上門，下樓了。媽媽總歸是媽媽，別看她整天沒個好臉色，對自己卻是好的。然而媽媽想的和何芬太不一樣了。媽媽希望她找個家庭好、經濟能力強的朋友，比如佩佩的朋友，家裡是華僑，再比如大毛頭的小娘娘，找的是高幹子弟。[129]

引文前半段，敘事者藉由「間接引語」呈現何芬的心理活動，

---

[128] 同註40，頁237。
[129] 同註56，頁90。

同時具有情節推展的功能，後半段則轉述了何芬母親的內心想法。

　　「間接引語」是敘事者轉述的人物話語和思想，「對話的『內容』被保留下來，但在語法形式上卻變成小說敘事者的講述。」在間接引語中，敘事者往往把自己的主體意識置入人物語言之中，用自己的風格對人物語言加以解釋和改造。因此間接引語實際上也是一種敘事者話語。[130]但由於作為轉述語言的間接話語基本上必須「保存」或「再現」原話的意義，因此在一定程度上，雖然敘事者在轉述人物語言時會融入敘事者的理解與控制，但這種敘事話語所表現出的敘事者的可感知度，仍不如「自由間接引語」來得強烈。

　　〈這個鬼團〉中，敘事者即以「自由間接引語」表示林凡的內心想法：

> 人們不理解他，他也不理解人們。可他又離不開他們。只有在這裡，他才可以掌握指揮棒，他手下才能響起聲音。儘管這聲音遠不是他心理的音樂，不過是一些討好觀眾，輕薄蹩腳的音響。可如果他離開他們，就連這點點音響都要失去了。[131]

　　又如〈停車四分鐘的地方〉，郁彬因為評論認為文革十年的波動是他創作的根，當他決定在這停車四分鐘的小站下車

---

[130] 胡亞敏引用托多洛夫敘事概念，做成此定義。不過胡亞敏所使用的是「敘述者」一詞，而非「敘事者」，兩者意義相同，而用辭不同，本文選擇使用術語「敘事者」，凡引用自胡亞敏《敘事學》一書，論及「敘述者」時，逕改作「敘事者」。頁92-93。

[131] 王安憶：〈這個鬼團〉，《文匯月刊》，1981年第3期。頁31。

時，他心想：

> 看來，人是很難將自己的歷史隔斷。有了昨天的一段，
> 才會有今天的一切。不管昨天是多麼黯淡，而今天是多
> 麼燦爛。
>
> 他應該感激這塊土地，這土地培育了他事業之樹的根。
>
> 他中途下車是對的，他要在這裡走一走。[132]

「自由間接引語」（free indirect style）在敘述上最基本的特徵
是，它包容了敘事者和人物，是兩種聲音的並存。[133]查爾斯・
巴利稱之為「間接」，是因為他認為它派生自「間接引語」；稱
它「自由」，是因為它可以自由結合；他認為它是一種「文體」，
而不是一種語法形式是因為，它必然要大幅度地偏離標準用
法，而且，依他之見，它僅僅發生於寫作之中。對於巴赫金來
說，這種形式是「雙聲話語」（a dual-voiced discourse），它始
終是敘事者與人物的混合或溶合。[134]

理論上，「自由間接引語」因為在時間和視角上都接受了
人物的視角，雖然基本上是敘事者的描述，但在讀者心中喚起
的卻應是人物的聲音、動作和心境。檢視單一小說文本時，「自
由間接引語」喚起的也許可視為是人物的「聲音」（Voice）。
然而在同一作者大量的小說文本中，不同人物的「聲音」卻呈
現出雷同的議論，因此這類「雙聲話語」中，「隱身敘事者」

---

[132] 同註110，頁24。

[133] 胡亞敏：《敘事學》，頁100。

[134] 參看華萊士・馬丁（Wallace Martin）著，伍曉明譯：《當代敘事學》(Recent
Theories of Narrative)，北京：北京大學出版社，1990年2月初版，1991
年5月2刷。頁170-171。

的聲音反而超越了個別特殊人物的聲音。

　　再者，理論上，敘事作品中，直接體現敘事者的想法和聲音的，主要是諸如解釋、議論、抒情等「非敘述性話語」。但王安憶的小說中卻較少看到直接的議論或評論話語，[135]但「自由間接引語」的大量使用卻可視為一種「隱蔽的評論」，即：藉由人物話語，諸如對話與思考等，來展示敘事者的見解。[136]例如：〈苦果〉中的趙瑜心想：

> 人和人一旦分手，遠離，天各一方，彼此就會把對方的缺點錯誤和怠慢之處全不放在心裡，記著的只是對方的好處，甚至壞處也會變成好處。[137]

　　又如〈金燦燦的落葉〉，莫愁想著：

> 她本來在自己高尚的獻身行為中得到一種幸福，而這會兒，卻全是遺憾和懊悔。……每個人，都各自有一份人生，一份責任，她不該去代替他，而又讓他代替自己。[138]

> 她突然不再為落葉難過了。這本是大自然的規律。……一棵樹的首要責任，是將自己長成樹，然後再結果，遮

---

[135] 王安憶早期小說中，少數敘事者直接議論的例外，多出現在1981年以前較不成熟的第三人稱全知觀點的作品中。如〈年青的朋友們〉，故事最後，敘事者直陳議論：「愛情，愛情真是個奇妙的東西，叫你笑，又叫你哭。叫憂鬱的變快樂，叫軟弱的變堅強。當然，有時候也會反過來，可儘管這樣，人人都嚮往它，追求它，要它，願意為它犧牲——只要青春在。」（頁13。）

[136] 同註133，頁111。

[137] 同註37，頁86。

[138] 王安憶：〈金燦燦的落葉〉，《青春》，1981年12月。頁53。

蔭、美化環境、調順水土。一個人呢？首先要有自己的
存在，然後才能去愛，去給予，同時接受別人的。[139]

相較於《叔叔的故事》之類的後設小說干預型的敘事者明顯的
高可感知，早期王安憶小說，已有敘事者透過人物「自由間接
引語」抒發其所知所感的傾向。而這種以「自由間接引語」同
時呈現人物內心意識與敘事者主觀意識的寫作方式，並非在她
一開始寫作小說時就出現，是在王安憶於 1981 年宣告自己未
來三年的創作方向是要「寫一個人，從這個人身上看到很多年
的歷史」的時候才有較明顯的改變。

　　她的創作轉變，除了在視角上出現大量第三人稱限制觀點
的小說以外，還有便是表現在這類小說中「自由間接引語」的
大量出現。藉由「自由間接引語」來呈現隱身敘事者的聲音，
可以說是她早期小說非常特殊的一個特色。

　　這與新時期初期，文學創作剛剛重新起步，小說家亟欲抒
發個人情感與思想的時代風潮有關，是以隱身作者經常透過人
物話語來抒發個人的議論與感慨，從而帶給讀者人一種宣傳與
急切喊話的閱讀感受。

　　整體言之，「隱身敘事者」與「隱含作者」在王安憶的早
期作品中，基本上是由「低可感知」轉向「高可感知」的，這
奠定了王安憶小說基本的敘事風格，即：「可感知度高的敘事
者」。

　　雖然隨著作者後來寫作技巧的逐步試探與成熟，可以在她
不同時期的作品裡看到「客觀的」、「低可感知」的傾向（例如
80 年代中期、90 年代中期以後迄今的作品），但假使從另一個

---

[139] 同註138，頁54。

角度——越是強調客觀，便越具主觀意識——來解釋「客觀」
的話，那麼這種「客觀」實際上仍是一種「主觀」，而隱身敘
事者當然仍是高可感知的。

第三章 「二莊」、「三戀」及其他：

人的重新發現與尋根

（1984～1989）

　　1984年到1989年這段期間是王安憶創作歷程中的關鍵時期。她在這段期間奠定了個人小說藝術的傾向，又從文學思潮中汲取養料，加深了她對現實生活與人性的認識，並走向自我尋根的路途。一般認為，〈小鮑莊〉是王安憶這時期的尋根文學的代表作，因此將王安憶歸類於尋根作家之林。這樣的文學轉向可說並不令人意外，開始職業寫作以後，個人風格尚未絕對建立的王安憶一直存在著創作的焦慮與惶惑，〈獨語〉一文裡明白地表現出這種焦慮：

> 「雨，沙沙沙」地響過那麼一小陣之後，人們開始要求王安憶──開拓題材面。本人也想從小雨中走出來，拔起腿，卻疑惑起來──這一步跨出去，是往前了，還是往後了？……於是，便下定決心跨了出去。……
> 忽又聽見一聲喝斥──王安憶，你的優美到哪裡去了？我不知道──我惶惑，不知所措──我的優美？我有過

> 嗎？我既不知道它從何而來，也不知道它向何而去
> 了。……原來我曾經有過優美，我願意我一直有著它，
> 而我竟在無意中將它失落了。[1]

失落了「優美」的王安憶，所選擇的創作道路是在努力開拓題
材的同時，向現實生活靠攏。這是題材上的拓展。問題是，個
人的經驗有限，而自認為是一名「現實派」寫作者的王安憶，
除了經驗以外，她無由擷取寫作的題材。一位現實主義者在挖
掘眼前材料的同時，其作品的藝術性與價值，乃基於作者本身
的立場與價值觀念，如果王安憶無法繼續向內挖掘，那麼她的
小說成就也就無法繼續前進。慶幸的是，1983 年，王安憶前
往美國參加了愛荷華大學為期四個月的國際寫作計畫；而 80
年代初到 1985 年之際，大陸正值改革開放，外來文化的輸入
在本土產生了衝擊，並影響作家們對民族文化與文學主體的關
切，這一連串的契機，促成王安憶小說創作的更進一層樓。

延續創作初期所發現的創作方向，1984 至 1989 年間，王
安憶的小說中對於現實生活中的人性有著更加深刻的描寫，於
是便出現了〈母親〉中那樣的母女關係的探討，也有像〈牌戲〉、
〈前面有事故〉那樣庸俗的人性表現。角色形象更是複雜多
變，從歸家的戰士（〈戰士回家〉）到得了小兒麻痺症的阿蹺（〈阿
蹺傳略〉）那樣甚至有些猥瑣卑微的角色，都成為王安憶筆下
著墨的焦點。人性原欲的表現則可以「三戀」與〈崗上的世紀〉
為代表。延伸討論的男女性別關係則有：〈蜀道難〉、〈愛情的
故事〉、〈逐鹿中街〉、〈弟兄們〉、〈神聖祭壇〉等篇什。而〈好

1　見王安憶〈獨語〉（《流逝》後記），收於《獨語》，長沙：湖南文藝出版
　　社，1998 年 4 月。頁 113。

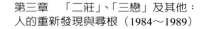
姆媽、謝伯伯、小妹阿姨和妮妮〉則在人性的基本立場上進一步討論遺傳的問題。〈閣樓〉與〈悲慟之地〉揭露了大陸當代的社會問題。〈海上繁華夢〉、〈鳩雀一戰〉、〈好婆和李同志〉等篇表現出對於上海城市與上海移民的關切。除此之外，王安憶仍醉心於「雯雯原型」的延伸，《流水三十章》可視為她建構心靈史的代表。《黃河故道人》則根據王安憶丈夫李章的經歷對知青題材小說再一次回顧與探討，亦可視為心靈史建構的一部份。

這些小說的背景除了少數幾篇模糊了時代感以外，基本上仍以文革前後為敘事線索，從大躍進到文革結束新時期社會的發展都成為王安憶小說中的背景。

本章討論的範圍基本上從 1984 年《69 屆初中生》以後延伸到 1990 年〈叔叔的故事〉以前的作品。以〈叔叔的故事〉為分水嶺是基於王安憶進入 90 年代以後，創作理念有了極大的轉變的緣故。她的創作理念開始由客觀敘事出發，強調文學作品的虛構性，而在此之前，「虛構」並非作者關切的焦點，「紀實」才是她更為著重的方向。對於這時期小說中的「紀實」，本章的理解是將其放置在「尋根」的脈絡底下。當然，小說的「紀實」從根本上來說仍是屬於「虛構」的範疇。

第一節　尋根的社會背景與作家創作轉變的契機

　　當代學者在劃分新時期文學主潮時，大致上是以傷痕、反思到尋根、先鋒、新寫實這樣的一個脈絡來發展論述的。[2]新時期文學分期大致從 1977 年到 1989 年，近十年的發展歷程，卻有著如此多的思想潮流，幾乎每隔一至二年便有新的文學口號提出。如此多樣的變動，除了象徵大陸新時期社會環境的瞬息萬變外，也隱含著新時期作家們某種的「集體無意識」。這種「集體無意識」未必是經由參與共同的文學社團來顯現[3]，

---

[2]　見陳思和、陳曉明、丁帆等人的文學史相關論述。

[3]　按：大陸新時期文學裡，除了「尋根派」與「現代派」有形成類似文學社團的討論以外，幾乎可說沒有如中國 2、30 年代在各地主要城市大量出現的，如「創造社」那樣的文學性社團，亦未形成如台灣 30 年代出現的文藝結盟或聯盟現象，今稱新時期以降的文學思潮及代表作家作品，所使用的歸類詞彙，諸如：「傷痕」、「反思」、「尋根」等，並不等同於「創造社」或「台灣文藝聯盟」之類的社團與集體，而只是一種文學批評化約式的後設歸類。全國性作家協會或地方性作協所代表的官方意義亦與上述「文學社團」的定義不同（儘管「創造社」在 20 後期已經成為一個具有政治色彩的左翼文學團體，但本質上仍是民間，而非官方的）。中國大陸當代作家更多的情況是單打獨鬥式從事個人私密的寫作，然而弔詭的是，新時期文學所呈現的文學面貌卻在此「個人性」外，尚顯現出某種「集體性」。以「尋根文學」為例，當代學者在討論「尋根文學」的起源時，經常認為阿城、汪曾祺等人筆下的道家式的人物與鄉間優美的風物描寫，為文學界帶來了新的創作取向，從而影響了正處於「文化熱」的文學界轉向對文化之「根」的探尋。而大陸新時期幾乎每一種文學口號，在不具備「文學社團」推動的背景下，幾乎都能迅速地席捲文壇，吸引大批作家參與實際的創作，也因此形成了新的思潮。此種新思潮的成形，一種可能的解釋，乃是新時期作家們事實上處在一種集體無意識之下，這種集體無意識具體表現出來的，便是對新技巧、新內容的「熱」，

而是在尋求文學主體與現代性的同時，所產生的一致性焦慮。
1985 年「尋根文學」熱潮正是這種焦慮的具體展現。王一川
認為這是一種「現代性情結」（modern complex）[4]，姑且不論
這個名詞作為一種術語的使用是否妥當，它的確說明了，當代
中國在「走向世界」的口號之下，所伴隨的民族焦慮。

　　1978 年十一屆三中全會以後，文藝政策逐步開放，社會
改革下，西方文化再度大量地被引進中國，各式各樣的文學理
論、文化觀念，衝擊著正準備要邁向現代化的中國大陸。張韌
認為「反思」是流貫新時期文學的重要思潮，「新時期文學所
反思的中心是人與社會的關係」[5]。「人的發現」、「人的意識的
覺醒」正是從傷痕到新寫實所展現的形態。所謂「人的重新發
現」正是一種個人主體性（subjectivity）的發現。哈伯瑪斯
（Jürgen Habermas）認為，黑格爾（Georg Friedrich Hegel）在
討論「現代性（modernity）時，便肯定了主體性，並將之視
為「現代性」的原則。[6]黑格爾認為：「現代世界的原則就是主
體性的自由」，並用「自由」（freedom）和「反思」（reflection）
來解釋主體性。[7]儘管新時期文學的「反思」與黑格爾哲學中

實際上也就是尋求文學主體與面對中國現代性問題所產生的文化焦慮。
因此在缺乏「文學組織」的情況下，處於相同無意識層的作家們大致上
會根據自我的生命情調對文學思潮做出回應，而未必皆參與每一類思潮
的創作。例如張承志便以其深具理想性的知青文學貫串其「心靈史」，而
韓少功創作上最為著力的則是「尋根」的作品。

[4]　王一川：《漢語形象與現代性情結》，北京：首都師範大學出版社，2001
　　年10月。頁235，

[5]　張韌：《新時期文學現象》，北京：文化藝術出版社，1998年2月。頁38。

[6]　見 Jürgen Habermas（1985）.The Philosophiacl Discourse of Modernity
　　（Frederick Lawrence, Trans.）.Frankf./M.:Suhrkamp.P.16.

[7]　原文為：The Principle of the modern world is freedon of subjectivity……he

的「反思」有著不同層次的意義，然而作為主體的人的發現，確實確認了大陸當代某種意義上的「現代」。

1985 年的文化尋根思潮，正是經由「反思」西方文明與中國主體（人的主體與文學主體[8]）的展現。一般認為「尋根文學」的發生，與拉丁美洲的魔幻現實主義所提供的影響有直接的關係。儘管大陸對西方文化的接受來自各個層面，但 1979 年美國黑人作家亞歷克斯・哈利（Alex Haley）的歷史小說《根——一個美國家族的歷史》（Roots）中譯本的面世，與 1982 年拉丁美洲作家加西亞・馬爾克斯（Garcia Gabriel Marquze 即馬奎斯）的《百年孤獨》（One Hundred Years of Solitude）（台灣出版譯本慣譯作《百年孤寂》）獲得諾貝爾文學獎的刺激，二者以其在民族文化位置上的「邊緣」竟獲得文學位置上的「中心」，使得中國在「走向世界」的探問中得到某種啟發與指引。[9]「走向世界」的方式首先便是要「回歸民族」。然而究竟這樣潛在的嚮往如何轉變為「尋根」的提出，當中仍存在著幾層轉折。

「尋根文學」思潮的發展，基本仍是創作先於理論，1983 年賈平凹的《商州初錄》、1984 年阿城的《棋王》便被視為尋

---

elucidates "subjectivity" by means of "freedom" and "reflection"……P.16。

[8]　劉再復在 1985 年第 6 期、1986 年第 1 期發表於《文學評論》的〈論文學的主體性〉一文裡，將「文學的主體性」與「文學是人學」兩命題勾連起來。後者在文學的領域中恢復了人作為實踐主體的地位；前者則從後者的命題出發，縫合了人作為自身的主體，與文學作為自身的主體的雙重意義。參考尹昌龍：《1985 延伸與閱讀》（百年中國文學總系），濟南：山東教育出版社，1998 年初版，2001 年重印。頁 113-114。

[9]　參考張韌《新時期文學現象》一書的相關概念。頁 85-86。

根文學的扛鼎之作。[10]其具體理論的提出，是在 1984 年 12 月，
《上海文學》雜誌社發起的西湖「杭州會議」結束後，先由韓
少功所率先發表的〈文學的「根」〉[11]、李杭育〈理一理我們
「根」〉[12]、阿城〈文化制約著人類〉[13]、鄭義〈跨越文化斷裂
帶〉[14]、鄭萬隆〈我的根〉[15]等文章引起文學界的注意後，再
由《文藝報》等北京與各地二十多家報刊紛紛發表回應與討
論。[16]

　　由於「尋根」派別的多元與差異，因此對於尋根文學所尋
之「根」的看法也就各有差異。韓少功在〈文學的「根」〉中
提問：「絢麗的楚文化流到哪裡去了？」他所欲尋找的，是「民
族傳統文化之根」。李杭育在〈理一理我們「根」〉裡則道：「我
以為我們民族文化之精華，更多地保留在中原規範之外，規範
的、傳統的根，大都枯死了……規範之外的，才是我們需要的
根。」因此「尋找傳統文化之根」與「如何正確認識傳統文化」

---

[10] 見陳思和：《中國當代文學史教程》，頁 282-288。（按：儘管尋根文學作
　　品的出現早於理論的提出，然而卻不能簡單地視之為先有創作才有理
　　論，比較妥切的說法，可視為：在同一文學思潮下，作家們的創作因其
　　自覺使然，而有了類似的創作轉向，而非將作品視為理論出現必備的條
　　件。即使阿城與賈平凹的《棋王》與《商州初錄》被視為尋根文學的先
　　聲，但這兩部作品與理論二者間的關連，並非某種必然的因果關係。）

[11] 韓少功：〈文學的「根」〉，《作家》，1985 年第 4 期。

[12] 李杭育：〈理一理我們的「根」〉，《作家》，1985 年第 6 期。

[13] 阿城：〈文化制約人類〉，《文藝報》，1985 年 7 月 6 日。

[14] 鄭義：〈跨越文化斷裂帶〉，《文藝報》，1985 年 7 月 13。

[15] 鄭萬隆：〈我的根〉，《上海文學》，1985 年第 5 期。

[16] 見張韌：《新時期文學現象》的歸納，頁 83。（按：一般認為尋根文學口
　　號最早的提出者是韓少功，不過也有學者認為李陀早在 1982 年便提出類
　　似的意見。見程代熙：《新時期文藝新潮評析》，開封：河南大學出版社，
　　1997 年 4 月。頁 35。）

便成為「尋根文學」最主要的命題。

後來參與「尋根文學」相關討論的評論家們，對尋根派的評價各不一致[17]，主要原因除了與「尋根派」所提出的文學理念分歧有偏失以外，也與評論家的政治社會意識形態有關。馬克思主義的文學傳統向以實踐美學為主流，太過脫離社會現實的文學描寫在藝術價值的評價上都會出現疑義。因此所謂尋找民族傳統文化之根，最後被肯定的，便是落實到現實生活裡的「民間深層文化傳統」，並與「人的自覺」相結合。

關於「尋根文學」的一連串討論與回顧，本文接受了李慶

---

[17] 評論者對「尋根文學」的看法，一般可以分成兩類態度，一是肯定尋根文學對於民族傳統文化的深刻挖掘，二則認為尋根派的理論與口號過於偏狹，會使文學發展走向窄路，而文化的根源不必非向邊陲尋找，現實生活中便存在民族文化的本質。此即對文化是否遭遇「斷裂」的論爭。前者代表如：李慶西等人，後者代表如：王曉明等人。然而這兩種態度通常也出現在同一評論者身上，如：雷達、許子東、南帆、陳思和等人所提出的觀點。雷達在《文學評論》1987年第1期上發表的〈民族靈魂的發現與重鑄──新時期文學主潮論綱〉一文，雖不否認「尋根派」的巨大影響，但他仍認為：「『尋根派』的名稱因其自身的狹義，可能會日益淡化。」他將新時期以來的文學發展視為「個性」與「民族靈魂」的覺醒。其「產生的深刻根源還在於時代的現實生活，在於歷史的必然要求和社會的開放要求，在於置身世界潮流必然要在東西文化的比較、撞擊，融合中重鑄適應社會主義精神文明的民族心理結構。這也是不獨文學界，而是整個中國的思想界出現出現文化意識自覺增生趨勢的原因。」（頁26）從這段評論裡，可以看出評論界並不滿足於狹義的只追尋民族傳統文化的「尋根」，其審美價值更偏向的是將新時期以降的文學發展皆納入「民族（人）的覺醒」此一大敘事脈絡底下。當作家們紛紛從大敘事轉向小敘事的個人式創作時，文學史上的評論最後也會將之重新納入「民族覺醒」的歷史系譜之下，而掩蓋了一個文學思潮發生本身的複雜性與多樣性。

西在 1988 年所發表〈尋根：回到事物本身〉[18]一文裡的部分
看法。作為實際參與「杭州會議」的文學觀察者，李慶西提到：
會議的主題原是「新時期文學：回顧與預測」，「文化尋根」原
非杭州會議上的焦點，「如何突破小說原有的藝術規範」──
包括內容與形式──這才是「杭州會議」最原本的目的。而「尋
根」的提出，正呼應了一部份作家們對於小說藝術的趨向。韓
少功與李杭育認為：真正具有創造性的小說，應當突破歸範文
化的限制。[19]這種思考本身即具有悖離主流政治意識形態的意
味。突破原有價值觀的文學寫作，事實上也就是在重新建構文
學的主體。

　　文學作品包括形式與內容，在內容上，尋根作家們找到了
新的題材，然而形式上呢？在尋根文學被提出來以前，1981
年「現代派」的文學實驗頗值得注意。

　　「現代派」一詞，並不是一個準確的文學術語，而是作為
一種「暫時性」的命名。[20]對於「現代派」的討論，可追溯到
《上海文學》1982 年第 8 期集中推出的馮驥才、李陀、劉心
武等人針對 1981 年 9 月高行健的《現代小說技巧初探》[21]一
書的通信討論。討論範圍從小說文體和手法的革新，擴大到對
整個西方現代派評價，有論者認為這表明了「這一代作家在參
與傷痕文學和反思文學的同時，也開始了文學自覺意識的覺

---

[18] 李慶西：〈尋根：回到事物本身〉，《文學評論》，1988 年第 4 期，頁 14-23。
[19] 同註 18，頁 15。
[20] 尹昌龍：《百年中國文學總系：1985 延伸與轉折》，濟南：山東教育出版
　　社，1998 年 5 月初版，2002 年 4 月再版。頁 129。
[21] 高行健：《現代小說技巧初探》，廣州：花城出版社，1981 年 9 月。

醒」[22]。也就是說,「文學自覺」除了來自西方敘事形式的刺激,進而反思文學的本質以外,也包括文學內容與形式之間的和諧問題。李陀在其致劉心武的信中寫到:

> 我們生活在一個偉大的轉折時代裡,這決定我們的文學必定要有一個很大的發展,要有一個新的文學時期。……因此,我至今堅持,就藝術探索來說,尋找、發現、創造適合表現我們這個獨特而偉大時代的特寫內容的文學形式,是我們作家注意力的一個「焦點」,不解決這個任務,我們必定會辜負我們的時代。[23]

李陀這段書信的核心問題也就是當時作家們普遍關心的「技巧」問題。「現代派」文學滿足了他們對於「形式」、「技巧」的想像和渴望,而選擇迴避有關西方「現代派」文學政治、意識形態上的批評,直接落實到具體的創作實踐。[24]然而 1984年以後,李陀對西方現代小說技巧的關注,卻調整為從民族文化的背景來考慮小說的藝術問題。這樣的轉折顯然代表了對於純粹技巧上的「橫的移植」,無法滿足中國大陸作家們內心深處的文學需要。李慶西即認為:由於新時期文學走向風格化之初,作家們首先獲得一種尋找意識──尋找新的藝術形式,也尋找自我,然而,「西方現代主義給中國作家開拓了藝術眼界,卻並沒有給他們帶來真實的自我感覺,更無法解決中國人的靈

---

[22] 見陳思和:《中國當代文學史教程》,上海:復旦大學出版社,1999 年 9月。頁 266。

[23] 李陀:〈「現代小說」不等於「現代派」──李陀給劉心武的信〉,《上海文學》,1982 年第 8 期。頁 93-94。

[24] 同註 20,頁 136。

魂問題。」[25]於是「尋找自我」與「尋找民族文化精神」便產生了聯繫。

中國人的審美趣味更接近的是如同王蒙所說的：「外來的東西一樣要和中國的東西相結合」，也如同劉心武所言：「要顧及中國當前實際情況」。王蒙等人曾經醉心於意識流的小說實驗，但不久便宣告停止。純粹西方現代小說技巧的模仿無法解決新時期文學主體性的問題，而只是帶來某種形式與內容的異化。在思考如何「突破小說藝術規範」的同時，也就是重新思考小說形式與內容的表達問題。

「尋根文學」就某一個意義上來說，其實便是此一時期作家們的集體選擇。而這種選擇，基本上可說是建立在新時期作家們共同存有的「時代感」的無意識之上。此時期的知識份子，在心理上不少人都懷有像李陀一樣，認為新時期是一個「偉大的轉折時代」，就這個觀點來看，此時期「走向世界」的口號，與世界接軌意指的，其實是重新找回中國的民族主體位置。

因此，當評論家們試圖將尋根文學作為一個思潮或現象，並將之放置在「民族文化」此一敘事脈絡之下時，便將「人的覺醒」與「文學主體的追求」囊括在「民族意識」之中，並與「全球化／現代性」視為同一語境，而摒除了其他個別的可能。然而不可否認的是，「現代性」與「主體性」確實是現當代中國最為核心的問題，只是我們也不可因此忽略了個別的殊異性。畢竟，要將所有的現象化約到一個共同的項目之下，難免會出現簡單化的困擾，尤其在中國大陸特殊的政治背景下，關於「主體性」的討論，有時可能更接近於某種政治意義上的

---

[25] 同註18，頁16。

「集體無意識」的表現。

具體來看,「尋根文學」繼承了「反思文學」的精神。這種反思一方面表現在文學主題的推移與深化,作家不再滿足於對政治決策、方針路線等政治層面的剖析。一方面,文學自身的反思,則是由於作家們對於現實主義文學傳統的不滿足,在轉而向西方文學尋找新視野的同時,重新檢視自身民族傳統文化的根源。[26]

題材的部分,作家們因為個人的審美選擇而有不同的創作傾向。韓少功與李杭育等作家深入挖掘楚文化與吳越文化的民族審美根源。另外有一批作家,則探討儒、道精神的文化傳統,如被視為尋根文學代表作之一的王安憶的〈小鮑莊〉,探討了「仁義」的問題,而阿城〈棋王〉中的王一生更被視為道家式的人物。然而隨著作家們的創作逐漸停頓(或者可說是一種「完成」?),「尋根文學」熱潮漸褪,作為一個流派,它已然消失,但在題材內容上,「廣義的尋根文學」所探討的關於現實生活中的文化傳統與民族之根,卻成為新時期文學的最重要的主題之一。[27]

反思精神下的「尋根文學」不僅在內容上加深了對「現實」與「人性」的挖掘,同時也開展出一批以文學建構個人心靈史或家族史的作家,前者如張承志的《心靈史》,後者則可以王安憶的〈傷心太平洋〉、〈紀實與虛構〉這兩部父系與母系的家族神話為代表。甚至可以說,王安憶 1984 年以後的作品,幾乎都帶有某種「尋根」的意涵。這種創作傾向除了與她本身的

---

[26] 同註 5,頁 84-85。
[27] 同註 5,頁 99。

個人書寫特質有關外，更重要的是，1985 年文學思潮所提出
的「尋根」，實際上成為她日後重新檢視自身的文學特質與創
作道路選擇的重要關鍵。

　　1983 年，王安憶隨母親茹志鵑參加美國愛荷華大學為期
四個月的國際寫作計畫。這一趟美國行，為她帶來不少中西文
化對比下的震撼。她曾敘述這段經歷：

> 知道在地球的那一端，有片大陸，才被人開發兩百年，
> 於是覺出了四千年的漫長……回到了我熟悉的土地上
> 來。我那麼自然而容易地與它親近了起來，習慣了起
> 來。……如今，新的角度，更高的一級，隱隱約約地閃
> 現在我的前邊，我看到了它，卻觸摸不到它……[28]

> 我再不甘心在自己的經驗中看待生活了。我曾經有幸拉
> 開了一段距離來看這生活，我覺出我自己的經驗是淺而
> 狹隘的。我所存在的地方在這世界上只是一方，我所存
> 在的時代在歷史上只是一瞬，而我所享用的這一小份生
> 活裡，有著多少來龍去脈，這來龍去脈牽起了過去和未
> 來，連成了歷史。它有自己的規律，自己的準則。……
> [29]

美國行之後，王安憶看待世界與自己國家的方式有了轉變。除
了察覺她的生活經驗的狹窄以外，還影響了她在看待自己生長
的土地時有了另一番的情感。她在她的遊美日記〈美國一百二
十天〉裡提到對美國社會的看法：

---

[28] 王安憶：〈歸去來兮〉，《獨語》，頁 25-26。
[29] 同註 28，頁 27。

> 這個社會太重個人了，個人、自我，發展到了盡頭，無
> 路可走，則反過頭來。力量太大，轉折過急，便成了一
> 種反彈，從一個極端到了另一個極端。[30]

美國社會繼承了西方文化的理性傳統，將實用主義的精神發展
到極端。透過中西文化的對比，王安憶進一步確認了自我民族
的認同。表現於創作實踐上，以中篇小說集《小鮑莊》所收錄
的六篇短篇，四部中篇小說為代表。[31]她在《小鮑莊》書後記
中自敘：

> 在大洋彼岸游歷了四個月回來，經過六個月的苦悶，然
> 後，寫下了這些：六個短篇，四個中篇。這寫作與那苦
> 悶，這苦悶又與那游歷，究竟有沒有直接關係，我不敢
> 說，也說不清。別人都說，回來之後人大變了；小說寫
> 出之後，又說小說也大變了，至於變得怎樣，多數人不
> 說，少數人說變好或者變壞；直至《小鮑莊》出來之後，
> 眾口交譽，一致說好，心裡一塊石頭方才落地，否則便
> 像是白活了或是活回去了似的。[32]

走向「尋根」的〈小鮑莊〉由於獲得時代與文學界的認同，才

---

[30] 王安憶：〈美國一百二十天〉，收於《母女同遊美利堅》，香港：香港三聯
書店，1986 年 10 月。頁 161。

[31] 《小鮑莊》收錄的六篇短篇小說為：〈麻刀廠春秋〉、〈人人之間〉、〈一千
零一弄〉、〈話說老秉〈阿曉傳略〉、〈我的來歷〉。四篇中篇小說為：〈大
劉莊〉、〈小鮑莊〉、〈歷險黃龍洞〉、〈蜀道難〉。上海：上海文藝出版社，
1986 年 4 月初版，2002 年 10 月 2 版。

[32] 王安憶：小鮑莊〈後記〉，《小鮑莊》，上海：上海文藝出版社，1986 年 4
月初版，2002 年 10 月 2 版，2003 年 2 月重印。頁 529。

稍稍平息了王安憶創作上的焦慮。然而像〈小鮑莊〉中那樣一個近乎架空塑造而出的一座民風純樸的鄉下聚落，則再也不曾出現在王安憶的筆下。她不像尋根派的作家們一意追問邊陲民族的文化審美根源，即使是〈小鮑莊〉這部被視為尋根文學代表作品的中篇小說，事實上也未曾悖離王安憶本人對於探討現實生活中人性的興趣。〈小鮑莊〉所標舉的「仁義」其實散見於她其他的多篇小說裡，人性良善理想的一面，往往成為她筆下那些並不那麼完美，性格甚至有些卑下的庸俗人物們心中偶爾會出現的一閃靈光。

尋根文學的理念為王安憶提供了某種敘事形式上的轉變與內容題材上的開拓。表現在敘事風格上，便是透過視點的頻繁轉移來降低隱身敘事者的可感知度。對於王安憶來說，「尋根」的意義，除了尋找日常生活中所存在的民族傳統文化的根源以外，還包括對自我生命以及創作歷程的追尋。就此意義上來說，王安憶的「尋根」與「尋根文學」的主要思潮是不太一致的。她的尋根方向，從來就不是往偏遠的鄉土地域去落實，而是更接近被視為「後尋根」[33]現象的「新寫實小說」思潮所注重的「捨棄『文化尋根』所追求的某些過於狹隘與虛幻的『文化之根』，將『意義』規範在描寫現實生活本身，即生存過程之中。」[34]

王安憶基本上是一位現實感十分強烈的作家。早期如

---

[33] 見陳思和主編：《中國當代文學史教程》中對「新寫實小說」的討論。此書將「先鋒」與「新寫實」小說皆視為「後尋根」現象，前者將文化的意義規定在小說的敘事形式，後者則將意義規定在現實生活或生存過程裡。（頁306）

[34] 陳思和主編：《中國當代文學史教程》，頁306。

〈雨，沙沙沙〉詩意、優美的書寫方式，其實掩蓋了她創作初期精神的貧乏與不成熟，如何突破這種寫作的困境，則是此時期作家必須面臨的問題。

第二節　「尋根」的主題實踐

　　儘管王安憶的文學尋根方向與其他「尋根派」作家——如韓少功、李杭育、鄭義等人不太一致。然而這種不一致，在其創作摸索的過程裡卻是漸進出現，並非一開始便張揚著她個人的旗幟。王安憶的尋根脈絡基本上可以從「二莊」的「文化尋根」為起點，進而深入探討人性原欲的層面，可以「三戀」這幾篇小說為代表；最後並轉向作者對其個人家族史的尋求，〈我的來歷〉可說是她早期尋找家族歷史的作品。當然，除此之外，也不可忽略她一向關注的庸常生活描寫，只不過在跟隨著尋根的潮流前進時，王安憶除了持續庸常生活的細緻描寫之外，現實生活中的「人性」也成為她探究的焦點之一。

一、文化尋根

　　人們雖常將〈大劉莊〉與〈小鮑莊〉並稱為「二莊」，並將〈大劉莊〉視為〈小鮑莊〉的先聲，但這兩篇中篇小說的性質卻不太相同。〈大劉莊〉的發表早於〈小鮑莊〉[35]，寫作企圖也相當大，小說中藉由農村中人們的生活與上海知青的插隊

---

[35]　〈大劉莊〉，原載於《小說界》1985 年第 1 期。〈小鮑莊〉，原載於《中國作家》，1985 年第 2 期。

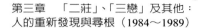

生涯描寫，試圖營造出某種城鄉的對比。「大劉莊」的日常生活幾乎呈現一種悠閒的狀態，小說一開始，敘事者以平靜到幾乎呆板的調子敘述：

> 迎春媽在家燒鍋，迎春大在園子裡澆菜，迎春兄弟在家後割豬草，迎春在湖裡鋤黃豆，秋秋在地裡站著，日頭在頭上曬著，小孩子蹲在門口拉巴巴，大花狗等著吃屎，西頭啞巴在塘裡刷衣服。[36]

客觀的文字描寫出一幅如「桃花源」般雞犬相聞的農村圖景。而這樣狀似悠閒的生活表面，其實暗藏著生動的生活細節——大劉莊的長輩們對迎春與小牛同姓結婚的討論；總在西塘洗衣的啞巴聽說是個上海人；外嫁鮑莊的大志子；以及莊外城裡正在打仗的軍隊軼聞；百歲子的插隊新疆，每一樁事情都為「大劉莊」這個農村渲染出某種「純樸」的氛圍，然而農村青年對到外地「插隊」、「招工」的嚮往，則透露出城鄉之間正要展開的流動。「大劉莊」是否能夠保存它原有的古風呢？

　　概略勾勒出「大劉莊」的現況後，敘事場景跳轉到上海，一群面臨下鄉插隊的青年——路小紅、丁少君、陳志浩、小妹、劉業蘭等人，正為了即將來臨的分配與個人前程汲營奔走。而城市裡青年男女的關係則既現實又複雜。儘管文革時期的上海風貌與文革前大不相同，如同敘事者所說：「上海如今是早睡的，似乎回到了日出而作，日落而息的日子裡。」[37]而農村也

---

[36]　王安憶：〈大劉莊〉，原載於《小說界》1985 年第 1 期，收於《小鮑莊》，上海：上海文藝出版社，1986 年 4 月初版，2002 年 10 月 2 版，2003 年 2 月重印。頁 153。

[37]　同註 36，頁 238。

因為知識青年的下鄉與社會改革，年輕一輩的農村子弟紛紛對象徵現代神話的城市上海感到嚮往。當上海的神話進入農村時，傳統的文化價值受到動搖。

大劉莊老一輩的人們相信「大劉莊」曾經是一塊寶地，卻讓一位來自「城裡」的陰陽先生給破壞了好風水，因而才成了真正的窮山惡水。來自城裡的陰陽先生便是現代化的象徵。敘事者藉劉延台之口道出：「百歲子讀的那全是新書，都是後人自己胡編的。不同老書，是聖人傳下來的。」[38]聖人即是孔夫子。「要我說，咱整個兒的風水，全叫百歲子說的那些玩意兒鎮毀了。什麼火車呀，蓋大樓哇！」[39]而年輕一代的人，卻認為：「世上興許沒有兩條腿叉開走的麻雀。世上興許沒有大福大壽的人。」[40]儘管「大劉莊」裡也沒有人真正看過兩條腿叉開走的麻雀，但舊的價值與神話仍存在於他們的傳統文化心靈中。相較之下，年輕一代的農村青年則因為新知識所帶來的懷疑主義，不僅失去了傳統，也無法真正擁有他們所嚮往的上海神話，因而造成價值感的雙重失落。

王安憶試圖以農村（大劉莊）與城市（上海）的交插敘事，營造兩種生活方式的價值對比。並且特意用兩種不同風格的語言來呈現農村與城市的整體結構差異。在描寫農村的段落時，她特意使用較具口語感的民間語言。諸如人物的對話所使用的口語：「還不快走，豁牙巴子來啦！」[41]、「小龜子齜牙咧嘴地

---

[38] 同註36，頁205。
[39] 同註36，頁205。
[40] 同註36，頁252。
[41] 同註36，頁242。

作出一個不屑的表情：『咦唏，俺娘說的啥詞兒！』」[42]……等
等。非人物話語的敘事語言也多較為簡短，如：「天黑盡了。
割豬草的孩子，在草箕子裡塞進最後一把豬草，準備走家了。」
[43]又如：「滿意子進城賣了一趟紅芋，帶回來一個消息。河那
邊，出叛黨了。」[44]……等。由於特意模仿農民語言的口語，
因此顯得較為簡短俐落，透出純樸。

　　對比於此的，是描寫城市時所使用的語言，如：「一輛無
軌電車靠了站。門一開，下的人還沒下，上的人就一擁而上，
堵住了車門。兩方面力量各不相讓，僵持著，掙扎著，下的人
從上的人中間擠下去，上的人從下的人中間擠上去。車門『嗞
嗞』地關著，關不起來，擠在人身上，威迫著人們。又一輛車
來了。」[45]對細節的描寫較為精緻，語言綿密，且敘事語調較
為冷靜理性。

　　二者的敘事態度大體接近客觀，但王安憶描寫農村的語
言，除了闡發隱身敘事者的觀點以外，往往比描寫城市更具莫
泊桑式的自然主義的客觀態度。王安憶曾將〈冷土〉之後的寫
作方式稱之為「敘述」[46]，在她對「敘述」的意義界定下，「尋

---

[42] 同註36，頁245。

[43] 同註36，頁242。

[44] 同註36，頁247。

[45] 同註36，頁218。

[46] 王安憶曾在一次訪談裡提到：「現在和將來我都決定走敘述的道路了。其
　　實1984年我寫《冷土》就有敘述傾向。1986年寫『三戀』，除了《荒山
　　之戀》，都是敘述的路數。」這裡的「敘述」，指的其實是如「雯雯系列」
　　敘事者的聲音與人物話語幾乎一致，焦點放在單一或特定人物上的敘述
　　方式。然而王安憶本人所使用的語言並非文學上具特殊意義的「術語」，
　　包括對「主觀敘述」與「客觀敘述」的認定都只是她個人式的用法，因
　　此容易造成他人閱讀時的混淆。以長篇小說《流水三十章》為例，王安

根」思潮裡，這種自然主義的客觀敘事方式便與她所謂的「敘述」定義有所不同。有關此時期敘事特色的討論，詳見本章第三節。

這裡需要一提的是，儘管王安憶企圖心不小，但〈大劉莊〉整體的敘事結構略嫌生硬，基本上不能算是一篇成功的小說，不過〈大劉莊〉確實表現出隱含作者對於傳統文化與現實社會

憶認為這是她主、客觀敘述結合的最好的一篇，而她所謂的「主觀敘述」乃指「敘述者敘述張達玲的主觀世界、心理世界。」而「客觀敘述」則指「敘述張達玲的客觀世界、現實世界（眼前所見）。」亦即，在人物的心理描寫上，她採用「主觀」，而在小說的外部環境及非主要人物的描寫，則是她所認定的「客觀」。她對主、客觀的認定乃是從小說內外部的結構來加以區分，這是一種對小說敘事主、客觀態度的個人認知。王安憶並認為《叔叔的故事》是主觀敘述，以前則是客觀敘述。這種說法顯然也不夠準確，並且存有矛盾的。（以上資料見 1991 年 5 月 21 日，訪談記錄〈從現實人生的體驗到敘述策略的轉型——關於王安憶十年小說創作的訪談錄〉，原載於《當代作家評論》1991 年第 6 期，亦收於訪談演講雜集《王安憶說》，長沙：湖南文藝出版社，2003 年 9 月。頁 29。）（按：M.H.艾布拉姆斯：《歐美文學術語辭典》中對客觀的（Objective）與主觀的（Subjective）的解釋，這兩個詞是從十八世紀下半葉『後康德派』（post-Kantian）的德國批評家那裡引入英國文學批評裡的。這兩個詞的意義，有一種廣為接受的用法是：在主觀的作品裡，作家把自己的親身經歷跟作品合為一體，或是把自己的喜好、判斷、價值觀和感情投射到作品中去。在客觀的作品裡，作者只是直述他臆造出來的場景或虛構的人物，以及他們的思想感情和行動，似乎作者本人保持不介入的姿態，從不明確地顯示自己的見解。（頁 223。）在一部主觀的小說裡，作者（或敘事者）對他所描述的人物和他們的行動評頭論足，而在一部客觀的小說裡，作者卻隱遁起來，故事似乎是在自然發展。（頁 224。）關於這兩個詞如何進入英國文學批評以及其應用範疇，可參閱 M.H.Abrams 的《鏡與燈》（*The Morror and the Lamp*），而在當代小說批評方法上的應用，W.C.Booth 的《小說修辭學》（*The Rhetoric of Fiction*）中有精彩的論述。（M.H.Abrams 著，朱金鵬、朱荔譯：《歐美文學術語辭典》，北京：北京大學出版社，1990 年出版。）

之間價值取向問題的關注。這不同於〈冷土〉時期僅僅藉由城鄉差距來體現人性的變形而已，而是對傳統民族文化開展了更深一層的思考，可以視為王安憶自美國歸來後，在國內的文藝氣氛感染下，所進行的一種文學探索。

〈小鮑莊〉向來被視為「尋根文學」的代表作，結合了大陸評論界對「尋根文學」的質疑與討論，歷來針對此篇小說的相關評論非常地多。[47]在小說主題上，有的認為〈小鮑莊〉從倫理的角度寫出了古老民族的善[48]，但亦有認為〈小鮑莊〉強調「仁義」，反而凸顯仁義的淪喪。[49]而在敘事結構與隱含作者的敘事立場上，一般認為王安憶「眼睛雖然仔細地看著古老的文明，她的雙腳卻始終立在現代文明社會的大地上」[50]，與此相近的看法，大陸學者金漢的說法更為全面深入，他認為：〈小鮑莊〉「以平實素樸的語言，和非線性散點透視的方法，描寫了一個浸透著傳統文化幾近封閉狀態的村莊裡的數戶人家和一群農民的生活狀態和生活世相。」「作品以幾近冷峻的語調，無情地揭開了所謂道德仁義的虛偽面紗。」「作者對中

---

[47] 關於〈小鮑莊〉的討論，除了刊載於《當代文壇》1985 年 12 期，曉華、汪政的〈《小鮑莊》的藝術世界〉，以及《當代作家評論》1986 年第 1 期中的一系列討論（包括：潔泯的〈《小鮑莊》散論〉、暢元廣的〈《小鮑莊》心理談〉、陳思和的〈雙重迭影・深層象徵——談《小鮑莊》裡的神話模式〉、李劼的〈是臨摹，也是開拓《你別無選擇》和《小鮑莊》之我見〉等）以外，尚可在各種大陸當代文學史中看到對〈小鮑莊〉的評價和探討。這說明〈小鮑莊〉作為審美的文學範式，已為評論家所認可。

[48] 如曉華、汪政：〈《小鮑莊》的藝術世界〉，《當代文壇》，1985 年第 2 期，頁 9-11。頁 9。

[49] 包括王安憶本身都傾向於這個說法。其他認同這種說法的評論者的意見，有陳思和、金漢等人。

[50] 同註48，頁 9。

國傳統文化的反思是從現代文化哲學的範疇上進行的，這不僅體現她對中國傳統文化的審視和評價採用的是現代化的價值觀念和尺度，用『尋根』作家自己的話來說是現代人對自身歷史和文化的一種『審父』式的拷問。」[51]

金漢的觀察很準確地看到「尋根」作家即使在找尋民族文化傳統的根源時，也不是完全客觀的全面接受，包括韓少功、李杭育等以楚、吳越文化為尋根客體的作家，他們所「尋」到的「文化根源」，仍需經過作家本身氣質與審美抉擇的轉化。[52]王安憶的〈小鮑莊〉也不例外，在幾近「冷峻」的「客觀敘述」下，其實隱藏著隱含作者「主觀」的文化價值選擇。

〈小鮑莊〉以兩個神話為開展，洪水神話是各地民族普遍的「原型」主題。接續在洪水神話之後的，則是獨屬於華夏民族的治水神話。從普遍性的創世紀聚焦到華夏民族的文化傳統，故事開始於神話結束之後，故事中被視為「仁義」之子的鮑仁平（撈渣）出生了。王安憶將〈小鮑莊〉的尋根焦點擺在華夏民族的用心可見一斑，她所要表現的，並非如韓少功等人從已處邊緣的文化位置來討論民族文化的根源問題。

陳思和從神話的象徵出發，認為：在〈小鮑莊〉現實的世界背後，隱藏了一個「非現實世界」，並將此需要讀者體驗領悟才能意識到存在的「非現實世界」命名為「神話模式」。小鮑莊的先祖在治水失敗後，帶著贖罪的意味定居在小鮑莊。陳思和認為這個治水神話的意義「不在治水，而在贖罪」。

---

[51] 金漢：《中國當代小說藝術演變史》，杭州：浙江大學出版社，2000 年 4 月。頁 204。

[52] 同註 51，頁 199-205。

[53]因此從一開始，隱身敘事者便藉由兩則神話暗示〈小鮑莊〉中的「仁義」精神，基本上具有反諷的成分。在這座遺世獨立的村落裡，失去了繼承人社會子的鮑五爺吃了全莊的大公飯，鮑莊人對鮑秉德無法傳宗接代的同情與關注等等，似乎展現出一種美好的同姓情誼，然而在此背景中，小鮑莊的人們對於「外姓女婿」拾來的鄙視，大姑與拾來不可言明的私生關係；小翠子與文化子之間不符合傳統倫理的愛情；拾來與二嬸的婚姻；鮑秉德對瘋妻子的矛盾心理……等等，都無法被稱之為同樣傳統文化裡的「仁義」。於是這篇由各個人物之間的關係所組成的小說，就出現了矛盾的意識形態。而最後突如其來的大水摧毀了原就岌岌可危的虛偽的「仁義」結構，撈渣究竟是為了什麼原因被洪水淹死的，乃是經由小鮑莊的人們所認定──他是為了鮑五爺而死。因此撈渣的「仁義」其實是眾人所塑造的「仁義」。藉由一個孩子的死，小鮑莊中所有不仁義的事情都得到了救贖與昇華。更諷刺的是，在撈渣的仁義之舉透過媒體傳遞到外面的世界後，縣、省單位也興起一股塑造文化英雄的熱，於是《鮑山下的小英雄》、《幼苗新風，記捨己為人小英雄鮑仁平》等文章紛紛出現，最後還出版了一本叫做《小英雄的故事》的書，而小鮑莊的其他人們，比如拾來與二嬸的故事，便成為英雄成長的背景，頗有一人得道，雞犬升天的諷刺意味。撈渣的墓上甚至立了一塊寫著「永垂不朽」的石碑，對比於這塊象徵文化永恆的石碑的，是撈渣唯一留下來的，三個寫在茅房泥牆上的自己的名字，而這片泥牆卻是一碰就爛，似乎象徵著，

53　陳思和：〈雙重迭影・深層象徵──談《小鮑莊》裡的神話模式〉，《當代作家評論》，1986 年第 1 期。頁 16-18。

撈渣所代表的「仁義」，只能做為某種文化的精神典型，而關於單一個體本身的一切，都不能成為精神的象徵。

〈小鮑莊〉語言平實的敘述裡隱藏了許多紛雜的意識與思想。歷來這篇小說便以其多義性為評論界所關注。陳思和的「贖罪」說，倘若從神話原型的角度來看自有精闢之處，然而就小說文本細部來看，卻又存在著多處無法以整體的觀點來統合的情節，例如第一個洪水神話便無法用「贖罪」的觀點來解釋，隱含作者究竟是要讚揚人性的善，抑或諷刺仁義的虛偽？[54] 或

---

[54] 如果對照王安憶多年來的訪談記錄或她對自己作品的看法，可以發現，即使是作者本人，對其作品的評論與觀點也存在著許多不一致的地方。以〈小鮑莊〉為例，她曾說：「《小鮑莊》恰恰是寫了最後一個仁義之子的死，……許多人從撈渣之死獲得了好處，這本身就是非仁義的。」（引自〈從現實人生的體驗到敘述策略的轉型〉一文，頁 31-32。）然而在此之前，她卻沒有這樣的看法，且對〈小鮑莊〉是否達到一個文學藝術的水準都不甚有信心。除此之外，她又曾對「尋根文學」的定義與看法講過不同的話，她先是認為：「『尋根』文學有點像是能源開發，尋根事實上是尋找故事。」像韓少功、李杭育的「那種尋根運動，很抽象。到底什麼是文學的『根』？俚語？風俗？還是野史？我創作時根本沒想到去尋根。」（引自〈從現實人生的體驗到敘述策略的轉型〉一文，頁 31。）她之後又說：「我的創作一直和那個「文學尋根」運動有關係，這個問題也一直困擾著我，就是我的文化的根是什麼？我生活的地方是上海，當時我在上海的圖書館裡泡了一個夏天，查閱資料，但並不能幫我解決問題。我很偶然地去了農村，去了『小鮑莊』，到那以後，把我插隊落戶的記憶喚醒了，應該說還是沒有找到自己的根。雖然還是沒有找到根，但是對上海這個題材一直在抓住它不放，一直在寫它。從這個意義上說，尋根文學思潮對後來的《長恨歌》的創作也是有影響的。」（見 2001 年 12 月的〈常態的王安憶　非常態的寫作——訪王安憶〉一文，收於《王安憶說》，頁 232。）王安憶對同一件事情的說法常常有相異之處，這雖可視為對一件事情不同面向的觀察，亦可視為作家在歷經更多人生歷練後，對事物體驗的轉變。或者，可也說，當評論家對作品提出自己的看法時，當某種說法符合理作家內心的期待，那種說法也就成為作家創作

者還存在第三種含意——探討人性中塑造一個傳統文化的精神標誌的必要？鮑秉德的前半生幾乎為瘋狂的妻子所箝制，他固然因為表面上的「仁義」而無法擺脫這種箝制，成為一個偽善的人，甚至在妻子死於洪水後，沒過多久就娶了新的老婆，並且得到全莊同情的認同。從這個角度來看，這樣的「偽善」確實也頗值得同情，甚至不能夠用「偽善」來形容，因為那就是人性的本然面貌。同樣的，拾來與二嬸之間，本存在著「外姓為婚」與「再嫁」的問題，但就人性的解放的角度來看，這樣的選擇又何嘗不可？人性本來是複雜多面的，卻因為高舉了「仁義」的旗幟，傳統文化裡的「仁義」精神反而變質，成為一種棄絕了「人性」的標誌。這樣的轉化，使得每個自認為、或被認為「有罪」的人們，在精神上得到某種補償與救贖。王安憶顯然是如評論者所觀察的，是站在現代生活的立場上提出這樣的觀察，然而在此立場上，筆者認為〈大劉莊〉顯然更為接近王安憶的所欲探討的方向，因此，在高舉了「仁義」的旗幟寫出這個幾乎與世隔絕的〈小鮑莊〉後，她再也沒有寫過類似的作品。王安憶之後的尋根方向，更經常是走向〈大劉莊〉所表現的，現實生活中的文化思考。

二、「性主題」的突出

「性主題」是 1980 年代中期大陸新時期文學重要的主題之一。[55]無論是從「反思」的角度思考人的重新發現；或者從

的「初衷」。陳思和首先認為〈小鮑莊〉是在寫一種「贖罪」，而當王安憶也認同這樣的評價時，「贖罪說」便成了力量強大的批評主流話語。

[55] 80 年代中期，大陸文壇上出現了一大批描寫性與性意識的作品，如：張

尋根的角度出發，探討人性的基本根源，兩種思考方向，基本
上都突出了文學中的性主題。而這個思考方向，恰恰也是王安
憶創作實踐過程裡所歷經的主要道路。

在文化與人性的「尋根」之後，以中篇小說形式所創作的
〈荒山之戀〉、〈小城之戀〉、〈錦繡谷之戀〉，以及稍晚的〈崗
上的世紀〉等作品，為王安憶帶來了另一次的評論上的爭議。
有別於男性作家同時期書寫性主題的興趣與方式，王安憶以她
獨特的觀察方式將「性」與「女性」結合在一起。至此，她筆
下的性愛才出現了「性別」的意味，也因此，部分女性主義評
論者經常將王安憶視為女性主義作家[56]——儘管，這樣的說法
經常為作者本人所反對，[57]而部分評論者也不認為王安憶的小
說是「真正的女性主義作品」[58]，然而不可否認，女性主義角

賢亮《男人的一半是女人》、賈平凹的〈黑氏〉、劉恒〈伏羲伏羲〉……
等，及王安憶的「三戀」。「性」成為當時候一個重要且值得關注的文學
主題。

[56] 如李小江、陳順馨等人，便採取女性主義的角度來看王安憶的「三戀」、
〈弟兄們〉、〈叔叔的故事〉……等作品。

[57] 在王安憶與陳思和的一場關於「性文學」對話裡，王安憶提到：「有人說
我寫性，這一點我不否認；還有人說我是女權主義者，我在這裡要解釋
我寫『三戀』根本不是以女性為中心，也根本不是對男人有什麼失望。
其實西方女權主義者對男人的期望過高了，中國為什麼沒有女強人（有
也只是在知識份子中存在），就是因為中國女人對男人本來沒有過高的奢
望……」見陳思和、王安憶：《荒山之戀》代跋〈關於「性文學」的對話〉，
收於王安憶：《荒山之戀》，武漢：長江文藝出版社，1993 年 10 月。頁
312。

[58] 如唐蒙：〈從靈魂向肉體傾斜——以王安憶、陳染、衛慧為代表論三代女
作家筆下的性〉，《當代文壇》，2002 年第 2 期。唐蒙認為：儘管王安憶
是「第一代突破傳統寫作模式，大膽闖進恃禁的雷區的作家」，但是她
並不像 70 年代出生的女作家那樣「受到西方女性主義思潮的影響，把女
性的獨特生命歷程作為寫作的主要對象，女性的軀體、女性的性體驗、

度的某些觀察，確實敏銳地看出了王安憶所書寫的性愛與性別
關係與其他男性作家的差異，並將此差異視為一種中國當代文
學性別書寫的「突破」[59]。她不僅打破了性主題向來為男性作
家所擅場的傳統，也打破了傳統保守主義的中國文化中，對女
性性愛的壓抑。更重要的意義是，80 年代中期，大批男作家
的「性愛小說」往往仍將「性」視為罪惡，並以社會政治的主
流話語來掩飾與轉化，「性」本身不過作為反映社會政治意識
的材料。而王安憶的性愛主題則將小說中，向來處於客體位置
的「性」，以審美轉化的方式向文學的「主體」位置靠攏。[60]

　　「三戀」中，〈荒山之戀〉與〈小城之戀〉突破性地描寫
生理上的性愛，〈錦繡谷之戀〉則將重點擺在女性精神生活的
欲求。王安憶認為她並沒有執意地去追求寫性，並認為她寫「三

女性對自我的認識及男性對女性的壓抑。」唐蒙認為 70 年代以後出生的
這一代女作家，如陳染、林白等的作品，才稱得上是真正的女性主義作
品。（按：筆者認為這樣的觀察是正確的。）

[59] 這種說法乃基於女性主義者認為男性作家的性書寫多半是「陽性中心」
的，比如在張賢亮《男人的一半是女人》裡，女性只是作為男性性欲的
客體。小說所反映的，並非從女性本身觀點出發的性愛，而是男性作家
為滿足自我幻想而作的投射。此乃 Sylvia Chan 的說法。(Sylvia Chan,
"Sexual Fantasy and Literary Creativity：Wan An-I's Three Love's",
（*ISSUES & STUDIES*）：27：4，1991.04，P93-108.) 按：Sylvia Chan 的
觀察雖然並不完全正確，且流於片面。但部分觀點仍值得作為參考。

[60] 按：宏觀來看，王安憶的性愛小說的確具有這方面的意義，但這樣的說
法其實仍有部分需要商榷。主要即在於，「性」主題在王安憶小說中是否
真正達到了一個具有「主體」的地位？王安憶雖然顛覆了男性作家書寫
性愛主題／性政治的傳統，但假設她寫「性」是為了探討最原始的人性
面貌與生命的本質形式，那麼在民族文化尋根的大敘事底下，王安憶小
說中的「性」，仍不能視為是一種被書寫的主體。

戀」「又回到了寫雯雯」、「回到了寫人自身」[61]。對王安憶來
說,「雯雯」就是她筆下「庸常之輩」的典型人物。以此來看,
《流水三十章》中的張達玲似乎也可視為雯雯的化身。然而即
使是寫人自身,「三戀」與〈崗上的世紀〉(或者包括稍晚的〈叔
叔的故事〉、〈妙妙〉、〈米尼〉、〈我愛比爾〉……等。)這幾篇
小說在表現方式與主題上仍與其他作品存在不小的差異,其中
最明顯的,便是對性愛細節與場面的刻畫。而淡化故事背景則
是這些作品的共同特徵。

〈荒山之戀〉描寫了四個不同背景的男女追求心中理想愛
情的故事,一個「他」是跟隨著大哥進入上海學音樂的男性,
一個「她」是黃海灣、荒山下、城東金谷巷裡出生的女孩。在
那普遍飢荒的時期,飢餓就如同情欲一樣,「食」與「性」在
作者筆下產生了聯繫,這聯繫乃立基於普遍的一般人性。故事
便在這個學大提琴的男人與在金谷巷中出生的女人活動的兩
個背景下交替展開敘事。歷史隨著順敘的故事時間在進展,當
學大提琴的男人娶了文工團裡的南京插隊知青,有了家庭,而
金谷巷的女孩長成為女人時,取代了母親成了城裡的風流人
物,後來嫁給昔日在宣傳隊時的高三同學。最後,這兩個人因
為工作的緣故相遇了。他們各自的、原有的愛情與家庭生活的
穩定性遭到動搖,皆起因於愛情的本質是「一場戰爭」。敘事
者如此描寫他們婚外戀的戀情:

> 他感覺到她在朝自己走來,他們之間本只有一步之遙,
> 可是不明白她怎麼會走了那麼長的時間。……當他們抱
> 住的時候,心裡反倒一下子輕鬆了下來,解脫了什麼似

---

[61] 陳思和、王安憶:〈關於『性文學』的對話〉,《荒山之戀》,頁309。

的。他抱住她火熱火燙的身子，她抱住他冰冷冰冷的身
子，一句話也說不出來。窗外是蔚藍的一塊天，有著幾
縷淡淡的雲彩，慢慢地飄移。他細長的手指在她領脖裡
輕輕地摸索，猶如冰涼的露珠在溫和地滾動。她從未體
驗過這樣清冷的愛撫，這清冷的愛撫反激起了她火一般
的激情。他好似被一團火焰裹住了，幾乎窒息。這是快
樂的窒息。哦，他們是多麼多麼的快樂。哦，天哪，他
們又是多麼多麼的罪過！[62]

這是一個懦怯的男人，其實配不上女人們的摯愛。然而金谷巷
出生的她卻認為：

女人愛男人，並不是為了那男人本身的價值，而往往只
是為了實現自己的愛情的理想。為了這個理想，她們奮
不顧身，不顧犧牲。[63]

隱身敘事者藉由這段「自由間接引語」的使用，同時表現了「隱
含作者」的觀點。而〈荒山之戀〉所要傳達的，恰恰是這種女
性的「愛情的理想」。對隱含作者來說，這便是一種「覺醒」。
即使真實作者認為〈荒山之戀〉寫的「是四個人的故事，是有
生活原型的一齣愛情悲劇。」[64]但故事中真正得到「覺醒」的，
卻是女性而非男性。這是否表示男性不需要經過「覺醒」便已
獲得主體的實現？或者男性主體的問題不在此時期王安憶小

---

[62] 王安憶：〈荒山之戀〉，原載於《十月》，1984 年第 4 期，收於中篇小說
集《荒山之戀》，武漢：長江文藝出版社，1993 年 10 月。頁 138-139。

[63] 同註 62，頁 149。

[64] 同註 61，頁 311。

說的思考當中，她無意識裡關注的對象主要是女性身體、心理與政治上的問題？又或者，在王安憶的愛情哲學裡，女性特質中強悍的一面，往往比男性特質中懦怯的一面，更具有自覺的意味？當然，在信奉馬克斯、恩格斯社會主義的社會裡成長，屢屢拒絕「女性化」寫作[65]的王安憶，其偏中性的個人特質，也可能是社會政治意識形態的形塑。

〈小城之戀〉則描寫了一對劇團裡的男女演員之間，性意識覺醒以及覺醒後，兩人之間因為性別差異而改變的互動關係。由於從小練功卻練壞了體型的緣故，他們的身體不再是標準的一般舞蹈員身材，且因此透出某種殊異感。敘事者形容她：「腿粗、臀圓、膀大、腰圓，大大的出了差錯。兩個乳房更是高出正常人一兩倍，高高聳著，山峰似的，不像個十四歲的人。」[66]而這時候的她，幾乎要高過他半個腦袋，他的身體也不知道在什麼地方出了問題。他「不再生長，十八歲的人，卻依然是個孩子的形狀，只能跳小孩兒舞。待他穿上小孩兒的裝扮，卻又活脫脫顯出大人的一張臉，那臉面比他實際年齡還

---

[65] 儘管王安憶自稱她不反感「女性化」，並認為「『女性化』有一個非常好的特點，即溫柔。最好的男作家也一定具備這種『女性化』的溫柔。」她反對的是世俗定義的「女性化」，諸如：「細膩、清新、純情、感情豐富等等。」她說：「大家所定義的這些女性的特點我不太喜歡。」她認為「女性化」的溫柔是最好的作家，無論男女，皆有的情感，她說：「最好不要用性別特徵去定義它們，這不是性別特徵，是人性特徵，是人性最好的東西，一旦用性別去定義，馬上變得非常狹隘。」但她實際上的確有意識地避免給人予「女性化」的感覺。儘管在閱讀者看來，她其實還是「女性化」的。（引文見 1995 年 3 月 18 日，〈更行更遠更生——答齊紅、林舟問〉，《王安憶說》，頁 79。）

[66] 王安憶：〈小城之戀〉，原載於《上海文學》1986 年 8 月，收於中篇小說集《荒山之戀》，武漢：長江文藝出版社，1993 年 10 月。頁 157。

顯大。若不是功夫出色，團裡就怕早已作了別樣的考慮。」[67]
就這樣，他們倆成了劇團裡微不足道的角色，然而兩人的關係
卻如同戰爭一樣，經常改換交流與交戰的方式，而在這場性別
戰爭中，兩人所意識到彼此身體的感覺，則形成一種細膩而誇
張的肉欲：

> 他再沒像現在這樣感覺到她的肉體了，她也再沒像現在
> 這樣感覺到他的肉體了。手的相握只是觸電似的，極短
> 促的一瞬，在大家的轟笑中，兩人驟然甩開手逃脫了。
> 可這一瞬間卻如此漫長，漫長的足夠他們體驗和學習一
> 生。似乎就在這閃電般急促的一觸裡，他意識到了這是
> 個女人的手，她則意識到了這是個男人的手。[68]

敘事者並極力描寫他們那變形的身體與對彼此身體的察覺：

> 她的身體是極不勻稱的，每一部份都如漫畫家有意的誇張
> 和變形一樣，過份的突出，或過份的凹進。看久了，再看
> 那些勻稱標準的身體，竟會覺得過於平淡和含糊了。[69]

這是一副過於早熟的女性身體。而對於「他」，敘事者形容：

> 嶙峋的骨頭兒幾乎要突破白而粗糙的皮膚，隨著他的動
> 作，骨頭在皮膚上活動。肋骨是如鋼鐵一般堅硬，擋住
> 了汗水，汗水是一梯一梯往下流淌或被滯住，汗水在他
> 身上形成明明暗暗的影子。[70]

---

[67] 同註66，頁158。

[68] 同註66，頁170。

[69] 同註66，頁171。

[70] 同註66，頁171。

這是一副發育不良的男性身體。就在這樣為隱身敘事者所刻意塑造的兩具與正常人不同，且極端對比的身體之間，形成了一張性感張力極大的網。在他們沒有意識到性別的差異之前，「他們從沒看過對方，只看見、欣賞、並且憐惜自己。如今他們忽然在喘息的機會裡，看到了對方。兩個人幾乎是赤裸裸的映進了對方的眼瞼，又好似從對方身體濕漉漉的反照裡看出了自己赤裸裸的映象。」[71]原來，在看見對方，意識到性別存在的同時，他們也發現了自己。

在最基本的「人的發現」之下，「性」被還原（或重構）為人性最「真實」的面目。他們的欲念不斷地高漲，在莫名的渴念無法排解之下，她開始加倍地「吃」，原因是：「吃的時候似可解淡許多，於是就吃得極多，極飽，吃到肚脹為止。」[72]在這裡，「性」與「食」的欲望再度結合。在他們順應這非關愛情，卻無可克制的需要時，他們的關係也產生了微妙的變化。首先「他們最初的感覺是恐懼，最先克服的也是恐懼」[73]，而當兩個身體「愛得無法愛了，靈魂便也參戰了。」[74]在這永無止息的搏鬥過程裡，他們從「性」的醒覺出發，認識了「人」與「人性」。

當他們無法從性欲中得到真正的解放與救贖時，回歸原來純潔自我的欲望便呼之欲出。然而性本能的力量似乎大於一切理性的力量，那欲念不斷地死去，又不斷地復活，她千回百轉的猶豫，直到最後為抗拒性欲與罪惡而真心地努力時，終於得

---

[71] 同註66，頁171。
[72] 同註66，頁183。
[73] 同註66，頁186。
[74] 同註66，頁186。

到一股巨大的快樂。然而存在於人性中的性欲真的如此罪惡而
不可原諒嗎？小說裡最後安排「她」懷孕，並且生下一對雙胞
胎，一男一女。而女性的「她」與男性的「他」在面對新生命
時的態度卻迥然相異。「她」對新生命充滿好奇，而「他」卻
對生命本身產生了疑惑。「他」質疑:「這生命究竟是怎麼回事？
意味著什麼？要把他們怎麼樣？他真是害怕極了。……那不期
而至的生命在他眼裡，便成了巨大的危險的鴻溝，徹底地隔離
了他和她。他以為他們是被這生命隔離了，而絲毫沒有想到這
本是最緊密的連接。」[75]在這場生命與原欲的戰鬥裡，做為男
性的「他」最終在最初的生命面前被作為女性的「她」所超越
了。而她，「經過情欲狂暴的洗滌，她比以往任何時候都更乾
淨，更純潔。可是沒有人能明白這一點，連她自己也不明白，
只是一味的自卑。」[76]隱身敘事者顯然有意藉由「生命」原始
傳承的方式來「淨化」傳統中國文學中，性欲被視為不合法、
不正當的觀念，就文化的意義而言，這也是一種重新建構。

　　〈小城之戀〉除了敘述了一段男女情欲關係的變化過程，也
透過該篇小說的書寫，顛覆了傳統文學裡「性主題」的污名化。

　　〈錦繡谷之戀〉與〈荒山之戀〉、〈小城之戀〉的寫作取向
略有殊異。這篇小說裡，採用後設方式，以敘事者「我」作為
觀察者，敘述一個女人的故事。敘事者在小說開始時說道:

> 我想說一個故事，一個女人的故事。初秋的風很涼爽，
> 太陽又清澄，心裡且平靜，可以平靜地去想這一個故
> 事。我想著，故事也是在這一場秋雨之後開始的。[77]

---

[75] 同註 66，頁 228。

[76] 同註 66，頁 230。

[77] 王安憶:〈錦繡谷之戀〉，原載於《鍾山》，1987 年第 1 期，收於中篇小

隨後視角跳轉到這個被說的故事中「她」的生活起居。敘事者便猶如一名跟蹤者，介入故事中的「她」的生活，隨著她的行動而行動，並不時發出自己的議論，解釋自己的作為與想法。

「她」是一名雜誌社復刊後最年輕的編輯，出於對現實家庭庸常生活的不耐，她前往廬山參加了一場為期十天，作家雲集的筆會，並認識了一個男性作家，兩人發生了一段似有若無的曖昧感情。然而這段精神上外遇的發生，並非出於真正的愛情因素，或者說，愛情的本質原是某種自戀情結的投影。敘事者在一旁觀察地形容她：

> 月光沐浴著她頎長的身體，她半垂著眼瞼細細打量著自己，被自己柔美的身體感動了，竟有些哽咽。她鬆了下來，將她心愛的身子蜷起，縮在乾爽的被單裡，開始回想這內容極其豐富的一天……[78]

在廬山上的十天，她與他之間沈默的情感交流使她隱隱覺得將要發生的一切，「都是幾十年前就預定好了似的，是與生俱來的，是這情這景同在的，是宿命，是自然，她反正是逃脫不了的，她便也不打算逃脫了。」[79]然而卻什麼也沒發生。就在這樣「宿命式的認定」，與「什麼也沒發生」裡，她的精神出軌顯得夢幻而不真實。他們的交流方式是依循著這樣的模式在進行的：

> 她的眼睛看著他肩膀的後邊，他們的眼睛再不曾交流。

說集《荒山之戀》，武漢：長江文藝出版社，1993 年 10 月。頁 232。

[78] 同註 77，頁 251。

[79] 同註 77，頁 254。

> 錦繡谷的交流是他們最後一次交流，也是他們最神聖的
> 交流，他們都不願用平庸的對視來腐蝕那一次神聖的交
> 流。他們在迴避中相遇，他們在無視中對視了。[80]

這樣的「交流」方式，儘管只是從她個別的觀點出發，然而已
足夠使她的生命產生新的意義。而她更是小心翼翼地保護著自
己在他心目中的形象。因為「那形象是很美好的，美好的竟使
她自己都陌生了。她為自己也為他愛惜這新的自己」[81]，嶄新
的感情體驗使她發現創造了嶄新的陌生的自己，而一個吻使這
一切隱晦浮上了檯面。敘事者似乎有感而發地說：「人有時候
是極想重溫一下童貞的，儘管不合時宜。他們互相探詢著對方
究竟愛著自己的什麼，然後又都說愛是不要理由的。愛不需要
理由這句話被他們彼此重複了多遍，這樣他們便都為自己找著
了理由。」[82]而女性的愛情，更是需要「陌生」的滋潤。

不同於女性主義所批判的，女人在家庭中因為家務而喪失
主體。〈錦繡谷之戀〉的重點不在探討家庭生活對女性的侷限
與壓迫，而是一般性地提出，婚姻中，女性對男性熟稔的程度，
使得兩性間無法再察覺性別的差異與相對性。而「她」與「他」
因為「陌生」的緣故，反而使「她」產生了一種初戀的感覺，
她因而「重新發現了男人，也重新意識到了，自己是個女人，
她重新獲得了性別。」[83]敘事者更進一步強調這「發現」：

> 她以為她時到今日才有了性別的自我意識，豈不知，這

---

[80] 同註77，頁264。
[81] 同註77，頁267。
[82] 同註77，頁276。
[83] 同註77，頁278。

> 意識於她是再清楚不過了，萬事都忘了也沒有忘記這
> 個，她是一時一刻都記著了這一點，只不過因為沒有一
> 個機會，猶如舞台對於演員那樣，讓她施展，而深深感
> 到，深深的落寞和灰心。她是太知道自己是女人了，沒
> 有一個女人比她更知道這一點，更要求知道這一點，更
> 需要以不斷的更新來證明這知覺，更深的恐懼喪失這知
> 覺。[84]

一個女人的知覺是由男人的注意來增強的。多年來的家庭生活
對女性造成的影響，是使「她」讓生活成為一種「慣性」，唯
有暫時地脫離生活，「她」才能透過感覺的陌生化重新尋找到
自我，這自我一直是存在的，但需要「陌生化」來加以確認。

　　就此層面來看，或許可以透過女性主義的相關理論來從事
更深刻的分析，比如家庭與婚姻使得女性主體產生異化、女性
性意識的主體覺醒……等等。王安憶本人也許基於對女性主義
的了解不夠深刻，因而否認她是個「女權主義者」，但實際上，
她的確也不算是一個女性主義作家。如同梁旭東所說：儘管王
安憶「似乎感覺到兩性之間並不存在真正意義上的平等關
係」，因而在愛情中融入女性太多的平等自尊的渴望。然而「王
安憶的寫作初衷限制了女性主義的深化。」因為她的小說乃著
眼於「文明文化與個體生命之間的衝突，選擇的是一種超性別
的，或者說是人性的姿態。整個敘事帶有較多理性和非個人化
的色彩，缺乏 90 年代女性小說中那種私語化的特徵，缺乏一
種對女性存在的審視力量，從而削弱性愛小說借助於題材與私

---

[84]　同註77，頁279。

語性所能連到的女性主義深度。」[85]因此，從反思人性與廣義
的文化尋根角度來看，也許將「三戀」視為人性與原欲的探討，
會比將「三戀」視為女性主義小說來得更加妥切。

此外還須注意的是，王安憶在討論情欲的主題時，往往肯
定了女性的性別力量，並且極力美化人類的性欲。關於美化性
欲方面，除了〈荒山之戀〉、〈小城之戀〉以外，最顯著的例子
便是〈崗上的世紀〉中，女知青李小琴與插隊農村生產隊的小
隊長楊緒國之間的性愛描寫。

李小琴本來想以身體來換取招工的機會，卻沒想卻與楊緒
國雙雙沈淪於不為世人所容的性愛關係裡。隱身敘事者對此完
全不加以道德上的評判。是以儘管楊緒國是個有家庭的男人，
又是個黨員，但在東窗事發後，他不過受到如〈繞公社一周〉
裡，那位奸污女知青者的輕微懲罰，並在兩人性愛的角力的一
開始時，暫時失去了作為一個成年男人的能力，退化成為一個
男孩；李小琴儘管在性愛上取得優勢，卻仍然無法以性來對抗
傳統權力，進而取得招工的機會。

〈崗上的世紀〉的意義所在，正是突顯了王安憶對「性愛
主題」重寫的最大意圖，乃在為「性」去除污名。[86]

在王安憶迄今（1978~2003 年）所有小說的整體敘事脈絡

---

[85] 見梁旭東：〈王安憶的性愛小說建構——女性話語的嘗試〉，《廣播電視大學學報（哲學社會科學版）》，2002 年 2 月。

[86] 按：「污名化」的概念，本身即具有某種批判與反抗的意義，但也象徵著一種「標籤」。而「去污名化」一詞尤為今日臺灣政治問題及族群問題所慣用，具有政治與權力上的意義。本文此處使用「去污名化」一詞，並不具有政治上的意圖。但也許，不可否認的，是在挑戰某種權力體制。就王安憶小說而言，若將之視為王安憶有意以去除「性」的污名來達到性的淨化，或許亦無不可。

裡，可以說，80 年代中期以後，王安憶對「性」及「女性」的關注，事實上便是她日後將「性」、「女性」與「城市」三者間，建立特殊連結的開端。

榮格曾形容他一生的事業是在建構一個完整的自我，人的生命實際上即是某種意識形態的確立。那麼對小說家而言，假使書寫的本身是一種自我主體建構的歷程，那麼王安憶既是女性，也是尋求與城市互相認同的城市外來居民，當「性」、「女性」、「城市」三者形成了聯繫，也就象徵著，在虛構的小說事業裡，王安憶已然找到她的終極關懷以及自我的書寫主體。

三、從男女關係到人性百態的展現

這一個小節除了要討論探討此時期王安憶描寫男女關係的幾篇相關小說作品外，也要討論同一時期王安憶描寫一般人性的作品。當然我們可以將〈蜀道難〉、〈愛情的故事〉、〈逐鹿中街〉、〈弟兄們〉、〈神聖祭壇〉等篇什視為「性主題」的延伸。但也可反過來，將「性主題」視為這些以探討男女愛情關係為宗旨的作品在人性原欲層面的深化。甚至還也可以將這些小說皆視為王安憶對「人性」原型與人際關係的探索。

王安憶亦曾將男女之間的愛情關係二分為「物質」與「精神」兩種層面。[87]顯現出她的世界觀基本上是一種二元觀。「愛

---

[87] 王安憶說：「我嘗試將愛情分成精神和物質兩部分：寫情書、打電話、語言都是精神方面的，而物質部分就是指性了，大概說來，我 1989 年寫的〈神聖祭壇〉、〈弟兄們〉〈崗上的世紀〉就是想分別走精神或物質的路。〈弟兄們〉和〈神聖祭壇〉嘗試光憑精神會支撐得多遠；〈崗上的世紀〉可以和〈小城之戀〉一塊看，它顯示了性力量的巨大：可以將精神撲滅掉，光剩下性也能維持男女之愛。」（引自〈從現實人生的體驗到敘事策

情」作為文學的永恆主題，哲學家、詩人與小說家們，顯然各
有各自的見解，它既可上升為一種哲學或理論，亦可下潛為百
態浮世的社會關係。於焉，在王安憶的二元世界觀裡，她便經
常有意識地將男女關係朝這兩個方向探索。王安憶通常將「性」
視為物質層面，而廣義的「性」除了性慾以外，還包括生殖、
遺傳……等，這皆是人性的各種展現。

　　「三戀」中的〈荒山之戀〉、〈小城之戀〉及〈崗上的世紀〉
在愛情的定義上傾向「物質」層面，而〈神聖祭壇〉與〈弟兄
們〉兩篇則描寫了另一種純粹「精神」上的情感交流。這種精
神上的情感交流，不一定只出現在男性與女性之間，也存在於
女性與女性之間。

　　〈神聖祭壇〉藉由戰卡佳與項五一兩人之間純粹精神上的
交流，並提問「這樣的情感關係可以持續多久？」來探討一種
人性中對於非物質情感的需要。戰卡佳在平庸的生活裡找到的
夢想，就是項五一她找到的夢想就是項五一這個詩人以及其寫
詩生涯所代表的神聖祭壇上的詩人靈魂。而這個詩人為了他神
聖祭壇上的詩意，也總抗拒著平凡生活的介入──比如說家庭
生活──於是戰卡佳這個使他不必觸及她，便能察覺到她的真
實可感的女人就成為他精神寄託的對象。這兩個人的精神力量
足以與彼此對抗。項五一的妻子對這樣的關係，並不感到威
脅，因為她認為：「當項五一與戰卡佳坐在一起的時候，他們
似乎不是以各自的男人或者各自的女人的身份相處。而當他們
與自己相處時，才又恢復了各自的性別。」[88]而戰卡佳則認為

　　略的轉型〉一文，頁39。）
[88] 王安憶：〈神聖祭壇〉，原載於《北京文學》，1989 年第 3 期，亦收於中

接近項五一的她「好像是懷了一個追求聖跡的使命，才來到這布滿凡人庸碌腳印的世上。」[89]然而也由於太過接近，戳破了項五一人格中不能為第二人所了解的祕密，以致於她與他無法再在同一個世界裡共存，甚至連項五一自己，也不能與神聖祭壇上那個純淨真實的自己共存。王安憶在此所提出的「精神」與「物質」的辯證，「物質」顯然遠遠勝過了「精神」的力量。

〈弟兄們〉則寫了三個女人之間女性情誼。這種女性情誼是超越性別的純粹之愛，在無性的世界裡，也許將能夠永久持續下去，然而在區分性別的社會裡，當女人必須與一位異性組成家庭，建立婚姻關係，原本的純粹之愛便遭到破壞而無法再回到原本的狀態。小說中，學校裡，她們有兄弟三人，分別為老大、老二、老三，且將各自的丈夫稱作為老大家的，老二家的，老三家的。當她們三人聚在一起時，她們打開了心扉，說出自己最隱密的心思。然而每當「她們家的」介入她們三人的生活時，那純粹的交流似乎就會產生變質。多年後，她們從學校畢業，各自回到自己的家鄉，建立自己的家庭，在現實生活面前，她們開始認為：當男人們在為實際的生活奮鬥時，實際上是為了保護女人的詩意和幻想。女人則必須堅決地保護自己的陣地。所以「是不是守住這陣地，不在於男人，而全在女人自己。」[90]然而她們又想到，實際情況似乎又不完全盡是如此，女人的精神活動與自主在這一場物質與精神世界的劃分裡被捨棄了。於是女人只好互相攜手、互相提醒，好不致使靈魂

短篇小說集《酒徒》，南京：江蘇文藝出版社，2003 年 1 月。頁 282。

[89] 同註88，頁 294。

[90] 王安憶：〈弟兄們〉，原載於《收穫》1989 年第 3 期，亦收於《逐鹿中街》（繁體版），台北：麥田出版社，1992 年 10 月。頁 194。

乾枯。所以「女性的友誼」是必須被珍視的，問題是，到最後
毀壞這情誼的，往往也是女性自己。儘管她們認為「愛」這個
字，已經被男女媾和的濁流污染，而「有些東西，非常美好，
可是非常脆弱，一旦破壞了，就再不能復原了。」[91]但事實上，
破壞兄弟仨女性情誼的，也許仍是女人自己。敘事者似乎認
為，真正的精神形式的感情，一旦落實到現實生活中，便很難
再保持純粹。不單女性如此，男性其實也是如此——假如有所
謂「男性情誼」的話。[92]

　　嚴格來看，〈神聖祭壇〉與〈弟兄們〉固然涉及了稍許性
別的色彩，然而真正的主題，與其說是在討論男女之間的愛情
關係，不如說是在去除性別的的情況下，討論某種人類精神上
的情感需要。如同〈神聖祭壇〉中，妻子認為，戰卡佳與項五
一永遠不會發展成男女之間通常會發生的那種關係，他們的性
別有中性化的傾向。〈弟兄們〉裡的兄弟仨，無論是她們的生
活起居或日常行動，樣樣都勝過真正的男人。比如她們三人一
間的宿舍，甚至比男生宿舍還更髒更亂：「吃了飯碗是不洗的，
都是在吃飯前洗；洗過澡衣服也是不洗的，要在下一次洗澡前
洗。」[93]她們早上起得比最懶散的男生還遲，而當她們最勤奮

---

[91]　同註90，頁203。

[92]　套用〈弟兄們〉裡的敘述：「詩意幾乎在枯燥的日常生活中全腐蝕了。而
　　與她們的男人的那一種物質性的關係，也使詩意漸漸地被她們忽略。」
　　（頁193）「她們大驚小怪地說道，每一個男人都是實用主義的產物，只
　　有目的，沒有過程。他們帶了女人一起直奔目標，一路的風光全匆匆掠
　　過了。」（頁194）（按：以杜威為代表人物的美國實用主義除了重視目
　　的以外，也是講究達成這目的之「過程」的。顯然王安憶在這段文字裡
　　所謂的「實用主義」只是一種不要求精確的文學用語。）

[93]　同註90，頁126。

的時候，又比最積極的男生還要早起。她們就像是真正的「兄弟仨」。是以，儘管生理性別上她們是女人，但她們的舉止行為卻有一種極力向「真正的男性」靠攏，而排除女性自身的本色的傾向。這基本上也是一種缺乏性別的設定，因此也就不大具有太過鮮明的性別色彩，而更傾向普遍的人性。

除了從「物質」和「精神」兩層面來探討人與人之間的關係以外，王安憶描寫男女關係的另一條道路是從愛情的本質追問人性的基本型態。

〈蜀道難〉敘述一對私奔的男女，在搭乘渡輪沿著長江三峽離開四川的過程裡，急切地想要了解對方，並透過這了解穩定私奔的決定，然而愛情終究如蜀道一般難行，兩人的和諧關係產生了變化。當船行到了終點，兩人也隨之分手，短暫的愛情在旅程中猶如一個奇異的夢。

〈愛情的故事〉由三則各異其趣的短篇故事組合而成[94]，第一則「愛的串連」以第三人稱全知觀點描寫一對夫妻之間，因為孩子的出生而形成真正的感情聯繫。[95]第二則「聽壁腳」則以第一人稱限制觀點敘述居住在「我」樓上的一對夫婦和一個小孩，三人家庭裡的權力關係。敘事者「我」這個作家，則不斷地替這個家庭中的三名成員排座次：起先「我」認為這家庭的男人地位最低，孩子其次，女人居首；後來，「我」又發現，這家裡地位最高的其實是孩子，而男人仍處在最最低層。然而這終究只是「我」單方面的想法，即使是日日觀察這個家

---

[94] 王安憶：〈愛情的故事〉，原載於《女作家》，1981 年第 1 期，頁 62-71。

[95] 王安憶：〈愛情的故事‧愛的串連〉：「他在走他們中間，左手牽著媽媽，右手牽著爸爸，……父親與母親的手由他的小手連接著，親親熱熱地攜了起來。因為有他的手參加，他們不必害臊、不必難堪……」（頁 65。）

庭的「我」，也無法了解這個男人在其家庭中的甘願與快活。
第三則故事「兩地戀」裡的主要人物是一對新婚已過一年的新
郎和新娘，由於愛情的新鮮，他們總是一對一的相守，夜夜相
對，因而漸漸產生了慣性與疲乏，甚至失去自由。[96]幸虧因為
一個偶然的契機，兩人暫時分處兩地，婚姻裡的嫌隙才又重新
得到彌合。

〈蜀道難〉與〈愛情的故事〉這兩篇小說充滿幽默趣味的
愛情辯證，也寫出某種小市民的生活情調。

儘管王安憶認為她寫〈逐鹿中街〉這篇中篇小說的意圖是
在寫城市小市民的生活，而非寫男女間的對戰追逐，許多評論
者還是在這篇小說中看出了探討男女關係的意味。[97]在王安憶
後來的作品裡，她不斷提到上海這個城市是屬於女人的。她已
察覺到上海的城市性格裡有一種女性特有的特性，而上海的女
人又有些男子氣。她說：「要寫上海，最好的代表是女性，不
管有多麼大的委屈，上海也給了她們好舞台，讓她們伸展身

---

[96] 王安憶：〈愛情的故事‧兩地戀〉：「他們對整個世界與人的期望都寄託在
小小的對方的身上，而小小的對方均無法給予滿意的回應，然後，他們
就失望。他們還是找不出失望的理由，還是拼命的互相責怪。他們被愛
的牢獄困住了，互相折磨，他們越來越無法了解除對方以外，除他們二
人以外的世界與生活。」（頁69。）

[97] 〈從現實人生的體驗到敘述策略的轉型——關於王安憶十年小說創作的
訪談錄〉裡，秦立德提到：「《逐鹿中街》已經表現了這種狀態（通過取
悅獲得對丈夫的操縱），但那場婚姻還是以妻子對丈夫的懷疑和追蹤以及
丈夫對妻子的掩蓋和戲弄結尾，這種所謂和諧美滿的關係還是破滅了。」
而王安憶本人則認為：「我只想寫小市民的處世觀，無意寫男女的愛情。
那是沒有愛情可言的一對夫妻。」她並說：「（《逐鹿中街》）只想寫寫上
海小市民。那男的是這個城市的旁觀者，那女的介入他的生活，把他作
為建設自己生活的內容。但她卻培養了一個掘墓人：那男的被她喚醒，
成為這城市的一員，反過來向她挑戰。」（頁37。）

手。……誰都不如她們鮮活有力，生氣勃勃。要說上海的故事
也有英雄，她們才是。」[98]將女人與上海在書寫上作結合的，
王安憶是中國當代小說家中相當出色的一名。因此雖然她聲稱
〈逐鹿中街〉的主旨是在描寫上海小市民與外來戶的對抗，但
她選擇的處理方式卻是透過陳傳青與古子銘這一對夫妻來探
索，即便這是一對沒有愛情可言的夫妻，小說中仍然呈現出一
種特殊的有關性別差異的對抗。

這種具體落實在性別關係上的對抗，是從陳傳青帶給古子
銘的上海生活方式開始的。陳傳青是上海人，古子銘雖然也住
在上海，卻不像她那麼道地。婚後不久，古子銘「在陳傳青的
陶冶與培養下，對於生活和審美的知識趨於成熟，而對自己也
更加強了信念的時候，他買了一條牛仔褲。」[99]古子銘買牛仔
褲的舉動使陳傳青意識到一種危險，後來她將牛仔褲收了起
來，改替他作一套西裝，然而這卻成為兩人暗中較勁的開始，
衝突也逐日加劇，直到浮上檯面。這其中除了如王安憶所說，
具有上海本地居民與外來者之間的衝突以外，當然也包括了男
女之間的對抗關係。

人性的展現除了明顯地表現在性別上以外，也出現在其他
庸常的生活方面。

〈麻刀廠春秋〉寫出了麻刀廠工人與知青價值觀的差異：
麻刀廠的廠長卻為了生產績效壓榨工人，知青為了取得大學招
生的名額，一個接著一個走了，而麻刀廠的工人卻無法離開，

---

[98] 王安憶：〈上海的女性〉，收於散文集《尋找上海》，上海：學林出版社，
2001 年 11 月。頁 85-86。

[99] 王安憶：〈逐鹿中街〉，原載於《收穫》，1988 年 1 月，收於中篇小說集
《逐鹿中街》（繁體版），台北：麥田出版社，1992 年 10 月。頁 26。

只能勤奮工作。

〈人人之間〉敘述一位頑劣的學生王強新與小學教員張老師兩人先暖後寒的情誼交流。

〈一千零一弄〉描述在弄堂裡的電話間裡，負責看電話的阿毛娘和王伯伯之間，由一開始的互相競爭到後來因故和解的故事。

〈話說老秉〉裡的老秉是一名雜誌社裡的會計，他精打細算，買來的膠水都要先摻過水，因而惹來其他人的不滿，諷刺的是，凡事精打細算的他，卻因為長年將兩千塊積蓄放在一只藏在牆壁夾層裡的鐵盒裡，正好這片牆壁的另一面靠了一只火爐，結果將鈔票烘成了灰。雖然最後經過銀行先進儀器的鑑定，拿回了一千八百九十角塊錢，但仍然已得不償失。

〈阿蹺傳略〉的主角阿蹺得了小兒麻痺症，因為先天的殘疾而獲得外界的同情，並利用起這同情而變得卑鄙猥瑣，成為一個十足十的無賴，然而最後他卻在一場演講會上，專注認真地走到台上的過程裡，贏回人性真誠的尊嚴。

〈老康回來〉則以文革為故事背景，敘事者「我」在講述故事時，已經二十年沒與老康見面，而二十年後，當「我」聽說老康回來，並前去探訪時，才知道老康已早發生腦溢血多年，使人無限欷歔。

〈打一電影名字〉描寫一群弄堂裡的小學生，在電影被禁的年代裡，因為小姐姐這個中學生教他們玩「猜電影名字」的遊戲，而度過一段成長的歲月。

〈母親〉這篇小說描寫一位暫時前來拜訪女兒及女婿的母親，在暫住女兒家中的日子裡，母親與女兒兩代人之間的價值、生活經驗與情感的交流。

〈前面有事故〉敘述一群人在一次參加智力競賽獲獎的旅行招待的歸途中，由於發生事故，使車子堵在路上，在等候期間，多位來自城市的參加者與旅行社員工，外加一位電視台成員之間，巧妙的人際互動。

〈戰士回家〉描寫一位回家的戰士杜白弟與親友互動的情景。

〈牌戲〉寫了三則不同種類的牌戲故事，分別是：吹牛、抽烏龜和接龍，並借用牌戲的過程與原則，隱喻人生的思想哲學。於是雖然是叫做「吹牛」的牌戲，最終還是不吹牛的坐了庄；本來不甘作烏龜的，終抵不過命運的力量，抽到了烏龜；而原本是算計人家的，不料算計的太過，反害了自己。到好就收，其實便可贏牌，才是玩牌戲時的真理。

〈作家的故事〉分別寫了兩則作家故事。第一則敘述一個專業作家老黃被一封讀者的信所欺騙的事件；第二則描寫一位女性將自己的生活感觸以日記形式紀錄下來，而當這日記失去了原本的功能，卻被許多不相關的人所傳閱的故事。兩則故事皆強調作家的心靈具有「孤獨」的特質。

〈阿芳的燈〉透過敘事者「我」與水果攤的老闆娘阿芳的簡單互動，勾勒出一幅樸素而和諧的人間圖畫。這圖畫常常使「我」感動，並體驗到一種紮實的人生力量與人生理想。現實中往往有許多叫人失望的事情，但是這美麗圖景的存在總是能夠適時地鼓舞人不要灰心。

王安憶早期描寫平凡人時，經常透過瑣碎的生活細節來呈現那屬於民間的庸常。而 80 年代中期以後，王安憶那擅寫庸常的筆雖仍是細緻而瑣碎的，然而在在瑣碎之中，卻又透露出作家對此人生百態的觀察與思索。整體而言，呈現的是一種堪稱樸實和諧的情調。

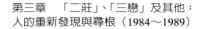
　　假使愛情與性欲皆屬於人性的展現，那麼遺傳的問題自也當納入其中一併考量。〈好姆媽、謝伯伯、小妹阿姨和妮妮〉主要探討的便是遺傳的問題。好姆媽不生養，她與謝伯伯在眾人的眼光及自己的意願使然下，想要領養一個小孩。妮妮是被丟棄在隔壁弄堂垃圾箱裡的女嬰，在因緣之際會之下成為謝家的養女。然而好姆媽與謝伯伯都沒有照顧小孩的經驗，於是這個責任便落到他們家保姆小妹阿姨的身上。然而由於血緣上的距離，使得好姆媽與謝伯伯對妮妮始終無法真心喜愛，妮妮逐漸長大以後，也因此與謝家夫妻倆不親。好姆媽不管再怎麼樣極力地想掩飾她與妮妮之間的非親生關係，最終皆無法成功，主要的原因自然是因為她才是真正對血緣問題無法釋懷的人。妮妮長大後偷東西的行為更證明她的遺傳來源大有問題。而小妹阿姨由於知道太多謝家的故事，最後也因此丟了工作。遺傳問題出現在尋根思潮的大背景下，自然有一定的意義。無論從愛情出發，或者從原欲出發，生殖與遺傳始終是尋根脈絡下一個無法被忽略的主題。因為當個人在尋找其根源的時候，總是必須追問到自身的來歷與血緣的繼承。

四、社會改革問題與上海移民的衝突

　　尋根與反思的思潮發生在 80 年代中期大陸社會發生劇烈改革的年代。在現代化的語境下，對於社會的變動與改革的關注成為王安憶此時期作品的一個面向。例如〈麻刀廠春秋〉裡，小說最後，已經預示了麻刀廠的經營宣告結束。「興許是因為麻刀的銷路不好了，有了比麻刀更管用的東西泥牆，又有了用

各種新型材料製的牆。」[100]短篇小說〈閣樓〉裡，也探討了社會發展中，能源節約（節煤）的問題，背景雖然設定在文革時期前後，描寫一位具有改革理想的小人物的故事，但所象徵的意義，卻遠遠超過故事時間，揭示了中國大陸的現代化問題。

經歷過「文革」之後，上海所代表的現代化神話陰影幾乎籠罩了整個社會。農村的人渴望進入上海，一夜致富。上海的民間生活，如同〈逐鹿中街〉所形容：

> 陳傳青出生在一個職員的家庭裡。住一層老式弄堂房子，有一堂縮衣儉食而來的紅木家具，一摞母親陪嫁來的帶銅鎖的樟木箱，箱裡有一些皮毛和綢緞，逢到動亂的時候，總是預先買足三個月的大米和煤球。……這樣家庭出來的孩子，往往有一種很奇怪的思想，那就是政治上依靠共產黨，生活上則向中產階級靠攏，很中間路線，也很小康。[101]

上海小市民的中產階級生活，看在農村青年及外來移民者、打工族群的眼裡，就像是一個發光的夢以及夢境裡的神話。當〈悲慟之地〉裡的山東青年因為誤解上海缺薑而決定到上海賣薑時，也就造就了一樁悲劇的開始。農村青年對上海的嚮往充分體現在敘事者的描述裡：

> 劉德生這時一心想去社會家，好讓那妮子知道，他是真去上海，並不是嘴上過癮的。可是，剛朝社會家邁了一

---

[100] 王安憶：〈麻刀廠春秋〉，原載於《人民文學》1984 年 8 月，亦收於中短篇小說集《小鮑莊》。頁 25。

[101] 同註 99，頁 13。

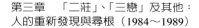

> 步，他又顧慮起來。他很細心地想到：社會是多麼想去
> 上海啊！無奈他爹他娘硬不叫他去，怎麼也不相信社會
> 能發財……由此，他又想到許許多多和他一樣想去上海
> 賣薑，卻因為各種各樣緣故去不成的青年。他們或者是
> 對賣薑這一椿事業抱著懷疑的、靜觀的態度，難以相信
> 像薑這種平凡的東西會帶來富裕的生活；或者就是對上
> 海那一個地方感到困惑和茫然。他們面面相覷道：「上
> 海？啊，上海是多麼的遠啊！」因此他們猶豫再三，終
> 於打了退堂鼓。[102]

他們也許並不崇尚上海的時尚與細緻的生活方式，但是上海是
現代化的象徵，也就充滿致富的機會與可能。第十一屆三中全
會之後，中國大陸在經濟上走向開放改革，個體戶經濟的出現
造成農村人口的外流。劉德生就是跟著昔日的戰友——一個運
輸個體戶——第一次來到上海的，而短暫走馬看花的上海觀
察，使他徹底誤解了上海小市民的生活方式，以為上海的市場
沒有足夠的薑供給，他於焉作起了一個發財的夢。

　　當這群農村青年來到上海後，才發現他們徹底誤解了上
海。上海對他們來說，簡直一個危機四伏的城市。「上海窄窄
的橫街，就好比大河的湍急的支流，埋藏著小小的隱密的危
險。」[103]上海也沒有他們所熟悉的茶棚。他們認為「上海人要
喝就喝汽水啤酒的，喝的那些玩意兒，比吃的還貴。」[104]上海

---

[102] 王安憶：〈悲慟之地〉，原載於《上海文學》，1988 年第 11 期，亦收於中
　　短篇小說集《閣樓》（繁體版），台北：印刻出版社，2003 年 6 月。頁 108。
[103] 同註 102，頁 114。
[104] 同註 102，頁 116。

的飯館、上海的吃食、上海的女性、上海幽靜的的弄堂，上海的樓房與鴿子、上海的百貨公司，甚至走在上海街上的外國人，都令他們暈眩，上海掙錢的道路雖多，他們卻找不到正確的方向。他們腳下軟綿綿的，好像走在夢境裡。故事最後，劉德生甚至因為在上海迷失方向，而走向跳樓自殺的悲劇命運。

看著〈悲慟之地〉裡，農村青年為上海城市的五光十色所眩惑的情景，便彷彿回到 30 年代，茅盾的《子夜》裡所形容：「機械的騷音，汽車的臭屁，和女人身上的香氣，Neon 電管的赤光，──一切夢魘似的都市的精怪，毫無憐憫地壓到吳老太爺朽弱的心靈上，直到他只有目眩，只有耳鳴，只有頭暈！」[105] 30 年代的上海已然是一座現代化的資本主義都市，當傳統文人吳老太爺初次來到上海，並因上海的現代文化所帶來的強烈衝擊使他目眩、耳鳴、頭暈，不到一天，他便因為承受不了處在這樣墮落、罪惡的「魔宮」，兩眼一翻，便死了。

相較於茅盾以左翼作家的立場批判了上海現代化的都市景象與文化；1920、30 年代的新感覺派作家們，則以現代主義的美學觀點寫出上海的現代繁華與墮落的美感。穆時英便形容上海是「造在地獄上的天堂」[106]，並極力描寫上海的物質文明，比如跑馬廳、飯店、舞廳、街道等的景象，而最重要的當然是處於其中的人。劉吶鷗甚至更進一步將上海描寫成一個魔宮：「在這『探戈宮』裡的一切都在一種旋律的動搖中──男女的肢體、五彩的燈光，和光亮的酒杯、紅綠的液體以及纖細的

---

[105] 茅盾：〈子夜〉（上冊），台北：文帥出版社，1987 年 11 月。頁 11。

[106] 穆時英：〈上海的狐步舞──一個片斷〉，原載於 1932 年 11 月《現代》雜誌二卷一期，選自現代書局 1933 年初版《公墓》，後收於李歐梵編選：《上海的狐步舞：新感覺派小說選》，台北：允晨，2001 年 8 月。頁 184。

指頭、石榴色的嘴唇、發焰的眼光。中央一片光滑的地板反映
著四周的椅桌和人們錯雜的光景，使人覺得，好像入了魔宮一
樣，心神都在一種魔力的勢力下。」[107]在新感覺派作家們的筆
下，上海的時間與空間皆充滿了異色的現代感。

　　然而無論是左翼作家或是新感覺派作家群，都將 30 年代飽
受西方文化浸潤的上海視為墮落罪惡，只不過茅盾的立場是站
在鄉土中國的角度批判這墮落的現代精神，而新感覺派作家們
則以墮落為其美學標準，並熱中於上海都市的物質文明。李歐
梵便認為：「中國現代文學作品中的城市，幾乎都是以上海為藍
圖。」[108]北京與南京都不能算是國際性的大都會，其他通商口
岸也以上海為馬首。是以「中國現代文學中如果有城鄉對比的
話，鄉村所代表的是整個的『鄉土中國』──一個傳統的、樸
實的，卻又落後的世界，而現代化的城市卻只有一個上海。」[109]

　　只是從 1949 年以後，上海的西方殖民文化性質面臨巨大
的轉折。從 1949 年到 1978 年，近三十年的時間，上海都市發
展幾乎呈現停滯的狀態。我們在王安憶的小說裡可以見到「文
革」時期，由於大批城市青年湧進鄉村所帶來的城鄉流動，但
卻看不到這城鄉人口的流動為上海的現代化提供助益。而那些
從上海進入農村的城市青年，則為鄉村的農民提供了一則現代
化的神話。即使此時期的上海發展呈現停滯狀態，但上海在當
時的中國大陸仍是現代化的象徵指標。

---

[107] 劉吶鷗：〈遊戲〉，收於李歐梵編選：《上海的狐步舞：新感覺派小說選》。
　　頁 313。

[108] 李歐梵：〈中國現代小說的先驅者──施蟄存、穆時英、劉吶鷗作品簡
　　介〉，收於李歐梵編選：《上海的狐步舞：新感覺派小說選》。頁 7。

[109] 同註 108。

　　1978 年，中國社會走向經濟改革路線，作為中國現代都市的代表，上海首當其衝恢復其金融領袖的地位。而大量外國文化的輸入，也使上海迅速轉型為一個新型的現代都會。1978年以後的上海自然與 30 年代的上海呈現不同的面貌。而王安憶的小說中的上海，也與 2、30 年代文學中的上海不同。

　　寫上海，不能不提到張愛玲筆下的租界上海與民間上海。假使張愛玲作品是 30 年代上海民間文化的代表，那麼王安憶小說所表現的上海民間文化，則是比較庸俗氣、鄉土氣以及被放大的瑣碎的物質文化，同時摻入這物質文化中的，則是作者敏感而孤獨的心靈色彩。甚至在文革結束後的幾年裡，王安憶小說中的上海仍然帶有一種革命時期過後的荒涼與殘破。

　　是以儘管王安憶與張愛玲都繼承了海派的文學特色中，對於物質與精緻生活文化的注重，然而在本質上，王安憶筆下的上海已經不是張愛玲時代的上海了。〈悲慟之地〉裡，敘事者以一群山東青年的外來者眼光審視上海的文化，其立場與其說是接近 30 年代上海現代派文學的都市本色，毋寧更接近茅盾所代表的鄉土與寫實主義立場。

　　然而王安憶也不是全然「鄉土」的，在接近上海、從外來戶漸漸轉變成上海小市民身份的王安憶，其本質在生活與思想方面，事實上接受了傳統上海的文化精神。而以描寫上海都會光怪陸離為主的新感覺派作家的作品，也許更接近上海真正的本質，其作品中的上海當然也就擁有此種意義上的「寫實」面貌。上海終究是一座都市，批判現代化的寫實主義作品自然不能全面代表上海都市。

　　而以王安憶如此注重現實的人格特質，假使說她無意間繼承了現代與鄉土這兩種中國現代文學的傳統精神，或者亦無不

可。王安憶曾提到：「許多寫上海的小說往往醉心於上海人的
布爾喬亞調子，養哈巴狗，喝咖啡，聽蕭邦的音樂，這都是很
表面化的。上海灘的資本家大多是夾著鋪蓋擠入城市的暴發
戶，粗俗不堪、互相傾軋才是他們的真面目。要說寫上海，我
還是覺得我們這代人都趕不上張愛玲，她寫『孤島』女性的個
人奮鬥，傳神逼真。」[110]當然這種觀點不是非常全面，然而如
果王安憶確實如此認為，那麼也就代表，她寫的上海應該是有
意突破她所說的上海表面的布爾喬亞生活型態，這種立論基調
自然源自她寫實的精神與審美取向。但上海卻又不能真正脫離
布爾喬亞的生活方式，假使沒有布爾喬亞的生活精神，現代上
海也就不能成其為現代上海。

　　〈悲慟之地〉據作者所言，是來自一則社會時事剪報。[111]
小說中人物劉德生的命運因為這則剪報以及王安憶秉持的現
實精神和不無宿命意味的命運觀，而走上迷失自殺的結局。這
篇小說所處理的議題不是上海移民的問題，卻體現出新時期社
會價值變動過於迅速，城鄉差距擴大，個體戶出現，原有共產
的經濟體制逐漸邁向私有化的社會現象與伴隨出現的社會問
題，這正是中國大陸政治經濟轉型的關鍵時期。特別的是，期
待自身的作品能反映真實社會的王安憶，她此時期的小說裡卻
並不特別關注這個問題，如〈閣樓〉、〈悲慟之地〉這樣探討中
國邁向現代化的問題，其實屈指可數，並且據作者所言，都是
根據真人真事改編的，缺乏作者自身的洞見與批判力。

---

[110] 王安憶：〈從現實人生的體驗到敘述策略的轉型——關於王安憶十年小說
創作的訪談錄〉，頁34。

[111] 王安憶曾提到：〈悲慟之地〉「源於《新民晚報》的真實報導和傳說。」
（同註110，頁34。）

　　王安憶更關注的上海議題，其實集中在上海本身存在的移民問題，以及上海從一個小小的荒涼漁村在一個世紀間竟然成為中國現代化象徵的巨大轉折。體現在王安憶小說中，可以看出上海作為一個被書寫的主體日益鮮明，也呈現了王安憶對上海認同的逐日加深。

　　〈海上繁華夢〉是一篇「尋找上海」的故事。80 年代中期，王安憶曾在圖書館中，希望藉由大量的縣志、資料，來了解她所居住的城市。然而認同的發生卻並非透過這些紙面的資料，而必須透過生活與書寫才能達成。[112]不過，這些資料雖然沒有使王安憶對上海產生認同，卻給上海「增添了史詩的色彩，使這個城市有了一個遠古的神話時期。」[113]這個神話來自一段有關上海地質形成的概述，它形成王安憶對遠古上海的想像：

> 在漫長的地質時期，上海曾經經歷多次海陸變遷。約距今一億八千年的中生代上迭紀，上海同蘇南地區都是古老的陸地。……海水大幅度進退，在不同的海面時期，河口位置不同，形成了相互重疊的古三角洲……冰川融入海洋，海面漸次上升，三角洲的大片陸地復被海水所

---

[112] 王安憶在〈尋找上海〉一文裡說：「在當時的『尋根』熱潮的鼓動下，我雄心勃勃地，也企圖要尋找上海的根。……那是在 1982、1983 年，出版業還遠沒有注意到這城市的舊聞舊錄，……坐在這一堆書面前，我卻不知該從何入手。打開每一本書都覺得不是我要的東西，則又變得迷茫起來。……對這城市的感性被隔離在故紙堆以外，於是，便徹底地喪失了認識。……現實的生活卻是如此的綿密，甚至是糾纏的，它滲透了我們的感官。感性接納了大量的散漫的細節，使人無法下手去整理、組織、歸納，得出結論，這就是生活太近的障礙。」（收於散文集《尋找上海》，上海：學林出版社，2001 年 11 月。頁 1-5。

[113] 王安憶：〈尋找上海〉，《尋找上海》，上海：學林出版社，2001 年 11 月，頁 5。

浸沒……這畫面何等壯麗，上海原來是這樣冉冉生出海
面……[114]

在這樣的背景下玄想寫成的〈海上繁華夢〉由五個看似各不相
關的故事組成。「故事一：飄洋船」寫一名漁民海上發跡的故
事；「故事二：環龍之飛」寫一名法國飛行員環龍選擇在上海
江邊這海市蜃樓之地做飛機的起飛，吸引大批從沒見過飛機的
群眾駐足等候，結果最後看到的，卻是「那飛物左右輪流著翻
過身後，卻一逕朝下，再也止不住沉落」[115]地墜機了。「故事
三：玻璃絲襪」描寫一名本想藉由販賣兩箱玻璃絲襪致富的商
人，最後仍換得一場空，對比於一位漁夫因為天外拾來大批的
烏鴉石而成為大財主的故事，寄喻上海成為金融重地，有人一
夜致富，有人則不的寓意。「故事四：陸家石橋」描寫一座頗
有歷史來歷的石橋，傳說凡是男子走過石橋而跌跤，便是被活
埋在石橋下墓中女子求鳳之徵，傳說不斷地在人們口耳中流
傳，直到許多年後，要拆橋築路時，甚至從橋下挖出一個空底
沒有生鏽的鐵盒，為這則傳說留下一個永恆的疑問。「故事五：
名旦之口」敘述一位門庭冷落的顏面外科醫生因為一次看戲的
因緣際會，加上從友人處學到的經商之道，而重新打響自己行
醫名聲與事業的故事。五則故事看似各不相關，然而卻都帶有
一種上海性格變化莫測的海上性格，而現代上海，便是在這樣
的繁華與空幻中成長起來。當新上海接受租界的殖民文化，躍
居為現代中國的都會城市時，流向上海的外來移民問題便逐日

---

[114] 同註113，頁22。

[115] 王安憶：〈海上繁華夢〉，原載於《上海文學》，1986年第1期，收於《海
上繁華夢》（繁體版），台北：印刻，2003年4月。頁39。

加劇。

　　除了〈逐鹿中街〉以外，王安憶寫上海外來移民與上海本地居民衝突的還有〈鳩雀一戰〉、〈好婆與李同志〉這兩篇小說。

　　〈鳩雀一戰〉寫小妹阿姨這個來自浙江餘杭，做了張家老太太陪房姨娘的保姆，企圖在上海爭取一間住房的故事。小妹阿姨從餘杭鄉下出來了幾十年，她自認為自己早已是上海人了。「她從不曾以為自己是個鄉下女人。她小妹阿姨是個上海人，是上海人必得生活在上海，這是天經地義的事。」[116]可是這只是她這個外來移民對上海的態度，上海對她的態度，卻並不是那樣的明朗和確定。在這樣的想法下，她終於發現自己需要擁有一個「巢」，也就是上海的住房。於是她汲汲營營，安排自己後半生的出路，一方面她向從前當陪房姨娘時的張家小輩施壓，一方向，她又計算著與另一名外地保姆五十七號的阿姨商量著佔取五十七號阿姨小叔在上海郊區並不那麼樣理想的房子，好作為後路。然而不管她如何用盡心機，最終仍奈何不了時代的潮流，小妹阿姨再逞強，終也強不過命。鳩雀一戰的結果，外來移民仍然無法得到城市真正的認同。

　　〈好婆與李同志〉則藉由好婆與李同志的兩個本地與外來家庭的生活方式對比，呈現出上海市民與外來移民者價值衝突。從穿著打扮、家居生活的精緻程度，到桌上的食物……等等，李同志一家的習慣與作風皆與道地的上海人不同，不僅李同志成為本地人閒話的對象，李同志這名上海移民，亦缺乏對上海的認同，衝突於焉漸漸顯題，李同志隨著日常生活的耳濡

---

[116] 王安憶：〈鳩雀一戰〉，原載於《上海文學》1986 年第 4 期，收於《海上繁華夢》（繁體版），台北：印刻，2003 年 4 月。頁 251。

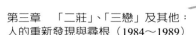
目染，變得越來越「上海」，在好婆的提醒下，她愕然發現，對於自己下意識地尋求上海的認同以融入上海生活這件事使她感到有些不安。「她有時候會帶了一些歉咎地問自己：是不是不當忘記那些以往的日子？」[117]而好婆則經常感嘆「自己生活的這一個城市不再叫作『上海』了。」[118]昔日的上海已經遠去，今日的上海因為發展停頓，與外來移民湧入的關係，又呈現出另一種風貌。於是外來者與本地人皆看不清上海真正的本質了。真正的上海到哪裡去了呢？恐怕只剩下〈文革軼事〉所描寫的那樣，成為一種過去的懷舊了。故事最後，雙方的衝突雖然暫時得到和解，然而和解的原因卻是因為李同志要回山東老家的緣故。

上海移民與上海的衝突始終沒有得到真正的和解。就如同鄉村與城市的衝突在世紀之交的今日仍未得到解決一樣，這些充滿潛在衝突的故事，仍會繼續在這城市的舞台中上演。

五、自我尋根之路

王安憶「尋根」的方向是多樣的。從「二莊」的文化尋根、「三戀」的原欲主題與現實生活庸常人性的展現、上海身世的找尋，以及自我來歷的探究，廣義而言，都體現了她尋根的嘗試與探索。其中「尋找上海」的基本立意事實上也就是為了尋找自我來歷與根源。只不過，在 80 年代中期，她尚未完成這

---

[117] 王安憶：〈好婆與李同志〉，原載於《文匯月刊》，1989 年 12 月，亦收於中篇小說集《逐鹿中街》（繁體版），台北：麥田出版，1992 年 10 月。頁 99。

[118] 同註 117。

一項尋根的工作，因此造就了後來 90 年代的〈傷心太平洋〉、《紀實與虛構》等中、長篇小說的出現。我們可以將她的自我尋根稱之為個人心靈史的建構，而當城市的認同問題與自我認同問題相互結合，便形成了《長恨歌》這樣的巨構。這些在接下來的兩章裡會陸續討論。焦點暫時集中在此時期王安憶的尋根初探的話，那麼〈歷險黃龍洞〉、〈我的來歷〉可視為她最早尋找自我根源的作品，而其餘如《流水三十章》等作品，皆可放在她建構個人心靈史的脈絡底下觀看。

〈歷險黃龍洞〉描寫一個家族的歷史演化，小說中的孩子們，為了參與大串連而決定到杭州去探險，在住宿的問題上想到了一位被稱之為「姑婆」的親戚，從而開始了一連串家族史的追問。對於族史的好奇常使得他們「忍不住要一級一級尋上去，否則，就好像自己來歷不明似的。」[119]

〈我的來歷〉詢問的一個問題是：「我從哪裡來？」敘事者「我」從一則報紙看到公墓要夷平，請墓主前去收骨的啟事，首先追尋到媽媽的家及其家史。然而由於年代久遠，真正的家族歷史已經不可詳考。接著，「我」又因為履歷上的籍貫填的「福建同安」追尋到父系新加坡移民的身份。使她原本以為「我」應該是新加坡人，卻被姊姊喝斥一句：「新加坡是外國，而我們是中國孩子」的話，與逐漸了解新加坡親族的關係裡，重新建立起國族的意識：「這大約就是我，一個中國孩子的來歷。」[120]然而這樣一篇短篇作品似乎仍不足以滿足尋根的渴

---

[119] 王安憶：〈歷險黃龍洞〉，原載於《十月》1985 年第 3 期，亦收於中短篇小說集《小鮑莊》。頁 408。

[120] 王安憶：〈我的來歷〉，原載於：《上海文學》，1985 年 8 月，收於中短篇小說集《小鮑莊》。頁 152。

望，於是後續作品才會出現更進一步父史與母史的追問。

《黃河故道人》寫一位敘述一位在黃河故道旁出生的孩子，敘事者藉由描述他成長的道路上所歷經的波折，反映出某種命運式的感慨。而「命運」一詞，在王安憶的小說語境中，通常具有某種宿命的意味。在這部小說中，敘事者以兩種交錯的敘事方式分別以追敘的方式描寫楊森的童年到少年時期（三林）在文工團負責音樂工作的經歷；以及用順敘的方式描寫楊森漸漸從文工團的工作經驗裡，發現自己不適合走音樂道路的挫折感。而這挫折感最後是藉由愛情的追尋來獲得暫時的消解。而這位黃河故道旁長大的自然之子，終歸因為婚姻而成為上海城市居民的一員。

《流水三十章》分成四卷，每卷分別標題為：童年、少年、金剛嘴、成年。正好是故事張達玲從出生到成年的經歷與心靈活動。這篇長篇小說以近三十萬字之長，加上文字敘述的冗長瑣碎，願意花功夫細讀的人並不多，因此獲得的評價也不高。然而王安憶本人卻極為滿意這部小說。[121]除了她認為這部小說在「敘述」上妥善地結合了主、客觀的敘述以外，也因為她認為這是一部寫「英雄」的小說。只不過小說中的英雄人物張達玲最終匯入了大眾的人流，與69屆的雯雯一樣，成為一名庸常之輩。王安憶所謂的「英雄」，基本上是擁有孤獨與崇高理念的一種「作家式」的人格。因此《流水三十章》與其說是一部英雄成長史，不如說是一部作家心靈史。王安憶對於張承志小說《心靈史》的推崇可以反映出，她的小說審美基本上偏向

---

[121] 王安憶：〈《流水三十章》隨想〉：「這一部長篇，寫完之後，竟會有一種滿足，這是少有的，這很吉利，又有點不祥，好像在此打下了一個句號，以後的路，要重新開頭了似的。」（收於《獨語》，頁210。）

由內在心靈意識與現實世界的聯繫所虛構而成的故事。[122]

　　王安憶認為敘事者對於小說中人物張達玲心理活動的描寫是主觀敘述，而對其餘的人物描寫及外部的環境描寫則屬於客觀的敘述。關於主、客觀的相關問題，前文業已討論過，王安憶對文學術語的定義與使用方式有她自己獨特的運用，但這樣的敘事方式基本上已經具體反映出她心目中的小說審美觀點。於是我們看到敘事者在張達玲童年與少年時期不斷地介入自己的聲音，代替還沒有語言的嬰兒與思想尚未成熟的少女發言與議論。而在張達玲插隊到成年以後，敘事者的聲音干預才漸漸消失。在這部小說裡，除了成長以外，還包含了許多議題，包括血緣與生養的關係、少女早熟的愛情以及成年後的愛情、男女之間對於異性的不同看法……等等。但是這些議題又皆可置於「成長」中來討論。

　　敘事者使張達玲這個角色歷經了種種磨難，最後終於得到光明的未來。然而一個孤獨的英雄也因而消失了，因為「英雄心的本質是超臨大眾的，它在平凡的人世中獨樹一幟，於是它便將自己孤立了。」而英雄一旦將自己孤立於人世之外，也就失去了隱含作者極力在心靈與現實兩層面做出聯繫的努力，因此張達玲最終仍在隱含作者的審美判斷裡，失去了英雄的外衣與心靈，成為庸常大眾的一員，完成了一部「心靈史」的建構。

---

[122] 90 年代末，王安憶在上海復旦講授小說相關課程時，她所介紹的第一部小說文本即為張承志的《心靈史》，選擇這部作品的原因，是因為她認為文學的本質便是要寫「心靈」，亦即建構一個「心靈的世界」。王安憶所謂的「心靈世界」當然不完全是內在的心理活動，她還強調心靈世界必須與「現實世界」產生關係。她認為小說家畢生的努力就是要找尋這種關係。（見王安憶：《心靈世界──王安憶小說講稿》，上海：復旦大學出版社，1997 年 12 月出版，第三章，頁 54-57。）

　　而無論是〈歷險黃龍洞〉、〈我的來歷〉中對於家史或族史
的追尋，抑或是如《黃河故道人》或《流水三十章》那樣，分
別從男性與女性的立場書寫個人的成長歷史，小說中的主要人
物，最後都選擇了對「中國」以及「上海」的認同，來完成他
們自身家史與心靈歷史的建構。所以「我」是一個中國孩子，
而「楊森」也緊緊捉住了上海的陶歡；張達玲從插隊的金剛嘴
回到了上海。「上海」終究是王安憶不得不面對的永恆主題。

第三節　王安憶小說敘事美學（二）
政治與個人意識形態「雙重隱退」的敘事特色

　　伴隨著 80 年代中期尋根思潮強調「客觀」的敘事傾向以
及西方小說技巧的輸入，尋根文學作家儘管從外在形式上看似
採用傳統的敘事方式，但這種傳統的敘事方式卻依然具有某種
現代敘事特質。因此有評論家提出「尋根派也是現代派」的說
法。[123] 由於「尋根文學」的基本特質在於透過作家獨特的視角

---

[123] 80 年代中期的王安憶也開始嘗試後設的敘事方式的使用，〈錦繡谷之戀〉
即為一篇後設形式的作品，而使故事警示了小說本身的虛構，但王安憶
的後設敘事作品，基本上還是以〈叔叔的故事〉一篇較為成熟。從王安
憶現有的小說（1978 年〈向前進〉至 2003 年《桃之天天》為止），來看，
王安憶使用現代西方小說技巧的意願似乎並不高，她不似先鋒或新寫實
作家那樣常用新穎的西方敘事技巧，這或許與她經常在寫實主義中尋求
浪漫主義的審美方式有關。要說她熱中於小說實驗的話，早期 80 年初期
的王安憶確實因為自身寫作技巧的不成熟而經常轉變敘事策略，但隨著
寫作技巧的成熟，重視小說「題材」甚於「技巧」的王安憶，在歷經《紀
實與虛構》那一段寫作過程以後，很快便拋棄了對技巧的迷戀。甚至她
的〈叔叔的故事〉等堪稱是後設小說的作品，基本上也不過是為了強調

重構民族藝術的文化世界，因此不同的作家其藝術表現的技巧選擇與方式都各自不同。[124]嚴格來說，尋根派確實也是現代派，但其「現代小說的敘事色彩」並不似現代派或先鋒作家那樣強烈，而王安憶作為現代派作家的色彩比起其他尋根作家的現代派色彩，則又更淡。

　　基於王安憶個人小說選材與關切方向的特殊，她在此時期的小說基本上呈現兩種迥異的語言風貌。一是疏離而客觀的敘事方式；一則是帶有個人情感投射的較為主觀的敘事方式。兩者的差別與分界，大致上可以從故事的環境來劃分。王安憶筆下的鄉村或農村，其敘事語言一般來說較為客觀，作者的個人意識似乎有意與背景保持距離。而當王安憶寫城市時，那種存在於農村的疏離便消失了，取而代之的往往是具有強烈抒發議論傾向的隱身敘事者的聲音。

　　從 1984 年到 1989 年間，王安憶近四十篇長、中、短篇小說裡，真正描寫到農村的小說並不多，最典型的例子是〈大劉莊〉與〈小鮑莊〉。其次在《黃河故道人》、《流水三十章》裡，描寫金剛嘴的部分，也可以看出隱身敘事者刻意保持距離，不常發出議論。〈海上繁華夢〉雖是寫上海的故事，但基本上寫的是現代化以前的上海，因此這個由五則故事所集合而成的老上海仍然屬於古老漁村的形貌，而非現代化都市的樣態，所以隱身敘事者的可感知度也不高。

　　〈大劉莊〉由於同時描寫了農村與城市，因此在敘事語言

其作品的「虛構性」而使用。這「虛構性」恰恰符合了她認為小說是心靈史的「建構」的美學標準。因為既是建構，即是人為的。

[124] 參考金漢：《中國當代小說藝術演變史》，杭州：浙江大學出版社，2000年4月。頁200。

的主客觀對比上，顯得更為強烈。比如在描寫大劉莊發生的事件時，敘事者所使用的語言大多較為明快簡短，如：

> 迎春家堵著小牛家的門，罵了一天。
>
> 小牛家的門一天沒開。大人沒下湖做活，小孩沒割豬草，煙囪裡沒冒煙，豬餓得亂拱，嗷嗷叫。
>
> 過了一天，門開了。小牛娘趕著那口半大的豬趕頭堡集去。晌午才來家，了一籃子東西：黑燈草絨，紅毛線，一個花臉盆。她見誰都不吭聲，埋著頭快快地走。[125]

敘事時間方面，敘事者將小牛家一整天的事情濃縮成「下湖做活、割豬草、燒火、餵豬」這四件事，文本時間小於故事時間，呈現一種「概述」或「加速」的情況。
這一連串農村活動的描寫更呈現出一種純粹敘述的客觀性。
　　而描寫城市的活動時，則較具主觀色彩，敘事語言冗長，例如：

> 安定公寓前，搭著宣傳台，有一支小分隊在演出。他停下車子看了一會兒。一群女生在跳舞，跳的是《抬頭望見北斗星》。那左起的第三個女生長得很豐滿，一件單穿衣裹著她，胸脯高高的，脖子根和鎖骨之間，有一個隱隱約約的凹坑，裡面長了一顆黑痣。他盯著那顆黑痣出了神。
>
> 他推起車子，往宣傳台前擠過去，想挨近一點看。不料

---

[125] 同註36，頁157。

> 那女生已完了事，跳下台走了。正朝他過來，從他身邊
> 擦過去，一團熱氣撲在他臉上。他聞到一股似甜似酸的
> 汗味兒。渾身的血都湧到了臉上，心跳了。他看著她。
> 她安閑地走過去，走到茶水桶旁邊，喝水。微微昂起了
> 頭，那脖子根和鎖骨間的凹坑平坦了，而後又隱顯了出
> 來，裡面有一黑顆痣。她又走了回來，走過他身邊時，
> 他朝前邁了半步，擠住了她。她從他胸脯前擠了過去，
> 他臉上的血忽地退了下去，渾身冰涼，打了個哆嗦。[126]

敘事者寫城市青年丁少君回到居住的安定公寓前看戲的情
景。對於人物舉止、外型、身體特徵等描寫無比地細緻，同時
將主要人物的心理活動也描寫出來。同一段描寫裡，重複或類
似的語句不斷出現，女演員脖子上的黑痣、汗味彷彿被放大了
似的呈現在讀者眼前，構成一幅清晰可見的畫面。與前面描寫
農村景物與人物活動時所使用的語言習慣明顯不同。後者描寫
城市活動的部分，比較接近王安憶早期創作時，對於庸常的描
寫及對細節的重視。而前者描寫農村的部分，顯然與作者心中
所看見的農村景物有關，一方面，農村生活本就較為樸實、粗
糙，簡短與帶有口語性質的語言，可以較真實地體現出農村的
面貌，另一方面，這樣刻意強調客觀的敘事方式也與 80 年代
影響尋根文學發生的兩部外國文學作品有關。

馬爾克斯（馬奎斯）的《百年孤獨》（百年孤寂）採用的
便是全知客觀的敘事方式，在人物話語的使用上，多使用「直
接引語」與「間接引語」來表現。而亞歷克斯‧哈利的《根》，
基本的敘事方式也是採取第三人稱全知觀點的客觀敘事方式

---

[126] 同註 36，頁 175-176。

來表現一定程度的作者主觀。[127]《根》的開頭如是寫到：

> 1750 年的早春，沿西非岡比河岸向上行需四天行程之
> 處，有個叫做嘉福村的村落，村民歐瑪若・金特的妻子
> 嬪塔・金特剛臨盆生下一個男孩。小傢伙奮力從嬪塔碩
> 健的體內掙脫出來便嚎啕大哭，皮膚和母親一樣地黝
> 黑，帶著斑點的小身軀滑溜溜的，還有片片的血塊。兩
> 位面容佈滿皺紋的接生婆，尼歐婆婆和嬰兒的祖母愛
> 莎，一看到是個男娃娃都開心地笑了。依據先祖習俗的
> 說法，家中頭胎男孩的到來預言阿拉神不僅會把特別的
> 恩寵賜給父母，還會澤及父母親的家族。因此，他們喜
> 孜孜地知曉「金特」這個姓氏將會大放光彩，而且永垂
> 後世。[128]

這種描寫以散文化的敘述鋪陳了故事情節，即使描寫人物心理
活動，也多透過間接引語的方式，因此相當客觀。〈小鮑莊〉
延續〈大劉莊〉中關於農村部分的書寫，因此在敘事方式上也
採取了這種客觀的敘述方式。

　　鮑仁文每天收工都要往慶東大路上走兩步，見有沒有送

---

[127] 按：在判斷《百年孤獨》或是《根》這兩部小說的敘事特徵時，我們不
需要回溯原典去查尋原文的使用方式是否與譯文一致，因為真正在大陸
新時期帶來重要影響的，是中譯本而非原文本。但這並不是指原文本的
重要性次於中譯本，而是指多數大陸新時期作家在接受西方思想與技巧
時，依據的來源多是翻譯，而非原典。

[128] 亞歷克斯・哈雷（Alex Haley）著，秦兆啟譯：《根》（Roots），台北：德
昌出版社，1977 年，頁 1。（按：本書提及《Roots》的作者根據大陸文
學史常用譯名，改譯作亞歷克斯・哈利，本處引文由於此譯本稍嫌生硬
不夠流暢，由筆者潤飾改譯。）

> 信的來。大前天迎到一回，有兩封信，一封是鮑彥海家
> 大小子打金華部隊上來的；一封是鮑二爺家 的，打關
> 外來的，鮑二爺家裡的是那年他闖關東從關外帶來的。
> 昨天又迎到一次送信的，卻沒有信，送信的只是打這裡
> 路過，往大劉莊去的。[129]

然而由於〈大劉莊〉裡那種過於客觀的敘事方式除了藉由人物對話以外，無法進一步表現人物的心理活動，因此後出之作〈小鮑莊〉在客觀上的敘事方式稍稍加入部分轉變，以表現人物的內心想法。但表現的方式依然是藉由「間接引語」與「直接引語」，而非王安憶早期創作時所慣用的「自由間接引語」，這轉變帶有作者意識形態「隱退」的意義，例如：

> 「地球？啥球？」
> 文化打了個格楞，感到和小翠說話十分困難，由此領會
> 到進行啟蒙教育的必要性：「就是咱們住的這地。」文
> 化用腳跺跺地，又伸出胳臂劃了個圈。
> 小翠轉頭看看周圍，大地籠罩在蒼茫的暮色裡。[130]

敘事者寫文化的心理想法，所使用的是「感到……」這樣的「間接引語」方式。人物對話的展現以「直接引語」為主。但在描寫人物其他活動時，則又回復到一般的敘事話語。又如：

> 鮑彥山家裡的很納悶：小翠可不是天天在眼皮底下轉，

---

[129] 王安憶：〈小鮑莊〉，原載於《中國作家》，1985 年第 2 期。收於《小鮑莊》，上海：上海文藝出版社，1986 年 4 月初版，2002 年 10 月第二版，2003 年 2 月重印。頁 324。

[130] 同註 129，頁 319。

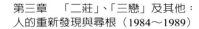
怎麼猛的一下，開始長身子了？……

多少人同她說：「該給孩子圓房了。」

她同男人商量：「該給孩子圓房了。」……

小翠子覺出了不對勁。[131]

這段情節全由「直接引語」與「間接引語」來推展，隱含作者意識完全隱退於敘事之後，展現出客觀而可感知度低的敘事者態度。這樣的敘事方式成為 1980 年代中期王安憶小說敘事的主要風格。

在〈牌戲〉、〈前面有事故〉、〈蜀道難〉、〈閣樓〉……等作品裡，都可以看到敘事者一開始極力鋪陳故事背景，而人物心理活動往往只是點睛一筆，與以往小說裡所出現的大量獨白式語言大相逕庭。

〈蜀道難〉開篇如是寫到：

黑天黑水之間，霧氣在發亮。有一輪月亮，幾顆星星，許多許多燈光。人聲。

「冷嗎？」她朝他又貼近了一點。

「不冷。」他打了個哆嗦。[132]

短短的背景鋪陳後，隨之加入人物的話語來帶出人物活動與故事情節。如同〈閣樓〉開頭寫到：

馬路上慢慢地圍了一圈人，吸引著行人停下了腳步，踮著腳往裡看，一邊問道：「做什麼的？」都不理睬，沈

---

[131] 同註 129，頁 327-328。

[132] 王安憶：〈蜀道難〉，收於《小鮑莊》，上海：上海文藝出版社，1986 年 4 月初版，2002 年 10 月 2 版，2003 年 2 月重印。頁 471。

默著。人圈的中心有一個人，正埋頭勤勤懇懇地生一個
小小的煤爐。

「做什麼到馬路上生煤爐？」有人問道。

沒有人回答，都只露出疑惑神色。於是，人圈越圍越大，
圍在外層的根本看不見什麼，也不灰心，依然站著，企
望裡面能傳出一點消息。[133]

這一段雖然寫了圍觀群眾的活動，但這裡的問句、對話與人物
活動等，皆非聚焦在某一特定人物的身上，純粹只是作為背景
與鋪陳之用。這樣的敘事方式與故事結構在王安憶 80 年代中
期裡屢見不鮮，已經成為她的一種敘事方向。而純粹寫景的破
題方式，到了「三戀」時，已經將重心由外部環境轉向人物自
身。

〈荒山之戀〉的開頭即是：

那時候，一曲《新疆之春》便可考入中央音樂學院小提
琴專業了。

一個頎長纖弱的少年，肩上斜背了一大行李袋，跟著早
年就離家出走的大哥，進了上海，將一所高大而陰森的
宅子，留在了身後。[134]

〈小城之戀〉的人物聚焦意圖更為明顯，故事開頭便寫到：

小小的時候，他們就在一起了。在一個劇團裡跳舞，她

---

[133] 王安憶：〈閣樓〉，原載於《人民文學》，1986 年第 4 期，收於中短篇小
說集《閣樓》（繁體版），台北：印刻，2003 年 6 月。頁 12。

[134] 同註 62，頁 49。

跳「小戰士」舞，他則跳「兒童團」舞。她腳尖上的功
夫，是在學校宣傳隊裡練出來的，家常的布底鞋，站壞
了好幾雙，一旦穿上了足尖平坦的芭蕾鞋，猶如練腳力
的解去了沙袋，身輕似燕，如履平地，他的腰腿功夫則
是從小跟個會拳的師傅學來的，旋子，筋斗，要什麼有
什麼。下腰，可下到頭頂與雙腳併在一處；踢腿，腳尖
也可甩至後腦勺，是真功夫。[135]

王安憶從稍早對外在環境鋪陳的興趣，重新轉移到對人物形象
的鋪陳。只不過當她在為人物鋪陳時，只是將這樣的描寫當作
故事推展的開始。當敘事者描寫〈小城之戀〉的「她」與「他」
腿上功夫是這樣的真功夫，便不免令人疑惑，何以到後來這兩
人無法在劇團裡擔任重要角色？原來，「練壞了身形」是一個
很重要的原因。

　　除了對環境與故事鋪陳的客觀描寫以外，包括「三戀」、〈崗
上的世紀〉等突出性愛主題的作品，以及其他如：〈好姆媽、
謝伯伯、小妹阿姨和妮妮〉、〈鳩雀一戰〉、〈悲慟之地〉等作品，
都有淡化歷史大敘事背景的現象。這種歷史與政治話語的隱
退，比起王安憶 80 年代初期作品裡對政治話語的消解更為鮮
明，主要的原因除了與王安憶在反思的文化脈動底下，對「庸
常之輩」的關注外，尚與尋根文學的特色有關。

　　「尋根文學」的發生就某一層面來說原就是對抗政治權力
話語的，80 年代初期新時期文學仍不免於受到政治文學路線
的控制，這造成作家的不滿與尋求突破，趁「尋根」之便，拋
棄政治外衣的作品紛紛出現也就不足為奇，是以在王安憶此時

---

[135] 同註 66，頁 157。

期作品裡，鮮少看出對社會現實進行批判，也就有了合理解釋。

這種拋棄政治話語的現象在更晚一些時候出現的「先鋒」與「新寫實」小說思潮裡，表現的更為明顯。然而由於先鋒小說過於偏重敘事形式，不符合王安憶的小說審美觀念，「新寫實小說」則繼承了「先鋒小說」的敘事實驗精神，以及廣義的尋根思潮對民間現實的關注。出於對政治話語的反抗，新寫實小說作家多特意選擇以「相對客觀」的敘事方式，取消作家情感的介入，因此敘事者往往是較為單純的旁觀者。就這一點來看，作為一位「新寫實小說作家」，王安憶似乎又並不那麼樣的典型。因為 1987 年到 1989 年間，王安憶的「三戀」等小說中的敘事者雖然呈現出所謂的「相對客觀」的現象，但另一方面，王安憶卻也執著於如《流水三十章》裡，另一種個人主觀的呈現。

再者，即使「尋根」或「後尋根」小說似乎極力擺脫政治話語的影響，但從中國社會的大環境來看，文學似乎又無法真正擺脫歷史與政治背景，在國家制度底下，人類的一切文化生產皆能廣義地以「政治」二字來加以解釋，而王安憶也並非完全不碰觸有關歷史或政治的話題，或者刻意在小說中不提到任何有關「政治」的語句。事實上，她仍然寫文革、仍然寫政治，但採取的主要策略是將歷史與政治用作為某種故事情境所需要的背景，並加以淡化。基於此，本書仍然選擇採取「政治隱退」這樣的說法。80 年代中期的王安憶的確擺脫了傷痕與反思文學的陰影，拋棄了文革、知青的敘事話語與亟欲抒發個人情感的特色，而將敘事重點放在對普遍人性的深刻挖掘。

除了政治的隱退外，80 年代中期的王安憶最明顯的特色，還有如前文所提過的「作者個人意識的隱退」。這種「雙

重隱退」，不但使王安憶此時期的作品呈現一種「相對客觀」的現象，也使得隱身敘事者與隱含作者可感知度大幅地降低。

　　早期王安憶由於隱含作者可感知度極高，個人意識混雜於人物話語中，因此難以具體分辨「散文的王安憶」與「小說的王安憶」之間的區別，多數評論者甚至將「雯雯系列」中的《69屆初中生》視為自傳性質的作品。這都說明了隱含作者的高可感知度是王安憶早期小說的主要敘事特色。然而進入 80 年代中期以後，這項特色轉為淡化，小說家個人情感漸被抹去，但這種個人的隱退並非出於政治意識的迴避，而是於「個人」的獨特性被「人」的普遍性所消解吸收了。最明顯的證明，出現在 80 年代初期王安憶的敘事者經常以「我」或「他／她」等單數型出現，而 80 年代中期，王安憶的小說中則出現大量的「我們」、「他們」的複數型敘事者。比如〈打一電影名字〉裡的「我們」：

　　　　這天，阿五家裡來了一個客人，是她的表姐，一個中學生，**我們**跟著阿五一起叫她小妹姐姐。[136]

　　　　從此以後，猜電影名字便成為**我們**最熱衷的一項遊戲。通過反覆實踐，**我們**漸漸掌握了竅門，技術有所提高，並且，各人有了各人的戰術。[137]

又如〈母親〉裡寫母親來拜訪的故事，也使用了「我們」作為敘事者：

[136] 王安憶：〈打一電影名字〉，原載於《采石》1985 年，收於中短篇小說集《文工團》，北京：文化藝術出版社，2001 年 8 月。頁 38。
[137] 同註 136，頁 43。

> **我們**的小屋，經過一夏的雨水，屋頂開始掉土，碗大的
> 土塊直往下掉，多少人說了：「住不得。」唯有領導看
> 不見，一氣之下，**我們**搬進了文化館的辦公室。[138]

其他還如〈戰士回家〉裡，那位回家的戰士在回答鄰居的問題
時，經常使用的「我們部隊」、「我們連隊」、「我們」等用語。
以及〈悲慟之地〉裡常見的「他們」等複數型。有時「我們」
與「他們」是作為敘事者出現的，如〈打一電影名字〉、〈母親〉
等，但有時「我們」不過是作為方便的一種敘事手段，並不等
於敘事者，敘事者仍然是單數的，比如〈戰士回家〉。基本上，
「我們」敘事的大量出現，仍可作為王安憶小說有意使個人意
識形態隱退的最佳證明。「我」雖然不是完全消失，卻因為「我
們」的出現，而得以隱藏在模糊定義的多數之中，並且與之產
生聯繫。「我們」的敘事方式，不僅僅出現在 80 年代中期，也
延續出現在王安憶後來的數篇小說中，例如〈蚌埠〉中的「我
們」，以及〈憂傷的年代〉「我」與「我們」互相消融替換的現
象。

　　進入 90 年代以後，王安憶的小說敘事方式轉向大量敘述性
文字與綿密的語言風格。這種轉變並非一夕產生，早在 1987 年
的《流水三十章》裡便可看出徵兆。[139]儘管整體來說，《流水三
十章》的語言流於瑣碎，且重複性高，甚至被譏為小說的「流水
賬」[140]，但不難看出隱含作者對於提升文字密度的高度興趣。小

---

[138] 王安憶：〈母親〉，原載於《海燕》，1985 年，收於中短篇小說集《文工
團》，北京：文化藝術出版社，2001 年 8 月。頁 48。

[139] 《流水三十章》發表於 1988 年 2 月，但寫作完成時間被標記為 1987 年
9 月。

[140] 見郜元寶：〈人有病，天知否〉，《拯救大地》，上海：學林出版社，1994

說中零碎而重複的絮語透過類疊、排比的修辭俯拾即是：

> 她**不知怎麼**就來到了鄉下，**也不知怎麼**就在了一個籮
> 筐，由一圈又硬又厚的棉被擁著。棉被從四片八方將她
> 擁得很緊，她**無法**倒下，**也無法**動彈，甚至連頸子都無
> 法動彈，她只得朝定了一個方向，永遠地瞭望著。那是
> **綠茫茫的一片，連接著藍茫茫的一片**，綠和藍接壤的無
> 盡的狹縫間，飛出了一群黑色的斑點，然後再飛了出
> 去，那狹縫便合攏了。……**她開始做夢了**。一道透明而
> 又朦朧的帷幕從天而降，隔斷了她的瞭望，將她永遠
> 地、固定的前方籠罩。**她很久很久以後，方才明白這並
> 不是夢**，而是──下雨。……**她的夢不知在什麼時候漸
> 漸地醒了**，那水幕稀疏了，新鮮得目眩。……**她又開始
> 做夢。夢境是一片漆黑的籠罩**，那是與黑夜的漆黑完全
> 兩樣的漆黑，再沒有一點光影的洩漏……[141]

一段描寫張達玲在嬰兒時期被放在籮筐裡帶到鄉下寄養的短
暫過程，便寫了近兩千字，且通篇皆是敘事者代替嬰兒時期的
張達玲表達內心想法與意識活動。最後，充斥在字裡行間的，
便是張達玲異於常人的敏感與孤獨：

> 她還沒來到這世界，便早已沒了興趣。她是被迫到這世
> 上來的，她是被放逐到這世上來似的。她在她上面的那

年。頁146。

[141] 王安憶：《流水三十章》，原載於《小說界》（長篇小說專欄），1988年第
2期。後獨立成冊。上海：上海文藝出版社，1990年初版，2002年2版。
頁1-2。

> 一個兄弟還不足一歲的時候，被逐來了。……爾後，在
> 她不足一歲的時候，她的姐妹則又急急趕來，為了來逐
> 趕她似的。她那精力旺盛，生育力極強的父母，將她交
> 托給了一個鄉下女人。[142]

這一段文字要說明的，不過是張達玲在嬰兒時期被放逐的感
覺。然而敘事者層層疊疊、綿綿密密、不厭其煩地一次又一次
地重寫那種被放逐感，傳達出張達玲內心深深的孤獨與對尋常
生活的缺乏興趣。這種敘述特色基本上構成王安憶後來小說作
品的主要敘事特色。

在王安憶而言，這是一種敘事的「革新」。她曾將〈逐鹿
中街〉、〈好婆與李同志〉、〈弟兄們〉這三篇寫於 1988、1989
年的小說視為一種「敘述的登場」，其語言是一種「寫實性的
敘述語言」。王安憶在此對她的「敘述」作進一步的解釋為：「它
們（指上述三篇小說）將對話都處理成敘述，通篇是由『我』
來說，而沒有轉借角色的出場。」[143]這段話便是指王安憶要將
對話轉變成隱身敘事者「我」的聲音。她並自陳：「在這一時
期內，我想做的就是實驗一種敘述性的抽象語言，而摒棄語言
的個性化與風格化。這是一個危險的探索，我面臨著消滅個性
的陷阱，而我卻依然做了，前途至今不知是兇是吉。」[144]這就
是後來王安憶提出所謂「不要特殊環境特殊人物」、「不要材料
太多」、「不要語言的風格」、「不要獨特性」[145]這「四不要」的

---

[142] 同註 141，頁 3。

[143] 王安憶：〈敘述的登場〉（《逐鹿中街》自序），收於文集《獨語》，長沙：
湖南文藝出版社。頁 148。

[144] 同註 143，頁 148。

[145] 見王安憶：〈不要的原則〉一文（《故事和講故事》自序），收於《獨語》，

敘事原則。

　　王安憶提出這四項原則後，經常被評論者所詬病，主要的原因在於一個寫作者不可能完全摒除「風格化」的特徵，包括王安憶自己，都具有強烈的個人風格。再加上王安憶對於文學評論的表達有時語意不清或者遣詞用字不夠精準，因此經常使人產生誤解。評論者並認為儘管王安憶提出四個不要的原則，但她自己卻無法避免這四項不要，而觸犯了她自己的規範。[146]

　　布斯在他的《小說修辭學》裡引用了休謨〈趣味的標準〉一文裡所描述的理想讀者特質來解釋，一位「客觀」的作者應該盡力減少由偏見產生的扭曲，而把自己看成是「一般人」，甚至忘掉他的「個人存在」和他的「特殊環境」。[147]我們不確定王安憶是否接觸過布斯的敘事理論，但是也許從布斯所提供的觀察點來看，或許可以將王安憶「不要特殊人物、特殊環境」的要求，理解為某種意義上的「客觀敘述」的基本條件。事實上，王安憶這種小說敘事觀念也是來自她對「敘述」的看法，她認為小說最高的境界是「思想與物質的再一次一元化」，亦即由「心靈」與「現實世界」發生聯繫共同組成的「心靈史」，此種觀念的具體表現在王安憶而言，便是她的「四個不要」原則。而王安憶選擇這四個原則為其努力的目標，其實不過只說明了一個概念，即：王安憶所認同的美學標準，是小說家的心靈與現實

　　頁 132-133。

[146] 見黃錦樹〈意識型態的物質化——論王安憶《紀實與虛構》中的虛構與紀實〉，與還學文〈王安憶的小說和她的創作理想——偶讀王安憶有感〉二文中，對王安憶小說的評價。

[147] 參考 W.C.布斯著，胡曉蘇、周憲等譯：《小說修辭學》，北京：北京大學出版社，1986 年。頁 80。

社會的結合。這就是她「四個不要」的基本前提與本質內涵。事實上，這正呼應了 80 年代末「新寫實小說」的走向。

如同王安憶認為〈逐鹿中街〉等三篇小說採取的是「沒有轉借角色的出場」的敘事方式，但這三篇小說裡仍然存在許多人物話語與對話，「人物話語」並未真正消失。確切地將小說實驗結果與王安憶本人的說法做驗證的話，其實不過是「隱身敘事者」的聲音再度出現，使「隱含作者」的「可感知度」再度提升而已。這種敘事方式就作者本人而言並非創新，早在她從事創作初期，便有隱含作者可感知度高的傾向，而此時期她的這個敘述實驗也並非始自〈逐鹿中街〉，事實上《流水三十章》早已開始。

不過，相較於 80 年代末期王安憶小說裡隱含作者可感知度的再度提升，筆者認為，80 年代中期王安憶「客觀化的敘事方式」更足以作為此時期王安憶小說的代表性特徵。敘事者的客觀從一開始描寫農村時的語感、節奏、口語的使用和對外部環境的鋪陳，到後來漸漸出現「我們」的複數型敘事者以及將鋪陳由外部環境轉移到人物身上，都展現出一種「客觀中的主觀」的線索。

由於王安憶對於展示個體心靈的重視，我們在她後來的作品裡，便不斷看到王安憶遊走於主、客觀之間。雖說，最純粹的客觀往往便是最純粹的主觀。以此，也許可以用布斯（W. C. Booth）在其《小說修辭學》對於「主觀」所提出的看法來作結：隱含作者的情感和判斷（也就是一種主觀），正是偉大作品構成的材料。[148]「立場」絕對不可能是完全中立的。

---

[148] 同註 147，頁 96。

第四章　紀實與虛構：小說的心靈世界（1989~1993）

　　走入 90 年代，東方世界在「全球化」（globalization）的語境下呈現「眾聲喧嘩」的多元文化現象。當代大陸社會隨著現代化改革的腳步，西方各式各樣思潮的湧進與國際民主呼聲的升高，無論是從民間的角度觀看社會的變革，抑或從政治的層面理解「五四」以來中國民族主義及民主意識的高漲，或者從經濟的角度看待以消費作為特徵的自由主義經濟，90 年代都成為一個具備特殊象徵意義的時代。

　　戴錦華認為，90 年代與 80 年代的不同之處，在於 80 年代（或曰新時期）文化的重要組成部分之一，是以文化英雄主義取代、或者對抗革命英雄主義的表述。[1]因此新時期之初的傷痕或反思文學，固然反叛「典型英雄人物」的文學路線，但事實上並未真正放棄「文化英雄人物」的塑造工作。從 80 年代初期「英雄」的銷聲匿跡，到 80 年代中期文化英雄的再度出現，顯示出以知識份子身份自詡的作家們重建文化的企圖。

---

[1]　參考戴錦華主編：《書寫文化英雄——世紀之交的文化研究》（緒論），南京：江蘇人民出版社，2000 年 10 月。頁 6。

對王安憶而言，她筆下的「英雄」便是具有孤獨特質的人物。
而 90 年代由於官方／體制／民間，文化（政治？）激進主義
／文化（政治？）保守主義，自由派（自由主義）／新左派，
這幾組關鍵詞的進入，使得 90 年代在經歷了 80 年代的終結與
破碎之後，再一次面臨文化體系的重組。[2]因此在本質上，90
年代的知識份子所面對的文化問題已不同於 80 年代。首當其
衝的，便是知識份子的自我想像與角色定位的轉變與衝突。

這場衝突集中體現在 90 年代初期一場有關「人文精神」
討論的文化論戰中。[3]論戰的重點聚焦在知識份子對於自身角
色的定位，以及對於文化商品化現象的基本討論。前者的議題
具體地顯示出 80 年代以來的知識份子始終無法真正脫離政治
的影響，後者則反映出在大陸經濟改革下，所面臨的自由主義
經濟所帶來的文化工業與市場消費的問題。這兩種層面的衝突
具體化的關鍵是 1989 年 6 月 4 日所發生的「天安門事件」。

「全球化」帶來國際人權與民主意識的高漲，在意識形態
上長期受到政治影響的大陸知識份子終於不得不正視社會主

---

[2]　戴錦華：《書寫文化英雄——世紀之交的文化研究》，頁 6。

[3]　這場論戰乃由一群上海學者最先發聲在《上海文學》雜誌 1993 年 6 月號
　　刊登的一場有關人文精神的危機」的座談記錄，以及後來刊登在《讀書》
　　雜誌上的另一場有關「人文精神尋思」的討論。相關討論文章可見《上
　　海文學》1993 年第 6、7 期；《讀書》1994 年第 3-8 期；《文匯報》1994
　　年 8 月 7 日、9 月 4 日；以及《上海文化》、《作家報》、《東方》、《文論
　　報》、《文藝爭鳴》、《文匯報》等自 1994 年後的相關延伸討論。後有王曉
　　明編：《人文精神尋思錄》，上海：文匯出版社，1996 年（按：該書編選
　　範圍為 1994 年至 1995 年的相關論戰文章。）；丁東、孫珉選編：《世紀
　　之交的衝撞——王蒙現象爭鳴錄》，北京：光明日報出版社，1996 年；
　　愚士選編：《以筆為旗——世紀末文化批判》，長沙：湖南文藝出版社，
　　1997 年出版……等。

義國家體制在全球發展脈絡下的基本問題。「六四天安門事件」
的參與者雖然包括了學生以及知識份子，其訴求是要求中國大
陸一黨政治能夠下放權力，完成共產黨政府所提供的民主改革
的希望，而背後的因素則包含文化與經濟等數個層面。

　　為了推進中國的現代化，1978 年十一屆三中全會的經濟
改革首先由農村開始，會中要求下放管理權，放寬對農村個體
經濟的限制。[4]

　　從 1979 年到 1988 年間，中國大陸先後在鄧小平與趙紫陽
的推動下，試行各種經濟體制的改革，諸如「經濟特區」試行、
「中外合資」、「農村生產責任制」、「商業實行經濟責任制」、「利
改稅」……等等[5]。

　　城市改革的開放，首先以沿海城市為主，到了 1988 年，
當時的總書記趙紫陽提出「沿海地區向外型發展戰略」，通過
對外開放實現東部沿海地區經濟的全面發展。[6]然而這樣的經
濟改革卻出現了「過熱」的趨勢[7]，中共政府對於經濟高速增

---

[4]　「文革」時期，知識青年下鄉政策原是為了解決城市失業的問題。然而
　　文革結束以後，經濟改革的起點由農村開始的原因，則是為了解決當時
　　農村隱性的大量失業人口以及糧食生產量下降的問題。

[5]　以上資料來源參見薩公強：〈中共經濟體制改革的歷史背景及其在理論上
　　的應變之道〉一文，《中央日報》，1985 年 6 月 23 日，版五。

[6]　小島朋之：《「中國」現代史：中共建國五十年的驗證與展望》，台北：五
　　南，2001 年 7 月。頁 57。

[7]　參見 1985 年至 1989 年間的報紙，可以發現其時的大陸經濟發展確實出
　　現「過熱」的現象。而抑止這種「過熱」的現象，降溫之後，又必須「加
　　溫」，因此從 1985 年到 1989 年間，中共的經濟發展速度成為其內部經濟
　　最主要的問題。1988 年十三屆三中全會便提出要治理經濟環境、整頓經
　　濟秩序，並採取一系列措施，要把大陸上前一段時期出現的通貨膨脹浪
　　潮加以遏制。而造成通貨膨脹的原因主要便是經濟「過熱」所致。（見〈增
　　長率高和經濟過熱〉，《香港文匯報》，1985 年 4 月 1 日社論；施君玉：〈中

長過於自信，在 1988 年廢除價格管制，實現自由化的結果是
造成物價上漲率提升為 18.5%，因而引起城市市民的恐慌，掀
起搶購和擠兌風潮，這個結果使中國大陸政府立即調整經濟政
策，結果又造成經濟發展的遲緩。[8]

　　經濟發展的不穩定與對政治現況的不滿，加上在全球化的
語境下，西方思想的進入，幾位知名的西方學者先後到中國大
陸開設講座，間接造成一黨政治體制的鬆動。1985 年秋冬，
詹明信（Fredric Jameson）在北京大學舉辦有關後現代主義與
文化理論的講座，[9]首先在中國大陸引進「後現代」的觀念。
後現代的特徵之一是對權威的消解，儘管詹明信的後現代理論
繼承自馬克思主義，而理論影響人類意識形態的程度也無法數
據化估算，然而大陸 80 年代中期以後的社會確實存在著某種
反動的力量，[10]這股力量便是促成六四學潮發生的諸多原因之

國再次調整經濟結構〉，《香港大公報》1988 年 12 月 28 日社論；徐耀中、
江紹高：〈明後兩年改革建設突出治理整頓，確保明年物價漲幅明顯低於
今年〉，《人民日報》，1988 年 12 月 6 日版一；凌志軍：〈遏制經濟過熱
的路子漸趨明朗〉，《人民日報》，1989 年 1 月 21 日，版二。）

[8]　同註6，頁61。

[9]　詹明信於 1985 年到北京大學進行為期四個月的講座，哈伯瑪斯亦於 2001
年 4 月訪問中國，並在北京與上海發表「災難與教訓」、「論人權的合法
性」的報告。中國對現代西方學者似乎具有某種無法抗拒的魅力。詹明
信的講座內容後來由唐小兵逐句翻譯，結集成《後現代主義與文化理
論》。《當代》雜誌由 14 期（1987 年 6 月號）開始分章逐期刊出，台灣
版由台北：合志文化，1989 年 2 月出版。

[10]　中國內部的反動力量可以從鄧小平在 1988 年前後的幾篇談話裡看出端
倪。1988 年 2 月 26 日，鄧小平在會見美國總統布希時談到：「中國的問
題，壓倒一切是需要穩定。沒有穩定的環境，什麼都搞不成，已經取得
的結果也會失掉。總的來說，中國人民是支持改革政策的，絕大多數的
學生是支持穩定的，他們知道離開國家的穩定就談不上改革和開放。⋯⋯

一。[11]此次事件的發生也揭穿了，過去知識份子極力建造的文

中國正處在特別需要集中注意力發展的進程中。如果追求形式上的民
主，結果是既實現不了民主，經濟也得不到發展，只會出現國家混亂、
人心渙散的局面。對這一點我們有深切的體驗，因為我們有『文化大革
命』的經歷，親眼看到了它的惡果。中國人多，如果今天這個示威，明
天那個示威，三百六十五天，天天會有示威遊行，那末就根本談不上搞
經濟建設了。我們是要發展社會主義民主，但匆匆忙忙地搞不行，搞西
方那一套更不行。如果我們現在十億人搞多黨競選，一定會出現『文化
大革命』那樣『全面內戰』的混亂局面。……民主是我們的目標，但國
家必須保持穩定。」（見〈壓倒一切的是穩定〉一文，收於《鄧小平文選》
（一卷本），香港：三聯書店據人民出版社印刷發行，1996 年 6 月。頁
419。）這段談話顯示出「六四天安門事件」發生前夕的中國社會現況的
官方看法。它顯示出當時民間社會裡，提出「民主改革」要求的聲浪已
有逐日升高的趨勢。從 1976 年的紀念周恩來的「天安門廣場事件」為起
點，到後來一連串的民運活動，諸如：「北京之春」以及 1987 年的學生
運動等，民主呼聲的提高，使得一黨獨大的社會主義國家也不得不順應
國際潮流，提出「民主」的口號，但「民主」這個概念與源自西方社會，
在十八世紀啟蒙運動後產生的民主概念不同，西方文化中的「民主」漸
漸與資本主義產生聯繫關係，在這種背景意義下的民主，本質上就違反
了社會主義國家的政治現況，也是共產黨所不能容許的。因此鄧小平才
會強調中國要發展的是「社會主義的民主」，並將六四天安門事件中抗議
者要求的「民主」定位為形式的民主，是完全附庸西方化的資產階級的
民主，而加以否定。（見 1989 年 6 月 9 日〈在接見首都戒嚴部隊軍以上
幹部時的講話〉，收於《鄧小平文選》（一卷本），頁 428。）

[11] 許多研究中國大陸民運的研究者對「六四天安門事件」發生的具體與潛
在原因做過相當精闢的分析。包括知識份子與中共政府之間的關係、學
生運動的延續、政治人物的派系鬥爭、布希訪大陸的影響、電影「河殤」
對廣大群眾的教育意義（「河殤」被視為一部批判馬克思主義的電影，後
來曾遭到共產黨的批判。），以及經濟上的變動、西方思潮的進入與影
響……等等。歷史事件的產生，原就有許多解釋的可能，因此這些因素
都可以被視為可能的解釋，但其中與本書所要討論最為相關的部分，則
應是知識份子在大陸民運活動中所扮演的角色與定位的問題。然而，這
個問題本身仍有許多可以討論的面向，包括「知識份子」一詞的內涵為
何，以及知識份子的內部構成、所能產生的效用、還有「學生」與「知

化圖景並未能真正地對社會主義文學所要教育的「民間大眾」
發生影響。

80 年代的「文化熱」往往被視為具有文化啟蒙的意義，
然而在 90 年代以後，對於「文化」的關注卻由啟蒙與教育漸
漸轉移到較為個人的「人文精神」是否已然失落、或者從未存
在的討論上。[12]90 年代初期的「人文精神討論」實際上也是在
「六四天安門事件」發生後，由知識份子內部發起的自我檢
討，以重新審視知識份子的角色定位。這種社會文化的演變並
非自「天安門事件」發生後才突然出現，「天安門事件」的意
義在於，長久以來存在於民間社會所隱藏問題的「顯題化」，
因此該「事件」發生的前幾年可視為這一連串變動的「醞釀
期」。

表現在文學思潮上，1988 年，學術界提出了「重寫文學

識份子」能否劃上等號……等等的問題，都必須加以考慮。當文革結束，
中國大陸走向經濟改革的方向時，便已無法逃避西方文化的進入所帶來
的深遠影響。西方／東方；民主／極權，這兩組話語，已成為中國大陸
在追求現代化之時，首先必須面對的問題。

12 王蒙即認為由上海學者所帶動的「人文精神尋思」的相關討論中所認為
已然「失落」的「人文精神」實際上並無「失落」可言。他的觀點主要
是認為：提出人文精神「失落」之說的學者，有部分的失落感是針對以
王朔小說為代表的「調侃文學」或「痞子文學」在大眾文化市場取得優
勢的緣故。他認為所謂的「人文精神」在本質上就是「對人的關注。」
「人文精神」（Humanism）原是源自西方的外來語，基於此立場，王蒙
認為這是中國未曾有過的東西，因此也不應該有所謂的「失落」之說。（見
王蒙：〈人文精神問題偶感〉一文，原載於《東方》，1994 年第 5 期。收
於王曉明編：《人文精神尋思錄》，頁 106-119。）（按：王蒙的看法，基
本上算是代表了對文化商品化負面評價的一種反思。也可說是這場論戰
中，不同於位居學術主流地位的上海及其他地方學者的看法。）

史」口號[13]；同年 1 月 30 日的《文藝報》改版後的第 5 期發表了署名陽雨的〈文學：失卻轟動效應以後〉一文，突顯出文壇的焦慮[14]；另外便是相對於「新時期」的「後新時期」術語的出現[15]，以及在「後新時期」裡，扮演文學思潮要角的「新寫實小說」的成熟。

　　被視為「新寫實小說」最早及最有代表性的兩篇作品：方方的〈風景〉、池莉的〈煩惱人生〉發表於 1987 年。「新寫實小說」一詞則由大陸評論家張韌所命名。「新寫實小說」之所以蔚為風潮，則又與 1989 年南京《鍾山》文學雜誌特別推出的「新寫實小說大聯展」，並得到包括王蒙在內的許多著名作家（包括王安憶）的響應有關。[16]儘管「聯展」實際上所推出的被公認為「新寫實小說」的作品數量並不多，甚至也缺乏理論性文章的發表，但《鍾山》以聯展為名所吸納的作家群卻確實壯大了新寫實小說登場的聲勢。[17]「新寫實小說」的出現基本上與社會經濟問題[18]、知識份子與政治權力之間的關係產生

---

[13] 1988 年「重寫文學史」口號的提出，顯示了文學研究的焦慮躁動，而其思考則是承續 1985 年提出的「二十世紀中國文學」研究範式而來的。「重寫文學史」的提倡者陳思和、王曉明等人在《上海文論》1988 年第 4 期聲稱重寫文學史是要「探討文學史研究多元化」的可能性。其研究成果可以陳思和主編《中國當代文學史教程》等當代文學史著作為代表。（參考：許志英、丁帆主編：《中國新時期小說主潮》（上卷），頁 490。

[14] 見許志英、丁帆主編：《中國新時期小說主潮》（上卷），北京：人民文學出版社，2002 年 5 月。頁 489。

[15] 關於「新時期」與「後新時期」可參考唐翼明：《大陸「新寫實小說」》一書的〈代導論：從反叛異化到回歸本體〉一文，頁 3-27。

[16] 參考唐翼明：《大陸「新寫實小說」》，頁 14-17。

[17] 同註 14，頁 496-497。

[18] 新寫實小說的作品，有很大範圍在討論人的「生存」的問題。許志英、丁帆主編的《中國新時期小說主潮（上卷）》在討論新寫實小說時，認為

質變有相當大的關聯。

立基在這樣一種「變動」的背景上，我們才能夠理解，何以 90 年代以後，王安憶的小說會在敘事形式上出現像〈叔叔的故事〉那樣，對於小說定義的重新認識與消解。

「小說」的原意是指用散文體寫成的虛構故事。[19]不論是

「貧困」與對現代化的未來缺乏信心，是小說主題轉向對人的生活困境描寫的緣故。（頁 508-510。）

[19] 艾布拉姆斯（M.H. Abrams）：《歐美文學術語辭典》中，定義小說為：小說（Novel）現在用來表示種類繁多的作品，其唯一的共同特性是它們都是延伸了的，用散文體寫成的虛構故事（fiction）。在大多數的歐洲語言裡，「小說」是用「roman」表示的。這個詞源自中世紀的「傳奇」（romance）。其英文名稱衍生於義大利語「novella」（意思是「小巧新穎之物」——一種用散文體寫成的小故事）。（頁 214）小說的另一個最初模式是興起於十六世紀的西班牙流浪漢敘事文（picaresque narrative），典型的流浪漢敘事文的主題是一個放蕩不羈的流氓的所作所為。這個流氓靠自己的機智度日，他的性格在漫長冒險生涯裡幾乎毫無改變。流浪漢敘事文的手法是寫實的，結構是插曲式（episodic）的，（與單線持續發展的情節（plot）不同），往往還帶有嘲諷的目的。（頁 215）這類敘事文在許多近代小說中依然可以見到。譬如 Mark Twin 的 "The Adventures of Tom Sawyer"。小說的發展主要是歸功於像流浪漢故事那樣，把浪漫的，或理想化的虛構形式壓縮進創作構思的散文作品。（頁 216）小說的情節可以是悲劇的、喜劇的、嘲諷的，或浪漫傳奇的。霍桑（Hawthorne）在他的小說 "The House of the Seven Gables" 序文裡提出的區分各類情節的方法為近代許多批評家所接納和發展的，是散文體小說的兩種基本類型——正規小說和「傳奇」——的區分方法。小說的特點是：用虛構的手段表現動機複雜的各類人物，他們置身於社會的某一階層，在某個高度發達的社會結構中處世度日，與許多其他人物打交道，並體驗逼真的和日常的經歷的種種形式，以此獲得小說的「現實主義」效果。與散文體傳奇的故事模式不同。（頁 217）（筆者按：然而無論是傳奇或是在小說最初被視為具現實主義效果的正規小說，本質上都是虛構敘事的一種文類，「fiction」一詞，原意為「虛構」、「想像的」，當「fiction」作為一種文類的術語出現時，此文類本身已帶有虛構的性質。而「Fiction」（虛構小說）一詞，

以寫實主義為審美原則的小說，抑或以現代主義為審美原則的作品，基本上都是一種「虛構」的敘事作品。

在馬克思主義的文學批評觀裡，特別注重作品與作者所處時代的社會現實的關係，因此通常具有一種文學的「摹仿理論」的形式，它堅持某一作品的作者應當摹仿某些事物，以獲得「社會主義的現實主義」（socialist realism）的效果。這種「摹仿」學說雖在後來馬克思主義的發展中獲得修正，但基本上，馬克思主義的文學觀仍然要求文學要能夠反映（reflect）一種完全「客觀的」現實。盧卡奇在他後期的文章裡，更宣稱：文學藝術應該是「現實的反映」。[20]遵循著這種觀念的社會主義的文學價值觀便是：文學往往必須具備承擔大眾情感與表現社會的功用與目的，文學價值也以此而被決定。

便經常用來泛指任何敘述體的文學作品，無論是採用散文還是詩歌體裁，只要是出自虛構或編造，不具備歷史真實性的都在其列。有時候則當作小說（novel）的代名詞。（見《歐美文學術與辭典》頁110。）中國現代小說自從五四時期推動白話文運動以來，小說作為一種文類的性質與體裁結構等都與過去傳統的小說定義有所不同，基本上，白話文小說在形式上是更接近西方小說的。然而白話文運動從一開始便帶有「救亡」的改革意味，因此中國現代小說往往特別注重文學的社會功能。這便是最初出現以魯迅為代表，及《小說月報》中所刊登的小說作品，在技巧上接受西方影響，但在實質內容上卻傾向傳統中國文學社會觀的原因。讓我們回到90年代小說的討論，假使「虛構」的提出是為了讓小說脫離社會的功用價值，而回歸到小說作為一種文學類型的主體意義，那麼這樣一種價值的轉型或許便可視為一種敘事範式的翻轉，而90年代之初，因西方文化的衝擊與政治上的變革所造成人心的失落與價值的改變，便是作為社會心靈載體的文學在價值與意義本質上發生改變的主要原因。

[20] 艾布拉姆斯（M. H.Abrams）：《歐美文學術語辭典》，北京：北京大學出版社，1990年11月，頁330。（按：見有關 sociology of Literature（文學社會學）的解釋。）

　　因此若就文學的目的性與功能性來看，文革後，新時期文學的特質之一，便是文學（特別是小說）必須要能夠教育人民。立基於這種文學功能論的意義上，文學往往被視為具有表現廣大社會人生與群眾共同情感的一種「工具」。包括王安憶本人也曾經如此認為。她的說法是：

> 當我寫出了我的哀樂時，便有人向我呼應，說我寫出了他們的哀樂。我感到了人心的相通，並且自以為對人們有了一點責任。因此便想著要把小說做得更好一些，內容更博大一些，擔負的人生更廣闊一些。[21]

王安憶希望自己的小說能夠「擔負」更廣大的人生，基本上便是基於傳統寫實主義文學與社會主義文學功能論的立場。而這種立場必須與讀者的教化聯繫在一起的，借用古代文學理論的說法，即是「文以載道」的社會功用，文學必須負擔教育廣大群眾的社會功能。

　　回顧新時期初期，政治人物對於文藝路線的呼籲，以及當時復刊的各種文學雜誌沸沸揚揚刊登的作家協會宣言，便可看出，即使文藝路線已經不再像文革以前朝極左路線靠攏，但仍然脫離不了傳統國家文藝路線的主流立場。70 年代末、80 年代初的「傷痕」文學有很大的一個層面是受到這種社會與政治轉型時期政治路線的影響。這種文學必須擔負廣大社會人生與群眾情感的文學觀，可說影響著整個新時期文學的發展。即使是尋根文學對文化的省思，基本上也可說是立基在期待文學的轉型能引導中國大陸走向世界的一種心理。然而 1989 年「六

---

[21]　王安憶：〈我為什麼寫作〉，《獨語》。頁 169。

四天安門事件」的發生，卻證明新時期以來文學所秉持的這項
社會功能，並未能在實際上發生效用，使得建立在社會功用上
的審美價值受到動搖。[22]

　　所以〈叔叔的故事〉所代表的意義不僅止於後設小說敘事
觀念與技巧的被接受，還代表了，王安憶本人對小說觀念的重
新選擇。當文學表現社會、反映人心共同情感的功能不復存
在，信奉著這一種觀念的王安憶便必須重新檢討自身對小說的
觀念，而她以重建自身文學觀的方式，去尋找一種可以作為創
作準則的精神信仰。這就是她藉由新的敘事技巧與形式所找到
的一種關於小說自身的內在理路與邏輯，並將命名為「虛構」。

　　不過王安憶所謂的「虛構」，並非意指「小說」原來不是
一種敘事的虛構，而是在強調小說的「不可能」完全反映社會
真實或重現生活過程，她希望能夠消解「小說」過去在社會主
義文學觀念裡所存在的「功用性」，而使「小說」能夠回到小
說自身。以此來看，基本上王安憶可說是在澄清「小說」這個
文類的主體性，並從中找尋自我創作的精神救贖。

---

[22] 唐翼明認為：大陸新時期經過政治反思、文化尋根及仿西方的現代主義
　　三階段的反叛，共產主義意識形態的本位在新寫實小說裡已被根本地拋
　　棄。是一種去意識形態化之後，由異化回歸本體的文學。而這種回歸文
　　學本體的文學現象正是大陸後新時期文壇的狀況。（見唐翼明：《大陸「新
　　寫實小說」》，頁 25、27。）（按：這種觀點是目前對於大陸新時期文
　　壇較為普遍的看法，然而儘管「尋根文學」或「新寫實小說」反映文學
　　從政治的「異化」回歸文學本體，小說的「社會功用」仍是被強調的重
　　點之一，並未能清楚地解釋王安憶對於小說「社會功用」的消解，因此，
　　仍得回到王安憶對於小說觀念的轉變與實質內容來看。）

第一節　經驗回歸與家史書寫

一、重審個人經驗及小說主體的建立

　　1989 年的「天安門事件」對中國大陸知識份子的影響究竟有多深遠？恐怕很難一一精細的分析，可以確定的是，歷史與政治上的重大事件在當時已屆中年，政治認同與社會價值都已建立的王安憶身上發生了巨大的震撼與影響。過去，在文革變動中成長起來的王安憶一再強調「69 屆」的人沒有理想。而沒有理想的原因，是因為在文革中成長起來的青年，無論是價值觀或意識形態都尚未確立。本書第二章裡，已經分析過在「文革」中成長起來的這一代知青在價值認同上所面臨的危機。然而文革結束後，在社會變革極為劇烈，國家又重新提供一套社會主義未來理想發展藍圖的背景下，昔日的知識青年已經成為今日新一代的知識份子，並扮演社會的中堅份子，而1989 年天安門事件的發生卻又在這群已經重建認同的知識份子心中投下無比的震撼。這使得知識份子們過去已然建立的價值面臨崩解。然而，新的價值在哪裡？極權國家體制下的知識份子又該扮演什麼樣的角色？王安憶在《叔叔的故事》序文裡描述了她自身對該事件的心理變化：

> 自從 1980 年開始了職業化的寫作之後，寫作便成為我的生活，……漸漸的，我培養成了這樣一種原則，那就是以小說的、審美的標準去衡量世界上的一切。我對世界，對人生的看法其實已不再是出於我個人的經驗，而是出於一種審美的選擇。所以，在我積極生活的表現之下，其實充滿了一種危險的虛無的空氣。我總是去選擇

那些深刻的、高遠的、超然於具體事物之上的思想，作
為我觀察生活的武器。而實際上，對真實的生活我心裡
已漸將淡漠了。因此，當生活中有巨大的衝擊來臨時，
我最先的感覺就是，一切都被破壞了。我深感肝腸俱
裂，心如刀絞的時候，那些洞察、超脫的哲學竟沒有一
點辦法來拯救我，因而這些觀念瞬間粉碎了，沒有東西
支撐我，去對世界作出判斷了。[23]

天安門事件發生前夕，包括王安憶在內的三十名上海作家曾聯
署向世界同行發出呼籲：「以全世界文藝家們強大有效的道義
力量制止即將在中國發生的悲劇。」[24]天安門事件發生後，大
陸知識份子對此一歷史事件幾乎呈現一種普遍性的政治失語
現象，王安憶也因此而封筆了將近一年的時間。這事件不僅對
她以往所建立的文學審美價值產生影響，也使她對小說敘事的
態度產生了相當大的改變。如同〈叔叔的故事〉裡，敘事者「我」
所說的：「我講完了叔叔的故事以後，再不會講快樂的故事了。」
[25]這篇小說深化了王安憶過去的小說中一向存在的孤獨感，並
將此孤獨的感覺轉變成一種書寫風格。這種風格──暫且稱之
為「憂傷」──並非在一夕之間突然產生，只是在中年後再一
次面對政治重大變局的王安憶，這一次，她無法再回到未成年
時代，用單純無聊，並且急切想要看看新世界的眼光去看待實
際上並不單純的政治事件了。在民主國家裡，對政治尚可用嬉

---

[23]　王安憶：《叔叔的故事》（繁體版），台北：業強，1991 年 12 月初版。頁 2。

[24]　見廖雪霞：《中國大陸知識份子在民主運動中的角色──一九八六～一九
　　　八九》，台北：政治大學東亞研究所碩士論文，1990 年 11 月。頁 215-216。

[25]　王安憶：〈叔叔的故事〉，原載於《收穫》，1990 年 6 月，收於中篇小說
　　　集《叔叔的故事》（繁體版），台北：業強，1991 年 12 月。頁 91。

皮的態度來逃避與消解，但對一名現實感強烈，又生活在極權
社會主義國家裡的知識份子，卻很難真正採取政治迴避的策略
[26]，尤其是具有知青作家身份的這一代知識份子，他們很難像
70 年代以後出生的作家那樣，徹底地迴避政治，只追求消費
文化中短暫的快感與享樂。甚至他們也未必認同商品經濟所帶
來的正面影響。[27]他們是比較沈重、比較有現實感的一群，而
王安憶就是其中的一員。

　　哈伯瑪斯在 1961 年發表《公共領域的結構轉型》一書後，
在西方世界引起了廣泛的討論。海外漢學界對此議題所討論的
一個重點是：中國有沒有哈伯瑪斯所謂的「公共領域」（public
sphere）的存在？美國漢學界認為中國有「市民社會」的存在
[28]，並將這種觀念應用在中國近代與現代史的研究上。部分學
者因而從中國的歷史社會經驗來反駁這種主張，但亦認為大陸
社會需要建立起一個可以自由評論與發言的「公共空間」[29]。

---

[26] 評論家們在討論 80 年代中期的尋根文學或 90 年代的小說時，往往會出
現「政治隱退」或「淡化政治背景」（唐翼明的說法）這樣的看法。然而
在這種看法的背後，必須注意到，之所以必須強調「政治隱退」最主要
的原因，是因為政治對文學的干預或影響，相對的明顯或強烈的緣故。
是以越加刻意淡化政治背景的作品，也越有可能是因為作家感覺到政治
的影響力，而此時「隱退」或「淡化」就成為一種抗拒的策略。相對於
70 年代以前出生的作家群的這種抗拒色彩，70 年代、乃至 80 年代以後
出生的大陸作家，則已然是不同的族群了。

[27] 按：這並不是說，王安憶是全然反對文化商品化的。在她後來的幾篇談
話與散文裡，可以看到上海文化本身濃厚的商業色彩使她對於「市場」
的看法並非如 90 年代初期，學界對「王朔現象」那樣的否定與反對。

[28] 見李歐梵：《中國現代文學與現代性十講》，上海：復旦大學出版社，2002
年 10 月。

[29] 郜元寶在評論 1994 年以來，大陸知識界對於「人文精神」的討論時，即
認為：假如「缺乏一個有利於對話的『公共空間』，任何看似有內容的思

日本學者小濱正子也根據民初「社團」的概念認為近代上海存
在著某種「公共性」（public）。[30]許多研究者更基於研究需要
的前提，肯定了中國社會的確存在著某種「公共空間」（public
space），但這種公共空間的意義基本上與哈伯瑪斯所提出的市
民社會（civil society）或公共領域（public sphere）的概念不
完全等同，而必須是一種經過轉化的「中國式」概念。[31]

　　在普遍誤讀的情況下，目前學界對中國的公共領域的討論基
本上可說呈現出一種「多元」而莫衷一是的看法。但無論中國是
否存在著「公共領域」這個來自西方的文化社會概念，基本上，
上海都因為租界與經濟政策開放的緣故，成為近、現代中國一個
特別的城市，它具有特殊的意義，而不能與廣大中國完全混為一
談。尤其在處理上海的相關議題時，更須審慎來看待。

　　王安憶居住在上海這座城市裡所感受到的現代感必定較
中國其他城市來得更為深刻。這也是天安門事件鎮壓的手段，
會在她以審美為主，生活已經抽離了社會現實的作家心靈上留
下傷痕的原因。[32]面對 90 年代文化的重組與轉型，具有人文

想交鋒，也將會無例外地自動取消其意義。某種程度上，我們也許可以
　說，如何培養這樣的『公共空間』，就是擺在中國知識份子面前的一個絕
　大的人文命題。」（見部元寶：〈人文精神討論之我見〉，原載於：《作家
　報》1995 年 5 月 20 日。收於王曉明編：《人文精神尋思錄》，頁 166-171。
　頁 170。）

[30] 見小濱正子著，葛濤譯：《近代上海的公共性與國家》，上海：上海古籍
　出版社，2003 年 12 月。

[31] 如蔡佩君：《九十年代中國知識份子與文化公共領域之發展》，台北：政
　治大學東亞研究所碩士論文，2000 年。

[32] 然而王安憶曾經並不認為自己的作品脫離社會現實，並認為寫作的目的
　之一便是為廣大群眾擔負起某種責任，因此使自己的人生、生活、工作、
　與悲歡哀樂更廣大便是她的寫作與生活目標。她說：「當我寫出了我的哀

省思力量的人往往必須藉由重新檢視自身過去的經驗，才能再一次找到立足點。王安憶在這個時候所做的也是相同的一件事情，她選擇重新面對自己過去的經驗，並在此經驗的廢墟上建立一座精神的堡壘，藉以鞏固她岌岌可危的價值與避免人生信念徹底崩盤的危機。這是她之所以必須重建小說的審美方式，並且一再回顧過去經驗的原因。

以此為主要目的的作品，以〈叔叔的故事〉、〈歌星日本來〉、〈烏托邦詩篇〉為代表。陳思和認為王安憶在這三篇小說裡營造了她的「精神之塔」[33]，並體現了王安憶小說創作的「新詩學」，這種新的敘事風格「既不同於 80 年代，也不同於 90 年代的個人化敘事話語，而是力圖用現實世界的原材料來虛構小說，以小說的精神力量改造日漸平庸的客體世界，營造知識份子群體傳統的精神之塔。」[34]陳思和對王安憶這三篇作品的解讀立場，與他對 90 年代初期知識份子「人文精神」失落的看法有著根本相關。他一方面認為「知識份子」應具有群體意

樂時，便有人向我呼應，說我寫出了他們的哀樂。我感到了人心的相通，並且自以為對人們有了一點責任。因此便想著要把小說做得更好一些，內容更博大一些，擔負的人生更廣闊一些。……我試圖拆除圈住我的自我的圍籬，透過我自己那麼一點小小的悲歡哀樂，盡力與世界萬物溝通、牽連，使它能夠包容、折射更多更大的歷史、社會和諸多人生的印象。」然而六四「天安門事件」的發生衝擊著王安憶此一寫作信念，而使她必須重建她的價值。（見王安憶：〈我為什麼寫作〉一文，發表年代不詳，收於《獨語》，長沙：湖南文藝出版社，1998 年 4 月。頁 169。但 2003 年第 3 期《小說評論》亦刊載此文。且改題為〈自述〉。

[33] 陳思和：〈營造精神之塔——論王安憶 90 年代初的小說創作〉，《文學評論》，1998 年第 6 期，頁 51-61。

[34] 同註 33，頁 51。

義[35]，同時質疑當代人文精神的存在，並認為必須挽救已然失落的人文精神。[36]因此當他在解讀王安憶此時期的作品時，往往將之套用進他個人的思想脈絡中，而忽略了作品的個別性與特殊性，這種看法雖有其見地，卻是非常有待商榷的。

與其說王安憶〈叔叔的故事〉、〈烏托邦詩篇〉、〈歌星日本來〉等三篇作品是在營造「知識份子『群體傳統』的精神之塔」，毋寧將這三篇小說視為王安憶對自身過去的歷史與經驗的重新回顧與定位。

重新檢視自身的經驗，對 90 年代以後的王安憶是一個關鍵性的改變。由於她需要將過去所有的價值都重新釐清與定義，因而使得評論家產生她塑造出一種想要建立知識份子人文精神的錯覺。事實上，假使只看〈叔叔的故事〉等三篇小說的話，也許可以同意這樣的說法，但如果將她在 1995 年之後所「重寫」[37]的一系列以「文革」及插隊農村為時代背景的小說，就會發現，王安憶不僅在重建她「個人」的文化價值觀、文學觀，也據此重新檢視她個人過去的經驗和記憶。

重建經驗與價值的重要性，在於王安憶在天安門事件後，精神生活與現實生活的錯位造成她感傷的加深，且動搖了她人生中最基本的價值觀念。原本，她之所以寫作是為了「找一條

---

[35] 按：王曉明對「知識份子」「人文精神」的定義則較偏向個人方面。

[36] 見陳思和等：〈人文精神：是否可能與如何可能〉（與張汝倫、王曉明、朱學勤等人的對談記錄），原載於《讀書》，1994 年第 3 期，收於王曉明編：《人文精神尋思錄》。頁 21-23。

[37] 這裡使用「重寫」一詞，而非一般性「書寫」的原因，是為了與作者早期的知青小說建立聯繫。倘若比較王安憶不同時期的類似題材作品，會發現，當她再一次選擇相同或相似的題材時，由於作家審美價值的改變，因此往往都會帶有重新賦予被書寫的題材新意義的目的。

出路。」[38]她說：

> 我力圖寫著廣博的人生，於是便遇著了許多的幸與不
> 幸，面對這麼多的幸與不幸，我感到我自己那一點悲歡
> 的渺小。我再一次地檢討著我的自我，從我自身的悲歡
> 哀樂中找出自己應負的責任，然後延伸出去，從更多的
> 悲歡哀樂中找出更多的責任，我寫著這一世界的幸與不
> 幸，人自己應負的責任。每當我對自己的文章有所不
> 滿，想著要寫得更好的時候，緊接下來的行動必定是回
> 到自我裡來做一番省察，檢討，擴充，提高，然後再忘
> 我地埋頭於文章，週而復始。[39]

但是這樣的觀念卻在因天安門事件的發生而被打破了。她終於
察覺寫作使她對現實生活淡漠，而缺乏個人可堅定信仰的「世
界觀」[40]。而重建世界觀的方法，她選擇：「摒除小說世界裡
的儘管深遠透徹但實際上我與之路遠迢迢的觀念。」[41]以及「重
新正視自身的經驗，即使不能脫離自身經驗，也不能陷入其中
而不能自拔。」[42]這種態度上的轉變，奠定了 90 年代初期，
王安憶力圖釐清小說是否具備社會功能的契機。而她所說的
「重視自身的經驗」，除了代表重新賦予過去經驗新的詮釋以
外，還有一個轉折必須加以說明。那即是她曾在《神聖祭壇》

---

[38] 王安憶：〈我為什麼寫作〉，《獨語》，長沙：湖南文藝出版社，1998 年 4
月。頁 168。

[39] 同註 38，頁 169-170。

[40] 按：王安憶使用了「世界觀」這樣一個名詞來表達其個人價值感的崩裂。
見《叔叔的故事》自序，台北：業強，1991 年 12 月，頁 2。

[41] 王安憶：〈叔叔的故事〉自序。頁 2。

[42] 同註 41，頁 2-3。

自序裡提到的：

> 我經歷了一段游離的時期，在這個時期裡，我與我個人
> 的經驗保持了距離，我將注意力放在別人的經驗上，以
> 我在成長中的認識去解釋這些經驗，我還將注意力放在
> 小說的敘事方式上，我總是醉心於小說的完美形式。〈逐
> 鹿中街〉，我要表達市民的人生理想和為之付出的奮勇
> 戰鬥，以及在此戰鬥中的變態；〈悲慟之地〉，我要建築
> 一座城市的壁壘；〈好婆與李同志〉，我要描繪一場現代
> 人世的浮沈；〈弟兄們〉裡，我探討的則是一種純粹精
> 神的關係，如沒有婚姻、家庭、性愛來作幫助和支持，
> 可否維持。然後，我有整整一年沒有寫小說，一年之後，
> 我寫了〈叔叔的故事〉。[43]」

這一段說明，總括她從早期創作以來，不斷企圖擴大題材的寫
作方向。1984 年以後，她寫了「二莊」與「三戀」等作品，
這其實便是「別人的經驗」，也是 80 年代中期尋根風潮下的寫
作特徵。然而當她寫別人的經驗似乎又寫得太多時，她便又回
到雯雯與人（主要是自身）的主題上，這就是〈神聖祭壇〉與
《流水三十章》等出現的原因。

　　因此儘管她說她寫〈叔叔的故事〉是在進行一種世界觀的
重建工作，然而王安憶 80 年代初期與中期的作品裡，如：〈停
車四分鐘的地方〉、〈作家的故事〉、〈神聖祭壇〉等這幾篇小說，
已經多少可看出她對「寫作」／「生活」這個主題的關注。〈神
聖祭壇〉固然藉由戰卡佳與項五一的非性關係，探問純粹精神

---

[43] 王安憶：〈縱深掘進〉（《神聖祭壇》自序），收於《獨語》。頁 146。

層次的交流，以及人對非物質性情感的需要。但還存在著另一個主題，即：項五—這個詩人為「創作」所苦的靈魂。敘事者將詩（或小說）的誕生視為「神聖祭壇」上，必須歷經心靈上的苦難方能降生的神聖事業，並以此痛苦作為創作者自身的信仰。

〈叔叔的故事〉在主題上可說是延續自諸如〈神聖祭壇〉中對於創作意義與價值的探問。往後王安憶更不時反覆質問「寫作」本身的意義。[44] 可見在她以寫作為其人生事業的同時，「寫作」本身的意義與價值就成為一個作家必須反覆檢討的問題。[45] 因為一旦寫作成為一件沒有意義的事，不僅會否定她過去的所有已完成的作品，也會使得她再也不必繼續寫下去，那麼王安憶的故事也就會走到終點了。作為停筆一年後重新開張的第一篇作品，〈叔叔的故事〉即以打破小說反映社會真實的方式，來承擔著這樣承先啟後的大計。

首先，這篇小說延續了過去王安憶的小說主題，更重要的是，這篇小說在敘事形式上所追問的問題是經驗重構本身的合法性，故事主題則探討新一代的知識份子如何詮釋過去已然發生的歷史。

基於意義詮釋的多種可能，假使故事可以是人為建構的，

---

[44] 如王安憶在其中篇小說〈隱居的時代〉的主題之一便是討論「寫作」的意義。

[45] 王安憶：〈叔叔的故事〉：「我選擇了一個我不勝任的故事來講，甚至不顧失敗的命運，因為講故事的欲望是那麼強烈，而除了這個不勝任的故事，我沒有其他故事好講。或者說，假如不將這個故事講完，我就沒法講其他的故事。而且，我還很驚異，在這個故事之前，我居然已經講過那許多的故事，那許多的故事，如放在以後來講，將是另一番面目了。」（頁2。）

那麼歷史的解讀便也呈現出某種人為的重構特質。而假使我們的世界裡充滿了被建構的東西，那麼「真實」究竟存在於什麼地方呢？或者說，人為重新建構的故事或歷史，才是真正的真實？王安憶便以「虛構」作為敘述真實的手段[46]，開啟了她的新敘事方式與敘事風格。

　　不過，在這裡要提醒的是，王安憶在〈叔叔的故事〉裡，尚未將那種「將虛擬的變為真實的存在」這樣的一種小說敘事過程稱之為「虛構」，「虛構」作為王安憶所使用的語彙裡，與「人為的建構」或「重構」劃上等號，基本上是在《紀實與虛構》這篇長篇小說裡才確定下來。而《紀實與虛構》這書名卻經常遭來誤解，以為王安憶所要的是一半真實（單數章節）、一半虛構（雙數單節）的故事。王安憶只好自己再次出來解釋：

> 《紀實與虛構》完全是一個虛構的東西，雖然它所用的材料全是紀實性的。這材料的一半是資料性的，另一半是經驗性的。以經驗性材料所構築的那部分給人以「紀實」的假象，其實它們一律是虛構，和回憶錄無關。[47]

當作家竟然必須如此嚴肅地「特此聲明」她小說的「虛構」，可看出人們對於她所謂的「紀實」與「虛構」的認知與作家自身認知的差距。然而這裡突顯出來的只有「紀實」的問題，讀者之所以會把《紀實與虛構》視為作者的「回憶錄」，自然與

---

[46] 王安憶：〈叔叔的故事〉：「我們這些人的生活方式，就是將真實的變為虛擬的存在，而後佇足其間，將虛擬的再度變為另一種真實。」正是由於這種「虛擬」與「真實」的辯證，小說才充滿了無限的可能性與寓意。（頁3。）

[47] 王安憶：〈幾點解釋〉，《獨語》。頁213。

王安憶在小說中所使用的題材是個人經驗性的材料有關。而對於「虛構」這一端，在「紀實與虛構」相對語境裡所帶來的誤解，王安憶卻無法說的很明白清楚，因而容易被誤解為王安憶的小說之所以強調「虛構」，是因為她過去的小說純屬「紀實」，這當然又是一種誤讀。王安憶小說的「難讀」正在於此。她的語言系統總是與一般常規性的語言系統存在著錯位的現象，並在被閱讀時造成干擾。這大概是小說家之所以能打破日常語言慣例，將文學提升到另一種非日常語言境界的緣故吧？事實上，王安憶在這裡所謂的「紀實」，指的只是小說材料，而「虛構」所指的，並非僅指小說的虛構性質，而是「強調」小說的虛構性質。王安憶意在強調：文學是一種人為的建構。因此重點在於她強調「虛構」這兩個字所具有的後設意義。

〈叔叔的故事〉作為一篇後設小說（metafiction），本質上帶有顛覆與諷刺的前提。小說中以男性的第一人稱敘事者「我」敘述「叔叔」的故事，而形成多層次的敘事結構，一是叔叔的故事，一是敘事者對經驗的重寫。並在敘事者「我」對叔叔的經驗重新回顧，並不斷介入故事的敘述之時，便顛覆了小說故事的真實性。一旦小說是人為建構的前提被置於小說類型之上，則又是隱身敘事者及隱含作者對敘事者和叔叔的經驗再一次的顛覆。不僅「叔叔」的經驗可能是不真實的，就連「我」所說的這個故事也可能是不真實的。唯一的真實只存在於小說的「敘事」前提。

小說中的敘事者「我」講述了一個曾經被當作右派，而在被摘去帽子後，反而成為一名文化英雄的舊一輩作家的叔叔的經歷。「我」臆測叔叔的思想與可能的行為，又臆測行為背後的本然因素。叔叔的苦難吸引著像敘事者「我」這樣的青年，

而「我」及我們這一代的青年又以插隊的經歷去吸引下一批青年。時代的斷層造成不同世代，甚至不同社會環境的人，對歷史的解釋與看法，從而顯示出歷史的不可信。敘事者「我」並臆想叔叔和他的妻子的關係，還臆想叔叔與大姐、小米，及其他女孩的關係，而臆想情節的方式與過程，則難免因個人主觀而產生偏差。因此「我」不時干預敘述，或者乾脆跳出來提醒讀者，故事的不可信任。

就這樣，〈叔叔的故事〉已經不再如同過去真實作者想要為廣大群眾發言的敘事模式，而是具有強烈的傾訴與企求讀者傾聽和閱讀，以共同承擔隱含作者憂傷內在的目的。作者、文本與讀者之間的反應與交流模式於此篇小說裡被轉化了。

後設敘事向來要求讀者的閱讀參與，這類敘事方式在中國當代小說裡也非由王安憶開始，然而〈叔叔的故事〉卻因為隱含作者強烈的情感表達欲望，而近乎強迫性地要求讀者與隱含作者一起進入對歷史和敘事的消解過程。

不過，儘管〈叔叔的故事〉可視為對歷史的解構，但卻並非讓歷史成為後現代意義下的零碎單元，反而藉由個人主觀的臆想與承認敘事的非紀實本質，重建了屬於「個人」原則的新歷史精神。

客觀的歷史事件可以與個人完全不發生關係，而有意義的歷史，卻需要透過個人的選擇來加以重組。問題是，透過個人選擇而賦予意義的歷史究竟有多少真實可言呢？〈叔叔的故事〉便是在這樣充滿對立的辯證下，展開對過去歷史經驗的重新省思，並對過去文化與文學思潮脈絡下的重大事件做出回顧，包括西方心理學的中國化、以及西方文藝美學的湧入、現代意識的產生、尋根熱……等等。

　　小說中，不僅叔叔要重寫他的歷史，敘事者「我」也藉由講述叔叔的故事而重寫歷史，隱含作者更藉由敘事者「我」重寫的經驗，重建個人的歷史經驗。而「小說給予我們和叔叔的迷惑是一樣的，它騙取了我們信任，以為自己生活在自己編造的故事裡。這一個虛擬的世界矇騙了我們兩代人，還將要矇騙更多代的人們。」[48]叔叔在他的小說經驗裡發現作家的思想歷程：「世界觀的形成不僅來自於個人生活的經驗，還來自審美的進步和選擇。」[49]「叔叔沈浸在他的小說裡，觀望著現實世界，好像上帝俯視蒼生。」[50]然而這樣的寫作生活假象卻不堪來自真實生活的打擊。不管叔叔多麼努力想重寫他的歷史，並在此重寫的過程中完成審美人格的建立，一旦發生了一點超出小說體驗的真實事故，小說便失去了真實。叔叔的孩子大寶拿刀砍傷了叔叔，使叔叔從小說的世界裡睜開眼睛，他再也無法寫快樂的故事，也使得敘事者「我」體認到，「我」也無法再寫快樂的故事，在真正深刻的事件之前，便難以再滿足於淺薄的故事。但是，書寫本身並未因為現實的衝擊而失去意義，相反的，它成為一種救贖。如同敘事者所言：

> 只有我們自己遇到了真正的事故，那怕是極小的事故，才可觸動我們，而這時候，我們又變得非常脆弱，不堪一擊，我們缺少實踐鍛鍊的承受力已經退化的很厲害。這世界真正與我們發生關係的事故是多麼少……而我恰巧地，僥倖地遇上了一件。在這時節，叔叔的故事吸

---

[48] 同註23，頁36。
[49] 同註23，頁56。
[50] 同註23，頁56。

> 引了我，我覺得我的個人事故為我解釋叔叔的故事，提
> 供了心理的根據，還因為叔叔的故事比我的事故意義更
> 深刻，更遠大，他使我的事故也有了崇高的歷史象徵，
> 這可使我承受我的事故的時候，產生驕傲的心情，滿足
> 我演一齣古典悲劇的虛榮心。我們講故事的人，就是靠
> 這個過活的。[51]

敘事者並未說明使「我」變得脆弱的「事故」究竟是什麼事故？
叔叔的故事裡所講述父子間的仇恨關係，可隱射到許多層面而
具有多義性。敘事者「我」在重寫叔叔的故事之際得到自身的
救贖，隱含作者也透過小說的書寫，暫時撫平憂傷。

　　至於重新審視過去的經驗，並在此已成廢墟的經驗上找尋
尚可據以立足的精神主題，便是〈歌星日本來〉與〈烏托邦詩
篇〉的寫作方向。〈歌星日本來〉寫出兩個舊時代的犧牲者阿
興和敘事者「我」的丈夫對其已然失落的青春理想的悼亡。「我」
的丈夫從一名小型交響樂隊的指揮到輕音樂隊裡的提琴手，最
後再成為一名爬帶子能手的過程裡，使他在理想與實踐上產生
濃厚的失落。他是在文革時期中國交響樂隊熱潮下成長起來的
一名典型的知識青年，當全民性的交響運動的熱度退潮時，他
便一無所有了。而阿興過去則曾從吹單簧管到薩克斯風的過程
裡，經歷了理想失落所帶來的痛苦。在這些失落了理想的人之
外，「我」則因為找到了「作家」這個職業，因而能在一無所
有的命運中拯救自己。敘事者將寫作形容成一種「自救行動」。
然而儘管如此，在文工團所在的縣城裡仍讓「我」產生一種「失
城」的悲哀。敘事者描述：

---

[51] 同註23，頁 90-91。

> 失城的悲哀充滿在我的心中，我自從十六歲那年插隊落
> 戶以來，便鬱鬱寡歡，心事重重。夏天的麥地使我感到
> 蒼茫，漠無人煙。我這一個城市的女兒想要做自然之
> 子，已沒有回歸的道路，回家的橋斷了。[52]

在重審經驗的同時，王安憶不僅認知到現實與理想之間所造成
的失落與精神的荒蕪，還意識到「城市」與「農村」之間，對
插隊知青所造成的心理陰影。她在上海既是個外來戶，在農村
時又因為體認到自己終是一個城市的女兒，而無法真正融入農
村的生活，沒有希望做一個「自然之子」。王安憶後來雖然陸
續寫了一系列以插隊農村為背景的小說，卻只是從旁觀者的角
度肯定農村生活的美感形式，並非融入其中，成為農民的一份
子，或選擇農民的生活方式。她的確沒有希望再做一個自然之
子了。而外來戶的心情也在對城市的經驗裡，轉而對上海現代
生活產生認同。

　　〈歌星日本來〉以貼近真實作者的「我」（王安憶）作為
敘事者，小說本質上雖仍是後設的虛構底蘊，但故事的「真實
度」卻大幅提升。小說中涉及的問題相當廣泛，基本上亦是隱
含作者對過去經驗與歷史事件的重述。〈歌星日本來〉似乎又
回到王安憶過去，那樣以自身的經驗為小說題材的寫作方式
上，但在〈叔叔的故事〉之後，讀者們已經被提醒，小說敘事
皆是純屬虛構的，不可信任。

　　如果說，〈叔叔的故事〉是對寫作經驗的回顧與定位，〈歌
星日本來〉是對文工團生活的回顧和省思，以及對所謂「理想」

---

[52] 王安憶：〈歌星日本來〉，原載於《小說家》，1991 年第 2 期，收於中篇
小說集《叔叔的故事》（繁體版）。頁 170。

失落問題及現實生活處境的探討。那麼〈烏托邦詩篇〉就是在
這兩大方向的回顧和檢討上，找尋一個高懸的，足以做為小說
家最高理想的人格型態和精神意義。《烏托邦詩篇》小說集序
裡，作者寫到：

> 決定這書題名為「烏托邦詩篇」，這幾乎是給我這一階
> 段的人生觀念的命名。「詩篇」這詞就已經相當虛枉了，
> 又何況加上「烏托邦」這三個字。當我領略了許多可喜
> 與不可喜的現實，抵達中年之際，卻以這樣的題目來作
> 為生存和思想的引渡，是不是有些虛偽？我不知道。我
> 知道的只是，當我們在地上行走的時候，能夠援引我
> 們，在黑夜來臨時照耀我們的，只有精神的光芒。……
> 現在，我好像又回到了我最初的時期，那是人生的古典
> 主義時期。那真是可以超脫真實可感的存在，去熱情追
> 求精神的無感無形的光芒的心情。……我想我其實是有
> 找尋回來了我的初衷，這初衷是一個精神的果實，那就
> 是文學。[53]

「天安門事件」所帶來的現實與精神的創傷使得王安憶一度認
為自己無法繼續寫作，並對過去的審美與價值產生質疑，但最
後卻仍須透過書寫得到救贖。只是傷痕雖然痊癒，卻在內心留
下一道憂傷的痕跡。在消解「寫作」與「現實」的矛盾後，王
安憶往內在精神裡探詢的結果，是肯定文學價值及個人獨立精
神的初衷。當然，王安憶在序中所謂的回到「初衷」，未必真

---

[53]　王安憶：《烏托邦詩篇》序（1992 年 3 月 9 日），北京：華藝出版社，1993
　　年 4 月。頁 5。

是她從前寫作時的「初衷」了，雖然說，就黑格爾二度和諧的哲學觀來看的話，或許王安憶的確找到了暫時足以維繫她思想與生存的和諧的方式。

〈烏托邦詩篇〉裡，敘事者「我」（仍然是一個叫做王安憶的人）的經驗與真實作者王安憶本人幾乎完全一致。「我」將一位台灣作家陳映真視為理想文學人格的象徵，而在進入90 年代，海灣戰爭剛剛結束之際，「我」寫下了〈烏托邦詩篇〉這篇小說，重新檢討了過去「我」所參與的美國愛荷華大學的國際寫作計畫，以及回國後，在尋根熱潮下找尋故事，並寫出〈小鮑莊〉等歷史，「我」察覺了建立一個具有「詩篇」特質的烏托邦精神的重要。但「我」卻又是一個現實主義者，因此我的「詩篇」便不得不寄託在一個具有詩意的現實可感的「物質」之上，這個寄託之所，就是那位主辦了《人間》雜誌，搶救湯英伸的作家。當然「我」所想像、懷念的「那個人」，實質上都不完全等同於陳映真本人。這種精神的寄託不過是一種為了使「精神」這種看似虛無不存在的東西，能夠具體地落實並可想像的手段。選擇陳映真作為詩篇想像的理由，則是因為他的信仰與他父親的牧師身份。（當然還有敘事者對這位作家的孺慕之情。）那是一種超越沒有宗教信仰的敘事者所難以理解的世界，卻在她亟需建立一精神堡壘之際，提出一個高度，使她所要釐清的一種「精神」能夠高懸起來，成為文學創作的最高準則。有了「虛構」（我們姑且借用一下王安憶自己所使用的詞彙來說明——當然這是在我們已經瞭解她所謂的「虛構」實際上是指「小說的人為建構」的意思。）的前提後，敘

事者便可以坦承「我」渴望名利雙收的寫作態度[54]；也可以坦
承「我」的文學其實不具備拯救自我脫離個人經驗的力量[55]；
甚至可以承認寫作已將她體驗真實的情感淘空[56]。因為即使是
如此天真而誠實的坦承，也都不代表真實如此。於是「我」終
於可以放開對群眾負責的心態，盡情地放縱一切書寫的可能。
而「虛構」的懸置，也使「我」自身的經驗有了重新詮釋的空
間。當「我」在虛構的前提下，寫出更多的「我」的經驗與感
覺時，身為真實作者的「我」已經與「我」的敘事產生了一定
的安全距離。於是「我」又能夠開始寫作，並面對自身過去的
經驗了。

　　王安憶文學烏托邦的建構從敘事意義上來看，其實與 80
年代初期傷痕文學與知青小說的出現並無太大的差異。「傷痕」

---

[54] 王安憶：〈烏托邦詩篇〉：「我的名和利的思想都很嚴重，渴望出人頭地。
我想，於我來說，做一個作家才可名利雙收，因為我沒有任何技能。而
書寫一些文字並不算作技能，也無須本錢，紙和筆都很廉價，我的時間
也很廉價。……外面的世界千變萬化，對世界的觀念日新月異，令人目
眩，甚至已經將來自我們自身經驗的觀念淹沒。雖然我及早地了解到，
要想出人頭地，非得堅持來自個人經驗的觀念不成，因為只有這樣的觀
念才可有別於他人，突出自己；因為我知道做個作家就是立一座山頭，
要立自己的山頭而不是去給別人的山頭添石加土。」（原載於《鍾山》，
1991 年 5 月，收於中篇小說集《烏托邦詩篇》，北京：華藝出版社，1993
年 4 月。頁 237。）

[55] 王安憶：〈烏托邦詩篇〉：「我發現文學無從將我從經驗中解救，我的文學
沒有這樣的力量，我的文學充滿了急切競力的內容，它刻求現世現報，
得不到回應它便失去了意義。」（頁 242。）

[56] 王安憶：〈烏托邦詩篇〉：「生活在小說的世界裡，我生產種種情感，我已
經將我的情感淘空了，有時覺得自己輕飄飄，好像一個空皮囊。當我在
現實中遇到幸或不幸，我都沒有心情為自己作一個宣洩。我的心情全為
了虛擬故事用盡了。」（頁 282。）

文學雖然著重書寫對文革傷痕的抗議，知青小說亦延續傷痕的書寫來重建自身的文革記憶。從歷史敘事的層面來看，這都是在「重寫」，而非絕對真實的再現。即使小說中引用大量的「史實」資料來增加真實的說服力，基本上在任何敘事脈絡裡，由於語言「所指」與「能指」間的縫隙，便會產生多義詮釋的可能。「虛構」旗幟的張揚與豎立，更是在強調記憶重構的合法性。

在這裡應關注的，不是王安憶高懸一面虛構旗幟的小說不可信任的表面意義，而應更加看重 90 年代初期，「虛構」作為一個敘事原則被如此提高與重視的原因。真實作者究竟想藉此表達什麼？而當她既已揮舞著那面「虛構」的旗幟，何以所用的材料都是紀實性的材料？她想顛覆什麼？這裡存在著許多解釋的空間。當然我們可以將之視為社會主義國家知識份子的政治迴避，尤其在「天安門事件」後，「歷史的真實存在」容易使人如此聯想。然而王安憶高懸「虛構」的原因，或者也可以將之視為如〈叔叔的故事〉裡，敘事者所提到的：

> 原先小說是一個想像的世界，叔叔可在小說世界裡滿足他心情上的某種需要，如今現實則變為虛擬的世界，為小說的現實提供依據和準備。從此後，叔叔庇身於小說中的生活就變得非常安全，他不會再遇到什麼實際的侵害，所有實際的侵害會被他當作養料一樣，豐富他的小說世界。由於這安全的地位，他便對現實的世界生出超然物外的心情。……叔叔在精神上終於脫俗，他不再擔心平凡的生活對他會有所侵害，所以他在行為上反比往常更具世俗化的傾向，也不再諱言他身上隱藏的平凡人

的素質。他有時候會和我們一起談女人的事情，口氣中不無猥褻。他還相當露骨地表示他對金錢的興趣，告訴我們他心底的一些卑鄙的念頭。⋯⋯無論是坦承還是無恥，都是需要本錢的，叔叔已有足夠的脫俗的本錢去做一些俗事了。[57]

艾布拉姆斯（Abrams）《歐美文學術語辭典》裡有一詞彙叫做「諷刺」（Irony），這個術語在多數不同的用法中都保留著「掩飾」或與原話（音）不符的原義。與諷刺相關的另一個詞彙「反話」（verbal irony），則依據傳統的習慣則被歸類為一種「轉喻」（trope），表示說話人企圖表明的含義和他表面講的話不相一致。這種「反話」往往表示說話人的某些看法與評價，而實際上暗含著一種截然不同的態度與評價。[58]

艾布拉姆斯解釋「諷刺」與「反話」的意義乃根據西方小說的敘事傳統與實例。然而西方的語言習慣與漢語語言習慣存在著許多差異，因此艾布拉姆斯所解釋的「諷刺」或「反話」的意義未必能夠完全符合在漢語的語言脈絡底下的敘事方式。而「反話」的真實意義也有賴讀者的閱讀才能加以判定，不同的讀者對相同敘述話語的解讀方式未必一致，因此同一句話在不同閱讀者的詮釋裡，也就不一定能被理解出同一種反諷的可能。然而後設小說的作者責任「是嚴肅地假裝，而不是嚴肅地或兒戲地說這是一種假裝」[59]，因此後設小說一方面除了

---

[57] 同註23，頁 56-57。

[58] 同註20，頁 160。

[59] 華萊士・馬丁（Wallace Martin）：《當代敘事學》，北京：北京大學出版社。頁 227。

是現實與虛構的區分，另一方面，還是現實與虛假的區分。

正是由於真實性與虛構性的模糊，造成了小說敘事話語本身產生「反諷」的效果。「反諷」或「諷刺」可能出現在一句、或一段話語上，也可能以整篇敘事結構的方式來呈現。但無論是諷刺或反諷，亦皆如華萊士·馬丁（Wallace Martin）所說：對於諷刺或反諷等手法，「我們傾向於用情感的而非理論的字眼去描述它們的特點。反諷可以毫不動情地拉開距離，保持一種奧林匹斯神祇式的平靜，注視著、也許還同情著人類的弱點；它也可能是兇殘的、毀滅性的，甚至將反諷作者也一起淹沒在它的餘波之中。」[60]因此，當叔叔猥褻地談論女人或露骨地表示對金錢的興趣時，便已經存在「反諷」的可能，而無法具體判斷「隱含作者」在講述這件事時的真實與虛假。

由於對真實與虛構的難以判斷，固然使文本產生多義性，但也拉開了王安憶過去的小說裡，讀者與「隱含作者」距離上的接近。當王安憶手上緊緊握著她所謂的「虛構」的旗幟，說明小說並非完全真實之際，除了保護她自己的真實想法，並安全地透露出「事實」以外，還阻礙了從道德意義上評價一位作者的可能。而或許，這正是她高懸一個經由人為建構的烏托邦文學精神的目的——她可以從「虛構」裡獲得敘事的絕對權力。而這旗幟，便是幫助她對抗政治干預文學的最佳防禦。也是在她面對自身的寫作困境之境，唯一的救贖指引。

二、尋根的延續：建立家族神話

當代大陸作家對建立「家史」的興趣，早在蘇童、莫言等

人筆下的家族神話掀起一股熱潮。王安憶遲至 90 年代初期才
趕上這班書寫家史的列車，就如同她總是在新時期每一階段文
學思潮裡從來只搭末班車一樣，有點晚了。「晚」並不表她接
受各種思潮的速度比其他作家慢，卻證明了她在選擇小說題材
與決定創作方向時是較為保守與審慎的。[61] 不過如果將她在
1985 年所寫的〈我的來歷〉、〈歷險黃龍洞〉等短篇作品視為
尋根思潮下，建立家史的開端，那麼王安憶畢竟是搭上了這班
以家史書寫為號召的班車，並且抵達了她的目的地。

　　經過〈叔叔的故事〉、〈歌星日本來〉、〈烏托邦詩篇〉等對
過去經驗的總結與反省，並建立起以「虛構」為手段來表現「紀
實」終極目標的敘事方式後，出於同一時期長期以來累積的孤
獨感所形成的強烈感傷與「孤兒」意識，使王安憶必須重建她
的家族史以消弭孤獨所帶來的傷痛，這就是《紀實與虛構》與
〈傷心太平洋〉的創作淵源。與王安憶家族史有關的其他作
品，還有〈茹家溇〉、〈進江南記〉等分別具有《紀實與虛構》、
〈傷心太平洋〉等小說中類似部分情節的散文或小說作品。[62]

---

[61] 由於王安憶幾乎在每一階段的文學潮流裡都姍姍來遲，也由於她雖然姍
姍來遲，卻從未缺席，因此評論家對王安憶究竟是一位不趕潮流，或者
競名逐利地追趕潮流的作家，各有兩極的看法。而看法的兩極，幾乎完
全取決於評論者自身對王安憶這位作家觀感的喜惡。當然也不乏出於誤
讀的可能。

[62] 由於王安憶小說裡越來越顯著的個人獨語傾向的敘事方式，導致小說故
事情節與人話對話等基本結構的弱化，甚至消失。因此王安憶的小說就
成為一種以大量雙聲敘事話語為主的敘事形式，也就是「散文化」的傾
向。而在她高懸了「虛構」這武器以後，我們再也難以判定她的「紀實
性散文」與「虛構性小說」的差別。因此像〈我的來歷〉、〈茹家溇〉、〈華
舍記行〉等作品，便可同時歸類到小說或者散文的文類之下。這是說，
假使敘事者的可信度在散文文類中也已被取消。

　　王安憶在《紀實與虛構》這部長篇小說的「跋」裡提到她
為這部小說命名的經過，從最早的「上海故事」到後來的「茹
家漊」、「詩」、「尋根」、「創造世界」、「創世紀」等，最後，她
終於選定了「紀實與虛構」這個具有將這部小說的創作方法公
諸於世意味的書名。而最早發表時的版本，則還加上了一個副
標題——創造世界方法之一種——儘管後來王安憶又認為《紀
實與虛構》、〈傷心太平洋〉這兩部小說在敘事方式上是走到了
極端，再也發展不下去。[63]且認為將《紀實與虛構》題名為「創
造世界方法之一種」多少有些虛枉和幼稚。但在這兩部小說創
作當時，確實可說頗具代表性地總結了王安憶自 80 年代以來
的尋根、反思的創作經驗以及 90 年代以後重新選擇的敘事方
法。

　　一般認為，《紀實與虛構》是一部母系家族史，而〈傷心
太平洋〉則是父系家族史。然而由於《紀實與虛構》這部作品
的篇幅與敘事方式都比〈傷心太平洋〉著力更多與形式化，因
此歷來對於王安憶家史尋根的討論，多半集中在前者，而對後
者的評論往往只有寥寥數語，彷彿〈傷心太平洋〉只不過是在
母系家族尋根之後，附帶的一筆帳被結清而已。《紀實與虛構》
的架構固然龐大，具體地體現了王安憶建構家族歷史的決心與
能力，並與上海、女性等話題產生深刻的連結，容易與她的其

---

[63] 王安憶在 1995 年 3 月 18 日一次訪問裡提到：「寫完《紀實與虛構》之後，
我好像在一種虛無的狀態中飄了很久，心裡面很空，這時候特別想抓住
一點抓得到的、比較實的東西。所以在這之後的幾篇小說我都特別寫實。
〈傷心太平洋〉是個例外。（頁 75）……實際上，人是不能多挖的。……
人不能夠在這種虛無狀態中停留太久，他必須找到一些實在的東西，否
則無法生存。（頁 77）」（見〈更行更遠更生——答齊紅、林舟問〉，收於
《王安憶說》，頁 75、77。）

他作品一起給予整體的評價。然而《傷心太平洋》作為尋根的
另一端，由於敘事結構的平實，卻反而顯示出作者虛構小說能
力的進步，而其敘事語言的風格則延續了《紀實與虛構》裡做
為王安憶所說的那個「橫向」的空間座標的上海外來戶的強烈
孤獨以及〈烏托邦詩篇〉這篇小說裡，帶有一點憂傷的詩意追
問。

　　如同《紀實與虛構》的寫作契機是源自做為上海這城市的
一名外來戶的感受，〈傷心太平洋〉裡不斷出現的飄浮於太平
上的島嶼，被譬喻成沒有家園的孤兒。新加坡這個島嶼，在一
連串轟轟烈烈的歷史事件的推動下，開始了一段敘事者的父親
來到大陸的過程。敘事者的父親做為一個孤獨年代裡的島嶼青
年，「孤獨是島嶼長年的表情」[64]，對父親這樣青年們來說，大
陸則是「廣義的家園，還迎合了他們的浪漫情懷。他們在心底
裡和口頭上都迫切地向它認同。」[65]因為「故鄉緩解不了他們
的孤獨與漂浮之感。而大陸的想像卻對他們是一帖良藥。」[66]然
而當父親懷著革命和文學的理想來到大陸，上海做為首先登陸
的一個地點，卻注定了父親依然無法在這塊大陸取得認同的命
運，也造成了敘事者「我」孤獨的父系根源。父親原是要尋找
一個大陸的神話，不料卻從一個孤島（新加坡）轉到另一個孤
島（上海）。儘管父親一心想做一個真正的大陸之子，然而即
使如此，敘事者仍然強調「大陸也是飄浮的島嶼[67]」，而「人類

---

[64]　王安憶：〈傷心太平洋〉，原載於《收穫》1993 年 3 月，收於《父系和母
　　系的神話》，杭州：浙江文藝出版社，1994 年 10 月。頁 15。
[65]　同註 64，頁 18。
[66]　同註 64，頁 18。
[67]　同註 64，頁 84。

其實是一個飄流的群體，飄浮是永恆的命運[68]」。也註定了孤獨做為心靈最初的根源，將是「我」或許永遠無法擺脫的宿命。敘事者似乎企圖將自身的孤獨感擴大為全人類的共同命運，以人類共同的孤獨來安慰自身的孤獨。然而這終究只是「我」一廂情願的想像。敘事者原先想要透過虛構來建立的一個可能真實的家族神話，在大量史料與客觀真實歷史事件之下，主觀的虛構世界仍然面臨了虛假的尷尬。

《紀實與虛構》在形式上確實比〈傷心太平洋〉詩篇的敘事方式具有更強的形式感與裝飾性。除了序與跋兩部分以外，單數章敘述了「我」家族的神話與歷史，即敘事者所謂的「縱」的時間座標。偶數章則敘述了我個人成長的歷史，與我的家庭在上海的社會關係，亦即「橫」的空間座標。敘事者試圖在時間與空間的座標上，找到自我存在的定位。而虛構的神話與虛構的個人成長史皆立基在紀實性強烈的材料上，即使敘事者將「我」家族神話上溯北朝拓拔魏時期，建構了一個遠古的家族神話，所使用的材料基本上卻是紀實的史料。而「我」的成長史看似來源自真實作者的個人經歷，本質上卻具重構歷史的意圖。就在這樣意義下的紀實與虛構的敘事方式，組成了這部母系的家族歷史。

「尋根文學」的傳統經常被評論為是一種「審父」式的追問，因此我們可能會產生疑惑，何以在父與母之間，王安憶明顯地偏向對母系神話追問的執著？小說裡提供了一種解釋：

> 長期以來，我一直把母親作為我們家正宗傳代的代表，這其實已經說明我的追根溯源走上了歧路，是在旁枝錯節上

---

[68] 同註64，頁84。

追溯，找的卻是人家的歷史。這是混亂不堪的地方，不過
也可證明在上海這城市裡，婦女地位的上升，父權觀念下
降。[69]

「母親」對敘事者的人格影響遠遠超出父親的影響。而使敘事
者產生對家族神話興趣的原因，則是因為在上海這城市無法找
到認同的一種孤兒意識。由於「我」父親來自很遙遠的地方，
「為我與這城市的認同幫不上一點忙，希望就寄託在我母親身
上了。」[70]偏偏我的母親卻是一名城市的孤兒，因此反而加深
了我作為一名「城市孤兒」的孤獨感。小說裡，「我」不斷渲
染這種感覺：

> 孤兒這個詞多麼叫人傷心。怪不得我們家無親無故，原
> 因都在於母親是一個孤兒。原來我是一個孤兒的孩子
> 啊！這個新發現叫我又痛心又感動，這個晚上我永遠難
> 忘。[71]

探究根柢，孤兒的直觀感受，來源於對上海這個城市的認同困
難。也就是小說開頭提示的：「我們在上海這個地方，就像是
個外來戶。」[72]沒有親眷、沒有神話、沒有歷史。失去了據以
存的座標，又無法從父母身上得到存在感的安慰，因此只得
轉向虛構的途徑。由於父親「對於他的身世，他是一問三不知，
他就像是，從石頭縫裡繃出來的。直到遇上我母親，有了我，

---

[69]　王安憶：《紀實與虛構》，原載於《收穫》1993 年 3 月，收於《父系和母
系的神話》，杭州：浙江文藝出版社，1994 年 10 月。頁 102。

[70]　同註 69，頁 98。

[71]　同註 69，頁 104。

[72]　同註 69，頁 94。

他才開始有了歷史。」[73]對於「我」與上海的認同幫不上一點忙。於是「我」只好從母親的「茹」姓裡，去尋找一個民族英雄的神話，然而在找尋與建構的過程裡，卻找到了以籍桶為生的茹姓先人，而非自稱的「書香門第」。墮民的身份遠比成吉思汗的英雄事蹟來得更為真實。然而歷史的真實已然逝去，由後輩所建構的歷史神話卻牽強附會，充滿虛構的色彩。我的認同之路既已無法從家族的歷史根源中找尋，因此只得回歸現實，在橫向的社會關係裡，重建「我」對上海城市的認識與社會關係。

由此可以說，王安憶的「孤兒意識」絕大部分來自上海的認同問題。這種意識在她早期的創作裡並不明顯，甚至是不存在的。王安憶「孤兒意識」的產生，可以追溯出兩條脈絡，其一是與「尋根」所帶來的命題有關，正是出於「尋根」風潮下，對人的存在狀態的根本追問，才使得王安憶在思考自我存在的問題時，從童年的經驗裡找到了她的孤獨來源並且深化了這種孤獨的感覺。王安憶在 90 年代以前作品，如《流水三十章》等，已漸漸浮現這種孤獨感。其二則是在天安門事件後，政治因素所帶來的痛苦與感傷。當這種感傷內化到作者內心，並表現在文學作品上時，王安憶開始試圖從過去的種種經驗裡找尋這種顯然易見的「感傷」真正的來源。

這兩條線索歷經了〈叔叔的故事〉等篇小說的探索，最後聚焦在《紀實與虛構》與〈傷心太平洋〉的「尋根」裡。而「尋根」的契機卻是來自上海城市的認同問題。

《紀實與虛構》除了正文的部分還有兩篇序跋，其實也屬

---

[73]　同註69，頁344。

於小說的一部份。序和跋看似為作者自陳，應該是可信的，然
而作為小說整體的一部份，正是因為這種紀實脈絡底下的重構
意義，使得尋根最終走向虛無。而小說一開始寫作時想要解決
的認同問題，終究宣告了失敗。「孤兒意識」反而因為人為建
構的家族神話追問而更加深潛進敘事者的心靈中。

　　《紀實與虛構》和〈傷心太平洋〉一方面建構了兩段家族
歷史。但最終的終點都是回到「上海」與「我」的關係。然而
隨著家族史虛構本質的暴露，不管是紀實材料的堆積或是詩性
的精神追問，都無法消除「我」的孤獨。儘管有了《紀實與虛
構》這樣一個誰也無取消它的名字誕生。但「我」的孤獨真因
此而消失了嗎？〈傷心太平洋〉已經預示，人類的命運最終要
面臨「存在」本身所伴隨著的永恆孤獨。

三、關於「尋根」、「經驗」、「認同」的兩點補充說明

　　90 年代初期王安憶的小說除了明顯地偏向建構小說敘事
本身的方法以外，還存在著另外一種較為不同的風格和寫作路
線。〈妙妙〉、〈米尼〉、〈文革軼事〉、〈香港情與愛〉等，這類
的作品在敘事方式與性質較為接近 1995 年《長恨歌》以後的
敘事走向。雖然 90 年初期王安憶的創作路線重新回到了個人
經驗的檢視上，但前述幾篇後設性質強烈的作品，倘若以王安
憶整體的創作歷程來看的話，應該視為一種過渡階段。若以這
階段的小說後設精神來看，那麼上述諸篇小說，從〈叔叔的故
事〉到〈傷心太平洋〉卻又奇異地具備自足圓滿的特質。針對
這樣一種與王安憶本人的審美傾向略有歧出的敘事策略，本論
文在第四章裡將之與其他同一時期的，如〈妙妙〉等的作品區

分開來，做單獨的處理。這種區分的重要性在於：90 年代以後，在創作的基本原則上，王安憶終於以後設敘事來強調強調小說的虛構性質，以此解除她小說創作的危機以及自我認同的問題。而在作家個人審美的傾向上，王安憶在解除她的創作危機後，告訴世人小說的不可盡信，為小說贏得一種作為審美的、不具功用色彩的文學主體性後，她便又依循個人的審美選擇，重新回到以紀實性材料和表現個人經驗為主的創作道路上。這便是她 90 年代之後小說創作的兩條最主要的脈絡。釐清這點，我們才能夠更為清楚地了解她在二十世紀末的書寫狀態。

其次，在「認同」的問題上，還有一個值得注意但並未非常顯著的地方。即王安憶的國族認同問題。在後殖民語境裡，國族問題是一個相當重要的命題。王安憶的「尋根」雖然很大的重心是指向個人與家族的存在根源問題，但在追問這個問題時，王安憶卻潛意識地將這個問題開了一條略略歧出的方向。這就是在 1985 年〈我的來歷〉裡，因為父親作為一個新加坡島嶼移民的身份而產生的想法：

> 有一次有人問我是什麼地方人，我忽然覺得自己該是新加坡人才合適，就大聲說道：「我是新加坡人！」不料卻被姐姐照著後腦打了一掌，厲聲喝斥道：「瞎講！」還附上一個深深的白眼。過後姐姐慢慢地對我說：「新加坡是外國，而我們是中國孩子。」[74]

---

[74] 王安憶：〈我的來歷〉，《小鮑莊》，上海：上海文藝出版社，1986 年 4 月初版，2002 年 10 月 2 版。頁 137。

因此當「我」在追尋「我」的來歷之後，我得到的結論已是：

> 我便想，這大約就是我，一個中國孩子的來歷。[75]

同樣的問題，出現也在〈傷心太平洋〉裡時，已經轉變為「我」對父親作為一個島嶼青年的身份對「大陸」家園式的想像：

> 父親他們這些青年聚在一起，還有一個富於幻想色彩的話題，那就是大陸的傳說。像我父親這樣出生於島上的人來說，故鄉是抽象而渺茫的概念，他們對同鄉會館這一類組織一無興趣，故鄉緩解不了他們的孤獨與飄浮之感。而大陸的想像卻對他們是一帖良藥。大陸是廣義的家園，還迎合了他們的浪漫情懷。他們在心底裡和口頭上都迫切地向它認同……[76]

後殖民意義下的家國想像已經成為二十世紀末的東方文化裡不可或缺的主題之一。王安憶的「尋根」一旦涉及到「海外」，便返回內化為對大陸的認同。1995 年〈我愛比爾〉因此被視為具有後殖民想像的一篇作品，儘管王安憶仍然不那麼確定，但這種敘事與認同傾向事實上在她展開涉及個人存在意義的尋根時，便已無法擺脫。目前（2004 年），除了上述諸篇以外，我們暫時還沒有辦法在王安憶的小說裡看到相當鮮明的對於後殖民文化問題的討論，迄今為止，她仍然相當醉心於過去經驗的重述。但是這個命題確實存在於王安憶的小說脈絡中。也許在未來的創作裡，她會更準確地關注到這個問題也未定。

---

[75] 同註 74，頁 152。
[76] 同註 64，頁 18。

第二節　王安憶小說敘事美學（三）
小說敘事的「再現」與感傷風格

　　90 年代初期，王安憶的小說敘事最為人關注的，便是她用以作為小說最高價值的「虛構」精神原則，以及在她「強調」虛構的同時，字裡行間所透露出來孤獨感與感傷的傾向。而作者之所以在先鋒小說業已大量進行小說敘事技巧革新的潮流後，以後設敘事，抬高與強調小說的「虛構」性質，並以之作為創作的原則，一方面可說是藉此來消解個人的價值危機，一方面也是提醒讀者小說作者的不可完全信任，並將作家個人的情感透過文字要求理想讀者共同分擔。這便涉及到作者來自孤兒意識的孤獨感所造成的的文字敘述上的感傷風格。[77]

一、強調小說的人為建構並重視個人經驗

　　王安憶在小說中不斷透過敘事者的干預，強調小說的虛構。這項小說實驗在過去的〈錦繡谷之戀〉曾經出現，但〈錦

---

[77]　按：我在這裡還不太願意使用「憂傷」這個已成主流的批評術語。原因是此時期王安憶的「憂傷」還不是非常的確定。這時期比「憂傷」更為準確的，是她的「孤兒意識」與「孤獨感」，而「感傷」一詞，勉強可作為此種來源自其「孤獨」的文字風格的概括。雖然在西方小說傳統裡，感傷主義（sentimentalism）或感傷小說（sentimental novel）這類的術語在小說創作的原時代曾經具有「感受性」等褒義的詞彙，在西方現代小說批評裡卻變成帶有多愁善感或流露過多情感的具有貶義的用法。不過在漢語語境裡，感傷一詞未必具有如西方現代小說語境裡那樣的負面意義。因此，在中文小說裡如此稀少的現代小說批評詞彙裡，本論文只好略帶傷感地選擇「感傷」這一個一般意義的名詞來形容王安憶此時期的小說風格。

繡谷之戀〉所用的後設敘事方式不過是作者對小說形式創新的嘗試，然而到了〈叔叔的故事〉裡，後設的敘事方式卻已不僅只是形式的革新，而還寓寄了隱含作者對小說審美與文學觀的改變，並且在藉由小說「虛構性」的被強調，表現出隱含作者對於小說「紀實」材料的重視。因此王安憶的「虛構」在本質上，一開始是為了樹立一種小說的最高準則，如同隱含作者在〈叔叔的故事〉、〈歌星日本來〉、〈烏托邦詩篇〉裡建造精神堡壘的傾向，在她後來的創作實踐裡，包括《紀實與虛構》、〈傷心太平洋〉等作品，除了將小說的虛構原則發揮到極致以外，卻同時因為王安憶對現實根深柢固的眷戀，而成為「紀實」的一種方法與過程。

　　王安憶採用後設小說進行敘事的作品，皆以第一人稱（Persona）「我」為敘事者。第一人稱（persona）這個詞彙原是「面具」（mask）的拉丁文寫法。在近代文學裡，「第一人稱」常用於以第一人稱作為主要視角人物的作品中。當我們把敘事作品裡的「我」稱作「第一人稱」時，所強調的一個事實是：他們是虛構作品的一部份，是為了特殊的藝術意旨而創造出來的人物。在西方的抒情詩傳統裡，第一人稱敘事者「我」與真實作者始終保持著一定的距離，他們是詩人創造出來，在某一種特殊情境下起作用，以求某種達到特定效果的「面具」，但有時候，真實作者與作為人物的「我」之間的界限卻容易令人感到混淆。[78] 通常，以第一人稱「我」為敘事者的作品裡，假使敘事視角始終集中在「我」身上，敘事者假定自己只能進入一個人物，即——我——的內心，那麼就會造成一種第一人

---

[78]　同註20，頁238-239。

稱小說裡常見的，具有真實性的一面。再加上讀者通常不會被提醒，作者創作的實際上是一個虛構的故事。[79]因此在閱讀時，第一人稱限制視角所造成的閱讀效果往往會使讀者將敘事者「我」與真實作者等同視之，敘事者與真實作者之間的距離也會隨之拉近。而後設小說（meta-fiction）的結構，則因為敘事者「我」經常介入敘事話語，藉由議論、評價、講述小說結構與過程等方式，成為一個干預型的敘事者，打破第一人稱小說中慣見的被誤解的「真實性」，而提醒讀者，小說並非真實社會或個人經驗的再現。而小說家本身也因為超越了敘事的邊界，而成為一位理論家。所以，評論的困難將會如同華萊士・馬丁所說：「小說」原本是一種假裝，但是，如果它的作者堅持讓人注意到這種假裝時，他們就不在假裝了。[80]

同時，由於在第一人稱敘事者的小說裡，人物話語通常是一種接近意識流的「自由直接引語」，因此「隱身敘事者」的聲音與敘事者（同時也是人物）「我」的雙聲話語結構，因而造成分析變得更加困難。評論家將難以分辨「隱含作者」與「我」之間的差異。且由於後設小說裡特意經營、或後設敘事形式本身即存在的反諷所造成的「真實」與「虛假」問題，也就只能被主觀地加以詮釋。在真實與非真實或者反諷與真誠之間，唯一存在的縫隙，恐怕只剩下觀察「反諷」這種敘事態度的效果強烈與否，來作為對小說的真誠程度的判斷，兩者之間應該是成正比的，讀者所感覺到的反諷性越強，小說的真誠度也就相對地越高。然而這裡卻還有個問題：假使對於「反諷」的認識

---

79 同註 59，頁 162。
80 同註 59，頁 229。

只是一種個別閱讀者主觀方面的觀察，那麼後設小說（或者所有具反諷性的作品），顯然都在被消解了真實的情況下，反應出某種只有真實作者才知道的真實。

　　尋找真實與合理的詮釋一向是批評家的職責，儘管我們都確切知道，敘事的本質是虛構的。我們還是可以從隱含作者或者敘事者所透露出對小說敘事方式的基本態度，來觀察隱含作者真正想說明的真理。因為有時候，對於形式的執著或選擇，在敘事的前提上已經洩漏了隱含作者的主觀意識。從這一點來看，或許後設小說唯一能被讀者們確切認識到的，便是強調小說虛構性之下的那個可能是有意識的「前提」。

　　〈叔叔的故事〉是一篇典型的後設小說，敘事者「我」一開始自陳：「我終於要來講一個故事了。」[81]而且這還是一個拼湊的、充滿主觀色彩的故事。甚至這還是一個「我」可能「無法勝任」的故事。因此在進入敘事者「我」所講的這個有關叔叔的故事之前，叔叔的故事已經存在虛構的前提，而非作為一個紀實性故事的重述。敘事者並且不斷在小說中提醒讀者：「我」如何在事件的推理與想像間做出選擇。對於同一個事件的理解，僅僅是「我」在這個故事之中的推理，便可以有許多不同的看法。甚至對於所謂客觀真實的事件，也可以基於個人的主觀來進行選擇。所以在叔叔戴上右派帽子的事件始末裡，我選擇了「第一次敘述中的那一個真誠的淳樸的青年，作為叔叔的原型」[82]；並選擇「第二次敘述中的那一個具有宏觀能力

81　同註23，頁2。
82　同註23，頁5。

且帶宿命意味的世界觀，作為叔叔的思想」[83]；最後，我再選擇「第三次敘述中的那篇才華洋溢的文章，作為情節發生的動機，這便奠定了叔叔是一個文學家天才的命運基石。」[84]至此，叔叔便已經是一個虛構的人物了。而一開始我所要講的「叔叔的故事」，事實上，已經成為「我所要講的」叔叔的故事。但「我」並不滿足於故事的單純講述，於是在過程裡，「我」不斷推翻我的臆測，重新編造叔叔的經歷與心理，而且還視需要不斷添加叔叔的背景，包括「我」與叔叔之間的關聯也完全是我編造的。「我」為叔叔設想他的家庭與愛情關係，我還為叔叔編造了一件使他再也無法快樂的事件。同時「我」也不斷提醒讀者， 我現在要講的是一個「想像的」故事。「我」還對讀者發出預告，故事馬上就要進入關鍵的高潮或者即將結束。而「我」之所以選擇以寫叔叔的故事來隱藏自己故事的原因，也都被完整地在小說敘事中交代。當故事講完後，「我」也再不會講快樂的故事了。我已經明白而真誠地告訴讀者，這是一個經過人為編造和想像的故事。但是讀者是否願意相信這是一個不真實的故事呢？這當然是作為敘事者的「我」所不會知道的。

在王安憶迄今（1979-2003 年）所有的作品裡，明確告訴讀者這是一個被主觀講述的作品的，嚴格說來只有〈叔叔的故事〉一篇。然而由於〈歌星日本來〉、〈烏托邦詩篇〉、《紀實與虛構》、〈傷心太平洋〉等篇小說在敘事形式上的特殊，因此雖然敘事者幾乎沒有像〈叔叔的故事〉那樣自陳敘述目的的用意

---

[83] 同註23，頁5。
[84] 同註23，頁5。

[85]，但由於敘事者不斷在故事中，以說明故事進展的方式來干預敘事，因此也可算是一種後設的敘事方式。這幾篇小說皆以第一人稱「我」為敘事者，但在結構上卻各有千秋。〈歌星日本來〉和《紀實與虛構》較為接近〈叔叔的故事〉這類將敘事者「我」以及「我」所講述的故事區分成幾個故事區塊的作品。〈烏托邦詩篇〉與〈傷心太平洋〉則主要是以敘事者「我」講「我自己」的故事和我的所思所感而組成的詩篇。這幾篇小說另一項共同的特徵，則是在以虛構為前提的敘事語境下摻雜大量紀實性的材料，這些材料可能來自史書的文字記載，或者來自他人所講述的故事，或者公認的歷史事件，或者就是真實作者王安憶個人的經驗。

〈歌星日本來〉一開始便提到這是從別人口中聽來的故事：

> 關於一個日本歌壇的新星，與中國內地小城市的歌舞團體，聯袂走穴的事，是我丈夫告訴我的。[86]

> 那個歌星，從日本來到我們的內地小團，與他們聯袂走穴的事，是阿興告訴我丈夫的。[87]

> 日本歌星山口瓊是大林推薦給阿興，阿興再推薦給我們團的。大林是誰呢？大林是上海一家著名船廠的一名船臺工人。[88]

---

[85]　按：這是指倘若將《紀實與虛構》的跋看做非小說正文的話。

[86]　同註52，頁144。

[87]　同註52，頁145。

[88]　同註52，頁146。

不同於〈叔叔的故事〉中，敘事者強調「我」將講述一個虛構
的故事。〈歌星日本來〉反而強調這是一個從他人口中聽來的
故事，因而具有某種程度上的真實。由於敘事者「我」並不知
道故事實際的面貌，因此在敘述故事時，便需要自己的想像與
主觀臆測。（但是這一點卻並未被強調，而需要讀者自行判斷。）
於是從大林將山口瓊介紹給阿興過程開始，敘事者開始講述這
一段日本歌星到內地小城走穴的歷程。而當敘事者在講述這段
歷程時，往往並不提醒讀者「我」的存在，「我」在敘事過程
中消失，彷彿這是一部第三人稱全知觀點的小說，而非以第一
人稱「我」為敘事視角，「我」彷彿成為一個聽故事的旁觀者，
而非敘事作品中，故事的敘事者角色，在這個時候「敘事者」
的功能往往為「隱身敘事者」所承擔，直到敘述完一個段落後，
敘事者「我」才又重新顯身。比如在歌星山口瓊與我們團聯袂
走穴的談判結束後，敘事者才突然出現道：「談判的情景是阿
興告訴我丈夫的。」[89]、「聽了許多關於日本歌星山口瓊的事，
我丈夫不覺想到：一個日本歌星為什麼要來中國內地打場次，
打資格？……」[90]就在這樣敘事者交替隱身與顯身，並不斷在
小說裡提醒讀者故事「目前」的進展，在整個「敘事時間」為
追敘的敘事過程裡，小說逐漸接近結尾，而「故事時間」也漸
漸接近敘事者「我」在敘述這個故事時所處的「現在」。這便
是敘事者「我」以隱身方式干預敘述的證明。其具體的表現是
干預時間的流動。每一段故事，都是用「故事時間」來銜接，
諸如：「現在，大林和阿興乘坐的那列火車的窗外，已經黑了

---

[89] 同註 52，頁 160。
[90] 同註 52，頁 160-161。

天。」[91]、「大林帶著日本歌星山口瓊與我們團簽署好的聯袂走穴的條約，一個人回到了上海。到達上海是早晨的時候，天空佈滿了朝霞。」[92]、「南下的路線確定了，日本歌星山口瓊將沿京滬鐵路，一個城市一個城市地往上海接近。」[93]、「火車到達的時候，這個四季長旱的內地城市已經下了半日的雨……」[94]、「日本歌星山口瓊在那個內地小城市的首場演出日子來臨了。」[95]、「這段時間是我丈夫失業的日子，他只拿百分之八十的工資。」[96]、「這時候，流行音樂風起雲湧，錄音磁帶滿天飛。」[97]、「山口瓊正沿著我們當年巡迴演出的路線，進行她走穴的道路。」[98]、「山口瓊走穴的道路已接近尾聲，這是離上海第二近的城市。」[99]、「我們在上海等待山口瓊來到演出的日子，關於山口瓊的事情我們知道了那麼多，真想見她一眼。在等待日本歌星山口瓊來上海演出的日子裡，我們迎來了歌星費翔，歌星童安格，歌星佐田雅治，我們還誕生了歌星毛阿敏，歌星韋唯，歌星蔡國慶。」[100]、「山口瓊離開上海很久以後，我的眼前還經常出現她在萬人體育館出場的情景。……那天晚上，我雖然沒到場，可是山口瓊的出場，在我眼前卻清晰地帶著悲愴的表

---

[91] 同註52，頁156。
[92] 同註52，頁164。
[93] 同註52，頁167。
[94] 同註52，頁169。
[95] 同註52，頁184。
[96] 同註52，頁197。
[97] 同註52，頁199。
[98] 同註52，頁210。
[99] 同註52，頁212。
[100] 同註52，頁215。

情……」[101]隨著等待山口瓊到來日子的接近，中國社會也產生了劇烈的變遷，比如：上海城市向外開發、物價上漲，通貨膨脹傷著國務院委員們的腦筋，人民幣前途渺茫……而當最後故事的結局來臨時，敘事者最後提示了故事的現在時間：

> 當我寫這篇小說的時候，我丈夫編輯的《歌迷》已經出版，其中最流行的一首歌是臺灣趙傳的「我是一隻小小鳥」。[102]

「我」究竟是什麼人呢？敘事者「我」也乾脆告訴讀者，「王安憶就是我。」[103]正因為敘事者如此坦白（或誠實？），我們已經無法相信這個敘事者王安憶是否完全等同於真實作者王安憶本人。

在採取第一人稱敘事者「我」作為小說敘事視角的情況下，由於敘事話語的特質多半是「自由直接引語」，與第三人稱敘事常見的「自由間接引語」一樣，具有「雙聲話語」的特質，人物的聲音與隱身敘事者的聲音共同存在同一句話語之中，隱含作者可感知度提高，但由於第一人稱敘事者「我」的雙聲特質，出現在王安憶的後設小說裡時，往往由於真實作者採用大量個人的經驗作為小說材料，因此造成真實作者與敘事者「我」難以截然區分的現象，在這種情況之中，虛構與真實的界限也因模糊而產生動搖。

這與過去王安憶在早期其他「非」後設小說裡使用第一人稱「我」作為敘事者的情況不大相同，以〈小院瑣記〉、〈停車

---

[101] 同註 52，頁 222-223。
[102] 同註 52，頁 224。
[103] 同註 52，頁 216。

四分鐘的地方〉、《69屆初中生》這些在1984年以前的作品為例，小說固然屬於第一人稱限制視角作品，但敘事者「我」卻完全是作為一個小說中的人物在敘述故事，而不具有主導小說結構，或干預小說敘事過程的功能，因此即使被視為真實作者王安憶的自我投射的「雯雯」──「我」，仍可被判斷為一個由作者所創造出來的小說人物，而非隱含作者的代言人。作者與敘事者仍保持一定程度的距離，這個距離端視小說家決定加諸「我」這個人物及敘事者，多少真實個人的特質與經驗而定。但在90年代的這幾部後設小說裡，第一人稱「我」除了作為小說主要的敘事者及小說中的一個人物以外，往往還擔負隱身敘事者在干預敘事時的話語功能。因此不管是〈叔叔的故事〉裡的那個男性的「我」，或者是〈歌星日本來〉、〈烏托邦詩篇〉、《紀實與虛構》、〈傷心太平洋〉裡這些女性的、名叫王安憶的「我」，其距離皆因個別作品的特色，以不同的程度向真實作者靠近。第一人稱「我」與真實作者的距離被大幅地拉進。但這種距離上的接近對於小說故事的「真實」卻沒有同等提升，反而經常因為敘事者不再是單純的敘事者，而動搖了第一人稱小說裡常被誤會存在的「真實」。這便是王安憶的後設小說裡，第一人稱敘事者「我」的基本特色。

　　〈歌星日本來〉中，敘事者交替隱身與顯身是一種表現方式。而第一人稱「我」除了作為小說人物，也擔負敘事者功能的這種敘事手法亦不斷地在〈烏托邦詩篇〉及《紀實與虛構》、〈傷心太平洋〉裡出現。

　　〈烏托邦詩篇〉的第一人稱敘事者「我」原本一直作為一個小說中的人物在敘述故事。「我」敘述「我」的經歷、情感體驗、對小說創作的看法等等。「我」寫這篇小說的方式是以

「我對一個人的懷念來寫下這一詩篇」[104]。「懷念」本身不需要對真實的那個人負責，而只是自我意識的建構。「我」還解釋我將這篇小說命名為〈烏托邦詩篇〉的原因是：

> 我體會到語言的破壞力，覺得險象環生。要物化一種精神的存在，沒有坦途，困難重重。所以我要選擇「詩篇」這兩個字，我將「詩」劃為文學的精神世界，而「小說」則是物質世界。這是由我創導的最新的劃分，創造新發明總是誘惑我的虛榮心，就是這種虛榮心驅使我總是給自己找難題，好像雞蛋碰石頭。[105]

小說中大量使用：「我現在回想起」、「我想起」、「當我寫著我的詩篇的時候」、「我後來回想」等字眼，來銜接小說的情節與段落，小說中「我回想」或「我寫著」的干預提示具有將小說中所發生的一切情節收攏到敘事者「我」的內心活動與情感表現的功能，接近意識流（stream of consciousness）小說的敘事慣例。〈傷心太平洋〉也採取了這種敘事方式。例如：「當我行駛在去往檳城的海面上」[106]、「我有一個奇怪的念頭」[107]、「我設想回來」[108]、「我一直在猜測」[109]、「我從資料上得知」[110]……等等，一方面提示小說的進行和小說的主觀虛構，一方面卻也表現了第一人稱敘事者「我」的情感流動與思想。而當在描寫

---

[104] 王安憶：《烏托邦詩篇》，北京：華藝出版社，1993 年 4 月。頁 234。
[105] 同註 104，頁 235。
[106] 同註 64，頁 3。
[107] 同註 64，頁 5。
[108] 同註 64，頁 27。
[109] 同註 64，頁 38。
[110] 同註 64，頁 85。

其他人的想法與行為時，往往都是置於「我設想」這樣的前提下。即使我所使用的材料可能如《南洋年鑑》這樣的紀實性史料，如同《紀實與虛構》裡，所大量引用的《南史》、《魏書》、《辭海》、《秘史》、《史集》等等，以及「我」向歷史學家寫信所得到的推薦書籍南村《輟耕錄》等，都一再地將「我設想」的虛構性抹除，而使「虛構」添上一抹紀實的色彩。歷史事件在「我」的想像中，不約而同地與「我」產生了關聯。在這種人為想像的歷史脈絡下，我乃出發前往尋找我家族的根源。但是就如同多年後「我」來到新加坡這島嶼，本來「我有心想搜尋一些往事遺跡，填補我根源方面的空白，可我拾起的一是炎熱，二是傷心。」[111]當「我」翻閱越多資料，「我」也就越找不到我家族真正的根源。因為家族的神話在久遠的過去便已經失落，後人「我」不管再如何建構過去的歷史，歷史都因被建構而消解。「我」所講述的一切都是我個人重建的，並非真實的存在。「我」於是深深地感到作為城市孤兒的那種彷彿無法永遠解除的孤獨感。「孤兒」的情緒，在「我」試圖尋找我家族的神話圖騰時，也被渲染於紙面上。

　　本來寫作即是是一種經驗的重建，「它使一張白紙改變了虛空的面貌，同時也充實了我們空洞的心靈。」[112]如同《紀實與虛構》裡的「我」，寫「布谷布谷」那首詩是為了「重建我們的經驗，這經驗是喜悅的。在我年幼的時候，已經學會用重建經驗來鼓舞自己的信心」。然而當「我」「流連忘返於一個以

---

[111] 同註64，頁14。
[112] 同註69，頁322。

意義為內容，邏輯為形式的再造世界裡」[113]時，生活也就不再真實。經驗的重建並非在建立一種真實，而是透過「重建」本身的過程，提供心靈某種程度的慰藉。王安憶的尋根最終因虛構而宣告消解，而顯出了她的孤兒意識，但從另一方面來說，也許在這樣經驗重建的過程裡，正是因為孤獨感的被放大，而使文學創作本身達到心理治療的功能，並導致讀者與作者和文本之間的交流模式產生改變。

王安憶在 90 年代以前的作品，曾有一種很強烈的，希望文學本身能夠提供讀者（或群眾）一種心靈安慰的目的。她認為小說本身應該是可以擔負一種社會共同情感的出口。然而 90 年代以後，從〈叔叔的故事〉這篇小說開始，這種態度卻有了一百八十度的翻轉，寫作對作者來說，更重要的目的已不再是發展文學的社會功能，而是為了將自己的情感，藉由寫作與閱讀與「理想讀者」共同分擔。這種交流模式的變化，體現了 90 年代中國社會轉型與政治事件所帶來的心靈傷害，亟需轉化的精神現象。

最後，總結王安憶小說的敘事轉型。李潔非曾經評論王安憶在 90 年代以前的小說裡都留有一根「外部真實」的尾巴，此乃指王安憶過去總是有意無意地將虛構的故事懸置於個人經歷的背景之下，似乎是以此而向人們擔保，那裡面發生的一切都可以得到某種驗證，不管是驗證於時代還是驗證於某個活生生的、與大家共同經歷著若干事情的人。[114]李潔非因此認為王安憶從〈叔叔的故事〉開始，到達《紀實與虛構》時，完成

---

[113] 同註 69，頁 335。

[114] 李潔非：〈王安憶的新神話——一個理論探討〉，收入王安憶中長篇小說集《父系與母系的神話》（代序）。頁 4。

了一種新的敘事方式。他認為王安憶打破了讀者所習慣的那種「紀實」與「虛構」的概念，甚至抹平、模糊兩者的界限。最後他總地認為王安憶是一個專心研究小說構成方式意義上的「小說技術論者」[115]。

的確，透過創作的實踐，王安憶總算掙脫了自己過去對於小說認識的狹隘，而有了更廣闊的視野。只是這樣將小說原始的虛構本質提升到創作的最高維度，卻使她感到不夠踏實。她不只一次強調如《紀實與虛構》這樣的寫作方式使她感到一種絕境與空虛。儘管這種創作轉型確實拯救了王安憶其時當下的認同危機。只是在危機過後，她又重新回到從個人經驗出發的那一端，自《紀實與虛構》後，迄今為止，王安憶的小說都是立基於這種重審經驗的脈絡。而 90 年初期王安憶對小說本質的追問，其實正是這種經驗回歸或重審過去經驗的基礎與必備的條件。

二、源自孤兒意識的感傷風格

談到王安憶小說的語言風格時，常常可以看見人們以「憂傷」這個詞彙來形容王安憶小說給人的「總體語言風格印象」。尤其在她發表了那篇〈憂傷的年代〉之後，當連作者自己都使用了「憂傷」一詞，評論家或讀者們似乎也就可以順理成章地將她的具體風格歸類為「憂傷」兩字。而討論到她憂傷風格——姑且先這麼說——的時候，所舉的文本例證，不外乎是〈叔叔的故事〉裡的那句「警句」：「原先我以為自己是幸運者，如今卻發現不是」

---

[115] 同註 114，頁 8-9。

[116]的同一句型：

> 我一直以為自己是個快樂的孩子，卻忽然明白其實不
> 是。[117]

尤其當學術界裡對王安憶的評論佔有一席之地的王德威如此
評論：

> 王安憶的風格其實就是她的內容。由感傷過渡為憂傷
> （melancholia），一位作家的成熟，正由她字裡行間來見
> 證。[118]

之後，兩岸學界似乎都接受了這個觀察，而將「憂傷」視為王
安憶小說的整體風格表現。然而，假使更精緻一點地來看，王
安憶的「感傷」與「憂傷」在實質內容上確實有著明顯的差異
與過渡。包括王德威自己也承認了王安憶風格中「感傷」到「憂
傷」的過渡。

　　「憂傷」的出現，即使是說完了〈叔叔的故事〉，再不會
講快樂的故事之後，也尚未十分具體而明顯地形成一種明確可
供辨認的專有名詞。在 90 年代初期這段期間，王安憶真正明
白表現出來的是一種來源自其「孤兒意識」與「孤獨感」的感
傷或傷感，並非憂傷。

　　而其孤兒意識，起先是一種長期以來存在於王安憶小說裡
的孤獨感的「存在」。1984 年《69 屆初中生》已經出現一種寂

---

[116] 同註 23，頁 3。
[117] 同註 23，頁 3。
[118] 王德威：〈憂傷紀事──王安憶的《憂傷的年代》〉，王安憶中短篇小說集
　　　《憂傷的年代》。頁 V。

寬、孤獨的感覺，但當時那種感覺只是很表面的描寫，到了
1988 年的《流水三十章》時，敘事者對「孤獨」則已有相當
篇幅與深入的描寫。只是在這些作品裡，「孤獨」這種感覺是
被當做一種情緒式或情感式的表達，並不具備人文主義精神的
「發現」意義，而是一種似乎天生「自然」的存在。而後，在
〈叔叔的故事〉裡，一直存在著的這種「不快樂」情緒終於被
「發現」。這「發現」如果類比於西方的文明發展，便帶有一
種「啟蒙」的味道。在「發現」過後，接著是〈歌星日本來〉
裡，由於下鄉插隊的經歷所帶來的一種被城市所拋棄的心情，
敘事者將之理解為「自然之子」與「城市之女」的對於上海城
市的認同問題。這時候，王安憶已經將「上海」與「我」或「我
們」等同，小說裡寫到「我」丈夫的經歷：

> 他在經歷了從一個小型交響樂隊的指揮到輕音樂隊裡
> 的提琴手，再到一名扒帶子的能手這一個淪落的過程，
> 然後才於心不甘地離開了這個團體，調到了我的城市上
> 海。他曾試驗過與這團體一刀兩斷，永不往來，可他耐
> 不住這種摒棄了歷史的無根的苦悶心情。[119]

「我」的丈夫原本是一個內地的孩子，他原是一名自然之子，
卻在找尋上海認同的過程裡感到一種無根的苦悶。而「我」卻
正好相反，當「我」十六歲第一次到那個內地小城時，我已經
因為察覺自己永遠也做不成一個自然之子，而原本是一名城市
之女的「我」則一次次地失去了「我的城市上海」[120]。有了一

---

[119] 同註 52，頁 144。
[120] 同註 52，頁 172。

種「失城」的悲哀。[121]當敘事者在形容文工團所在的內地城市時所用的字眼，經常是「那個內地小城」，而在提到上海時，則使用「我的城市上海」、或「我們城市上海」這樣的詞彙時，便已經代表，「我」在成年後，終於對上海產生了一種懷鄉的認同。但當「我」仔細回顧令我感到孤獨的來源時，我又回到上海這城市與我的關係上，我發現，我在上海就像是個「外來戶」，這種「外來戶」的心情深深感染著我，使我沒有歷史感且孤獨。上海的語言、上海的小市民傳統，都是「我」的家庭所缺乏的社會文化認同元素。我家庭那種單一的「同志」式的社會關係更阻礙「我」在上海中建立起人際社會的聯繫，這使我深深認為自己是一名孤兒。長期以來，「我」一直在尋找孤獨的原因，終於，「我」找到令「我」成為一個孤兒的原因是家族神話的缺乏：

> 家族神話一種壯麗的遺產，是一個家庭的文化與精神的財富，記錄了家庭的起源。……
>
> 沒有家族神話，我們都成了孤兒，悽悽惶惶，我們生命的一頭隱在伸手不見五指的黑暗裡，另一頭隱在迷霧中。[122]

而在「我」尋找孤獨原因的時候，甚至連上英語課的經驗、保姆的告狀、母親的責難與不諒解都不可避免的染上孤獨的氛圍。（但這並非造成孤獨的真正原因）文化大革命雖然消除了

---

[121] 同註 52，頁 170。
[122] 同註 69，頁 130。

社會一貫的邏輯性組織結構，創造了一個充滿奇遇的社會[123]，使我得到融入上海城市與上海的人際社會關係的機會，然而卻也使「我」及我的同輩人一個個成為社會的孤兒。寂寞與孤獨深深潛進「我」的心中。

在後來的〈傷心太平洋〉裡，也不時可以看到有關「孤兒」、「孤獨」等等的詞彙。「我」在母親的茹姓裡所找到的家族神話只是一則虛構的故事，而當我來到那南洋小島時，我也無法從中找到原來希冀的尋根所能帶來的安慰。「孤兒意識」似乎是一種天生血液裡所流傳下來的遺傳。「我」的父親來自一個飄浮的島嶼，即使日後他來到那被他視之為家鄉的「大陸」，飄流仍是人類群體所無法抗拒的命運。

這個時期，王安憶所具體表現的其實是她的「孤獨感」的來源───一種孤兒意識。雖然孤獨與憂傷在詞義是如此的接近，但她真正開始了她的憂傷書寫，卻是在更後來的作品裡了。基於一種創作階段性的考量，筆者認為，90 年代初期的王安憶體現的是一種孤兒意識，而尚未具體形成為一種憂傷風格───甚至，更正確地定義，「憂傷」也並非一種風格。

此時期的王安憶字裡行間所透出，僅是一種具有其特殊性格的感傷與孤獨感，後者的表現其實尤為強烈。

---

[123] 同註 69，頁 205。

第五章　長恨歌與懷舊：對生活美感 形式的挖掘（1993～2003）

　　90 年代以後王安憶的寫作方向已有相當程度的穩定性。尤其在她以〈叔叔的故事〉等一系列作品建立小說作為一種文學形式的主體之後，王安憶對於其個人的小說藝術審美與價值判斷已經出現相當明確的傾向。這個傾向主要表現在兩個大的方向上，其一是她對上海的書寫與認同從「隱題」轉向「顯題」；其二則表現在對自身過去經驗的重寫。

　　假使回顧王安憶 80 年代初期的創作表現，可以得出幾個大致的路線，即：對個人經驗的關注、對挖掘普遍人性的興趣，以及對上海位置的探討等。而在 80 年代中期以後，這些內容又在尋根的背景下被深化為一種生命與文化根源的探詢，而最終這種探詢皆指向「自我根源」的追究，一種孤獨感在此時進入了小說家的寫作生命中，並在 90 年代以後，由於政治環境與社會經濟文化變遷，而漸漸發展為一個重要的孤獨主題，她並將這主題命名為「憂傷」。但此「憂傷」如同上一章所討論，並非在一開始即成為一種確切的敘事風格，甚至在王安憶將「孤獨」所引發的心靈感覺以一種更為顯著的方式表現出來時，「憂傷」實際上已成為王安憶筆下，一種對於成長過程的

創傷、生命流逝的傷感、對悲劇性宿命的無奈、生命認同過程
中的種種困難……等，被小說家命名成立的一個具有廣泛涵蓋
意義的「主題」。從批評與詮釋的角度來看，我們可以將這種
主題下所渲染的感傷情緒視為一種業已經過作者「命名」的「憂
傷風格」。但是，倘若回到王安憶小說的整體敘事脈絡之下，「憂
傷」其實不是一種風格，而是一個「主題」。

主題（theme）在文學批評術語裡，常用來表示某個含蓄
或明確的抽象意念或信條。一些批評家宣稱：所有重要的文學
作品，都有內涵的概念上的主題，這個主題在作品不斷展開的
意思和意象中被具體地或戲劇地表現出來。[1]「風格」（style）
則更多是由閱讀者或批評者在閱讀後的歸納，傾向於對小說隱
含作者與讀者間的「秘密交流」[2]。因此「主題」在敘事作品
裡，既可以是隱含作者透過敘事所建立的概念的呈現，也可以
是在敘事的過程中，逐漸明朗化的信條。所以對「主題」的理
解，便有兩種方式：一是存在於敘事行為產生之前或創作過程
中，隱含作者的創作中心題旨；二是存在於文本完成之後，透
過閱讀所歸納出來的結論。這兩者可能是接近的，但也可能並
不一定那麼一致。在接受美學的範疇下，讀者的誤讀與作者心
中的理想讀者，尤其可能對於文本的主題認定產生歧異。而「風
格」一詞，恐怕更接近於讀者或批評家對於敘事語言的歸納與
命名，當然，風格的形成仍與創作者息息相關。

如同王安憶在建立自我認同的過程中，所找到的上海與個

---

[1] 艾布拉姆斯（M. H. Abrams）：《歐美文學術語辭典》，北京：北京大學，
　　1990 年 11 月。頁 199。
[2] 布斯（W. C. Booth）：《小說修辭學》，北京：北京大學出版社，1986 年
　　12 月。頁 331。

人之間的認同關係是一個漸進發展的過程。「憂傷」作為一個小說主題的出現，在王安憶的小說裡也是一個循序漸進的過程。這兩種「主題」之所以能夠呈現那麼多元與複雜的面貌，都是因為作家在不斷的創作與書寫歷程裡，由於人生歷練的逐漸豐富與價值觀的改變或成長所得到的積累成果。

　　假使從王安憶 1990 年迄今（2003 年）的作品裡，重新回顧她 1990 年以前的小說，便可以發現上述這些文學命題早在王安憶還在初期創作摸索階段時，便已經陸續地出現了。只是在一開始出現時，也許並不能提供一定程度的清晰脈絡讓批評者加以辨識。但確實，從 90 年代王安憶在異化的文學語境（包括政治形態、傳統文學價值觀、文學必須表現人生等社會功能論的文學環境）裡，重新找回了小說作為一種個人情感表現方式的文學主體時，她藉由對個人經驗的重寫，將她過去尚未被命名，或者還並不明顯的幾個主要的小說主題，重新加以定義並為之命名。這個命名的過程，即是她所謂的，生活形式中美感的重新發掘。

　　此外，90 年代的大陸當代文學不但深受市場的干預，文學本身更成為一種消費形式。但如今在全球化消費文化的脈絡下，中國當代作家們也不得不面對消費所帶來的衝擊。這種衝擊在現代中國大陸社會正式浮上檯面，最先爆發的先是 30 年代的京、海派文學之爭。而文革後，則出現了 90 年代初期那場關於人文精神尋思的論戰。知識份子在消費市場的衝擊下，如何定義自身的角色定位，成為現、當代文學史中相當重要的問題之一。而 1949 年到 1976 年間，上海城市發展的停滯，相當程度也等同於中國向西方接近的現代化的停滯，直到文革結束後，在一連串的經濟改革下，才又開始邁向都會的發展。這

當中近 30 年的空白，使得 3、40 年代的上海與 8、90 年代以後的上海產生對話的可能。這種對話，也幾乎類似於「五四」的「人文精神」與 80 年代對人的反思乃至 90 年代人文精神尋思裡的一連串「反思」或「尋思」之間「相似性」——儘管五四「人文精神」的提出和形成背景與 8、90 年代的「人文精神」反思存在著差異，但論其時代社會背景與討論的內容，卻有著一定程度的可類比條件。

當代中國無論是在文化的發展上，或是在政治、經濟的開放過程裡，都呈現了相當多元而複雜的面貌。便是在這種複雜多元的文化背景中，文學的創作產生了複雜與多元的傾向。而稍晚於文學作品存在的文學批評，不是太過容易用過於簡化的主流敘事來整理其脈絡，便是跟隨著新提出的學術潮流或口號起舞，一齊再重新建立一個實際上只是換了外衣，本質內容卻改變不多的「主流批評」。這種批評現象導致世紀末的文學批評難再擁有勘破文學真相的本色，而淪為一種人云亦云，無法發掘新的批評視角的境況。

這現象直接反映在今日關於文學批評中的各種現象。例如在論及王安憶小說時，在西方理論與前人的成果之上繼續建立堡壘的新一代的批評家，儼然失去了評判王安憶小說的立場及創見。這個情況首先可以由批評家對王安憶發表於 1995 年的長篇小說《長恨歌》以及 90 年代末一系列知青小說的評價窺見一斑。今日閱讀王安憶的作品，大概已經很難將所謂的「世紀末情緒」與伴隨而來的「懷舊」從王安憶的小說批評中剔除。當每個人都在王安憶 90 年代中期至 21 世紀初期的小說中看見「懷舊」的面貌時，文學批評便已經落入窠臼而缺乏新意。同樣的，當每個人當開始將王安憶視為「海派傳人」或者「張派

小說家」的時候，王安憶的小說也就失去了批評的無限可能性。

　　儘管如此，這並不是說，上述種種批評方向是絕對的錯誤。只是作為一位文學批評者，應該具有更敏銳的眼光與創見。誠如詮釋學學者迦達瑪（Gardamer）對於「詮釋」的看法，批評家必須在詮釋的過程裡，尋找新的意義，而此意義必須是由詮釋者個人出發的，應具有普遍性與不可取代的個別性。

第一節　性別、城市與認同

　　本書第三章在討論到王安憶以「三戀」等為代表的小說所凸顯的性主題時，曾提到 80 年代中期以後，王安憶對「性」及「女性」的關注，是她後來將「性」、「女性」與「城市」三者之間建立特殊連結的開端，並以此作為她的終極關懷。同時也由此書寫方向確立自我的主體。也因此，在王安憶的小說裡，性別問題（尤其是對女性的描寫）與城市，一直是王安憶相當重視的問題，也都涉及了王安憶的書寫認同。對女性的關注，無疑體現王安憶在性別上的認同問題，而關於城市的部分，則更複雜地演變為一種關於「孤獨」、「根源」與「認同」的問題，甚至在城市現代生活的日新月異裡，還產生了一種對「現代」的觀察與定義。

　　本節將根據這幾個脈絡來加以討論、並釐清一些存在於目前一些評論中對於王安憶小說的誤讀問題。

一、女性與城市

　　〈妙妙〉這篇在 1991 年發表的作品，已經相當程度的表現出對於時尚與女性問題的關注。王安憶認為她寫這篇小說想表達的是：

> 一個自由的時代，有時候能夠自由對待的，其實只有自己的身體，然而一具自由的身體的命運是什麼？是幸還是不幸呢？[3]

如果只看到〈妙妙〉裡，妙妙對於自己的女性身體的看法與態度，大概很容易聯想到〈崗上的世紀〉（1989 年）中，李小琴希望藉由肉體與性來交換招工機會的描寫。不過這兩篇小說中儘管都描寫了女性身體的命運，但最終所表現的，卻並非女性身體的自主。〈崗上的世紀〉所描寫的是性的歡愉與力量，而〈妙妙〉則更細微地表現了妙妙對現代生活——以時尚為代表——的嚮往。但最終他們以身體所換取的結果都是失敗的，無法達到預期的目標。關於妙妙對「現代」的嚮往，小說中如此寫到：

> 妙妙多麼嚮往神奇的人生啊！周圍的環境逼著她過平淡的人生，她偏偏不從。沒有人幫助她，她只有靠自己。她沒有任何財富可為自己換取不平凡的人生，她沒有出眾的智慧，她沒有得到良好的教育，她身無長技，她只有憑了她的一個身體，去為她爭取神奇的人生作犧牲。做一名現代的青年是她的理想，無論在多麼落後的境地

---

[3]　王安憶：《叔叔的故事》自序，台北：業強，1991 年 12 月。頁 3。

裡，她都不能放棄這個理想。[4]

因此，妙妙打從心裡瞧不起出生地頭鋪，只崇拜中國的三個城市：北京、上海、廣州。然而對於現代生活的接受，妙妙主要是從電影電視和報刊雜誌的媒介宣傳來完成她的崇拜。她並不在乎現代文明的困境，只在意服飾方面的時尚流行。而妙妙對於時尚的關注與不合群，都被敘事者形容成一種哲學層次的命題，體現了妙妙對於城市的認同。隱含作者藉由對妙妙這一名鄉下女性對城市的觀看，暗示了自己向城市的接近。

〈米尼〉及〈我愛比爾〉則多多少少根據王安憶一次白茅嶺勞改女犯的訪問經歷而寫成。[5]米尼與阿三這兩位女性最後都因為性犯罪而被送進勞改農場裡。由於有這樣的真實背景作為故事前提，因此就如〈悲慟之地〉這篇根據社會時事剪報改編寫成的小說一樣，具有某種敘事上的宿命觀。從那些女犯的身上，敘事者看到了米尼與阿三墮落的命運。這是超出王安憶個人經驗的故事——關於城市角落的黑暗層面。透過米尼與阿三這兩位女性的命運暗示了中國大陸女性在「性」方面，仍然是一種罪惡。王安憶這種隱約不明顯的對於「性」的態度的轉

4　王安憶：〈妙妙〉，原載於《上海文學》，1991 年第 1 期。收於中、短篇
　　小說集《叔叔的故事》，台北：業強，1991 年 12 月。頁 120。

5　見王安憶散文：〈白茅嶺紀事〉，原收於中篇小說《我愛比爾》（簡體版）
　　單行本，海口：南海，2000 年 12 月。（按：筆者在這裡不太願意討論王
　　安憶本人從〈白茅嶺紀事〉這篇文章中，所透露出有關作者對於尋訪「故
　　事」的「需要」，以及在小說文本中被隱藏起來的高道德標準。但有時散
　　文與小說的表現方式的不同，的確會使得真實作者與隱含作者的人格形
　　象有所差距。這也是在真實作者與隱含作者之間，筆者更傾向於對隱含
　　作者的探討，而非對真實作者做出真實與道德義上的評判，否則文學
　　批評也就不復是文學批評了。）

變，實在令人疑惑，而不得不與她過去在「三戀」與〈崗上的世紀〉中所表現的，對於性與身體政治的認可與美化來比較。然而這種比較的結果，恐怕更將較為接近於對真實作者的道德評判，而非對文本中那位隱含作者的討論了。在傳統文學批評的範疇裡，真實作者的人格道德判定往往與文本產生關聯，此即所謂的「文如其人」的評價傳統，然而本書所持的立場與批評前提並不打算涉及真實作者的道德層面。

　　米尼因為愛情的理想而甘願與阿康一起墮落，成為城市犯罪的一份子，從偷竊到賣淫的轉變，都顯得理所當然，而缺乏敘事者個人的評價與關照，使得〈米尼〉幾乎只是一篇出於尋訪「故事」需要而寫成的「故事」。阿三則因為「我愛比爾」卻失去了比爾，而走向淪落的方向。「我愛比爾」這篇小說敘事內涵遠較〈米尼〉來得更為深刻。〈米尼〉有很大的敘事前提是為了表現一個「真實」的「故事」。因此文本中處處可見敘事者對米尼未來下場的預示。敘事者儘管冷漠客觀卻高高在上的敘事態度，都造成米尼的必然而無可挽回的結局。至於〈我愛比爾〉裡，則透過阿三對比爾的「愛」的成分，以及東方眼中的西方，與西方眼中的東方，兩種文化觀察角度的差別，來討論世紀末東、西方文化價值的差異。而這種艾德華‧薩依德（Edward W. Said）所論關於後殖民的討論，在共產主義國家裡很特別的是，敘事者透過阿三對於外國文化的觀察所表現的，不僅只有第三世界的國家對於西方文明的完全抗拒或接受，而是體現出一種中國大陸不堪只作為次等文明層次的反擊。

　　比如，阿三聽到比爾歌頌中國，就在心裡說：「你的中國

和我的中國可不一樣」[6]。阿三與美國駐上海文化官員比爾兩人對「性」的觀念也不大一致。對於阿三的「我愛比爾」這件事，敘事者認為，那並不是一種純粹的愛情，而是一種過於理想性，充滿了東方對西方文化的想像的愛情。敘事者寫到：

> 阿三有一種戲劇感，任何不真實的事情在此都變得更為真實了。她因此而能夠實現想像的世界，這全緣於比爾。所以，她就必須千方百計地留住比爾，不使他掃興而離去。[7]

而當比爾與阿三兩人互相看著時，甚至「都覺著不像人，離現實很遠的，是一種想像樣的東西。」[8]阿三與比爾之間對於彼此文化想像的誤解，在阿三來看，其實是一種矛盾：

> 她不希望比爾將她看作一個中國女孩，可是她所以吸引比爾，就是因為她是一個中國女孩。由於這矛盾，就使她的行為會出現搖擺不定的情形。還有，就是她竭力要尋找出中西方合流的那一點，以此來調和她的矛盾處境。[9]

〈我愛比爾〉的前半篇有很大的幅度在討論中西方文化想像的問題。可惜限於王安憶對「現實」性材料的掌握過於執著，以致於〈我愛比爾〉終究落入阿三被當作性犯罪者，被送入勞改

---

[6]　王安憶：〈我愛比爾〉（繁體版書名《處女蛋》），原載於《收穫》，1995年。引文自《處女蛋》，台北：麥田，1998 年 10 月。頁 8。

[7]　同註 6，頁 15。

[8]　同註 6，頁 18。

[9]　同註 6，頁 19。

農場的結局，跳脫不出〈米尼〉這部小說的窠臼。在比爾之後，阿三在馬丁、酒店大堂認識的美國人、日本商社職員、加拿大人等外國男性身上所找到的，甚至已經連「想像」都不是了。

爾後，王安憶便很少——幾乎是沒有——再碰觸過有關文化想像這類的問題。因此〈米尼〉或〈我愛比爾〉最終都成為只是表現女性在城市與現代社會中的淪落與罪惡。阿三在被送進勞改農場，最後自勞改隊逃脫出來時，還戲劇化在泥土中找到一枚殼上染著一抹血跡的處女蛋，對比著阿三內心的真實渴望與理想的淪落。

然而，米尼與阿三儘管是生活在上海城市的居民，卻並非王安憶筆下典型的上海女性。以女性來表現城市面貌的，最具上海小市民典型的，是《長恨歌》中的上海小姐王琦瑤與〈妹頭〉中的那位本名為朱秀芝的妹頭。敘事者對於上海的觀察，除了從上海本身來看以外，〈香港的情與愛〉中，還藉由上海外移者——比如逄佳等人的處境，從殖民城市香港的位置，來觀看上海的主體存在。而《富萍》中以上海的保母群形象來表現上海弄堂的生活細節，基本上是從上海移民者的角度來看上海城市的成員組成內容。在《富萍》裡，上海儼然已經成為移民者的天堂，淮海路弄堂則是敘事者筆下最為典型的「上海」。出了淮海路，包括上海的棚戶區等，都不能代表上海的核心文化與內涵。在這個意義之下的「上海」作為一種現代化的象徵，體現的便是一種布爾喬亞的生活方式與人文精神。

《長恨歌》以女性的命運象徵一座城市變遷的意圖十分明顯。王琦瑤在小說中的象徵意義也不僅止於單一的個人，如同敘事者所說：

> 王琦瑤是典型的上海弄堂的女兒。每天早上，後弄的門
> 一響，提著花書包出來的，就是王琦瑤；下午，跟著隔
> 壁留聲機哼唱〈四季調〉的就是王琦瑤；結伴到電影院
> 看費雯麗主演的《亂世佳人》，是一群王琦瑤；到照相
> 館去拍小照的，則是兩個特別要好的王琦瑤。每間偏廂
> 房或者亭子間裡，幾乎都坐著一個王琦瑤。[10]

如果上海是中國現代化的象徵，那麼弄堂裡出身的王琦瑤就是
上海的女性的象徵，而上海的女性就是上海的象徵。如同敘事
者所形容：

> 王琦瑤是追隨潮流的，不落伍也不超前，是成群結隊的
> 摩登。她們追隨潮流是照本宣科，不發表個人見解，也
> 不追究所以然，全盤信託的。上海的時裝潮，是靠了王
> 琦瑤她們才得以體現的。但她們無法給予推動，推動不
> 是她們的任務。她們沒有發明創造的才能，也沒有獨立
> 自由的個性，但是他們是勤懇老實，忠心耿耿，一步一
> 趨的。她們無怨無艾地把時代精神披掛在身上，可說是
> 這城市的宣言一樣。[11]

而甚至，上海弄堂總存在著的一股小女兒情態，也叫做「王琦
瑤」。王琦瑤所代表的不是一種個人的或單一的主體，而是為
了呈現上海這城市舞台的「活動布景」。「上海」才是長恨歌真

---

[10]　王安憶：《長恨歌》，原載於《鍾山》，1995 年 2、3、4 期。引文自《長
　　恨歌》（繁體版），台北：麥田，1998 年 6 月初版，2002 年 5 月 2 版。頁
　　34。
[11]　同註 10，頁 35。

正的主題。「人」的活動在這部小說中，為的是能夠更具體、更鮮明地呈現這繁華城市的時間流動與變化中的痛楚，是上海這城市的精神與象徵，失去了人物的活動，上海便不再是「上海」了。

《長恨歌》原起名「四十年遺夢」，說的便是「上海／人」這樣的一部歷史故事。小說分為三部，分別以 1945-1949 年、1950-1966 年、1967-1985 年這三個階段來描寫上海的變化。第一部寫舊日上海的繁華；第二部 1950 年-1966 年，寫的則是昔日以王琦瑤為代表的上海小姐的風華，並透過阿二這個角色的嚮往來體現上海過去的風貌與在時代中遺留下來的城市感覺；第三部則略過了文革時期發展幾乎完全停滯，甚至因為鄉村人口的移入而造成經濟退化的十年，直接跳到 1976 年文革結束後，上海在改革開放後產生的上海新精神。這種新的上海精神已經不再是王琦瑤這群舊日上海的女性所能參與介入的，如同《長恨歌》的第三部裡，老克臘原先對四十年前（1945年）的上海有著崇尚與嚮往的心情，然而：「老克臘再是崇尚四十年前，心還是一顆現在的心。」[12] 對他來說，這四十年的羅曼蒂克是一個可憐的結局。他「沒趕上那如錦如繡的高潮，卻趕上了一個結局。」[13] 小說最後，上海小姐王琦瑤之死，在王德威看來，便是作家王安憶向幻想／記憶中的上海告別的象徵[14]。大陸評論家王曉明則認為，《富萍》的從淮海路到梅家橋，是王安憶的小說時空背景逐漸走出上海的徵兆，從《長恨

---

[12] 同註 10，頁 387。
[13] 同註 10，頁 388。
[14] 王德威：〈上海小姐之死——王安憶的《長恨歌》〉，收於《長恨歌》（繁體版），台北：麥田，1998 年 6 月初版，2002 年 5 月 2 版。頁 10。

歌》到《上種紅菱下種藕》，作家一步一步地竭力遠離在 90
年代以後竄起的一種具有流行「懷舊」意味的「老上海」[15]。

　　《長恨歌》中對於象徵老上海的王琦瑤的死亡命運安排，
在王德威與王曉明的眼中，成為一種對過去揮別的手勢。然而
倘若仔細閱讀王安憶在《長恨歌》或《富萍》之後的作品，則
會發現，這些作品並沒有如兩位評論家所說，那樣強烈的予人
一種王安憶向老上海告別的表現。即使是《上種紅菱下種藕》
這篇小說，也主要是體現出王安憶 90 年代以後，出於審美的
選擇對農村生活形式的讚美，並哀悼在農村日漸開發的現代化
過程裡所失去的美感。這與王安憶自 90 年代末以來，不斷試
圖從農村經驗裡挖掘美感形式，是一脈相承的調性。而 2003
年的長篇作品《桃之夭夭》則又回到上海的背景，故事從一名
舊時代的上海文明戲女演員笑明明傳奇般的經歷開始說起，敘
事者藉由女演員母女兩代——笑明明與郁曉秋之間的關係與
經歷，表現了淡化政治背景下的歷史變動與對現實生活的細緻
思量。如同法國小說家普魯斯特所言：「現實只在記憶中形成。」
王安憶透過對人——尤其是女性的觀看與被觀看的描寫，建構
了人為的歷史與現實。

　　因此，王安憶並非自《長恨歌》以後便開始走出上海，或
向記憶中的上海告別。事實上，上海一直是王安憶的小說主
題。只是長久以來，她總是透過不同的面向與角度來理解「上
海」的意義。她賦予了「上海」在定義上一個複雜多元的可能。
王安憶習慣作為一名讓筆下的人物依循著他們在被創造出來

---

[15]　王曉明：〈從「淮海路」到「梅家橋」——從王安憶小說創作的轉變談起〉，
　　《文學評論》，2002 年第 3 期，頁 5-20。頁 19。

之前便已先行存在的命運的說故事者，在她筆下唯一無法具體
掌握的，恐怕只有上海這城市的發展與未來。王安憶無論自詡
是一名客觀的或主觀的說故事者，在她的小說中，那扮演著高
高在上的說故事者的敘事者角色，其對人物與情節的掌握往往
具有著絕對的權力，是以在〈米尼〉與〈我愛比爾〉中，米尼
與阿三淪落了，無法逃離他們的宿命，是以《長恨歌》裡，那
無數個王琦瑤也隨著昔日上海風華的消逝而殞落。大抵可說，
王安憶筆下的眾多人物，往往無法逃離敘事者冷靜客觀的安
排，而在情節脈絡中，呈現出某種可以預期的預兆或宿命感。
相對於王安憶小說中的角色或情節的安排，「上海」本身卻是
一個無法被真實作者所絕對掌握的「主體」，尤其在世紀之初，
上海經濟發展瞬息萬變的今日，上海將走向何方？中國大陸將
走向何方？看來已非目前的王安憶所能預期或掌握。上海存在
於變動的時間流之中，也因此，「上海」總是在評論家們以為
王安憶將走出去這個背景時，又悄然回到她的敘事脈絡中。

二、城市與認同

　　儘管上海在中國改革中並非最先開放的城市，而中國的城
市也不僅僅只有上海，北京與廣州在中國城市裡也具有相當大
的重要性，但王安憶筆下的「城市」往往會使人認為：這個城
市的代表就是上海。上海的位置在王安憶的小說書寫中日益重
要。從最開始的，對上海主體的毫無意識，到〈本次列車終點〉
中透過一個歸來者對上海的觀察與矛盾，再看到〈流逝〉中對
於文革時期上海小資產階級的生活描寫，以及《69 屆初中
生》、《黃河故道人》、《流水三十章》等對上海的靠近，以及其

他對如〈海上繁華夢〉對過去上海的想像，以及〈悲慟之地〉、
〈鳩雀一戰〉等與有關上海移民問題的討論，最後再到《歌星
日本來》裡，王安憶終於將自己視為一個「城市之女」，正是
表現出對上海這屬於「我們」的城市的認同——儘管在認同上
海的同時，作家本人也對無法成為一個「自然之子」感到悲傷。

　　90 年代以後，王安憶甚至不斷透過各種視角與時空位置
來呈現上海的主體與面貌。〈妙妙〉從鄉村的位置對上海城市
展開想像；〈香港的情與愛〉從香港的上海移民者的角度來寫
對於上海的懷鄉情結。〈「文革」軼事〉則呈現了文革時期，上
海弄堂與亭子間之中瀰漫著的關於過去上海時空的想像。《長
恨歌》與〈妹頭〉等，則以上海女性的面貌象徵上海本身。《富
萍》延續了關於上海外來移民的討論，並從移民的觀點呈現出
上海的精神面貌。《桃之夭夭》中，郁曉秋的母親從上海到香
港，又從香港回到上海的歷程，在在都說明了，王安憶真正想
寫的並非香港這座城市，而是與香港的歷史遭遇有著極高相似
性的上海。

　　眾所周知，張愛玲筆下的城市除了以上海為主要書寫對象
以外，香港也經常出現在她的小說中。〈第一爐香〉裡，張愛
玲透過葛薇龍這個被形容為「極為普通的上海女孩子」來看香
港：

> 這一點東方色彩的存在，顯然是看在外國朋友的面上。英國
> 人老遠的來看中國，不能不給點中國給他們瞧瞧。但是這裡
> 的中國，是西方人心目中的中國，荒誕、精巧、滑稽。[16]

---

[16] 張愛玲：〈第一爐香〉，收於短篇小說集《第一爐香》，台北：皇冠，1999

李歐梵認為在張愛玲的小說中，香港承受著來自英國殖民者的，和來自中國上海人的雙重注視。香港乃作為上海的「她者」[17]。而對王安憶這個對上海已經產生認同的外來戶來說，香港也是一個「象徵」。她說：

> 香港使我們弄不明白的事情都弄明白了。它對於我來說，其實並非是香港，而是一個象徵。[18]

這個象徵，實際上就是與上海互為主體與他者的「雙城」想像。而王安憶對於上海的認同，也在她不斷書寫的過程裡，達到一種「同一性」（identity）的確定。但在對上海產生認同之際，上海在現代化發展下日新月異的改變，卻促成了王安憶對上海一寫再寫，上海已然是這位上海作家的永恆鄉愁。

　　成年後，回望過去記憶的王安憶，開始敏銳地從過去的歷史中察覺出某種難以言喻的憂傷。中篇小說〈憂傷的年代〉裡，敘事者「我」以極其細膩的筆觸捉住過往成長經驗裡，曾經隱晦而無法言說的情感色彩。小說開頭的電影院場景有著黑洞洞的放映廳入口、紫紅色的絲絨簾幕，以及一個女人的抽泣聲。就在這樣的場景下，「我的憂傷就在這一剎那，好像拔開了一個瓶塞，噴然而出，湧上心間。」[19]很多年以後，「我」早已搬離過去居住的地區，但往昔的回憶並未因此遺忘，反而在今昔

年1月典藏版，2000年8月19刷。頁33。

[17] 李歐梵著，毛尖譯：《上海摩登——一種新都市文化在中國》，北京：北京大學出版社，2001年12月。頁338-339。

[18] 王安憶：〈「香港」是一個象徵〉，收於《獨語》，長沙：湖南文藝出版社，1998年4月。頁189。

[19] 王安憶：〈憂傷的年代〉，《花城》，1998年第3期。收於中、短篇小說集《憂傷的年代》，台北：麥田，1998年7月，頁27-76。頁27。

時空的對比中成為巨大的黑影，於是成長的過程是憂傷的，失去也是憂傷的，不公平的感覺成了陰影，遮住少年時代的光明，陰沈、寂寞的後弄，收藏著我們的靈魂，而「我」已憂傷了許久卻一無所知，「一切又都處在無意識中，不知道什麼是憂傷，不知道這就是憂傷，直到我捲在紫紅絲絨門簾裡，聽見了放映廳裡，女領票員的哭泣聲，所有的鬱悶才有了命名，我才睜眼看見自己的處境。」[20]而過去的「我」由於「沒有認識與表達的能力，許多感受都處在無法交流的封閉狀態，這就是我孤獨的原因。」[21]這種孤獨在「我」的成長中，因為種種的猶疑與不確定而被放大，「我們」看不見生命的流向，在黑暗中摸索生長的方向，情況是雜蕪的。「我們身處混亂之中，是相當傷痛的。而我們竟盲目到，連自己的傷痛都不知道，也顧不上，照樣地跌摸滾爬，然後，創口自己漸漸癒合，結痂，留下了疤痕。等我們長大之後，才看見它。」[22]曾經那創口甚至是連自己都不敢面對的，就如同「我」被刺毛蟲刺傷了「我」難以啟齒的部位，儘管「清洗創口的驚心動魄的一幕，最終有力地解決了我的折磨，一些新的類似於快樂的東西在不知覺中滋長著。我的身心進入安寧。這是真正的，和平的安寧。」[23]然而過去的那一段時間，卻沈陷進了陰晦的暗影裡。而「憂傷」仍然存在於過去與記憶中。

　　閱讀「憂傷的年代」，很難不將小說中的「我」冠上「王安憶」之名，敘事者將過去曾出現的「孤獨」感放大，以「憂

[20]　同註19，頁37。
[21]　同註19，頁42。
[22]　同註19，頁53。
[23]　同註19，頁76。

傷」命名，正式宣告了王安憶的感傷風格真正被命名為「憂傷」。在敘事者隱晦瑣碎的敘述裡，可以看見在「性別」、「寫作」、「城市」……等種種的認同裡，王安憶從中領會到某種根源自「成長」過程裡的傷感，她試圖剖析這種感覺，如同治癒刺毛蟲所刺傷的傷口，而當「我」從羞於啟齒的經驗中走過來時，過去卻並未因此消失，反而必須透過寫作一途才得以命名釐清，「我」的過去與記憶因而更加真實，也更具存在感，而「認同」問題，也隨著「憂傷」的命名獲得最終的治療。

在〈憂傷的年代〉之後，王安憶長久以來存在的對於城鄉認同、性別認同以及寫作主體認同的諸多「認同」問題，終於得到了「真正的，和平的安寧」，而不再猶疑、困惑。城市、女性、寫作本身等等，依然是王安憶所關心，並且不斷敘述的主題，但自〈本次列車終點〉以來即漸漸浮現的那份對於「認同」的焦慮，則在多年的寫作經驗中消解與同一。

在〈憂傷的年代〉之後，王安憶將關注焦點轉向對「現代生活」形式與內涵的挖掘——當然這個轉折並非突然產生。短篇小說「屋頂上的童話」便已體現出作者對現代生活的反省。

「屋頂上的童話」系列共有五篇，第一篇〈屋頂上的童話〉寫於 1995 年 12 月，小說中完全撇開人物與情節，而由敘事者「我」以想像之眼，加以夢幻的散文筆調，流水帳似地描寫「我」周遭的生活環境。我的屋頂、我的窗口、我的夢境、甚至住屋附近的麻雀、蟑螂、鴿子、土壤……等，都被一一羅列進屋頂上的童話之中。既是寫記憶，也是寫敘事者眼中的上海城市與現代生活。1997 年〈從黑夜出發——屋頂上的童話（二）〉則結合漫天的想像描寫街道上的夜行者、海上的漂流瓶……等。〈流星劃過天際——屋頂上的童話（三）〉寫屋頂上夜晚的天

空、燈火，並把李靖、哪吒的古史傳說融入黑夜的想像裡。由
於被迫接受謊言的餵養，與誠實的語言，諸如鳥語、蟲語、花
草的語言等隔絕，哪吒最後終於因為過多的謊言而絕望死去。
1998 年 1 月〈縱身一跳——屋頂上的童話（四）〉寫了一幢古
老的房子，而李白則成為想像中的歷史人物，雖然因為「現代
史」遮蔽了陽光，使「盛唐的空氣」涼了下來，但骨子裡依然
逼人。[24] 1999 年 1 月〈剃度——屋頂上的童話（五）〉則寫了
白天街道上五花八門的繁榮景觀，「醫學」、「電」、「信息」、消
費」接如神話般出現在現代裡，連賈寶玉也化身成為女性的
「她」——一個在伸展台上走著貓步的模特兒——現代的「消
費」性質使得生活細節不斷地被消費、更新，而不再具有真正
的「真實」。

　　〈屋頂上的童話〉系列五篇，分別從遠古恐龍時代，經歷
了古代傳說時期、盛唐時代，以及最後的明、清近代，藉由現
代生活與古史人物的對比，王安憶提出了自己對於現代生活中
文化、文明的觀察與反省。在她的反省裡，李白最後縱身一跳，
跳下了一個沾滿著口香糖的礁石壁，四處是可口可樂罐滾動的
響聲，玻璃碎片飛濺，站立仰天的人群的現代生活之中，並且
被太陽融化的絲毫不剩。賈寶玉則成為一個生活在虛假的現實
裡的盲目者，最終將失去美麗與華年。敘事者這種敏銳的觀
察，如同本雅明對於藝術作品與複製品的批評：「在藝術作品
的可技術複製時代中，枯萎的是藝術作品的氛圍（Aura）。這一

24　王安憶：〈縱身一跳——屋頂上的童話（四）〉，原載於《北京文學》，1998
　　年。亦收於短篇小說集《剃度》，台北：麥田，2002 年 9 月，頁 196-212。
　　頁 197。

過程是病徵，其意義已超出藝術範疇。」[25]根植於傳統的藝術
作品在失去其傳統文化之後，便失去其作為藝術作品的「本
真」。是以哪吒絕望而死，李白縱身一跳，而賈寶玉也異化了。

「屋頂上的童話」系列充滿了對於現代生活的省思。而這
種省思，在〈憂傷的年代〉裡，王安憶終於找出孤獨的原因，
並為之命名為「憂傷」之後，逐漸成為王安憶近幾年的寫作重
心，也就是對現代生活的反省、關照，以及對生活中美感形式
的挖掘。

第二節　現代生活的美感形式
——兼論懷舊、時尚與消費

談到生活形式，熟悉符號美學的批評家們也許會聯想到
50 年代蘇珊·郎格（Susanne K. Langer）在其《藝術問題》、《情
感與形式》等著作裡所提出的，有關「生命形式」與「藝術形
式」的看法。郎格認為，人的感覺能力是組成生命活動的一個
方面，就某個意義上來說，生命本身就是感覺能力，因此在論
述藝術直覺與藝術本質時，郎格往往都是立基於欣賞者對於
「生命的邏輯形式」的「直覺把握」來討論。[26]意即，生命形
式本身可以透過「直覺」來提煉出某種藝術形式與美感。而這

---

[25] 本雅明（Walter Benjamin）：〈可技術複製時代的藝術作品〉，收於本雅明
著，王炳鈞譯：《經驗與貧乏》，天津：百花文藝出版社，1999 年 9 月。
頁 264。

[26] 蘇珊·郎格（Susanne K. Langer）著，劉大基等譯：《情感與形式》（*Feeling
and From*），台北：商鼎文化，1991 年。頁 24。

種形式是一種符合於藝術本質的內在邏輯。王安憶在 90 年代末曾多次為她重寫農村經驗的原因申明：

> 我寫農村，並不是出於懷舊，也不是為祭奠插隊的日子，而是因為，農村的生活方式，在我眼裡日漸呈現出審美的性質，上升為形式。這取決於它是一種緩慢的、曲折的、委婉的生活，邊緣比較模糊，伸著一些觸角，有著慢流的自由的形態。[27]

王安憶認為她之所以寫農村，是因為她認為農村的生活方式已經可以稱之為一種「形式」，因為這種生活方式的「精神性成分」已經超出了實用的任務。[28]而她為她的重寫農村辯護的原因之一，恐怕是當代的部分評論家經常將王安憶重寫農村及插隊經歷視為一種對過去生活的「懷舊」的緣故。[29]我們雖然不是非常確定王安憶所謂的「懷舊」是否等同於西方後現代語境下的「懷舊」（nostalgia）。但在西方文化概念裡，「懷舊」本身作為一個世紀末的文化主題，已是當代學界的主要論述之一。

在世紀末的感覺情境裡，迅速變遷的社會與大眾文化對過去事物的消費，帶動了現代人的懷舊感覺。當代學者無論是在討論現代性（modernity）或後現代性（post-modernity）時，

---

[27] 王安憶：1999 年 3 月 3 日，〈生活的形式〉，原載於《上海文學》，1999 年 10 月，收於《茜紗窗下》，上海：上海文藝出版社，2002 年 10 月。頁 574。

[28] 同註 27，頁 575。

[29] 如：魏李梅：〈飛向記憶的花園──淺談王安憶小說創作中的懷舊母題〉，《當代文壇》，2002 年第 3 期。

都免不了從具有「時尚」感的「懷舊」裡，找尋可為「現代」定義的概念。比如：雷蒙‧威廉斯（Raymond Williams）在其 "The Country and the City" 中，認為懷舊只有在某些特定的時間與場合才有可能發生，懷舊是對都市體驗的一種神秘反應。[30] Malcolm Chase 和 Christopher Shaw 在 "The Dimensions of Nostalgia" 裡則認為：構成「懷舊」存在的三個先決條件為：第一，懷舊只有在線性時間的文化環境中才能發生。現在被看做是某一個過去的產物，是一個將要獲得的將來。第二，懷舊要求某種「現在是有缺憾」的感覺。第三，懷舊要求過去遺留下來的人工製品的物質存在。因此，懷舊被認為是現代性的一個特徵；是對現代性中的文化衝突的一種反應。[31]Malcolm Chase 和 Christopher Shaw 將懷舊視為「現代性」（modernity）語境下的概念，而另外一位學者 Keith Tester 卻將懷舊視為後現代性（Post-modernity）的一個表徵。[32]同樣是後現代學者的詹明信（Fredric Jameson）在討論以描寫 1950 年代為主的電影及小說時，也認為「懷舊」是後現代文化的現象，由於歷史性（historicity）的消失，導致懷舊本身找不到懷舊的真正對

[30] Raymond Williams， "The Country and the City"，London：Chatto，and Windus，1973. 轉引自轉引自李陀主編，包亞明、王宏圖、朱生堅等著：《上海酒吧——空間、消費與想像》，南京：江蘇人民出版社，2001 年 9 月。頁 136-137。

[31] Malcolm Chase and Christoper Shaw， "The Dimensions of Nostalgia"，The Imagined Past，History and Nostalgia. Manchester： Manchester University Press，1989，pp3-4. 轉引：《上海酒吧——空間、消費與想像》，南京：江蘇人民出版社，2001 年 9 月。頁 137。

[32] Keith Tester， "The Life and Times of Post-modernity".London and New York：Routledge，1993，pp.65-66. 轉引自《上海酒吧——空間、消費與想像》。頁 138。

象，一切的消費及文化、藝術等，往往只是「擬像」（simulation）
或再現，是一種符號式的消費，而非對於過去的回歸。[33]

　　然而無論是現代性或後現代性，基本上都帶有一種對「現
代」意義的思考。而「懷舊」則已然成為現代化都市文化中的
一種普遍存在的文化「感覺」。

　　戴錦華曾提到：「90年代的中國都市悄然湧動著一種濃重
的懷舊情調。」[34]在這種懷舊情調的渲染下，無論是小說家或
者學術界，對於懷舊，似乎都投以高度的興趣與矚目。因此中
國大陸在進入90年代以後的文學作品，難免處處可被挖掘出
某種「懷舊」的興味。這種懷舊興味，又多多少少與「現代性」
或者「政治」等主流議題存在著關連。當然這裡的「政治」乃
指具有米歇爾・傅科（Michel Foucault）意味的廣義權力運作。
在這種風行的懷舊詮釋潮流下，大概很難以免俗地必須將王安
憶於1995年發表的《長恨歌》，放置在「懷舊」的脈絡下加以
解讀。但在輕率地將王安憶的小說冠以「懷舊」之名時，須注
意的是，「懷舊」並非僅是一種對「過去」的鄉愁，懷舊還是
一種立基在「現代」概念上，對「現代生活」的重新檢視。此
時，「過去」已然作為「他者」，而「現代」則成為「主體」，
懷舊的意義在此層次上，便可以是一種找尋「現代」主體的實
踐，亦可以是現代人對於現代生活的定義與建構。

　　當然，上述這種解釋，多多少少帶有「知識份子」的偏頗。

---

[33] 參見詹明信（Fredric Jameson）著，吳美真譯：《後現代主義或晚期資本
　　主義的文化邏輯》（"Postmodernism, or, The Cultural Logic of Late
　　Capitalism"），台北：時報，1998年2月。頁335-354。

[34] 戴錦華：《隱形書寫——90年代中國文化研究》，南京：江蘇人民出版社，
　　1999年。頁107。

事實上，戴錦華已經指出，當代大陸的「懷舊」有很大的成分具有「時尚」（fashion）的概念。[35]而使大陸社會的懷舊與「大眾文化」產生關連。

在當前社會學的理論論述裡，關於「時尚」的概念大致上是立基於德國社會學家席米爾（Georg Simmel；或譯齊美爾；1918-1958）對於時尚的看法上的。席米爾的生活時代正處於一種早期現代都會，他在討論西方新生活方式時，認為「時尚」的概念是：同時具有結合與隔離的特質，這兩種特質辯證地共存，不但提供人們對特定模範的模仿對象，也滿足人們想與他人隔離，區隔自己個體性的需求。此外，「時尚」只能由特定時空下的特定人士操控，多數人只能處在模仿跟隨的位置，而也因此注定了「時尚」的當下性。意即，「時尚」只有處於特定時空中才有意義，才能稱作「時尚」，當一種時尚被創造並有了眾多追隨者之後，其獨特性便會受到破壞。[36]

然而假使我們不反對哈伯瑪斯（Jürgen Habermas）對「現代性」的觀察，回到西方概念史中，便可以發現，關於時尚的討論早在波特萊爾（Whereas Baude-laire）便已提出相當具有份量的闡述。西方概念史裡，最早的關於「現代」（modern）一詞的概念，首先是在審美批判的藝術領域裡被確立的。對波特萊爾而言，現代的藝術作品處於現實性和永恆性這兩條軸線的交會點上，他認為「現代性就是過渡、短暫、偶然，這是藝術的另一半，另一半是永恆和不變。」根據波特萊爾的理解，

---

[35] 同註34，頁107。

[36] 席米爾（Georg Simmel），（1971）. *"Fashion, in D. N. Levine (ed.), On Individuality and Social forms"*. Chicago: University of Chicago Press. 顧仁明譯：《金錢、性別、現代生活風格》，台北：聯經，2001年。

「現代」旨在證明瞬間是未來的可靠歷史，其價值在於它終將成為「古典」；而所謂「古典」，不過是新世界開始時的那一「瞬間」，因而不會持續太久，一旦出現，隨即便會消亡。這種有關時代的理解後來被超現實主義者再次推向極端，並在「現代」和「時尚」之間，建立起了一種緊密的聯繫。本雅明（Walter Benjamin）則更進一步把波特萊爾的這種審美經驗回轉到歷史語境中，提出「現時」（now-time [*Jetztzeit*]）的概念。在「現時」當中，為了從流行的事物裡提取出它可能包含著的歷史中富有的詩意及當下的永恆，時尚的想像中往往可以發現一種庸俗的「模仿」。[37]

因此，「時尚」基本上是來源自「現代／現代性」的概念，是伴隨「現代」藝術審美觀念而生的一個關乎生活方式與審美的概念。時尚的產生本是為了建立自己的主體性以達成某種認同。在時尚的延伸意義裡，這種認同可以是性別或者階級的認同。而時尚之所以在被大量模仿後便失去主體性，最根本的原因即是「現代」的主要特徵便是對主體性（或個體性）的重視，個體一旦被大量複製或模仿，也就失去了原本的主體意義。因此「時尚」只能是一種「當下」、「現時」的存在。

與「時尚」緊緊聯繫的，還有另一個概念——消費——需要說明。「消費」（consumption）概念在全球化的 20 世紀末，幾乎籠罩了所有自由市場經濟體制的社會。Robert Bocock 在《消費》（Consumption）一書裡，討論市場與消費之間的關係：「消費」在西方乃起源於一種經濟方式（商業化）的轉型，而

---

[37] Jürgen Habermas（1985）.The Philosophiacl Discourse of Modernity（Frederick Lawrence, Trans.）.Frankf./M.:Suhrkamp.PP.8-11.

在 5、60 年代以後，則與「大眾」之間產生緊密的連結，到了
7、80 年代，在「後現代」的概念下，「消費」則被視為一種
跨「現代」與「後現代」的現象，是「現代」與「後現代」之
間的過渡橋樑。[38]

　　當然，「現代」與「後現代」的爭論並非本書重點，在此
援引「消費」的概念，是為了說明，「消費」這個在市場經濟
體制下所帶來的概念，在當代中國的重要性乃在於：「消費」
已然成為一種現代生活方式，並影響了現代人對於生活的定
義。「消費」本身成為現代社會裡潛在的意識形態，它帶來了
生活方式的改變，並影響了個體生命價值與意義的定位。

　　無論是從社會學的角度或從歷史哲學的角度來看，西方社
會的種種關於「消費」、「時尚」、「懷舊」等概念，基本上都出
於對「現代」意義的延伸討論。市場經濟體制下的「消費」觀
念促成了「時尚」的產生，並與「時尚」互為辯證，而「懷舊」
則成為一種被消費的客體，且成為一種「時尚」的內涵。倘若
就此意義上來討論王安憶的懷舊，基本上可以說，王安憶的小
說確實有著「懷舊」的面貌。然而由於目前所見的批評裡，對
於王安憶小說中的「懷舊」，基本上多是就一般「字面意義」
上來理解，認為王安憶的懷舊僅是一種對於過去的嚮往云云，
而在此「懷舊」範圍內已成主流的對於「老上海」的書寫與討
論，也往往呈現出不同方向的對於「懷舊」的觀察。因此王安
憶以城市為主要背景的小說，如《長恨歌》等便經常被認為具
有「老上海」懷舊時尚的意義，或者被從知識份子的懷舊角度

---

[38] Robert Bocock，“*Consumption*”. 張君玫、黃鵬仁譯：《消費》，台北：
巨流，1995 年。頁 22-23。

來看待。〈妹頭〉與《富萍》則被認為是《長恨歌》上海懷舊的更進一步的延伸。且還認為，這種懷舊的書寫，基本上是以「現時上海的不在場」為前提，作者所感傷的是在歷史長河中隕落的上海，而不在場或缺席的主體恰恰是上海這個城市本身，以《長恨歌》為代表的正是一種精英敘事在試圖否認消費主義的城市歷史的姿態下，想像一種整體的現代性的都市文化體驗。[39]而王安憶以農村為背景的小說，如：〈喜宴〉、〈開會〉、〈隱居的時代〉……等，則多被視為作者對現代社會工業文明的厭棄，並轉而選擇農村題材小說所隱含的「懷舊」之情。[40]（按：筆者認為評論者在這裡所說的「懷舊」，其實只是一種「念舊」）。因此，評論家對王安憶的上海小說或農村小說的懷舊詮釋，實際上都可以用對「現代性的抗拒」這樣一個頗為「時尚」的說法來總結。

　　上述這種評論觀點，也許可用以解釋 90 年代末期大量出現的「老上海」懷舊文本[41]，因為這些以懷舊為主旨的文本，基本上是為了「被消費」而出現的，這種形式的「懷舊」並非在一夕之間蔚為風潮，筆者認為，在大陸新時期社會裡，懷舊感已經漸漸產生，「尋根」的思潮帶動了現代人向過去的文化

[39] 見包亞明：〈懷舊的政治：老上海酒吧、精英敘事與知識份子話語〉，收於李陀主編，包亞明、王宏圖、朱生堅等著：《上海酒吧——空間、消費與想像》，南京：江蘇人民出版社，2001 年 9 月。頁 146-147。

[40] 如：魏李梅：〈飛向記憶的花園——淺談王安憶小說創作中的懷舊母題〉。（按：該文中的「懷舊」實際上只是一種「念舊」的字面解釋。）

[41] 這種消費上海的「懷舊文本」，可以陳丹燕在 1998 年開始創作發表的：《上海的風花雪月》（北京：作家出版社，1998 年。）、《上海的金枝玉葉》（1999 年）、《上海的紅顏遺事》（2000 年）……等一系列以上海及上海的人為題的「上海故事」為代表。「上海」本身，在世紀末的文化市場裡，顯然成為當紅的文化工業。

經驗找尋根源，懷舊便是在這種背景下被挖掘出來的。當然在最初之時，懷舊並非「尋根」的目的，但是透過尋根的挖掘，一種存在於現代生活中的過去陰影卻漸漸地浮現上來。「老上海」的熱潮，基本上也是在這樣的情境下出現的。「現代性的抗拒／接受」只是從評論者從後設的角度賦予了「懷舊」一種學院式的意義，但這樣的評價卻並非一種非常完善的論述，甚至也不大適合用來解釋王安憶的小說。

與其說，王安憶 90 年代以後的小說是一種對現代性抗拒的「懷舊」，不如說，是一種接近前文所論波特萊爾等人對於「現代」意義的藝術審美抉擇。「懷舊」的存在，其實也是為了對「現代」重新加以省思。

儘管現當代可說邁入了龐大的後現代論述的文化語境中，然而人們仍總是必須一再地為「現代」下定義，並在此定義上確立自身的位置與主體。

我是誰？我處在什麼時間與空間的位置上？「現代」永遠轉瞬即逝，但「現代」卻是瞬間的永恆。因此本書認為，王安憶的「懷舊」，基本上乃出於對「現代」的省思與需要。生活上升為美感的形式，並不僅僅只在農村裡出現。（即使有一段時間，王安憶的確如此認為，而排除了城市的美感形式。）王安憶終究發現到，現代生活中在變動快速的環境裡，存在著一種戲劇性。她 2002 年的中短篇小說集《現代生活》裡所收錄的小說，可說是對這觀察的具體寫照。

《現代生活》自序裡提到：

> 時間對空間的擠壓下，人也有了新的形式。……
> 站在一個高處看我們的城市，鄉鎮，田野，就像處在狂

野的風暴中；凌亂、而且破碎，所有的點，線，面，塊，
都在驟然地進行解體和調整。這大約就是我們的現代生
活在空間裡呈現的形狀。而在生活的局部，依然是日常
的情景，但因背景變了，就有了戲劇。[42]

王安憶所謂的「戲劇」，指的便是她曾經一再強調的故事性。
但在 90 年代末，21 世紀初時，她開始喜歡把小說中應當存在
的「故事性」轉換為存在於「生活」中的「戲劇性」。這是她
從戲劇舞台的空間佈置裡觀察得到的結果。倘若將王安憶所謂
的戲劇性轉換為較為正式的文學批評用語，便是指就「情節」
與「衝突」的結合。

　　而「形式」在王安憶的使用脈絡中，乃指構成小說文本的
內在原始邏輯，在文學批評概念裡，狹義的「形式」（form）
是指文學類型或體材。而廣義的「形式」則指一部作品的基本
構成原則。柯勒律治（Colerideg）曾將形式劃分為「mechanic
form」和「oragnic form」，後者可翻譯為「有機形式」，原意
乃指一種「內在的，隨著自身的生發而成型的外型塑成」，亦
即好的文學作品本身存在著一種內發的，並外顯為一種外型的
形式。[43]當王安憶在討論到所謂的生活形式時，所指的便常常
是這種概念下的「形式」。用蘇珊・郎格（Susanne K. Langer）
的概念來解釋，便是藝術作品原本即存在的一種形式。而欣賞
者或創作者只是將這種形式藉由「直覺」或其他方式提煉出
來，它是一種本然的存在，並且具有藝術美感與結構。

42　王安憶：〈時空流轉現代〉，《現代生活》（自序），台北：一方，2003 年 4
　　月。頁 4-5。
43　同註 1，頁 121-122。

在這樣的新的觀念與新的藝術視野的認識下，王安憶在過去的農村生活與插隊經歷裡重新找到一種審美的形式與方法。而在她更確定自己的寫作方向時，她也更進一步地肯定了現代生活中的審美形式。

一、重建記憶，再現經驗

在論述王安憶如何進行她對農村生活形式的審美時，必須要先談到在選擇農村作為她新寫作方向的素材時，王安憶曾經有一些作品反映出她之所以在世紀末選擇過去知青經驗加以重寫的原因與轉折——那就是她對於「時間」的關注。

王安憶似乎總在重寫過去與記憶，其緣由或許可以從她完成於 1998 年的短篇小說〈杭州〉裡的一段話看出端倪：

> 杭州給一九五九年，捎去了風花雪月，有一些事情是長大成人後再知道的。幼時的知覺，是一片沼地，大事情都陷落在混沌無底之中，只一些輕浮的小事，倒在沼澤的稀薄柔軟的表面，種植下來，開出奪目的花朵。這些小事一律是沒有背景的，背景屬於大事情。於是，它們孤立地凸現在知覺的深淵之上，越過了許多時間，光彩不減。[44]

大敘事與小敘事的差別就在於大敘事總是有著鮮明的背景，而那些日常生活中真正屬於平凡人的小敘事卻總堙沒在混沌之中，作家的任務便是將那些缺乏背景的、屬於個人的，從混沌

---

[44] 王安憶：〈杭州〉，原發表處不詳。收於中、短篇小說集《隱居的時代》，上海：上海文藝出版社，1999 年初版，2002 年 10 月 2 版。頁 63。

中挖掘出來，使之存在。

〈杭州〉的敘事者「我」回憶著 1959 年的杭州記憶，包括全家出遊，還帶著保姆，住旅館、拍照等等，在過去美好記憶的回憶裡，記憶像是一股自地湧出的泉水，將一次家宴、饑饉，以及 1966 年文革時前去杭州的經驗、1969 年計畫不買票搭火車到杭州的亂世少年的記憶，這是大時代中的小命運。

同樣是以杭州大串連為敘事題材，王安憶在 1985 年發表的〈歷險黃龍洞〉，是藉由尋訪杭州姑婆的戶口事件探問自我的來歷。而在 20 世紀末所寫的〈杭州〉裡，則將重點放在記憶的重寫，藉以再現過往的個人歷史。在歷史或記憶中，時間的重要性被突顯出來，敘事者形容時間的特性是：

> 在許多概念之中，時間的概念是物質性的，它具有實體。它將一些渙散的印象，集合起來。使之有了前因和後果。許多印象一依了時間，才牢固地串連在記憶中。倘若時間的概念模糊了，它們便如斷線的珠子，滾落到四下裡，再難找見了。[45]

在王安憶唯物寫實的世界觀裡，時間也被視為是一種物質性的、具有實體的東西。而必須重寫過去的原因在於：

> 印象是瑣碎的，卻滿滿當當。要等到許多年之後，才會水落石出，呈現出真相。[46]

為了不讓時間如斷線的珠子般散落四下，而必須一再尋訪過去

---

[45]　同註 44，頁 76。

[46]　同註 44，頁 77。

的時間，但在過去那段年少的經驗裡，記憶卻未經揀擇、雜亂無章。

在這樣的概念底下，王安憶開始重新檢視過去的記憶，而這世紀末的回望與尋訪，已與她創作初期以描寫其知青經歷與個人經驗的小說有所不同。

王安憶早期的知青小說在傷痕文學潮流的推動下，藉由書寫來忘卻文革的傷痕，但這種「忘卻」卻同時具有一種文革結束後對新時期社會的熱切期待，69 屆的理想固然在文革時面臨失落，但終究並未真正如王安憶所說般的「沒有理想」。而早期王安憶以知青或文革經歷為背景的小說裡，固然經常讚揚人性的美好與光明的一面，但基本上，這些早期的作品基本上仍以對文革記憶與知青經歷提出反省與批判為主。

這樣的反省與批判到了 1998 年前後，當王安憶再度開始寫作一系列的以知青經歷和農村生活為背景的小說時，有了轉變。小說中對於過去歷史的檢視不再帶著負面批判與迴避的眼光，而是將關照的重點放在過去那段時間與經驗中的種種細節，以及生活裡所展現的某種王安憶稱之為「具有審美性質」的形式，並據此鋪陳出一篇篇的作品。

對於「記憶」的本質，寫於 1998 年的〈遺民〉裡有一段深刻的觀察：

> 一些事情其實過去不久，轉眼卻成了老照片。比如這城市的有軌電車，好像昨天還乘過它……可是今天連路面上的軌跡都沒有了。但是，另一些情形卻正相反，明明是隔世的景象，編年史上一查，就在近期，我們的視野裡。比如西裝旗袍，應當是在六十年代初期到中期，方

才漸漸絕跡。印象裡卻淡漠的很，好像那是舞台上的戲
裝。[47]

世紀末的「記憶」在錯亂的時間裡，被打亂了原本的序列與完
整。敘事者並且進行了一段有關記憶的辯證：

> 記憶說脆弱很脆弱，它特別容易被覆蓋。當街面上有店
> 家新開張時，你竟然想不起舊招牌上原是寫的什麼字
> 樣。……可某些時候，它又特別頑強，它可以從層層舊
> 物舊事的廢墟中穿透出來，跟隨著你，在你的視野的一
> 個暗角裡，蟄伏著，當光線來自某個角度，他便閃現在
> 微明之中。[48]

在現代生活裡，新與舊的感覺產生了混淆，而記憶也不再可
靠。所以說：

> 記憶很難說是真實的，它只是帶著寫實的表象。它將細
> 微處都刻畫起來，顯得栩栩如生，近在眼前，可它對原
> 委一類的因素就無能為力了。這是因為它總是抓住表面
> 的東西，它敏於感受，更接近本能。它並不包含理性，
> 所以，便缺乏了解的力度。它甚至是有些機械性地，收
> 集材料，然後，被動地等待著篩選。[49]

〈遺民〉就是寫在這樣一種時間錯置，記憶不可靠的辯證底下

---

[47] 王安憶：〈遺民〉，原發表處不詳。收於《隱居的時代》，上海：上海文藝
出版社，1999 年初版，2002 年 10 月 2 版。頁 106。

[48] 同註 47，頁 106-107。

[49] 同註 47，頁 107。

所回溯的一段模糊而不可靠的感覺與記憶。敘事者描述著,在一個濕熱的夜晚,媽媽帶著「我」和姐姐前往城市西區,位於淮海路與茂名路相交的轉角處的電影院途中,所發生的許多細微而幾乎無他人察覺的瑣事,以及與「我」的情緒和所感受到的周遭氣氛的變動……等等。因此〈遺民〉一篇所重現的可說是不能再小的「小敘事」,它幾乎只是抒發了敘事者的感觸以及內心情感的流動。但這就是王安憶試圖要建構的東西,她正在試著在時間的序列更加混亂之前,藉由文字的描寫,建立那不存在於成文歷史中的個人記憶。

又如在〈輪渡上〉,敘事者說:「我還沒寫過輪渡上的那二男一女。他們的面容在時間的河流中浮現起來,越來越清晰。」[50]因此敘事者便記述了一段淮河上搭乘渡輪時,遇見來自農村的二男一女的經驗,並用相當多的篇幅將描寫的重點集中在這三人的面貌與外表上。敘事者在他們的臉龐中,發現了「一種遲鈍的美」。[51]隨著書寫的過程裡,他們的面容也逐漸清晰,直到描寫到他們下船後,他們的身影已經凝固在記憶的畫面裡,永不消失了。

〈冬天的聚會〉記錄了一段年少時的記憶。而這些記憶通常都與「現在的生活」產生某種「今昔」的對照,如:

> 方才說的,我們家四個大人中間的三個,來到了現在的城市,那剩下的一個是誰呢?是他家的爸爸。就他一個

---

[50] 王安憶:〈輪渡上〉,原載於《上海文學》,1998 年第 8 期。收於中、短篇小說集《隱居的時代》,上海:上海文藝出版社,1999 年初版,2002 年 10 月 2 版。頁 87。

[51] 同註 50,頁 87。

人還留在軍區，冬天的聚會就要從他這裡講起。[52]

這裡的「他」，指的是「我」童年時玩伴。兩家父母是特別要好的戰友，因此兩家經常在一起聚會。小說中便描寫了冬天聚會時，洗澡、打牌（抽烏龜）等事件。而「那時候，有很多次這樣的聚會，都是在不知不覺中結束了。」[53]正是因為過去的記憶太容易被覆蓋而消失，因此王安憶幾乎不遺餘力地試圖寫下「那個時代」所發生的，她認為值得書寫的事。而這些被作者選擇書寫並記錄下來的「過去」的記憶或印象，往往與「現在」之間存在著某種詭異而相似的聯繫。似乎書寫記憶本身，就是為了更加確定生活於「現在」中的「我」，其存在位置與存在感。例如〈杭州〉中，敘事者藉由一張照片回溯 1959 年全家出遊杭州的情景，甚至接續著敘述 1969 年重到杭州，尋訪了姑婆，還去了黃龍洞……等等。然而所有的回憶都建立在「現在」的基礎上，是在「現在」之上進行的過去回溯，沒有現時感就沒有歷史感。小說最後，以「這一年的三月，來杭州」的最近一次的杭州之行作為結尾，正好與過去的杭州記憶形成有趣的對照，而文中所描述的種種關於過去的、晦澀而黯淡無光的感覺，最終都融進「現在」的體驗之中。

〈隱居的時代〉也是這樣一篇重建記憶的作品。王安憶對於重建「記憶」的迫切，令人察覺出一種作者自身對於「時間」的焦慮感。這焦慮除了來自世紀末時間感——或「歷史性」的喪失以外，還與 20 世紀末到 21 世紀初重現的「知青小說潮」

---

[52]　王安憶：〈冬天的聚會〉，原載於《人民文學》，1999 年 10 月。收於短篇小說集《剃度》，台北：麥田，2002 年 9 月。頁 85。

[53]　同註 52，頁 93。

有關，當王安憶不可避免地捲入知青題材小說的懷舊風潮與
「老三屆」文化熱的潮流中時，她重新檢視過去的經驗，卻發
現許多事情在經過時間沈澱後所發生的改變，誠如她所說的
「記憶很難說是真實的，它只是帶著寫實的表象。」記憶也可
以經過不同的挑選而呈現出不同的面貌。

那麼究竟該如何檢視、或者回顧「過去」呢？王安憶用她
的小說清楚地表明她是要在經驗的印象裡，重新找出以往未被
挑選進籃子裡的菜色，而不再如以往「揀到籃裡都是菜」，改
而去蕪存菁地進行選擇。在她而言，那就是為插隊農村中的農
民面貌的重新進行刻畫，以及對農村生活方式的歌頌。1998
年發表於《收穫》雜誌的〈隱居的時代〉可視為王安憶將其重
建記憶的觸角延伸到插隊經歷的代表作。

創作年代稍早的〈姊妹們〉〈文工團〉、〈蚌埠〉雖然也是
以插隊的經歷為題材，但此時王安憶還沒有形成像〈杭州〉這
篇小說中所出現強烈的對於重建記憶的迫切與需要，而只是表
現出敘事者對於農村生活及插隊經歷的認同。新時期初期，傷
痕文學中的知青題材小說往往以逃離或結束插隊生活為目
標，插隊的經歷儼然是一段不堪回首、且竭力想要遺忘的歷
史。但到了 90 年代中後期，王安憶對於過去的插隊經歷卻開
始產生新的認同。相似於對於上海城市的認同發生在 90 年代
初期，王安憶開始將自己視為一個「城市之女」，回顧過去經
驗的王安憶終於不再逃避文革的傷痕，而改以認同的姿態重看
文革時期的歷史與經驗，最明顯的例證即是「我們」話語的使
用。比如〈姊妹們〉開頭第一段即道：

　　我們莊以富裕著稱。不少遙遠的村莊嚮往著來看上一

眼，這「青磚到頂」的村莊。從文明史的角度來說，我
們莊處處體現出一個成熟的農業社會的特徵。[54]

而「我們莊」的女子則成為敘事者直接歌頌的對象。除此以外，
又如〈文工團〉第一段所寫的：

> 我們這個地區級文工團的前身，是一個柳子戲劇團。被
> 新文藝取代的事實，使這個劇種留給我們陳舊沒落的印
> 象，是古老、生僻、落伍的一種。[55]

中篇小說〈文工團〉內容分別敘述了柳子戲、柳子戲劇團遺留
下來的老藝人、駐團的院子、受過聲樂訓練的藝術學院的大學
生團員、文工團的學員、跟團自費學習的過客、以及文工團出
發演出的顛沛流離的生活。小說中以帶了點嘲諷的口吻描述著
關於過去好與壞的點點滴滴，藉此表現出「我們團」的發展歷
史，並在最後結束時，流露出敘事者作為其中一員的身份認同。
　　〈蚌埠〉則描述敘事者對於插隊時期曾經短暫停留過的蚌
埠這地方的重新檢視。原先我（們）並不曾仔細追究過我們
所生活的地方的歷史，因為「現實生活佔據了我們的注意力，
歷史顯得虛無飄渺，它走不進我們的視線，它是供給閒適的身
在事外的心情去追問的。」[56]蚌埠這地方，對於「我」插隊地

[54] 王安憶：〈姊妹們〉，原載於《上海文學》，1996 年第 4 期。收於《隱居
的時代》，上海：上海文藝出版社，1999 年初版，2002 年 10 月 2 版。頁
254。

[55] 王安憶：〈文工團〉原載於《收穫》，1997 年。收於《隱居的時代》，上
海：上海文藝出版社，1999 年初版，2002 年 10 月 2 版。頁 303。

[56] 王安憶：〈蚌埠〉，原載於《上海文學》，1997 年第 10 期。收於《隱居的
時代》，上海：上海文藝出版社，1999 年初版，2002 年 10 月 2 版。頁 1。

方的農民們，是一個重要的大碼頭，對於插隊的知青「我們」來說，則是回鄉的火車站，而回家，曾經是暗淡無光的插隊日子裡的一線光明。許多年以後，當「我」重新回顧過去在蚌埠的經歷，才發覺：「這個我們一旦離去就沒有再回來過的城市」[57]，原來「掩蔽了我們多少不堪的回憶，一些窘迫的境遇，和哀傷的細節」[58]。而這時的我，其實已經不再畏懼去挖掘出過去想要隱藏的那些記憶了。

本書第三章曾討論到，80 年代中期，王安憶「我們」的敘事策略帶有使個人意識形態隱退的目的，敘事者將早期創作中相當鮮明而帶有自傳性質的「我」匯入「我們」的群體之中，使「我」的單數隱沒於「我們」的多數，藉以降低敘事者的主觀。敘事的「主、客觀」在剛剛進入寫作一途，分寸拿捏還尚未完全精熟的王安憶而言，是一件相當重要的問題，因此她極力於避免讓個人的主觀影響到小說的敘事，況且她又是一位這麼堅持地將其個人經驗置入小說中的作家，主、客觀的掌握便不可不慎。

但到了 90 年代所使用的「我們」敘事，卻比 80 年代中期多了一份自我的認同與接受。也因此，當她在開始重寫知青經歷與農村生活時，其基本觀看視角與立場，已經與她 80 年代初期的文革、知青題材小說截然不同。敘事者不再完全是高高在上、冷漠客觀的小說之神，反而加入「我」所參與「我們」團體之中，與被敘述者站在相同的地位上，開放地供人觀看。在〈姊妹們〉、〈文工團〉、〈蚌埠〉這幾篇小說中，敘事者對過

---

[57] 同註 56，頁 18。
[58] 同註 56，頁 16。

去經驗的回顧，無論是好是壞，是令人歡欣的，或是有些黯淡無光的，基本上都已是立足在接受認同的立場上，在敘事者自己也被包括進自身所營造的敘事語境中的時候，敘事者便不再僅是遠遠地觀看著筆下眾生而已。這種在認同上的轉變，正意謂著，90 年代末的王安憶，終於願意正視她自身、個人的記憶，也因此才有稍後一系列描寫農村生活與插隊經歷為主的中短篇小說作品出現。

這種認同的展現，便如同在〈憂傷的年代〉裡的「我」對「我們」那個年代經驗的認同。「我們」那個年代的電影院、後弄裡的記憶，在不知不覺中積蓄著不幸的感覺，一遇到觸發的契機，便一湧而出。而多年後當我回想著過去晦暗的記憶時，其實已經從憂傷的成長過程中走了過來。即使被命名為「憂傷」的「過去」仍停留在陰晦的暗影之中，但「我」儼然已透過敘述面對了它。這是敘事者對於自身記憶的總結與認同。

於是在〈憂傷的年代〉裡，已然妥善處理好她個人認同問題的王安憶，在接下來的作品中幾乎沒有再碰觸有關「認同」的任何議題，而是在一種作家內在心靈相當平靜穩定的情況下，開始重寫自身的經驗，當然這時的「重寫」，已非如過去般帶有認同的尋求或逃避，相反地，90 年代末到 21 世紀初的王安憶透過其小說創作所表現出來的，是對於過去與現在生活的肯定，因此她的小說語言不但傾向於平鋪直敘、白描式的散文化敘述，她的小說內容大抵也就展現出兩種方向：其一是對於過去經歷與生活的歌頌；其二則是對當前生活形式的探索。而這兩種方向，其實都立基於「現代生活」。

為了表現過去的經歷、生活，與現在的經歷、生活，王安憶選擇透過對細節的描寫，來營造出生活本身的空間感與時間

感，其描寫的方式因此常流於瑣碎，缺乏集中的主題展現。這
一點常使得她近期的幾部小說獲得負面的評價。至於她究竟如
何描寫過去／現在；農村／城市生活，並在其中獲得某種審美
和戲劇性，即是接下來即將討論的重點。

二、農村生活的美感形式

　　王安憶在 1998 年底到 2000 年初的兩年間，集中地完成了
一批以描述知青題材、插隊經歷和農村生活為主的中短篇小說
作品，如〈天仙配〉、〈隱居的時代〉、〈喜宴〉、〈開會〉、〈青年
突擊隊〉、〈招工〉、〈花園的小紅〉、〈小邵〉、〈王漢芳〉等。這
幾篇小說除了〈天仙配〉、〈隱居的時代〉以外，大部分收錄在
《剃度》這短篇小說集之中。而插隊經歷與知青生涯、農村生
活等，往往相互交融在同一篇小說中，這自然是可以理解的，
因為對於來自上海城市的敘事者而言，農村的生活往往都是插
隊下鄉時的體驗。

　　〈天仙配〉倘若與同時期的作品〈姊妹們〉、〈文工團〉、〈憂
傷的年代〉等放置在一起，或許會有些格格不入。王德威認為
該篇小說延續了王安憶小說中的女性與憂傷的關係，小說中的
女兵在戰爭中重傷不治死去之後，被配給村中剛死去的青年冥
婚，但經過許多年後，又再度被拆散，她可說是個「身不由己」
的化身。[59]但王德威這種觀點可能無法妥善地安置〈天仙配〉
這篇小說在王安憶作品整體脈絡裡的位置。假使將〈天仙配〉
放到 80 年代中期尋根小說潮流中來看待，或許正好切合。但

---

[59]　王德威：〈憂傷紀事——王安憶的《憂傷的年代》〉，《憂傷的年代》代序，
　　台北：麥田，1998 年 7 月。頁 X。

這篇小說卻出現尋根潮流已非主潮的 1998 年，便不得不重新思考它的真正主題與含意。在小說語言上，〈天仙配〉是較接近〈小鮑莊〉的，但在 90 年代末期出現的該篇作品，卻正可視為王安憶重寫農村生活的前奏，只是她很快就放棄〈天仙配〉這種模擬農民語言的敘事方式，而改採取她已經相當順手的散文化語言來敘述。是以在她後來數篇描寫農村的作品出現後，〈天仙配〉彷彿被孤獨地擱置在一旁無法介入。事實上，這篇小說正是作者試圖重寫農村生活形式的一篇投石問路之作。

　　稍晚完成的中篇小說〈隱居的時代〉則可視為王安憶在 90 年代末期重建插隊經驗與記憶的先驅。這篇小說描寫「我們」插隊的淮北鄉村大劉莊中，一些富有傳奇色彩而被隱藏起來的人和事。這個淮北鄉村是以家族為組織單位的鄉村，任何外鄉人經過這裡，都會受到矚目。而就在這樣一個鄉村裡，卻隱藏著意想不到的人和事，「他們在某種程度上，與鄉村的環境融合在一起，並不顯得有什麼特異，看上去是同樣的自然，好像他們早就加入了鄉村歷史。」[60]藉此，敘事者形容鄉村生活的特質：

> 鄉村的生活就有著這樣強大的洇染力，它可將任何強烈的色彩洇染。很多尖銳的情節，在這裡都變得溫和了。它看似十分單調，其實卻潛藏著許多可能性，它的洇染力就來自這些可能性。這些可能性足以使一切突兀的事情變得平淡和日常。[61]

[60]　王安憶：〈隱居的時代〉，原載於《收穫》，1998 年。收於《隱居的時代》，上海：上海文藝出版社，1999 年初版，2002 年 10 月 2 版。頁 415-416。
[61]　同註 60，頁 416。

在這沈悶的鄉村裡，所隱藏的意想不到的人和事，與鄉村的環境融合在一起。有一位蚌埠下放的黃醫師，他連同蚌埠醫療隊的其他醫師一起住在大劉莊的東頭，他專治五官科，是一個名醫，許多人因為聽聞黃醫師醫術高超而不遠千里跋涉地來到他駐隊的大劉莊。而與黃醫師一起下放大劉莊的，還有其他醫師，其中張醫師和于醫師，她們較具有現代精神，經常身背藥箱出診。三位醫師的家庭觀念與家庭生活截然不同，彼此間也保持著一定的距離。當地農民看待三位醫師的態度與方式也各不一致，比如在農民眼中，黃醫師是一個孤身一人住在大劉莊上，生活能力又特別差的無依無靠的大孩子。他的落落寡合、格格不入，使農民喜歡上了他。「他們並不是把他當莊稼人，卻也不是當他外人，敬而遠之，他們承認他是另一種人，一個異數，然後便接受了他。」[62]對於這個情況所展現的弔詭與奇異的和諧，敘事者說：

> 當我從青春的荒涼的命運裡走出來，放下了個人的恩怨，能夠冷靜地回想我所插隊的那個鄉村，以及那裡的農民們，我發現農民們其實天生有著藝術的氣質。他們有才能欣賞那種和他們不一樣的人，他們對他們所生活在其中的環境和人群，是有批判力的，他們也有才能從紛紜的現象中分辨出什麼是真正的獨特。[63]

當王安憶從過去的陰影中走了過來，當她回望從前時，終於能夠以另外一種截然不同於逃避或批判的眼光，來看待過去經

---

[62] 同註 60，頁 427。
[63] 同註 60，頁 427-428。

驗。結果她發現，原來農民天生有著藝術的氣質與分辨真相的
能力，所以：

> ……黃醫師，他給我們莊，增添了一種新穎的格調，這
> 是由知識，學問，文雅的性情，孩童純淨心底，還有人
> 生的憂愁合成的。它其實暗合著我們莊的心意。像我們
> 莊這樣一個古老的鄉村，它是帶有些反璞歸真的意思，
> 許多見識是壓在很底的底處，深藏不露。它和黃醫師，
> 彼此都是不自知的，但卻達成了協調。[64]

敘事者藉由鄉村農民對一個下放醫師的憐惜與愛，巧妙地歌頌
了鄉村農民的純樸與睿智，字裡行間充滿認同與歌頌。因此即
使「在農村貧困的，溫飽難以維繫的生活裡，其實是含有著健
康的性質，這是以簡樸為基礎的……春夏秋冬有序地交替，恪
守各自的職責，字給自足著。這是合理的生存環境。」[65]雖然
人們因此也生出了「天命觀」，但卻並不愚昧。

除了下放的醫師以外，「隱居」在鄉村中的，還有熱中於
文學的青年。敘事者認為，在那個「地下書寫」的時代，才是
真正的文學的時代，甚至連政權都難以干預。而在同一個縣城
中，熱愛文學的插隊知青不知道有多少？在敘事者看來，這是
「一個意識形態最狹隘和嚴格的時代，卻恰恰是青年們思想最
活躍的時代。」[66]因為招工而來來去去的知青們、一些大學文
科學生，還有一些曇花一現的人物，都為這苦悶的隱居的時代
提供了慰藉與樂趣。「我們」自己也是「那個時代的隱居者」，

64　同註60，頁430。
65　同註60，頁430-431。
66　同註60，頁441。

為那個時代的鄉村提供了一些「外來的因素」，使得原本穩固的歷史和社會改變了它穩定的性質，改變的地方，比如物價——由於來自上海的大學生視螃蟹為珍物，而使得不吃螃蟹的縣城人調高了螃蟹的售價。還有，一些風雲人物，一名反動學生，一個曾是黃埔軍校的教官，而今卻在五河縣中學教數學的老教師……等等，一批「怪人」因為下鄉的政策而集合在一個鄉下縣城裡，共同形成了敘事者「我」過去插隊時的記憶，這些人的歷史明暗相間，無論他們離開後又去了什麼大城市，這一段記憶已成為他們「隱居的隱地」，走哪，帶哪。儘管他們全都默默無聞，是那個時代的隱居者，但「我」已經相信，在那些看似不經意的地方，可能都曾經有過它們自己的記憶。敘事者插隊時的那段「隱居的時代」雖然已經過去，但誰又能說，現代生活裡沒有新的隱居者？

〈隱居的時代〉相當清楚而細緻地描繪出插隊經歷中的人事物，並藉由一群下放或插隊的「外來者」（融入了鄉村環境中的外來者）與鄉民的互動，正面而不帶負面批判地歌頌了農村生活的美好以及農民純樸睿智的天性。在這篇小說中已經看不到王安憶早期的知青題材小說，如：〈從疾駛的車窗前掠過的〉、〈運河邊上〉、〈停車四分鐘的地方〉等作品裡，那種對下鄉生活的急於逃離；也沒有出現如〈本次列車終點〉中，知青返城後的城鄉認同問題；更沒有像〈冷土〉或《69屆初中生》裡，將城鄉的差距透過鄉村女性與城市女性的時尚感來突顯二者的對比。〈隱居的時代〉裡有的只是對農民的天性與農村生活的讚美，即使在論及農民因為根深柢固的天命觀而延遲就醫，導致失去生命的事件，也並未冠以主觀價值性的批評。農村在敘事者眼中，儼然是一個美善之地。〈隱居的時代〉開篇

描寫了一段村裡的狗對外鄉人狂吠，直到外鄉人匆匆離開，狗才漸漸安靜下來的場景，更予人一種雞犬相聞的桃花源錯覺。

〈喜宴〉則描述了一群下放在大劉莊的知識青年，受到小崗上娶親人家的喜宴邀請的情景。大劉莊有七個生產小隊，小崗上卻只有一個生產小隊，知識青年都下放在大劉莊的生產隊裡。娶親的是學校的高中老師，是小崗上人，並不下地，和這群知青也不熟悉，只因為老師的學弟與大劉莊的知識青年中的一名有往來，所以就發出了邀請。小說中便描寫了這群十來個知青吃喜宴的過程與細節，最後寫到，有一次這群知青中的幾個被派工到小崗附近挖溝，歇息時要喝水，便想起了吃過喜酒的這家老師，奔了去，並且受到了老師家的寡母與新媳婦熱忱的招待。敘事者白描出瑣碎卻富有人情味的農村人際的往來互動。

〈開會〉描述了生產大隊收到縣通知要召開「農村三級幹部會」，並籌畫去縣城開會的總總經過。在知青的開會人選上，大隊決定讓年齡最大、性子又最木訥的小李跟去，好讓她能夠早點被抽調上去。另外還帶上一個負責幫忙作飯的農村婦女孫俠子。小說中將孫俠子這一趟去縣城開會、從準備到出發，再到達縣城以後的細節描述出來，一個勤快、善良而善於理家的女性形象躍於紙面，對比於知青小李，更顯出農村女性美好的一面。

〈青年突擊隊〉敘述知識青年小汪在插隊的農村成立一個「青年突擊隊」的經過，並藉此描寫知識青年與農村青年之間的情誼與互動關係。最後「青年突擊隊」在麥子泛青的時節成立了，但過了麥收，就漸漸散了，到了後來「青年突擊隊」甚至成了個是非簍子，漸漸也就沒人提了。但組織青年突擊隊的過程裡結交起來的友情，使得知青小汪要調走的時候，生出了

一點感傷。這感傷反映出知識青年與農村青年之間可能存在的友善情誼。

〈招工〉描寫了劉海明與呂秀春這對知識青年夫妻先是在農村落戶，後來又想盡辦法抽調離開，卻造成夫妻離異的故事。生產隊對這件事的看法，原先是不怎麼歡迎，因為知青一來會佔了他們的糧草地畝，但由於這對青年是認真來過日子的，也還是歡喜的。「因為這裡包含著一種對他們世世代代的鄉裡日子的尊重和肯定。」[67]但事實上，劉海明卻是一個相當精明的男人，他抓緊時機，獲得招工的機會，離開了生產隊，卻留下妻子小呂一個人帶著孩子過活，夫妻倆前程未譜，最後又是大劉莊的生產隊幫助了小呂母子，表現出農民心胸的寬厚與仁慈。

〈花園的小紅〉裡，因為公社選擇了「大劉莊」與「花園」兩個莊的宣傳隊合併演出，而認識了「花園」莊宣傳隊裡唯一的女角——小紅。敘事者形容小紅的外型：大約十二歲，長了一張特別白皙的圓臉，她像是一個小大人，可身姿卻又接近一個女人，她的做派，有一點「浪」。當「我們」宣傳隊這邊的人對小紅表現出嫌惡之意時，他們那邊宣傳隊的人就會護著把她叫回去。這篇小說便是描寫在異性堆中長大的小紅，在「我們」眼中有點「人來瘋」的令人不知該如何看待，卻在她自己的生活圈中受到保護的情境。直到最後，敘事者「我」仍不能判定小紅究竟是個鄉裏孩子，還是個世故的早熟女性。

〈小邵〉描寫農民對於知青小汪與小邵態度上的差異，與這兩名知青在生產隊上的不同表現。上海知青小汪來到七隊插

---

[67]　王安憶：〈招工〉，《剃度》，台北：麥田，2002年9月。頁57。

隊落戶的時候，蚌埠的小邵已經不在了，在生產隊上人們的口耳相傳中，小邵幾乎成為一個傳奇人物，這使得其他知青在小邵的對照下，都顯得乏味。而小邵的下落也貫串了整篇故事，當大家以為小邵已經轉出大隊時，才被小汪發現，其實他就在四、五里地外的馮井莊，原來小邵並不像人們傳說中的那樣神奇。

〈王漢芳〉描寫了一個農村小莊裡的媳婦王漢芳的事蹟，敘事者形容她「做起活來有一種文藝式的好看。就是說，她割麥，抱草，肩鋤，扛笆斗，都有一種銀幕和舞台上的、美化了的風範，但也不妨礙她勞動的實用性。」[68]王漢芳在莊上是一個特殊的女性，她三個孩子裡，有一個被叫做小王漢芳的，也有著母親那種文雅的姿態，無論怎麼樣繁重的勞動，都不失優美。小莊上的媳婦原都是沒有名字的，只有王漢芳，人們是叫名字的，因此「王漢芳」一名，事實上代表了最美好的農村女性的形象，並為敘事者「我」所衷心傾慕。

這幾篇小說大致上都描寫了知識青年與農村青年之間的同與異，並極力歌頌農村生活的美好以及人性的純樸。然而這些屬於過去的農村裡的美好能否長久存在呢？2001 年，王安憶在《上種紅菱下種藕》這部長篇小說裡開始思考農村審美形式消逝於現代化過程中的可能。

這篇小說中，透過主要人物秧寶寶的視角，描寫華舍這個開發中的小鎮在現代化過程中的的變遷。這個江南水鄉小鎮在小說中故事時間的「現在式」是：

---

[68]　王安憶：〈王漢芳〉，原載於《北京文學》，2000 年。收於《剃度》，台北：麥田，2002 年 9 月。頁 115。

鎮區擴大了，新房子和新街快速鋪陳開來，幾乎將舊時的鎮制格局掩埋。只有老街、破爛、朽敗，又所剩無幾，則隱約流露出原先的依水生存的面目。[69]

老街橋下的河水因為有太多的紡織廠與印染廠而被污染，老街外面的新街，則可見到大批成群的打工仔和打工妹。在這樣新舊雜陳的江南小鎮中，秧寶寶宛如一名漫遊者，透過她的視角的觀察，一幅開發中的小鎮面貌像一卷中國水墨畫的圖卷般被漸次展現出來。只不過原來具有某種美感形式的小鎮，卻在開發過程裡逐漸失去了美感。而這小鎮是多麼渺小，「小的經不起世事變遷。如今，單是垃圾就可埋了它，莫說是泥石流般的水泥了。」[70]小說最後，秧寶寶離開了華舍，華舍過去的審美經驗或許如同秧寶寶的離開一般，終將消逝。

當農村與城市的距離因現代化而接近，城市的現代生活也就開始出現一種時間變動後產生的變形結果，這種變形造成了另一種戲劇性的誕生。因此在《現代生活》裡所收錄的一系列發表於 2002 年的中短篇小說，開始將對生活形式的觀察從過去經驗與農村中移回王安憶所說的「現代生活」。

延續了 1998 年到 2000 年之間創作的〈千人一面〉、〈小東西〉、〈聚沙成塔〉、〈大學生〉、〈小飯店〉、〈酒徒〉、〈陸地上的漂流瓶〉、〈伴你同行〉、〈比鄰而居〉等對於城市生活的描寫與現代生活中的尋常人生的刻劃，稍晚的〈保母們〉、〈民工劉建華〉等，則更加深入地描寫了在上海城市，從事保母與木工這

---

[69] 王安憶：《上種紅菱下種藕》，原載於《十月》，2001 年 10 月。海口：南海出版，2002 年 1 月。頁 19。
[70] 同註 69，頁 282。

些職業的人們的特色。〈舞伴〉、〈閨中〉、〈小新娘〉等則探討現代女性的感情與婚姻世界。〈波羅的海軼事〉、〈新加坡人〉等分別從旅居外國的中國人與外國人的眼光來看待中國及上海城市的面貌。〈角落〉則從上海一些不為人知的旮旯裡，挖掘出現代生活與舊文化中的某些交會地帶。〈雲低處〉、〈世家〉跳脫上海的場景，時空移到到了塞北平原的火車上，以及江南世家的一場葬禮。

王安憶不僅將農村生活視為一種審美的形式。城市的生活也逐漸具有審美的可能。尤其在現代化社會裡，農村與城市的距離逐漸縮小後，農村與城市的樣貌變得日益相似。然而儘管如此，上海始終是一個特別的地方。《桃之夭夭》是她 2003 年的作品，在這部長篇小說裡，她又回到了上海。

因此她的「懷舊」並非對於過去戀戀不忘，而是與對城市生活的審視立場相同，都是在對於「現代」及「現代生活」的思考下，所形成的一種審美方式。

三、現代生活裡的戲劇性

王安憶早期創作對於「庸常之輩」的關注，已經說明她擅長描寫生活裡看似不重要的平凡人和事。然而她卻不曾在這些以描寫平凡人和平凡事物為主的小說裡，提到有關「戲劇性」的問題。儘管她曾多次說到：好的故事本身就是一種形式。但在談論到農村生活的形式之美時，卻仍下意識地將城市生活對比於農村生活，在現代化的過程裡，城市的形式變得簡化了。她在 1999 年〈生活的形式〉一文裡如是說道：

城市為了追求效率，它將勞動與享受歸納為抽象的生產

> 和消費，以制度化的方式保證了功能。細節在制度的格
> 式裡簡約，具體生動的性質漸漸消失了。它過速地完成
> 過程，達到目的，餘下來的還有什麼呢？其實，所有的
> 形式都是在過程中的。過程縮減了，形式便也簡化了。
> 所以，描寫城市生活的小說不得不充滿言論和解析，因
> 為缺乏形式，於是難以組織好的故事。[71]

這是對一般性的城市而論，至於「我們」的城市，王安憶又說：

> 我們的城市其實還未形成嚴格的制度，格式是有缺陷
> 的，這樣的生活方式有著傳奇的表面，它並不就因此上
> 升為形式，因為它缺乏格調。……真正的形式，需要精
> 神的價值，這價值是在長時間的學習、訓練、約束、進
> 取中鍛鍊而成。而現在，顯然時間不夠。像我們目前的
> 描寫發展中城市生活的小說，往往是惡俗的故事，這是
> 過於接近的現實提供的資料。[72]

在這樣的一種審美觀念的認定下，王安憶轉向了對「我們莊」
的農村生活的描寫。她認為農村生活的形式具有城市所缺乏的
格調與美感。但在同時，她仍然寫了幾篇以城市的人、事、物
為主題的小說，稍早的如〈千人一面〉、〈小東西〉、〈聚沙成塔〉、
〈大學生〉、〈小飯店〉、〈酒徒〉、〈陸地上的漂流瓶〉、〈伴你同
行〉、〈比鄰而居〉等。

〈千人一面〉，描寫一個專門配製外國片的女配音員顧蓮
華，在其配音生涯中，一位看電視譯製片的男性觀眾對她「千

---

71 王安憶：〈生活的形式〉，《茜紗窗下》，頁 575-576。
72 同註 71，頁 576。

「人一面」的聲音所產生的厭煩、習慣、懷恨、心悅誠服……等等諸多情緒的轉變。而這位男性似乎沒有自覺，實際上他已經被現代電視的製作形式所宰制。

〈小東西〉則是寫一個美麗的白癡小男孩，被眾人誤以為遭到遺棄在商場樓梯口台階上的事件。這事件反映了當時代常見的社會案例，當眾人熱心地討論該如何處置這名棄兒，卻又缺乏足夠自信而無法做下決定，推遲著具體的行動的時候，「棄兒」的年輕的父母親出現了，原來是誤會一場。「小東西」不過是在等他的爸爸媽媽買好了東西，一同回家去。

〈聚沙成塔〉描寫一個熱中於蒐集廢紙的人，苦心蒐集了廢紙後在轉賣給收廢紙的阿姨，並從中獲得一種滿足感，「這種微薄的日積月累，培養著他過日子的耐心，還有恆心，還有信心。他在內心裡其實也並不期待有奇蹟發生，他要的就是這種一點一滴的，聚沙成塔。」[73]而隨著現代經濟的商品化，廣告與包裝充斥了生活，賀卡、包裝紙、廣告品……等，似乎使得他的蒐集有些變質了。收廢紙的阿姨總是準時前來收購廢紙，她愛惜她的勞動，也愛惜他的勞動，並使得他的儲蓄罐越來越沈。這是一種美好純樸的價值觀展現，也是對現代生活中許多浪費與不必要的包裝的省思。

〈大學生〉則描寫一名來自西北鄉的「大學生」前來投奔一個當木匠的表弟李文革的故事。「大學生」並非一名大學生，而只是一名高中生，在認識他的人的閒話中，大學生是一名混吃、混喝，還混了個老婆的人。當他來到上海投奔李文革後，

---

[73]　王安憶：〈聚沙成塔〉，《隱居的時代》，上海：上海文藝出版社，1999 年初版，2002 年 10 月 2 版，頁 103。

這群來自西北鄉的民工與上海的木匠老顧之間，於焉展開了一段趣事，這群西北鄉木匠民工，正是上海城市一部分外來成員的寫照。

〈小飯店〉則描寫了座落在一條雜沓的弄堂中的一家不起眼的小飯店。在同條弄堂裡，還有許多外地人經營的店鋪，比如以福建人為主開的建築裝潢材料店，但材料的價格卻比大賣場的便宜數十倍不止，並且毫不掩飾販售的商品是假貨的事實，似有一種理所當然與講究實際的性格。除此以外，還有許多飯鋪，例如山東人開的蘭州拉麵，安徽人、蘇北人、浙江人營生的早、午飯鋪。店裡來自各地的打工妹則大多穿得十分鮮豔，但比起髮廊裡的女孩則不知道老實了多少。小弄堂裡儼然是一條廉價的商店街，是外地人營生所在。除此之外，弄堂裡也有居住在這條街上新公寓的居民。外地人與新居民，他們共同組成了這條弄堂的景觀與生態。

〈酒徒〉則敘述了一位每次喝酒總是他贏的酒徒，縱橫酒場的細節，以及酒場文化的描述，例如：酒場上，「不在於誰喝誰不喝，而在於誰叫誰喝。喝，其實都要喝的，誰也不甘心少喝一點。雖然，事情弄到後來，就像是誰也不願意喝的樣子，這很像是一個意志的角鬥場，也像個謀略的角鬥場。但意志和謀略都是從屬的部分，真正的實力，還是酒量。」[74]而小說中的這個酒徒，更是深諳酒場文化的佼佼者，並且嗜酒成癮。

〈陸地上的漂流瓶〉描寫一個人在銀行自動取款機領到一張寫有「劉淵潔高三（1）班」字樣的百元鈔票，而興起一股

---

[74] 王安憶：〈酒徒〉，原載於《鍾山》，1999 年，收於《隱居的時代》，台北：麥田，1999 年 9 月。頁 197-198。

好奇的心，想要追索寫有字跡的這張鈔票的來路，更進一步仿效，在鈔票上寫下自己的名字以及「上海」兩字後，將這張鈔票用了出去，並期待有一天會再茫茫鈔海中再次看見它。

〈伴你同行〉則描寫了棚戶區的一片綠地，因為一次返家的路上，在草地遇見了一個來源不明激光手電的光點後，在往後回家的路上便天天看見它，直到有一天它終於消失了，「我」的心裡也留下一份關於那「伴我同行」的美好記憶。

〈比鄰而居〉則描寫，在「我」居住的大樓裡所傳來的油煙味，但卻不確定究竟是自誰家傳來的。在油煙的陪伴下，「我」從油煙的氣味中判斷出這家人的吃食與生活習慣等等，而這油煙「給人富足而質樸的印象。」[75]結果後來廚房裡又來了一個不速之客，這是一戶新搬來的住戶家中所傳來的咖啡香。漸漸的，廚房裡的氣味越來越熱鬧，大樓中這些比鄰而居的人家，就這樣透過油煙的交換，不分彼此地聚集在一處了。

從這幾篇小說裡，可以看出，無論是寫女配音員、電視迷、白癡棄兒、收廢紙的老婦人、民工、或者是酒徒……等等，於現在生活的背景中出現的人物以及伴隨事件，或者是寫一家弄堂裡的小飯店以及現代弄堂的雜沓景觀，乃至大樓裡的油煙問題，都如同王安憶過去對庸常生活的關切，僅是因為時代的變遷而在敘述的內容上有所改變。這幾篇小說雖也描寫了現代生活中的人與事的面貌以及城市的變遷，但基本上並未被作者視為是一種具有美感的「形式」，倘若以王安憶對於城市生活的評價來看，這些作品甚至流於她自己所說的：因為「過程縮減

---

[75] 王安憶：〈比鄰而居〉，原載於《當代》，2000 年 5 月。收於《剃度》，台北：麥田，2002 年 9 月。頁 143。

了，形式便也簡化了。所以，描寫城市生活的小說不得不充滿
言論和解析。」[76]，甚至，還有些缺乏她自己所說的那種精神
性的「格調」。但這類作品卻也因為語言的瑣碎與綿密，而呈
顯出立體的空間感。幾個主要人物在背景的烘托下栩栩如生，
生活背景也因為人物的存在顯得生動可親。小說裡並充滿了敘
事者對現代生活的種種省思。

在「屋頂上的童話」系列五篇裡，敘事者同樣透過現在與
歷史的交錯敘事，以今昔對比的方式提供自身對現代生活種種
層面的關照，雖然篇名命名為「童話」──果真也帶了點童話
的色彩，但王安憶的童話與寫實作品，往往都寓寄著對生活的
反省之意。

那麼，對王安憶來說，「現代生活」究竟有沒有可能如同
她在「我們莊」裡找到的美感形式一樣，具有藝術審美的價值
呢？

事實上，現代生活不等於「城市生活」，也不等於「農村
生活」，而是包含著「城市」與「農村」或其他環境的生活形
式的總稱。在現代生活裡，無論城與鄉，都深受現代化的影響，
於是在現代化的公路旁邊，還存在著手工業化的修車鋪；江南
碧水人家，雖不失整肅嚴正的大道規矩，卻也添上了一派摩登
的旖情；而城裡的新開發區，外地來的因勞動而臂膀健壯的打
工妹身上穿著城市街頭輕俏的服飾。在時間對空間的擠壓下，
人與城市、鄉村，都有了新的面貌。

在中短篇小說集《現代生活》自序〈時空流轉現代〉裡，
王安憶提到現代生活因為時代背景改變而出現了「戲劇」。這

---

[76] 同註71，頁576。

種戲劇性應該不僅止出現在城市中，還應該出現在鄉村或其他環境。然而收錄在《現代生活》一書中的幾部中短篇作品，在背景上幾乎都是於對上海城市的描寫。似乎在王安憶內心深處，「現代」與城市的結合，遠遠比與農村結合來得更為顯著。假使按照〈隱居的時代〉對農村的敘述來看，王安憶筆下的農村甚至有一種對於新式生活的抗拒與排斥，也因此現代化的步調在城市所造成的變遷速度，往往比在農村裡來得更為迅速。而「上海」更是王安憶所說的「現代生活」的主要場景。

〈保母們〉描寫了幾位在上海擔任保母的女性的工作情景。這些保母年齡不等，但最年長的保母小林，其實也不過三十，她們往往受顧於一個家庭，而主要的工作是看護住院的家庭成員。保姆在醫院看護病人的時候，病人之間往往也會互相比較保母間的異同，這便形成了一種有些笑謔的情況。而病人與保母之間的相處情形也各各不同。小說中所隱含的潛在議題除了城市外來者的工作問題外，還隱藏了現代家庭中老一輩親人的安置與照顧的問題。

除了保母以外，在上海謀生的另一種外地人職業是木工。〈民工劉建華〉敘述一位幫「我」家進行裝修工程的木工劉建華的故事。但因為在裝修報價上的高居不下，導致「我」對這個新木工產生了偏見，直到在實際相處與觀察中，方才暸解到他確實頗有本事。像劉建華這樣的勞動者，其實正是「我們」喜歡和欣賞的；勤勞，智慧，自尊，上進。可是因為雇庸的關係，而無法客觀的看待問題。小說最後描寫劉建華在完成裝修工作時留下的一個紀念──「他將熱水器百葉箱的門框打小了一圈，使得我們無法將熱水器的鐵罩拆下來，清除裡邊的煤煙，

以示對我們的教訓。」[77]這個小紀念，生動地突顯了劉建華這個到上海打工的木工的個性與特色。

〈喪家犬〉則描寫一條被棄養，在弄堂裡討生活的狗。在上海歐洲式樣的公寓裡居住著許多條名貴的的狗。而喪家犬與牠們的際遇有著天壤之別。

〈陸家宅的大頭〉描寫「我」剛住進單元房的時候，所認識的一個低能兒。人們喊他大頭，他經常在家附近遊蕩，甚至還會欺生——比如像欺負「我」這樣新搬進來的人。而「我」就在與大頭對抗遊戲的過程裡，慢慢發現，大頭已經不知不覺地融入了「我」的生活之中。

〈舞伴〉敘述四名女友間，所遭遇的三種婚姻狀況：一個結婚，一個離婚，兩個單身未婚。「我們」總在舞會上尋覓著可能作為「我們」舞伴的人，而現代生活中的女性、婚姻以及女友間的情誼、成年女性的寂寞，皆在敘事者的娓娓敘述裡一一道盡。

同樣描寫現代女性的婚姻問題與心境的，還有〈閨中〉一篇。小說中的「她」，已過婚齡，卻還是個少女樣，當然，她也不年輕了。她的日常生活就在上班、陪伴母親之間流逝，當母親退休後，她擔負家庭的生計。然而看似獨立而無憂無慮的生活，卻依然化解不開成年女性面臨失婚的窘困。

與〈閨中〉那位未婚的老閨女恰好相反，〈小新娘〉裡的「她」是一位嚮往婚姻的女孩。「她是從婚紗照片來認識婚姻

---

[77]　王安憶：〈民工劉建華〉，原載於《上海文學》，2002 年第 3 期。收於《現代生活》，台北：一方，2003 年 4 月。頁 25。

的。」[78]最後她順利的在父母的安排下，透過相親嫁給一名大學畢業、在合資企業做部門管理的男孩，於是她便在 21 歲虛齡出閣了。敘事者緩緩講述這個女孩一心嚮往結婚的過程，卻也在同時為這早婚的結果抱著存疑的態度。

〈波羅的海軼事〉描寫一次德國之旅，以及在旅程中人際往來，小說中藉由我——一個來自中國大陸的作家、留學德國的北京人，以及德國女子漢娜，三人在這次旅程中的互動，隱約地表現出三種不同背景的人對於德國與中國大陸的看法和文化價值觀的差異。

〈新加坡人〉是《現代生活》裡所收錄的唯一一篇的中篇小說。小說中透過一名富有的新加坡商人以及陳先生這兩個角色，緩緩鋪陳現代上海生活的面貌。敘事者告訴我們：

> 陳先生是新加坡人在這城市裡的引路人，他帶新加坡人去的飯店呀，可真是無奇不有。在這城市裡，過著居家生活的市民們，聽也不會聽說過的。[79]

這就預示了，新加坡人所看見的上海，並不是尋常的上海，而是隱藏在陰影與角落中，沒有引路人便無法窺見的上海面貌。不過當敘事者挑起了讀者的好奇心，正想隨著陳先生與新加坡人一同去看看那不尋常的上海面貌時，卻不免失望。比如小說裡提到：衡山路的酒吧，據傳是想和香港的蘭桂坊一樣模擬一個小歐洲；西邊開發區的仙霞路，有那麼一截，人稱小台北，

[78] 王安憶：〈小新娘〉，原載於《收穫》，2002 年第 3 期。收於《現代生活》，台北：一方，2003 年 4 月。頁 77。

[79] 王安憶：〈新加坡人〉，原載於《收穫》，2002 年第 3 期。收於《現代生活》，台北：一方，2003 年 4 月。頁 124。

而這些新興的酒吧區都有一個優點，就是比香港或台北來得更新更潔淨，燈火也更家輝煌。這樣的描寫不免讓人感到敘事者是頗有些夜郎自大，也但令人想進一步追問，除此之外，上海究竟還有哪些不尋常的面貌？可惜敘事者藉由陳先生這位引路人所介紹的「上海」卻並沒有太多令人驚奇之處。小說裡，作者也塑造了一個少女雅雯來表現中國人對於富有的新加坡人所能提供的機會的嚮往。然而雅雯只不過是那些嚮往著要獲得機會飛出去的眾多人們之中的一位，走了一個雅雯，陳先生還會介紹來更多的雅雯。整篇小說就在新加坡人在上海來來去去的各種行程裡，揭開了現代上海作為一個外國人眼中的樂園的面紗。

〈角落〉描寫了上海城市的「街角」面貌，包括位於街角的布店、從街角旁灣過去的無軌電車，以及與這街角相對的其他三個街角的殖民時期的洋房。就在這樣的城市地圖上，敘事者探問著生活其中的人們的生計，關切著城市的生態地理與各種聲氣。

〈雲低處〉則跳脫離上海的城市生活，將場景拉到了一班行駛在塞北平原的慢車上，車上有一對陌生男女，彼此並不相識，卻又有著各自的背景與故事，並在這班慢車中，透過交談而進一步地對彼此留下了印象，分別時甚至有些離情依依。

〈世家〉寫了一個江南世家——「諸家」——舉行的葬禮。諸家原本只存在「我」家族的口述歷史中，卻因為「我」參加了這場葬禮，諸家方從傳說裡突現起來。然而這樣的一個世家大族，在現代社會裡卻有一點「不入流」——即使在他們家族自身的內部裡，依然顯得與眾不同。「表面的時代的特徵，已

經隱退的看不見了。」[80]象徵過去的「時代性標誌，都已經消失象徵的功能，便成空洞的抽象的時間。」[81]而諸家的人身處在這種時間擠壓的空間下，就連他們的臉相，也多少帶著一點戲劇性了。這種發生在人們身上的戲劇性，正是一種新的形式，「時代」在這些世家子弟身上，因此失去了意義。

　　收錄於《現代生活》裡的這幾篇小說，大抵皆以描寫現代上海城市生活為主，僅〈波羅的海軼事〉、〈雲低處〉、〈世家〉這三篇暫時跳離上海，其他篇作品則皆圍繞著上海，並從各種不同的層面、視角，透過人與事物的描寫，空間化地表現出時間感。而人物與時間所交織而成的形式，便產生出王安憶所說的現代生活中戲劇。如同一場場真實人物飾演的生活劇，城市生活也在王安憶瑣碎綿密的語言中，得到展示。

第四節　王安憶小說敘事美學（四）
散文化白描及主觀敘事

　　「散文」在西方文學語境裡，常用來指所有口頭的和文字的敘說。它是一種無韻的文體——「Prose」。當「散文」接近文學定義上的文字使用時，則無論其功能是描繪、說明、敘述或表現性的，它就會顯示出有別於韻文「verse」的節奏模式和形式特徵。[82]也就是說，散文的存在是為了與「韻文」有所

---

[80]　王安憶：〈世家〉，原載於《花城》，2002年6月。收於《現代生活》，台
　　　北：一方，2003年4月。頁221。
[81]　同註80。
[82]　同註1，頁271。

區隔。它原本是是指一種語言文字的表現方式,而非如中國文學的傳統意義裡,有別於詩或小說的「文類」(genre)概念。而即使在西方文學語境中,「小說」(fiction)原本的意義也是指用散文體寫成的虛構故事。因此就小說文體的概念上來看,所有的小說文體都是散文。但現今所指的一種作為中國文學類型中,具有「文類」意義的「散文」,卻是指一種有別於詩歌或小說的文學體裁。但「散文」迄今仍無確切的意義,是否是能夠作為一種具有固定形式及內涵的「文類」仍有待商榷。因此在可以掌握的使用方法裡,「散文」在文學範圍裡可以被定義為:它是一種文字描寫的方式。是一種抒情達意的語言藝術,注重自然隨意的語言運作。[83]

因此散文有很大的功能成分可以用來抒發情感,直陳議論、或者藉由大片段的描寫來重現意象或作者內心想法。

在這個定義上,我們可以說,王安憶的小說有越來越明顯的「散文化」傾向。她的語言漸漸轉向對景物或擷取意象的大片白描。敘事者並在這種白描式的語言裡完全隱身。有時候甚至在很長的一個段落裡,找不到敘事者的存在。但由於敘事者始終扮演著隱身敘事的角色,因此儘管閱讀者沒有看到一位敘事者在說話,卻仍然可以察覺到,在大篇幅的描寫文字背後有一個說話者。

王安憶這個敘事特點基本上在 80 年代中期以後就已經逐

---

[83] 張毅:《文學文體概說》,北京:中國人民大學,1993。(按:張毅雖以此「定義」「散文」,但基本上仍是將「散文」視為一種文類來處理。但散文基本上不能算是一種文類,只是一種語言的表達方式,指無韻及描寫式的語言文字等。然而儘管張毅是在將「散文」視為文類的情況下為之定義,但仍歸結出散文的敘事特點,因此仍然可以供為參考。)

漸顯著起來，她在 1985 年以後的小說，基本上都有這樣的傾向。此即王安憶本人所說「敘述」的真正含意，即：敘事者隱身，小說中所有的人物其心理與對白，甚至小說中的情節轉換等等，完全由隱身敘事者來敘述。《紀實與虛構》、〈傷心太平洋〉兩篇小說雖然也運用了這樣的文字技巧，但由於在這兩篇小說中，擔任敘事者功能的除了隱身敘事者以外，還有作為小說中人物的第一人稱敘事者「我」的存在，因此敘事者完全隱身，完全沒有假借其他人物的聲音出現，真正成為一種散文化描寫的作品，要以《長恨歌》為代表。

　　《長恨歌》的第一部曲花了極大的篇幅描寫上海的城市景觀。第一個出場的是弄堂，隱身敘事者如此描寫弄堂：

> 站在一個至高點看上海，上海的弄堂是壯觀的景象。它是這城市背景一樣的東西。街道和樓房凸現在它之上，是一些點和線，而它則是中國畫中稱為皴法的那類筆觸，是將空白填滿的。當天黑下來，燈亮的時候分，這些點和線都是有光的，在那光後面，大片大片的暗，便是上海的弄堂了。……
>
> 上海的弄堂是形形種種，聲色各異的……
>
> 上海的弄堂是性感的，有一股肌膚之親似的……
>
> 上海弄堂的感動來自於最日常的情景，這感動不是雲水激盪的，而是一點一滴累積起來的。……這是由無數細碎集

合而成的壯觀，是由無數耐心集合而成的巨大的力。[84]

將上海弄堂的景觀從鴿子、穿堂、上海小姐們、閨閣、流言等建立起聯繫的，正是隱身敘事者的流轉視角。王安憶以極細膩、極龐大的對細節的描寫，組成筆下的文字世界。因此在這種對於景物上大篇幅的描寫，便在無意中展現出作者對於其文字掌握能力的自信。

王安憶除了將這種散文化白描的敘事手法安置在上海，她還將這種敘事方式轉換到以寫農村和插隊經歷為主的小說裡。例如〈蚌埠〉中，敘事者描寫在蚌埠停留、路過的種種回憶以及蚌埠的景象，便是用大量的獨白式散文化的語言平鋪直述：

> 我似乎從來沒有看見過蚌埠碼頭的全貌，只有一些細節像釘子一樣，堅固地扎在心底。比如跳板的木格底下，滯重的水波，水是黃綠色的，一股一股地滾動，是稠厚的印象。此時，天光初亮，景物均是蒼白的，但是輪廓清晰，人心是一種空明，萬念皆休的寧靜。……[85]

又如〈杭州〉裡，一開始便大幅介紹杭州與西湖給人的印象。接著再談到杭州話的腔調、杭州的吃食、杭州上空的風箏等，以來此建立杭州的整體景觀。杭州在隱身的敘事者筆下，似乎成了一個紙糊的世界。這是寫景的情況。而王安憶在後來的幾篇小說裡，甚至通篇皆是大篇幅寫景，諸如：〈伴你同行〉、〈比鄰而居〉……等。原本，客觀的景物在進入作家的心靈中而轉

---

[84] 同註 10，頁 17-21。
[85] 同註 56，頁 3。

換成語言文字時，應該會形成特殊的意象，但王安憶在白描這
些景物時，卻更接近於照相式的寫真。比如〈伴你同行〉：

> 自從街角有了這片綠地，氣氛就變了。
> 原先，這裡是一片棚戶，擠在西區的街心裡。外表看不出來，
> 走進去，嚇一跳，好像是到了舊電影院裡，剛開埠時，無產
> 無業閒散勞力集聚的地方。低矮，歪斜的板壁房，碎磚壘的
> 小天井。也能看出歷史沿革。主弄的路面，鋪了水泥，柴爿
> 門上，釘著鐵皮門牌，標著路名、弄名、號碼。……[86]

又如〈比鄰而居〉：

> 我們這幢樓裡有十六層，每一層有七套公寓。從構造
> 上，我是與我西邊比鄰而居的公寓共用這條煙道。就原
> 理來說，油煙是向上走的，所以，絕不會是樓上人家的
> 油煙，甚至不定是同層樓面人家的。……[87]

這種完全不加評述的散文白描方式被運用在對人物的描寫上
時，便成為〈輪渡上〉這樣的描寫：

> 我還沒寫過輪渡上的那二男一女。他們的面容在時間的
> 河流中浮現起來，越來越清晰。這是在稠厚的淮河的背
> 景之下的畫面，有一種油畫的醬黃的暖色調。二男一女
> 的面容是由光和影結構的，不是那種線描式的。他們的
> 皮膚顯出粗糲的質感，肌理和顆粒變得細膩了。他們要

---

[86] 王安憶：〈伴你同行〉，原載於《當代》，2002 年 5 月。收於《剃度》，台
北：麥田，2002 年 9 月。頁 131。
[87] 同註 75，頁 141。

比實際上更美一些，像那種光和影對比最好的照片，看
上去柔和、飽滿，鬆弛。[88]

又如：〈喪家犬〉裡，對那條城市中喪家之犬的形容：

我第一次看見這條狗，牠是坐在一個收廢品女人的拖車
上，牠的樣子一下子吸引了我。那時候，牠還是一隻小
狗，形狀就像玩具狗那樣大小。牠髒得可怕，渾身的毛
都黏成一股一股，是一種陰溝水的黑色……[89]

於是，不管是寫物、寫人或寫景，王安憶都採用了同一種敘事
方式——白描——因而使得她的小說失去了情節與對話，只剩
下敘事者（包括隱身或顯身的）的獨自表演。因此，敘事者雖
然常常隱身敘述背後，但卻因為獨自表演的說話有時篇幅過
長，太過引人注目，因此反而更令人特別意識到，隱藏在一大
段文字敘述的背後的說話人的存在。這時敘事者並不是客觀的
存在，而是在展現客觀的表面下，隱藏著相當高程度的主觀。
小說的主題也因此產生失重，小說重心因為大量語言的使用
的，經常會從想要傳達的主題裡轉移到敘事者抒情達意的散文
語言上，而喪失小說原有的情節與故事性。

但這種判準的問題在於，敘事者透過這種散文化敘述真正
想要傳達的是什麼？假使語言的堆砌本身就是敘事者的目
的，那麼也許小說並未失重，只是不再符合一般小說的界義。
而假使敘事者在「語言」之外，尚有其他敘事的目的，那麼王

---

88 同註 50，頁 87。
89 王安憶：〈喪家犬〉，原載於《上海文學》，2002 年第 3 期。收於《現代
生活》，台北：一方，2003 年 4 月。頁 26。

安憶當前這種寫作方式，也許會帶來她寫作上的困境。語言的變形與精彩運用的方式往往能夠突顯小說作品本身的主題，但若反過來，卻可能造成危機。王安憶不是沒有意識到這一點，所以她不斷強調她所尋找到的「生活的形式」，然而在表現這種「形式」時，倘若仍然借用大量而繁複的語言，便可能犧牲了小說真正應該具有的故事性了。

王安憶近期的小說裡，敘事者的主觀除了表現在散文化的白描語言以外，還表現在小說情節的銜接上。本來敘事者刻意與小說人物保持距離，是為了確保自身的客觀，然而王安憶小說中，敘事者與人物的距離，卻反而相當明顯地透露出敘事者極大程度的「主觀」，這種主觀表現在敘事者對於「小說敘事時間」的控制。

小說的時間在敘事上，大致可分為「故事時間」與「敘事時間」兩種，前者指小說中故事進展的時間，後者則是一種「文本時間」。敘事者可以藉由對「敘事時間」的控制與安排來展現敘事者的權力。當文本中的「敘事時間」與情節的銜接方式越特別，變換越多，就表示敘事者在說故事時，其主觀的介入程度越大，而令人察覺到一種人物受到命運操弄的感覺。假使小說敘事時間平鋪直敘地「順敘」故事的發展，則讀者則感覺不出敘事者的全知全能。但假如在一部小說中，敘事者運用大量的「預敘」或「追敘」來銜接故事，那麼在小說過去時間、現在時間、與未來時間當中，便會存在一種極為顯著的宿命感。

預敘，又稱「閃前」（flash forward），是在小說敘事裡，預先提到尚未發生的事或即將發生的事。

追敘，又稱「閃回」（flash back），通常用於主要故事之外，並非順著故事進行的時間敘述，而是跳到過去的時間點上

解釋或插入一段情節、故事。

　　預敘與追敘也可以混合使用，因此敘事時間便可以交織出許多種不同的情況。

　　倘若敘事者在文本中不斷使用「預敘」來預示人物以後將會發生的事，或暗示人物的命運，而在情節發展後來，確實出現如敘事者所暗示或預先告訴的同樣的結果時，這時人物便會使人感到他／她被某種必然而無法改變的命運所支配，而這命運往往是以悲劇作結。〈米尼〉與〈我愛比爾〉由於是根據實事改編的小說，敘事者已經預設了運用其虛構的權力，安排她們終將走向墮落的敘事前提，因此像這樣的小說便處處可見敘事者對人物進行最終的判決。

　　王安憶相當經常使用這種以「預敘」暗示人物未來將有的命運──一種似乎必然的、無法逃脫的命運──的敘事方式。例如米尼第一次遇到阿康，在蚌埠澡堂過夜時，敘事者便告訴我們：

> 許多年以後，她還會來到這家「人民浴室」，那時候，她簡直認不出這破爛不堪的浴室了。[90]

許多年以後，米尼果然因為逃避警察，而重新來到這間人民浴室。敘事者不斷暗示米尼終將墮落，並關入監獄中的命運到最後無一不實現。後來，當米尼有機會回顧一切的時候，她甚至發現自己走過的道路就好比是一條預兆的道路現在才達了現實的終點。

---

[90] 王安憶：〈米尼〉，原載於《芙蓉》，1991 年第 7 期。收於長篇小說合輯《米尼》，北京：作家出版社，1996 年。頁 12。

又如〈我愛比爾〉中，敘事者不斷地在敘述過程裡，暗示
阿三將會「發生」某件事，導致她被捕入獄：

> 現在，英語裡的俚語，雙關語，她也都掌握了一些，學
> 會了不少俏皮話，專門對付那些下流話。她不免有些得
> 意，有時候就收不住，玩得過火了。事情就出在這裡。[91]

果然，阿三沒多久就被捕了。

王安憶筆下的人物，幾乎沒有自己選擇命運的權力。所有
掌握命運的權力完全維繫在隱身敘事者手上。因此《長恨歌》
裡，當王琦瑤第一次到電影片場時，看到了一個女人扮演了一
具不知是自殺還是他殺的女屍，她竟感到一種起膩的「熟」，
小說寫道：

> 王琦瑤再把目光移到燈下的女人，她陸的明白這女人扮
> 的是一個死去的人，不知是自殺還是他殺。奇怪的是，
> 這情形並非陰慘可怖，反而是起膩的熟。[92]

此時的王琦瑤顯然是預感到自己四十年後的結局。

〈妹頭〉裡，小白與妹頭在小說一開始時便已離婚，後來
的故事都是以小白為起點所做的追想。《富萍》裡，富萍最後
放棄了李天華，選擇嫁進梅家橋的結局；《上種紅菱下種藕》，
秧寶寶最終要離開華舍小鎮，而小鎮也即將面臨工業化過程中
垃圾的淹沒；《桃之夭夭》裡，笑明明與郁曉秋母女兩人的命
運，都像早被注定好一般，隱身敘事者並不提供她們其他的選

91　同註6，頁112。
92　同註10，頁42。

擇。甚至在賦予她們積極的性格與力量，或者使她們面對成長
中粗糙的對待之際，都是為了「日後可抗衡人生中不期然的遭
遇」[93]，當然，這些不期然的遭遇在敘事者的安排下，都將成
「必然」。

王安憶在 90 年代後，由於文字技巧的精進，造成她常用
大篇幅的文字來描述同一件景物，以體現了她的時間與空間
感。她認為，「時間倘若顯現，大約就是空間的形狀了。」[94]作
為現代人，追溯時間，只能追到虛構的神話，而向來務實的王
安憶，她的審美選擇是以對橫向空間的細緻描寫來表現生活
中，既有的美感形式。

但由於生活本身所存在的某種命運的必然，因此這種創作
觀念也影響了她對小說敘事的態度。她總是要能夠確切掌握小
說的發展，不使之超出個人所能掌握的範圍，才能安心地進行
她的小說敘事。因此王安憶小說中的敘事者，可以說從來都不
是絕對客觀的。只是在 90 年代以後，她的主觀性透過小說中
大量的「預敘」，更加突顯了敘事者的權力，而語言偏向散文
化的白描風格後，也造成敘事者的表述，往往都暗含了對表達
本身所思、所感的迫切與欲望。

當然，所有的文字書寫本身都存在著想要表達的後設動
機，但那通常都是隱蔽於文本中的。而王安憶近期的作品，卻
多了一種急迫性，因此在小說的故事性因語言使用的關係而減
低的情況下，隱含作者的意圖便顯露出來。這種情況，大抵是
王安憶近幾年的作品中特別明顯的現象，而這與她個人選擇的

---

[93] 王安憶：《桃之夭夭》，原載於《收穫》，2003 年第 5 期。單行本，台北：
印刻出版，2004 年 1 月。頁 56。
[94] 同註 42，頁 3。

書寫方式有直接的關連。

　　在王安憶開始走向以「敘述」為主的敘事方向時，這種現象似乎便已無法抵擋，儘管她本人也意識到小說必須要有故事性，但她的「故事」，卻往往因為她所強調的「形式」，而消解在日常生活及空間的建構過程中。對此，評論者也因此出現了兩極的反應。

第六章 結論

第一節 創作歷程回顧

　　王安憶早期小說的作品主題與作者本人的文革經驗有相當密切的關係。在傷痕文學的時代轉型潮流裡，王安憶不可避免地也對四人幫以及過去的文革經驗發出批判性的聲音。然而新時期初期的文藝方針，卻也帶來了作者的認同危機。政治意識型態對文學的干預仍然相當強烈，而新時期初期社會的轉型，也造成了小說家的認同問題。本書的第二章借用了愛力克森（Erik H. Erikson）在《同一性：青少年與危機》的認同理論，由文革時期當值青少年階段的小說家本人的經驗出發，探討具備「知青作家」身份的王安憶對於自身的文革記憶以及面向轉型社會的價值選擇。此時期可說是王安憶在文學的世界中建立自我認同的第一階段，而由於王安憶是一位相當具有個人個別特色的作家，因此她的處女作時期，對她日後的文學整體及個人價值體系的建構深具意義。

　　隨著新時期社會漸漸走向穩定，中國大陸社會在追求現代化與經濟發展的同時，內在的文化與傳統精神也發生劇烈的質變與衝擊。1980 年代中期，大陸文學界興起了一股「文化尋根」風潮，體現了此時期中國大陸社會的內在衝突與精神面

貌。而文學家在此中西方文化的衝擊，以及對異化的文學書寫的背景下，所提出的寫作立場是什麼？當代大陸在「走向世界」的全球化過程裡，在社會主義國家及傳統中國寫實主義文學的價值脈絡，向來被視為反映真實人生與社會現實的「文學」所扮演的角色其實相當值得討論。

王安憶於 1985 年問世的〈小鮑莊〉在尋根思潮下獲得相當多的好評與回響。而「尋根」也在日後，成為王安憶在追求——不管是有意識的，或無意識的追求「認同」，包括：性別、城市、自我主體等的認同時，成為她小說中相當重要一個主題。正是由於王安憶的小說儘管可以劃分為若干區塊來閱讀，但她的早、中、近期，卻往往在同一個主題範疇下，由於小說家自身歷練與見聞的增加或價值觀的改變，而產生不同的意義。但這些主題作為一個原始的母題，卻幾乎可說在一開始時，便已存在，作家本人只是缺乏適當的材料與思想將之行諸成文。

「尋根」的內涵，廣義來看，其實相當廣大。包括文化上的尋根、人性根源的討論、甚至在王安憶的小說中，這類關於人性根源討論的作品，還與上海以及上海的移民問題脫離不了關係。而這一切一切，又皆可視為作家自身的尋根之路，並且也可視為，文學在政治意識型態的掌控下，如何走出自身道路的歷程。「尋根」就此意義上來說，是在尋找一條文學如何回歸「文學本質」的道路，也因此體現出作家的價值選擇。

王安憶延續著如上所述的相關觸角探討著人性百態，並以小說作為呈現其思想的載體。這樣的創作方式，從 80 年代中期一直維持到 80 年代末期，都沒有產生太大的轉變。但到了 1989 年「六四天安門事件」後，卻顛覆了王安憶這種敘事標

準。此即第四章所討論的，關於 80 年代末期，大陸社會的民間與中央統治集團之間所存在強烈矛盾與問題。

「六四天安門事件」可視為大陸自文革結束以後，在民間與校園內不斷發出的不符合統治者政策路線的呼聲的大爆炸。這個事件在知識份子心中造成巨大的傷痕與陰影。王安憶因此停筆一年無法寫作，但她畢竟需要文學以及書寫的治療，因此 90 年代初期，中篇小說〈叔叔的故事〉基本上可說是她試圖透過文學的創作來加以療傷的成果。這篇小說不是王安憶所寫過的第一篇後設敘事小說，卻是王安憶首次有意識地藉由「後設」的敘事方式與特色，企圖翻轉文學──特別是「小說」的價值與意義。

小說作為虛構的敘事作品，在社會主義國家的文學方針底下，向來承擔著反映社會現實以及表現廣大人性的功能與價值。但這真的是文學真正的價值所在嗎？王安憶開始懷疑這一點，並藉由一連串的後設作品來重建小說作為一種文學表現形式本身所應具備的主體性格。文學不應只是某種作為客體的工具而已，文學的存在，本身就是一種主體形式的表現。而這樣的宣稱，恰恰顛覆了長期以來，即使是「尋根文學」思潮也無法徹底拋棄的中國大陸社會中，文學為政治意識型態所異化的事實。小說在王安憶的文學世界中，得到了主體的地位。

但王安憶終究是一名寫實主義者，從她一再強調的小說的材料必須得自經驗的說法與立場，可以探知，王安憶的審美傾向仍然鍾情於表現廣大人心的願望。也因此，她雖然透過對小說敘事「再現」歷史的強調（王安憶本人的用語是「虛構」一詞）來使小說獲得其主體的地位（同時也使小說家獲得主體），然而王安憶最終仍然無法完全脫離小說的「真實」來虛構其故

事。她甚至透過小說的「真實歷史再現的不可能」，來創造出
她所認定為真實的那個面向，《長恨歌》可視為此一創作傾向
的代表。

誠如本書中不斷提到的，由於王安憶的小說具有不同時
期，對某一相同或相類的主題採取不同切入角度來加以書寫成
篇的特點，因此在她的作品中，所出現的某些主題極為相似的
小說，其表達內涵的改變以及此種轉變的因素都相當的重要。
例如：知青及農村題材小說曾在她早期創作以及近期創作裡出
現。但早期的知青小說旨在描寫文革的傷痕，而 90 年代末的
一系列知青與農村題材小說卻是建立在自身對於過去經驗的
認同基礎上所做的記憶建構。世紀末的中國大陸在社會經濟的
各個層面都有了巨大的變化，王安憶大約自 1998 到 2002 年之
間所創作的數篇中短篇作品，或者歌頌農村的生活形式，或者
描述現代生活裡的新形式，這些作品的題材雖然曾經在王安憶
早期的作品中出現過，但卻因為文學時代的改變，而產生了不
同的意義。王安憶寫作風格的日益明顯，對於她的敘事風格的
軌跡描述以及寫作的審美選擇，都是必須特別釐清與討論的。

第二節　敘事技巧的創新突破

除了上述所說，有關文學的時代與社會背景的勾勒及文本
的聯繫以外，王安憶在不同時期的作品裡所呈現的主要敘事特
色也值得注意。

王安憶早期（1978~1984 年）的小說，很明顯地有一種出
現在「人物話語」裡的「雙聲」現象，這種「雙聲」現象會強

烈地使讀者感受到隱含敘事者的意識、思想、價值的存在，並藉以塑造出讀者心中的隱含作者的面貌。而在她從 1984 年到 1989 年間的小說，則顯著地呈現出一種政治與個人意識型態「雙重隱退」的敘事特色，前者暗示了「尋根文學」對於政治控制的反叛，後者則表現出王安憶有意識地想要表現出一種作者完全客觀的創作傾向，卻因此造成了作者的主觀性比早期更為明顯。

「主觀性」的問題一直存在於王安憶的小說裡，差別只在，她是用什麼樣的方式來隱藏或表現，是接受或拒絕？在 1989 年到 1993 年間，以〈叔叔的故事〉為起點，《紀實與虛構》、〈傷心太平洋〉為終點的後設書寫，王安憶終於擺脫對於作者主觀的不安，而大刺刺地表現出其主觀意識，但這種主觀意識卻因為在後設敘事的諷刺特色下，反而得到削弱。但王安憶終究是主觀的。她的小說有很大的目的是在表現個人的意識型態，從她近幾年的小說裡，可以從大量散文化的白描，和對故事情節與時間的控制，看出她已經將其個人主觀在表面客觀的白描，與不任意添加個人評論的策略下，運用自如。能否接受這種主觀，或觀察到這種被隱含在文本之中的主觀，全賴讀者的細緻感受，也因此近年來，王安憶的小說經常出現兩極的評價。

當代在討論王安憶小說時，經常將她的小說放置在「海派」的脈絡下，並因此與「張派」產生了某種聯繫，而認為王安憶的小說是海派張愛玲文學的一脈傳承。我們已經看到了王安憶對此說法的不滿，但是仍有評論者認為王安憶的小說確確實實就是海派的表現。那麼，「海派」的內涵究竟是什麼？

事實上，即使是當前的上海學者們，也對海派的定義莫衷

一是。上海學者陳思和在〈論海派文學的傳統〉一文裡提到：
「海派」這個詞，原先含有文化性格的概念。在中國文學史上，
海派文學的定名大約是在 20 世紀的 30 年代。但像上海這樣一
個城市對其自身歷史風貌和文化形象，在文學藝術上獲得藝術
再現，並不是 30 年代才出現的要求，而是開埠以來的洋場生
活逐漸對文學創作發生影響的長期結果。自《海上花列傳》以
來，海派文學出現了兩種傳統，一種是以繁華與靡爛同體的文
化模式描述出複雜都市文化的現代性圖像，即突出現代性的傳
統。一種是以左翼文化立場揭示出都市文化的階級分野及其人
道主義的批判，即突出批判性的傳統。而後來 30 年代的新感
覺派與左翼文化則把這兩個傳統推向頂峰，在張愛玲的藝術世
界裡，海派小說的各種傳統終於在都市民間的空間裡綜合地形
成了比較穩定的審美範疇。[1]

　　陳思和對於海派文學的審美範疇做出了較為系統的釐
清。但是仍然不免令人質疑，「海派文學傳統」難道只存在於
精英敘事裡嗎？陳思和並沒有討論具有市場消費的鴛鴦蝴蝶
派傳統，也無法看出同屬海派文學的範疇，除了小說以外的其
他文類，例如小品文或雜文在海派文學裡所扮演的角色。

　　不過，儘管如此，陳思和的看法還是很具代表性地勾勒了
現今學術批評界對於「海派文學」的大致理解。張愛玲的確是
海派文學代表作家裡最為亮眼的一位。而「小說」確實也是海
派文學裡最為典型的一種文類。

　　吳福輝認為：「故事，是海派小說大眾性的生命所在。」

---

[1] 　陳思和：〈論海派文學的傳統〉，《杭州師範學院學報》（人文社會科學版），
　　2002 年第 1 期。

他認為「海派小說文體」更多的不是偏重於形式方面，如敘述的視角、結構等等，而是著眼於情節表達、修辭風格背後所包藏的那些人生況味和文化內涵。[2]因此「海派文學」之所以與其他文學有著不同所指，基本上乃是因為這種文學原先具有強烈的地域性，而後在時代的變動中轉變為一種隱藏在生活背後的文化內涵。這種文化內涵涉及上海的文化性格。而上海又是一個外來者移民的城市，因此所謂的海派文化性格也就並不呈現那麼統一的樣貌。諸如張愛玲的小說總稍具閨閣氣，而王安憶的小說卻呈現出一種較為平民化、較樸實的特色。這種差異除了由於作家本人的氣質上的不同外，也與她們審美觀、人生觀、價值觀等有關。而影響這些觀念成形的，自然是環境的養成。然而必須注意的是，張愛玲時代的上海與王安憶時代的上海，基本上已經產了不同的樣態與面貌。

在王安憶的小說裡，我們看到她對於庸常生活的興趣，也看到她追求自身文學價值的努力。作為一位社會主義國家體制下的知識份子，王安憶的小說裡雖然往往表現出一種對於政治的迴避，但她確實又是一名在某個程度上相信中國，信仰中國的知識份子。艾德華‧薩伊德曾轉述阿多諾（Adorno）的話說，流亡的知識份子是「不再有故鄉的人，寫作成為居住之地」[3]，但對王安憶這位共和國的知識份子而言，她故鄉所提供的理想儘管一再破滅，但內心深處仍然無法放棄對民族國家的認同。這並非是衝突的，往往，在自由主義的政治體制裡，知識

[2]　吳福輝：〈新市民傳奇：海派小說文體與大眾文化姿態〉，《東方論壇》，1994 年第 4 期。頁 1。

[3]　艾德華‧薩伊德（Edward Said）著，單德興譯：《知識份子論》，台北：麥田，1997 年 11 月。頁 96。

份子對於政治也表現出一種既疏離又關切的態度。

綜觀王安憶近三十年的小說創作成果，可以發現，她由早期的生澀漸漸轉為今日的成熟，並具有個人獨特的風範。而她的文學觀點也透過自身的創作實踐逐漸明朗與確定。筆者並不想從有別於寫實主義文學觀的文學審美方式來否定王安憶小說的價值，因為王安憶就是一個寫實主義者，而這也就奠定了王安憶的小說風格。

而以王安憶這位對於世俗評價如此在意，並且到目前為止，仍然年年有新作問世的小說家來說，也許往後她仍然會繼續醉心於挑戰評論者的極限。本書的部分觀點也有可能因此又遭到推翻。當然，那應該是一個有趣的挑戰，值得拭目以待。可以確定的是，上海已經成為王安憶觀看世界與生活的立足點，王安憶的小說往往都是由上海出發，儘管她自稱她並僅僅只寫上海，但迄今，她仍未放棄上海城市這個可據以關照現代生活的視角。

此外，前文業已提及，王安憶經常在不同的時間點寫作相似甚至相同的題材。因此「知青經歷」與「文革經驗」等題材或背景經常出現在她不同時期的小說中，而有了複雜豐富的面貌。當然，評論者或許會對王安憶不去開發新題材，卻總是重寫過去的經驗感到厭煩。然而王安憶的特色之一，即在於，她總是不畏懼推翻過去的成就，而願意在新的認識背景中，賦予舊題材新的意義。就哈伯瑪斯所同意的有關「現代」的觀點來看，王安憶的不斷重寫，其實象徵著對她「現代」的「現時」認識，是處在不斷更新的狀態中的。

在新時期初期崛起的作家群裡，許多當年具有代表性的作家不是已經停產，就是無法再創新局的困境下，王安憶能夠從

創作迄今，源源不絕地創作新的作品，並且逐步提高其作品的可讀性，時至今日，其作品的質與量雙方面皆有一定的水準，這種旺盛的創作力遠非中國當代大部分作家所能比擬。探究箇中原因，其實便在於她對「現代生活」總維持著願意探究的動力與興趣。

唯有對現實生活抱有好奇，願意探索生命種種本質的心靈，才有能力在這新舊世紀交替、變動快速的現代社會裡，找到那能夠讓敏感的心靈暫時寄居安定的角落。我想，王安憶是這樣的一個作家。

假如要以一個主題來貫串王安憶小說的話，那必然是「認同」。愛力克森的認同理論提供了心理學上的理論基礎。「認同」的問題不僅僅只出現在青少年時期，甚至也發生在中年成熟期的階段中。

檢視王安憶 1978 年到 2003 年之間的作品，可以看見她所關注的認同重點是一個階段一個階段地在發生與消解的。青年時期的王安憶必須處理文革傷痕與作為一位在共產主義制度下的寫作者所必須面臨的國家文藝政策與個人書寫的問題。這些問題都可以在她初期的小說作品裡被找到。而在成長的過程裡，作為一個女性以及上海的外來移民者的身份，使得王安憶也不得不面對性別與城市的認同問題，但這些問題在她的小說裡所出現的時間卻稍晚了一點，〈本次列車終點〉與「三戀」僅是開端，並且連接了在「尋根」的旗幟下，作家個人生命本源的追索與成長過程中所經歷的孤獨感。而這些問題，並未在相關的小說作品出現後即得到治療，事實上，直到 90 年代末，王安憶的內心深處仍然有著些許的不確定與困惑，但這時她已經將這些問題處理的較好，「接受」與「面對」就是解決長久

以來在作家敏感的心靈中造成憂傷感覺最好的方法，因此〈憂傷的年代〉裡，藉由敘事者回顧成長階段的經驗與記憶，使得王安憶在重新回顧過去的文革經驗時，已經不再只是看見傷痕，還看見了其他值得記憶歌頌的一面。

甚或可以大膽預言，在〈叔叔的故事〉之後，已經無法再寫作快樂故事的王安憶，或許會在歷經〈傷心太平洋〉、《紀實與虛構》〈憂傷的年代〉、《長恨歌》、《上種紅菱下種藕》、《桃之夭夭》……等小說的治療後，可以再度說出快樂的故事。

王安憶特殊的寫作經歷正好提供了一個作家如何透過書寫表現其內在的同一過程與人生歷練的寫照。而她小說所反映的新時期以來大陸當代文學與社會的變革，更是一項珍貴的文學資產，這應已是不爭的事實。

參考書目舉要

一、王安憶作品集

王安憶著作繁多，近年舊文再版或重新選輯出版者亦相當普遍。本論文所列書目分成簡體字版與繁體字版，並分別列出歷年出版書目。唯王安憶文章除了其個人文集外，尚有與其他作家合輯者，則另外列出。少數小說未結集出版，以附錄表格中所列期刊出處為主。

簡體字版

1. 《雨，沙沙沙》（小說集），天津：百花文藝出版社，1981 年。

2. 《黑黑白白》（兒童文學小說集），上海：少年兒童出版社，1983 年。

3. 《王安憶中短篇小說集》，北京：中國青年出版社，1983 年。

4. 《流逝》（小說集），成都：四川人民出版社，1983 年。

5. 《尾聲》（小說集），成都：四川文藝出版社，1983 年。

6. 《小鮑莊》（中、短篇小說集），上海：上海文藝出版社，1986 年初版，2002 年 2 版。

7. 《69 屆初中生》（長篇小說），北京：中國青年出版社，1986

年；太原：北岳文藝出版社，2001 年 4 月。

8. 《母女漫遊美利堅》（遊記。與茹志鵑合著），上海：上海文藝出版社，1986 年。

9. 《黃河故道人》（長篇小說），成都：四川文藝出版社，1986 年。

10. 《蒲公英》（散文集），上海：上海文藝出版社，1988 年。

11. 《海上繁華夢》（中、短篇小說集），花城出版社，1989 年。

12. 《米尼》（長篇小說），南京：江蘇文藝出版社，1990 年初版，1993 年 2 版。

13. 《旅德的故事》（長篇遊記），南京：江蘇文藝出版社，1990 年。

14. 《流水三十章》（長篇小說），上海：上海文藝出版社，1990 年，2002 年 2 版。

15. 《神聖祭壇》（小說集），北京：人民文學出版社，1991 年。

16. 《故事和講故事》（文學理論集），杭州：浙江文藝出版社，1992 年。

17. 《烏托邦詩篇》（中篇小說集），北京：華藝出版社，1993 年。

18. 《紀實與虛構》（長篇小說），北京：人民文學出版社，1993 年初版，2002 年 2 版。

19. 《荒山之戀》（中篇小說集），武漢：長江文藝出版社，1993 年。

20. 《父系和母系的神話》（中、長篇小說集），杭州：浙江文藝出版社，1994 年。

21. 《乘火車旅行》（散文集），北京：中國華僑出版社，1994 年。

22. 《傷心太平洋》（中篇小說），北京：華藝出版社，1995 年。

23. 《中國當代作家選集叢書・王安憶》，北京：人民文學出版社，1995 年。

24. 《王安憶自選集一：海上繁華夢》，北京：作家出版社，1996 年。

25. 《王安憶自選集二：小城之戀》，北京：作家出版社，1996 年。

26. 《王安憶自選集三：香港的情與愛》，北京：作家出版社，1996 年。

27. 《王安憶自選集四：漂泊的語言》（散文集），北京：作家出版社，1996 年。

28. 《王安憶自選集五：米尼》，北京：作家出版社，1996 年。

29. 《王安憶自選集六：長恨歌》，北京：作家出版社，1996 年，1999 年 7 版。

30. 《人世的浮沈》（中篇小說集），上海：文匯出版社，1996 年。

31. 《王安憶短篇小說集》，明天出版社，1997。（存書目，出版地不詳。）

32. 《姊妹們》（小說集），北京：華夏出版社，1997 年。

33. 《重建象牙塔》（散文集），上海：上海遠東出版社，1997 年。

34. 《屋頂上的童話》（小說集），山東：山東友誼出版社，1997 年。

35. 《心靈世界——王安憶小說講稿》（文學理論集），上海：復旦大學出版社，1997 年。

36. 《接近世紀初》（散文集），杭州：浙江文藝出版社，1998 年。

37. 《獨語》（散文集），長沙：湖南文藝出版社，1998 年。

38. 《隱居的時代》（中、短篇小說集），上海：上海文藝出版社，

1999 年初版，2002 年 2 版。

39. 《塞上五記》（散文集），長春：吉林攝影出版社，1999 年。

40. 《王安憶散文》，北京：華夏出版社，1999 年。

41. 《王安憶小說選》（英漢對照），中國文學出版社，1999。

42. 《我愛比爾》（中篇小說），海口：南海出版公司，2000 年。

43. 《妹頭》（中篇小說），海口：南海出版公司，2000 年。

44. 《富萍》（長篇小說），長沙：湖南文藝出版社，2000 年。

45. 《男人和女人　女人和城市》（散文集），昆明：雲南人民出版社，2000 年。

46. 《崗上的世紀》（中、短篇小說集），昆明：雲南人民出版社，2000 年。

47. 《歌星日本來》（中、短篇小說集），太原：北岳文藝出版社，2000 年。

48. 《剃度》（短篇小說集），海口：南海出版公司，2000 年。

49. 《窗外與窗裡》（散文集），瀋陽：瀋陽出版社，2001 年 1 月；廣州：廣州出版社，2001 年 8 月。

50. 《文工團》（中、短篇小說集），北京：文化藝術出版社，2001 年。

51. 《我讀我看》（散文集），上海：上海人民出版社，2001 年。

52. 《弟兄們》（中、短篇小說集），北京：中國文聯出版社，2001 年。

53. 《三戀》（中篇小說集），杭州：浙江文藝出版社，2001 年 9 月。

54. 《傷心太平洋》（中、短篇小說集），長春：時代文藝出版社，

2001 年 10 月。

55. 《尋找上海》（散文集），上海：學林出版社，2001 年。

56. 《上種紅菱下種藕》（長篇小說），海口：南海出版公司，2002 年 1 月。

57. 《流逝》（中篇小說集），瀋陽：春風文藝出版社，2002 年 5 月。

58. 《苦果》（短篇小說集），陝西：陝西旅遊出版社，2002 年。

59. 《憂傷的年代》(中、短篇小說集)，北京：新世界出版社，2002 年。

60. 《茜紗窗下》（散文集），上海：上海文藝出版社，2002 年 10 月。

61. 《現代生活》（中、短篇小說集），昆明：雲南人民出版社，2002 年。

62. 《酒徒》（中、短篇小說集），南京：江蘇文藝出版社，2003。

63. 《荒山之戀》（中篇小說集），北京：中國文聯出版社，2003 年。

64. 《王安憶說》（訪談集），長沙：湖南文藝出版社，2003 年 9 月。

65. 《桃之夭夭》（長篇小說），上海：上海文藝出版公司，2003 年 12 月。

繁體字版

1. 《母女同遊美利堅》（與茹志鵑合著），香港：三聯書店，1986 年。

2. 《雨，沙沙沙》（中、短篇小說集），台北：新地文學出版社，1988 年。

3. 《小城之戀》（中、短篇小說集），台北：林白出版社，1988 年。

4. 《叔叔的故事》（中篇小說集），台北：業強出版社，1991 年
   初版；台北：麥田出版社，2004 年新版再版。

5. 《逐鹿中街》（中篇小說集），台北：麥田出版社，1992 年。

6. 《香港情與愛》（中篇小說），台北：麥田出版社，1994 年初
   版，2002 年 2 版。

7. 《紀實與虛構》（長篇小說），台北：麥田出版社，1996 年。

8. 王安憶、陳凱歌：《風月——陳凱歌、王安憶的文學電影劇
   本》，台北：遠流出版社，1996 年。

9. 《憂傷的年代》（中、短篇小說集），台北：麥田出版社，1998 年。

10. 《長恨歌》（長篇小說），台北：麥田出版社，1998 年初版，
    2002 年 2 版。

11. 《處女蛋》（原名《我愛比爾》；中篇小說），台北：麥田出版
    社，1998 年。

12. 《隱居的時代》（中、短篇小說集），台北：麥田出版社，1999 年。

13. 《獨語》（散文集），台北：麥田出版社，2000 年。

14. 《妹頭》（中篇小說），台北：麥田出版社，2001 年。

15. 《富萍》（長篇小說），台北：麥田出版社，2001 年。

16. 《上種紅菱下種藕》（長篇小說），台北：一方出版有限公司，
    2002 年。

17. 《我讀我看》（散文集），台北：一方出版有限公司，2002 年。

18. 《剃度》（短篇小說集），台北：麥田出版社，2002 年。

19. 《尋找上海》（散文集），台北：INK 印刻出版公司，2002 年。

20. 《小說家的 13 堂課》（文學理論集），台北：INK 印刻出版公司，2002 年。

21. 《米尼》（長篇小說），台北：INK 印刻出版公司，2003 年。

22. 《海上繁華夢》（中、短篇小說集），台北：INK 印刻出版公司，2003 年。

23. 《閣樓》（中、短篇小說集），台北：INK 印刻出版公司，2003 年。

24. 《流逝》（中、短篇小說集），台北：INK 印刻出版公司，2003 年。

25. 《現代生活》（中、短篇小說集），台北：一方出版有限公司，2003 年 4 月。

26. 《桃之夭夭》（長篇小說），台北：INK 印刻出版公司，2004 年 1 月。

27. 《兒女英雄傳》（散文集），台北：麥田出版社，2004 年，1 月。

28. 《愛向虛空茫然中》，台北：麥田出版社，2004 年。

按：迄 2004 年 6 月止，《冷土》、《傷心太平洋》、《崗上的世紀》等書將由印刻出版公司陸續出版中。

合輯

王安憶等著：《揚起理想的風帆》，北京：中國青年出版社，
　　　　　　1983。（收錄有書信〈你的心事我知道——寫給
　　　　　　年近三十的女青年小朱〉一文。）

王安憶等著：《知青小說選》，四川：四川文藝出版社，1992 年。

王安憶等著：《變奏》，瀋陽：春風文藝出版社，1993 年。（收錄
　　　　　　有中篇小說〈崗上的世紀〉。）

王安憶等著：《紫霧》（中國當代情愛倫理爭鳴作品書系），北
　　　　　　京：今日中國出版社，1995 年。

王安憶、王小鷹等著：《情結》（知青文學經典叢書），蘭州：敦
　　　　　　煌文藝出版社，1996 年。（收有短篇小說〈本次列
　　　　　　車終點〉。）

二、王安憶相關研究及評論（以人名筆畫排序）

（一）學位論文

洪士惠：　《上海流戀與憂傷書寫——王安憶小說研究
　　　　　（1976~1995）》，淡江大學中國文學系碩士論文，2001
　　　　　年 6 月。

莊宜文：　《張愛玲的文學投影——臺、港、滬三地張派小說研
　　　　　究》，東吳大學中國文學研究所博士論文，2001 年 10 月。

陳碧月： 《五四時期與新時期大陸女性婚戀小說之女性意識研究》，文化大學中國文學研究所博士論文，2001 年。

（二）期刊論文

王　蒙： 〈王安憶的「這一站」和「下一站」〉，《文匯報》，1982年 3 月 18 日。

王安憶： 〈感受‧理解‧表達〉，《上海文學》，1982 年第 8 期，頁 83-87。

王向東： 〈孤獨城堡的構建與衝決──論王安憶小說的孤獨主題〉，《楊州大學學報（人文社會科學版）》，1999 年第 2 期。

───： 〈向人類生命本質和生存本義的逼近──王安憶人性、人生小說論〉，《唯實》，2000 年第 1 期。

王雪瑛： 〈生長的狀態──論王安憶九十年代的小說創作〉，《當代作家評論》，2001 年第 2 期，頁 44-49。

───： 〈流過歲月的痛惜──讀王安憶《招工》有感〉，《新民晚報報》，2000 年 12 月 4 日。

───： （都市與鄉村，王安憶小說的雙重空間），《文學世紀》，第 2 卷第 10 期，2002 年 10 月，頁 60-65。

王金珊、鄭彬：〈論王安憶小說的敘事技巧〉，《淄博學院學報（社會科學版），2002 年第 1 期。

王曉明： 〈從「淮海路」到「梅家橋」——從王安憶小說創作
的轉變談起〉,《文學評論》,2002 年第 3 期,頁 5-20。

王　苹： 〈由欲到義：情愛的升華——評王安憶九十年代小說
中的愛情書寫〉,《當代文壇》,2003 年第 3 期。

方克強： 〈雯雯三十年———一次綜覽：讀王安憶的《六九屆初
中生》〉,《文學報》,1984 年 11 月 15 日。

———： 〈黑孩與撈渣——柔性原始的象徵〉,《上海文學》,
1991 年第 5 期。

———： 〈王安憶論——親子間離情結與命運觀〉,《中國現
代、當代文學研究》,1992 年第 10 期。

中國作家協會上海分會：〈上海作協舉行〈小鮑莊〉討論會〉,《中
國作家》,1985 年第 5 期,頁 208。

石曉楓： 〈論王安憶《長恨歌》的海派傳承〉,《中國現代文學
理論季刊》,1998 年 9 月第 11 期,頁 421-436。

———： 〈論王安憶「紀實與虛構」中的個人與城市〉,《國文
學報》,第 30 期,2001 年 6 月,頁 273-289。

包忠文、裴顯生：〈時代‧閱歷‧藝術——茹志鵑與王安憶創作
風格比較〉,《鍾山》,1985 年第 2 期,頁 211-219。

白彩霞： 〈盛名之下的期待、困惑與追問——論王安憶小說的
閱讀障礙(一)〉,《蘭州教育學院學報》,2001 年第 3 期。

———： 〈讓全身毛孔都使著解數去呼吸的一種小說寫法——

論王安憶小說的閱讀障礙(二)〉,《蘭州教育學院學報》,2001 年第 4 期。

———： 〈「是」字結構：潛伏或凸顯的一個語言暗碼——論王安憶小說的閱讀障礙(三)〉,《蘭州教育學院學報》,2002 年第 1 期。

朱芳玲： 〈王安憶「憂傷的年代」原型論〉,《中國現代文學理論》,第 16 期,1999 年 12 月,頁 610-626。

朱振江： 〈論王安憶小說的童年憂傷〉,《美與時代》,2003 年第 4 期。

西慧玲： 〈困在漂流瓶裡的王安憶〉,《北方論叢》,2000 年第 6 期。

余向學： 〈引人探索的意境——讀〈流逝〉〉,《鍾山》,1983 年第 2 期,頁 223-226。

杜學霞： 〈論孤兒在王安憶創作中的審美意義〉,《河南社會科學》,2003 年第 4 期。

呂世民、賈紅：〈談王安憶八一年以後小說的鑽透力〉,《當代文壇》,1984 年第 8 期,頁 17-21。

呂幼筠： 〈試論王安憶小說中的性別關係〉,《廣東社會科學》,1999 年第 3 期,頁 134-137。

呂君芳： 〈「用平淡達到輝煌」：王安憶小說語言風格〉,《安慶師范學院學報(社會科學版) 》,2001 年第 6 期。

刑曉芳： 〈王安憶寫新加坡故事──《新加坡人》提供小說創
作全新樣式〉（報導），《文匯報》，2002 年 7 月 12 日。

李　陀： 〈「這一個」69 屆初中生〉，《文藝報》，1985 年 1 月，
頁 26-29。

李國濤： 〈〈小鮑莊〉的文體及其它〉，《當代作家評論》，1986
年第 5 期，頁 95-101。

李潔非： 〈王安憶的新神話──一個理論探討〉，《中國現代、
當代文學研究》，1993 年第 11 期。

李文波： 〈慣看海上繁華夢，江山依舊枕寒流──王安憶的悲
劇意識分析〉，《小說評論》，1997 年第 2 期，頁 36-53。

李奭學： 〈家史與族史的辨證法──「紀實與虛構」王安憶著‧
「心靈史」張承志著〉，《聯合報‧讀書人》，1997 年
3 月 24 日。

李魯平： 〈構築的語言世界──評王安憶的小說語言的演
變〉，《寧波大學學報（人文科學版）》，2000 年第 4
期，頁 15-18。

李子慧： 〈王安憶與性別寫作〉，《湛江師範學院學報（社會科
學版）》，2000 年 1 期。

李　風： 〈王安憶的自我拯救〉，《江蘇社會科學》，2001 年第 3
期。

李　靜： 〈不冒險的旅程──論王安憶的寫作困境〉，《當代作

家評論》，2003 年第 1 期，頁 25-39。

吳調公：　〈心靈的探索，哲理的涵茹──從王安憶的〈牆基〉

　　　　　和〈流逝〉所想起的……〉，《鍾山》，1983 年第 1 期，

　　　　　頁 165-168。

吳宗蕙：　〈一個獨特的女性形象──評〈流逝〉中的歐陽端

　　　　　麗〉，《文學評論》，1983 年第 5 期，頁 132-136。收

　　　　　入其《小說中的女性形象》（長沙：湖南人民出版社），

　　　　　頁 157-165。

吳洪森：　〈評《小城之戀》與《荒山之戀》〉，《上海文論》，1987

　　　　　年第 2 期。

吳　俊：　〈瓶頸中的王安憶〉，《當代作家評論》，2002 年第 5

　　　　　期。

吳芸茜：　〈與時間對峙──論王安憶的小說哲學〉，《文藝理論

　　　　　研究》，2003 年第 4 期，頁 88-96。

周介人：　〈失落與追尋──讀王安憶短篇小說集《雨，沙沙沙》

　　　　　札記〉，《文藝報》，1982 年第 6 期。

周新民、王安憶：〈好的故事本身就是好的形式──王安憶訪談

　　　　　錄〉，《小說評論》，2003 年第 3 期。

周新民：　〈個人歷史性維度的書寫──王安憶近期小說中的

　　　　　「個人」〉，《小說評論》，2003 年第 3 期。

林偉平：　〈寫上海味的成功嘗試──訪第二屆全國中篇小說

獲獎者王安憶〉,《新民晚報》,1983 年 3 月 18 日。

林朝霞： 〈突圍與創新──談王安憶小說流變〉,《邯鄲師專學報》2003 年第 2 期。

邵文實： 〈女人與城市・漂泊與尋找──王安憶小說創作二題〉,《首都師範大學學報(社會科學版)》,2002 年第 2 期。

邱　心： 〈從〈神聖祭壇〉到〈烏托邦詩篇〉──王安憶創作的轉捩點〉,《讀書人》,第 4 期,1995 年 6 月,頁 26-29。

－　－： 〈當代中國女作家創作路向的轉變──閱讀張潔、王安憶、池莉和陳染的小說〉,《讀書人》,第 16 期,1996 年 6 月,頁 18-26。

俞　潔： 〈上海城市的當代解讀──評王安憶的兩個長篇:《長恨歌》與《富萍》〉,《杭州師范學院學報(社會科學版)》,2002 年第 4 期。

南　帆： 〈王安憶小說的觀察點:一個人物,一種衝突〉,《當代作家評論》,1984 年第 2 期,頁 48-54。

－　－： 〈城市的肖像──讀王安憶的《長恨歌》〉,《小說評論》,1998 年第 1 期,頁 66-73。

胡永年： 〈流逝和留下的──讀中篇小說〈流逝〉〉,《人民日報》,1983 年 3 月 8 日。

孫　穎： 〈消解的同時建構故事──淺析王安憶《傷心太平洋》插入敘述特色〉,《小說評論》,1999 年第 1 期。

孫萍萍： 〈尋找失去的記憶——從池莉、王安憶的兩部新作談起〉，《當代文壇》，2002 年第 2 期。

馬　超： 〈王安憶小說的人性形態〉，《哈爾濱師專學報》，1999年第 2 期。

——： 〈王安憶小說的敘事策略〉，《西北師大學報（社會科學版）》，1999 年第 1 期。

——： 〈都市裡的民間形態——王安憶《長恨歌》漫議〉，《天水師范學院學報》，2001 年第 1 期，頁 39-42。

——： 〈論王安憶小說的時空背景〉，《文藝理論研究》，1998年第 1 期，頁 90-94。

徐　雁： 〈王安憶的危機〉，《淮陰師範學院學報（哲學社會科學版）》，2000 年第 1 期，頁 101-105。

徐德明： 〈王安憶：歷史與個人之間的「眾生話語」〉，《文學評論》，2001 年第 1 期。

徐潤潤： 〈幾副嘴臉混社會的人——王安憶《長恨歌》中長腳的人物形象分析〉，《上饒師範學院學報》，2002 年第2 期。

高　俠： 〈王安憶小說敘事的美學風貌〉，《當代文壇》，2000年第 4 期。

高秀芹： 〈都市的遷徙——張愛玲與王安憶小說中的都市時空比較〉，《北京大學學報（哲學社會科學版）》，2003

　　　　　　年第 1 期。

高廣方：　〈宿命與漂流——論王安憶《米尼》與聶華苓《桑青
　　　　　與桃紅》內涵比較〉，《鹽城師範學院學報（哲學社會
　　　　　科學版）》，1998 年第 3 期。

倪文尖：　〈上海／香港：女作家眼中的「雙城記」——從王安
　　　　　憶到張愛玲〉，《文學評論》，2002 年第 1 期，頁 87-93。

畢紅霞：　〈王安憶九十年代以來幾部長篇小說的女性人物形象
　　　　　之比較〉，《瓊州大學學報》，2003 年第 4 期。

唐　蒙：　〈從靈魂向肉體傾斜——以王安憶、陳染、衛慧為代
　　　　　表論三代女作家筆下的性〉，《當代文壇》，2002 年第
　　　　　2 期。

唐長華：　〈王安憶 90 年代小說研究述評〉，《當代文壇》，2002
　　　　　年第 4 期。

唐曉丹：　〈解讀《富萍》，解讀王安憶〉，《當代文壇》，2001 年
　　　　　第 4 期。

郜元寶：　〈作為小說家的「本性」——重讀王安憶的小說〉，《上
　　　　　海文學》，1991 年第 12 期，頁 74-78。

許　莉：　〈死亡哲學，重返《小鮑莊》〉，《小說評論》，1996 年
　　　　　4 月。

陳　坪：　〈被遺棄與被斷送的——評〈小城之戀〉、〈荒山之
　　　　　戀〉〉，《批評家》，3 卷 6 期，1987 年 11 月，頁 28-32。

陳思和： 〈雯雯的今天和明天：讀王安憶的新作《六九屆初中生》〉，《女作家》，1985 年第 3 期，頁 158-160。

———： 〈營造精神之塔——論王安憶 90 年代初的小說創作〉，《文學評論》，1998 年第 6 期。

———： 〈雙重疊影，深層象徵——讀〈小鮑莊〉裡的神話模式〉，《當代作家評論》，1986 年第 1 期，頁 16-18。

陳映真： 〈想起王安憶〉，《臺港文學選刊》，1985 年第 2 期，頁 18-19。

陳惠芬： 〈從單純到豐厚：王安憶創作試評〉，《文學評論》，1984 年第 3 期，頁 62-69。

陳燕遐： 〈書寫香港——王安憶、施叔青、西西的香港故事〉，《現代中文文學學報》，第 2 卷第 2 期，1999 年 1 月，頁 91-117。

陳碧月： 〈王安憶的〈流逝〉——從環境看端麗的性格轉變〉，《明道文藝》，283 期，1999 年 10 月，頁 116-128。

梁旭東： 〈王安憶的性愛小說：建構女性話語的嘗試〉，《廣播電視大學學報（哲學社會科學版）》，2002 年第 2 期。

梁君梅： 〈一個重視心靈的作家——談王安憶的小說立場〉，《山東科技大學學報（社會科學版）》，1999 年第 2 期，頁 72-76。

———： 〈從獨語式寫作到物質化寫作——王安憶小說創作

歷程透視〉,《山東科技大學學報(社會科學版)》,2000
年第 3 期。

章仲鍔: 〈於真摯處見深意——讀王安憶的〈本次列車終
點〉〉,《文藝報》,1982 年第 4 期。

張志忠: 〈王安憶小說近作漫評〉,《中國現代、當代文學研
究》,1992 年第 10 期。

張悄靜: 〈一種情懷——讀王安憶的《烏托邦詩篇》〉,《小說評
論》,1994 年第 4 期。

張新穎: 〈堅硬的河岸流動的水《紀實與虛構》與王安憶寫作
的理想〉,收錄於《紀實與虛構》,台北:麥田,1996
年 10 月初版,1997 年 5 月 2 刷,頁 331-342。

張新穎: 〈「我們」的敘事——王安憶在 90 年代後半期的寫
作〉,刊登於「水雲間網站」,網址
http://www.yuedu.com/fanyt/nxwx/wangay/way14.htm
(網頁資料最後確認時間:2004 年 6 月),2000 年 12
月 18 日。

張雅秋: 〈都市時代的鄉村記憶——從王安憶近作再看知青
文學〉,《小說評論》,1999 年第 6 期。

張彩虹: 〈論李昂、王安憶的性愛小說〉,《中州大學學報》,2001
年,第 1 期,頁 45-47。

張 浩: 〈從私人空間到公共空間——論王安憶創作中的女

性空間建構〉，《中國文化研究》，2001 年第 4 期。

彭亞非： 〈一種生活秩序的結束──王安憶〈B 角〉引起的隨
想〉，《上海文學》，1983 年第 4 期，頁 87-89。

曾鎮南： 〈秀出於林──談王安憶的短篇小說〉，《讀書》，1981
年第 4 期，頁 8-18。

───： 〈〈流逝〉〉，《文藝報》，1983 年第 2 期，頁 38。

曾恆源： 〈從女性立場看王安憶《三戀》中的女性〉，《國文天
地》，1994 年 6 月，第 109 期，頁 27-35。

梅家玲： 〈虛構的權利──《紀實與虛構》‧王安憶著〉，《中
國時報‧開卷周報》，1996 年 11 月 28 日。

焦　桐： 〈小說戲劇性的消解與回歸──王安憶近期小說評
價〉，《當代作家評論》，1997 年第 6 期。

───： 〈天生是個女人──談王安憶〉，《中國現代、當代文
學研究》，1993 年第 6 期。

程德培： 〈一種共時態的敘述：從〈小鮑莊〉看王安憶創作主
體上的轉變〉，《文匯報》，1985 年 6 月 3 日。

───： 〈面對『自己』的角逐──評王安憶的三戀〉，《當代
作家評論》，1987 年第 2 期，頁 64-71。

黃錦樹： 〈意識型態的物質化──論王安憶《紀實與虛構》中
的虛構與紀實〉，《國文天地》，1997 年 8 月，第 147
期，頁 57-69。

黃田子： 〈有故事的人 有故事的城──試論王安憶近期小
說的創作〉,《理論與創作》,2003 年第 5 期。

葉　辛： 〈王安憶和她的小說〉,《文匯月刊》,1982 年 11 月,
頁 32-35。

葉玉靜： 〈錦繡天衣──女性文學紀念碑的編織工程,淺論王
安憶《長恨歌》中女性書寫〉,《中外文學》,1998 年
第 4 期。

董兆林： 〈我愛比爾,米尼呢?──王安憶近作的嬗變〉,《文
學自由談》,1996 年第 4 期。

趙　欣： 〈張愛玲王安憶小說女性形象比較〉,《哈爾濱師專學
報》,2002 年第 2 期,頁 85-88。

趙改燕： 〈現代都市與女性生存的兩種詮釋──王安憶、張梅
都市小說比較分析〉,《韶關學院學報》,2002 年第 5
期。

趙曉珊： 〈女性意識:時尚與鏡像──王安憶小說女性形象分
析〉,《寧夏大學學報(人文社會科學版)》,2001 年第 4
期。

蔣原倫： 〈失落了優美之後──談王安憶創作中的直觀把
握〉,《文藝評論》,1986 年第 1 期,頁 80-86。

蔣濤湧： 〈現代化的一個寓言──王安憶近作《上種紅菱下種
藕》析〉,《安徽農業大學學報(社會科學版)》,2003

年第 4 期。

黎　荔：　〈論王安憶小說的敘述方式〉,《唐都學刊》,1999 年第
4 期。

黎超然：　〈對抗與依存——評王安憶的《逐鹿中街》與《崗上
的世紀》,《廣西民族學院院報》,1997 年第 4 期。

謝海泉：　〈我喜歡把筆觸深入人的心靈——訪青年女作家王
安憶〉,《小說林》,1983 年第 2 期,頁 70。

萬　燕：　〈解構的「典故」——王安憶長篇小說《長恨歌》新
論〉,《深圳大學學報・人社版》,1998 年第 8 期。

曉華、汪政：〈《小鮑莊》的藝術世界〉,《當代文壇》,1985 年第
12 期,頁 9-11。

劉　影：　〈王安憶小說研究述評〉,《南京師范大學文學院學
報》,2001 年第 3 期,頁 54-58。

劉敏慧：　〈城市和女人:海上繁華的夢——王安憶小說中的女
性意識探微〉,《小說評論》,2000 年第 5 期。

劉傳霞：　〈化腐朽為神奇——評王安憶的《香港情與愛》〉,《丹
東師專學報》,1998 年第 7 期。

———：　〈商業化的兩性遊戲與古樸的人間情義——評王安
憶《香港的情與愛》〉,《煙台師範學院學報(哲學社
會科學版)》,1999 年第 4 期,頁 53-55。

———：　〈論王安憶鄉土小說創作的演變〉,《東方論壇》,1999

年第 2 期。

劉小平： 〈仁義‧現代性‧欲望──重讀王安憶的《小鮑莊》〉，《江淮論壇》，2003 年第 2 期。

戴　翊： 〈從表現和參與的真誠，到體驗和探究的執著──王安憶論〉，《中國現代、當代文學研究》，1992 年第 5 期。

還學文： 〈王安憶的小說和她的創作理想──偶讀王安憶有感〉，《當代》，170 期，2001 年 10 月，頁 114-127。

鍾本康： 〈王安憶的小說意識──評《父系和母系的神話》〉，《中國現代、當代文學研究》，1995 年第 7 期。

───： 〈她表現了一個完整、統一的世界：談王安憶小說隨想〉，《當代作家評論》，1984 年第 4 期，頁 76-78。

韓春豔： 〈渴望溫馨──讀王安憶短篇新作《小新娘》、《閨中》、《伴舞》〉，《當代文壇》，2003 年第 1 期。

魏李梅： 〈飛向記憶的花園──淺談王安憶小說創作中的懷舊母題〉，《當代文壇》，2002 年第 3 期。

譚解文： 〈是自我超越，還是自我迷失──王安憶創作歷程透視〉，《中國現代、當代文學研究》，1992 年第 1 期。

Chan, Sylvia， "Sexual Fantasy and Literary Creativity──Wang An-I's[王安憶] Three Love's"， *ISSUES & STUDIES*：27：4，1991.04，P.93-108。

三、其他參考文獻：（以中文筆畫及原文姓氏字母順序排序）

　　這部份的資料包括學位論文、期刊論文及各類專書。用於建構小說文本文學歷史社會背景之建構。文學、美學理論所提供之觀點則有助於評析、閱讀小說文本，並從中提煉出王安憶小說的審美與價值。

（一）學位論文

王俊國：　《由自我異化來看中國的現代化斷裂──從 1956 年八大路線至 1978 年改革開放》，台北：臺灣大學政治學研究所碩士論文，1990 年。

李氣虹：　《後冷戰時期中共的民族認同》，台北：政治大學東亞研究所碩士論文，1998 年。

李天保：　《上海流行文化變遷研究──以電影、服裝為例》，台北：政治大學中山人文社會科學研究所碩士論文，2001 年。

林奎燮：　《文化霸權與有中國特色的中共意識形態》，台北：政治大學東亞研究所博士論文，2004 年 1 月。

洪喬平：　《大陸新時期小說美學思潮研究 1977-1986》，嘉義：南華大學文學研究所碩士論文，2001 年。

張嘉娟：　《當代中國文化變遷與轉型──兼論「八九民運」文化意義及其啟蒙意涵》，台北：政治大學東亞研究所碩士論文，1991 年。

陳雀倩： 《虛構與終結──蘇童、余華、格非的先鋒敘事研
　　　　　究》，台北：淡江大學中文所碩士論文，2000 年。

楊仲源： 《中共經濟改革對大陸民主化之影響──以八九年
　　　　　民運為例》，台北：政治大學政治研究所碩士論文，
　　　　　1991 年。

廖雪霞： 《中國大陸知識份子在民主運動中的角色── 一九
　　　　　八六～一九八九年》，台北：政治大學東亞研究所碩
　　　　　士論文，1990 年。

趙雲翼： 《1978 年以來中共經濟改革對中共的影響》，台北：政
　　　　　治大學東亞研究所碩士論文，1996 年。

蔡佩君： 《九十年代中國知識份子與文化公共領域之發展》，台
　　　　　北：政治大學東亞研究所碩士論文，1990 年 6 月。

賴皆興： 《中共意識型態發展中的後殖民意涵──馬克思主
　　　　　義中國化到三個代表》，台北：政治大學東亞研究所
　　　　　碩士論文，2002 年。

（二）期刊論文

王曉明： 〈不相信的和不願意相信的──關於三位「尋根」派
　　　　　作家的創作〉，《文學評論》，1988 年第 4 期，頁 24-35。

───： 〈《人文精神尋思錄》編後記〉，《文藝爭鳴》，1996 年
　　　　　第 1 期。

王曉明、張汝倫、朱學勤、陳思和等：〈人文精神尋思錄之一
　　　　——人文精神是否可能和如何可能？〉，《讀書》，
　　　　1994 年第 3 月。

王明珂：　　〈集體歷史記憶與族群認同〉，《當代》，1993 年 11 月。

王愛松：　　〈從文化影響看「京派」與「海派」的自然形態〉，《貴
　　　　州社會科學》，1994 年第 1 期。

文學武：　　〈各具異彩的文學景觀——京派小說與海派小說比
　　　　較論〉，《文學評論》，1998 年第 4 期。

朱　英：　　〈近代上海商業的興盛與海派文化的形成及發展〉，
　　　　《三峽大學學報（人文社會科學版）》，2001 年第 4
　　　　期。

吳福輝：　　〈老中國土地上的新興神話——海派小說都市主題
　　　　研究〉，《文學評論》，1994 年第 1 期。

———：　　〈新市民傳奇：海派小說文體與大眾文化姿態〉，《東
　　　　方論壇》，1994 年第 4 期。

———：　　〈「文明人類」的靈魂告白——海派小說的主題研
　　　　究〉，《杭州師範學院學報（社會科學版）》，1994 年第
　　　　4 期。

———：　　〈通俗文學與海派文學〉，《中國現代文學研究叢刊》，
　　　　2001 年第 2 期。

吳玹、王干、費振鐘、王彬彬：〈人文精神尋思錄之三——我們

需要怎樣的人文精神〉,《讀書》,1994 年第 6 期。

吳中杰： 〈京派、海派與文學上的中間路線〉,《山西師大學報
（社會科學版）》,1996 年第 4 期。

李　陀： 〈「現代小說」不等於「現代派」——李陀給劉心武
的信〉,《上海文學》,1982 年第 8 期,頁 91-94。

李慶西： 〈尋根：回到事物本身〉,《文學評論》,1988 年 4 月,
頁 14-23。

李天綱： 〈近代上海文化與市民意識〉,《文藝理論》,1996 年 1
月。

李　今： 〈日常生活意識和都市市民的哲學——試論海派小
說的精神特徵〉,《文學評論》,1999 年第 6 期。

徐耀中、江紹高：〈明後兩年改革建設突出治理整頓,確保明年
物價漲幅明顯低於今年〉,《人民日報》,1988 年 12
月 6 日版一。

胡良桂： 〈當代都市文學的型態〉,《中國現代、當代文學研
究》,1996 年第 12 期。

施君玉： 〈中國再次調整經濟結構〉,《香港大公報》,1988 年
12 月 28 日社論。

茅　盾： 〈中國文學藝術工作者第四次代表大會開幕詞〉,《文
藝報》,1979 年 11 月,頁 6-7。

凌志軍： 〈遏制經濟過熱的路子漸趨明朗〉,《人民日報》,1989

年 1 月 21 日，版二。

高瑞泉、袁進、張汝倫、李天綱：〈人文精神尋蹤〉，《讀書》，1994
　　　年第 4 期。

高汝熹、郁義鴻：〈上海經濟，停滯與再起飛（1953—1993）〉，
　　　香港，《二十一世紀雙月刊》，1994 年 8 月。

張汝倫、季桂保、郜元寶、陳思和：〈人文精神尋思錄之五——
　　　文化世界：解構還是建構？〉，《讀書》，1994 年第 7
　　　期。

張廣崑：　　〈市民性——上海文化的主色調〉，《文化研究》，1998
　　　年第 3 期。

張英進：　　〈游離於香港與上海之間：懷舊，電影，文化想像〉，
　　　《中外文學》，2001 年 3 月。

許紀霖、陳思和、蔡翔、郜元寶：〈人文精神尋思錄之三——道
　　　統學統與政統〉，《讀書》，1994 年第 5 期。

許道明：　　〈海派文學的現代性〉，《復旦學報（社會科學版）》，
　　　1997 年第 3 期。

陳丹晨：　　〈也談現代派與中國文學〉，《上海文學》，1982 年第
　　　12 期，頁 83-87。

陳曉明：　　〈尋根的謬誤——漫說大陸的「尋根文學」〉，《中國
　　　論壇》，第 370 期，1991 年 7 月，頁 4-8。

陳思和、張新穎、王光東：〈知識份子精神的自我救贖〉，《文藝

爭鳴》，1999 年第 5 期。

陳思和：　〈舊上海的無邊風月〉，《中國時報開卷》，13 版，2001
　　　　　年 1 月 21 日。

———：　〈論海派文學的傳統〉，《杭州師範學院學報（人文社
　　　　　會科學版），2001 年第 1 期。

———：　〈試論 90 年代文學的無名特徵及其當代性〉，《復旦學
　　　　　報（社會科學版）》，2001 年第 1 期，頁 21-26。

景秀明：　〈論海派小品的生成機制〉，《浙江師大學報（社會科
　　　　　學版）》，1998 年第 1 期。

童慶炳：　〈心理學美學：「京派」與「海派」——朱光潛與胡
　　　　　風在三十年代對美學的貢獻〉，《文藝研究》，1999 年
　　　　　第 1 期。

馮驥才：　〈中國文學需要「現代派」——馮驥才給李陀的信〉，
　　　　　《上海文學》，1982 年第 8 期，頁 88-91。

黑　白：　〈扎根在民族的沃土上——第五屆矛盾文學獎獲獎
　　　　　作品簡評〉，《中國圖書評論》，2001 年第 4 期，頁
　　　　　46-47。

楊　義：　〈京派和海派的文化因緣及審美形態〉，《海南師範學
　　　　　院學報（社會科學版）》，1996 年第 1 期。

———：　〈作為文化現象的京派與海派〉，《海南師範學院學報
　　　　　（人文社會科學版）》，2001 年第 2 期。

雷　達：〈民族靈魂的發現與重鑄──新時期文學主潮論綱〉，《文學評論》，1987 年第 1 期，頁 15-27。

靳大成、陶東風：〈對「人文精神」尋思的尋思〉，《文藝爭鳴》，1996 年第 1 期。

熊月之：〈略論上海人形成及其認同〉，《學術月刊》，1997 年第 10 期。

趙小石：〈「知青情結」的社會特徵和社會影響〉，《南昌大學學報(社會科學版)》，1995 年第 9 期。

劉心武：〈需要冷靜地思考──劉心武給馮驥才的信〉，《上海文學》，1982 年第 8 期，頁 94-96。

劉景輝：〈城市在西方文明中的地位〉，《聯合文學》，1986 年 7 月。

蔣心煥：〈「海派」散文與文化市場〉，《東岳論叢》，1998 年第 1 期。

蔡源煌：〈西方現代文學中的城市〉，《聯合文學》，1986 年 7 月。

盧炳堯：〈淺談「海派商業文化」基本內容和特徵〉，《上海商業》，1995 年第 3 期。

薩公強：〈中共經濟體制改革的歷史背景及其在理論上的應變之道〉，《中央日報》，1985 年 6 月 23 日，版五。

羅曉南、朱新民：〈上山下鄉──中共「知青」下放運動的理論

與實際〉,《幼獅月刊》,1980 年 7 月。

Jürgen Habermas（1985）.The Philosophiacl Discourse of Modernity

（Frederick Lawrence, Trans.）.Frankf./M.:Suhrkamp.PP.8-11.

（三）專書

1. 中文書籍

于醒民、唐繼無:《上海:近代化的早產兒》,台北:久大文化公
司,1991 年。

王泉根:　《現代兒童文學的先驅》,上海:上海文藝出版社,1987
年。

王德威:　《眾生喧嘩——三〇與八〇年代的中國小說》,台北:
遠流出版公司,1988 年。

———:　《小說中國——晚清到當代的中文小說》,台北:麥田
出版社,1993 年。

王岳川:　《後現代主義文化研究》,台北:淑馨出版社,1998
年。

王文英編:《上海現代文學史》,上海:人民出版社,1999 年。

王曉明編:《人文精神尋思錄》,上海:文匯出版社,1996 年。

———編:《在新意識型態的籠罩下——90 年代的文化和文學分
析》,南京:江蘇人民出版社,2000 年 10 月。

王安憶編:《女友間》,上海:上海文藝出版社,2001 年 7 月。

王一川： 《漢語形象與現代性情結》，北京：首都師範大學出版
社，2001 年 10 月。

———： 《中國現代性體驗的發生》，北京：北京師範大學出版
社，2001 年 10 月。

尹昌龍： 《1985：延伸與轉折》（百年中國文學總系），濟南：
山東教育出版社，1998 年 5 月，2002 年 4 月。

孔慶東： 《超越雅俗：抗戰時期的通俗小說》，北京：北京大學
出版社，1998 年 8 月。

包亞明主編：《二十世紀西方美學經典文本・第四卷，後現代景
觀》，上海：復旦大學出版社，2000 年 12 月。

朱國棟、王國章主編：《上海商業史》，上海：上海財經大學出版
社，1998 年 8 月。

何增科主編：《公共社會與第三部門》，北京：社會科學文獻出版
社，2000 年 8 月。

吳福輝： 《都市漩流中的海派小說》，湖南：湖南教育出版社，
1995 年。

宋如珊： 《從傷痕文學到尋根文學——文革後十年的大陸文
學流派》，台北：秀威資訊科技股份有限公司，2002
年 1 月。

李歐梵： 《上海摩登：一種新都市文化在中國(1930—1945)》，
香港：牛津大學出版社，2000 年。

———： 《中國現代文學與現代性十講》，上海：復旦大學出版
　　　　社，2002 年 10 月。

李歐梵編：《上海的狐步舞──新感覺派小說選》，台北：允晨出
　　　　版社，2001 年 8 月。

李書磊： 《都市的遷徙──現代小說與城市文化》，長春：時代
　　　　文藝出版社，1993 年。

李嶸明： 《浮世代代傳──海派文人說略》，北京：華文出版
　　　　社，1997。

李潔非： 《城市像框》，山西：山西教育出版社，1999 年。

李　今： 《海派小說與現代都市文化》，合肥：安徽教育出版
　　　　社，2000 年 12 月。

李　鈞： 《二十世紀西方美學經典文本・第三卷，結構與解
　　　　放》，上海：復旦大學出版社，2001 年 1 月。

李照興主編：《上海 101：尋找上海的 101 個理由》，香港：101
　　　　製造，2002 年 7 月。

李小江等著：《文學、藝術與性別》，南京：江蘇人民出版社，2002
　　　　年 10 月。

汪暉、余國良編：《上海：城市、社會與文化》，香港：中文大學
　　　　出版社，1998 年。

孟繁華： 《1978：激情歲月》（百年中國文學總系），濟南：山
　　　　東教育出版社，1998 年 5 月。

金觀濤、劉青峰：《開放中的變遷——再論中國社會超穩定結構》，香港：中文大學出版社，1993 年。

金　漢：　《中國當代小說史》，杭州：浙江大學出版社，1997年 1 月。

———：　《中國當代小說藝術演變史》，杭州：浙江大學出版社，2000 年 4 月。

金元浦：　《接受反應理論》，濟南：山東教育出版社，1998 年。

俞兆平：　《現代性與五四文學思潮》，廈門：廈門大學出版社，2002 年 5 月。

柳鳴九主編：《從現代主義到後現代主義》，北京：中國社會科學出版社，1994 年。

洪子誠：　《中國當代文學概說》，香港：青文書屋，1997 年。

———：　《中國當代文學史》，北京：北京大學出版社，2000年 5 月。

———：　《1956：百花時代》（百年中國文學總系），濟南：山東教育出版社，1998 年 5 月，2002 年 4 月二刷。

洪子誠編：《二十世紀中國小說理論資料（第五卷）1949-1976》，北京：北京大學出版社，1997 年。

施　淑：　《大陸新時期文學概況》，台北：行政院文化建設委員會，1996 年。

———：　《兩岸文學論集》，台北：新地出版社，1997 年。

———： 《理想主義者的剪影》，台北：新地出版社，1990 年。

施叔青： 《對談錄——面對當代大陸文學心靈》，台北：時報文
化公司，1989 年。

胡亞敏：《敘事學》，武昌：華中師範大學，1994 年。

胡經之、王岳川主編：《文藝美學方法論》，北京：北京大學出版
社，1994 年。

胡經之： 《文藝美學》，北京：北京大學出版社，1999 年初版，
2003 年 1 月二版。

唐振常主編：《近代上海繁華錄》，台北：商務書局，1993。

唐翼明： 《大陸新時期文學(1977—1989)：理論與批評》，台北：
東大圖書公司，1995 年。

———： 《大陸「新寫實」小說》，台北：東大圖書公司，1996 年。

唐小兵： 《英雄與凡人的時代：解讀 20 世紀》，上海：上海文
藝出版社，2001 年 1 月。

夏志清： 《中國現代小說史》，台北：傳記文學出版社，1985
年；香港：香港中文大學出版社，2001 年。

夏鑄九、王志弘編譯：《空間的文化形式與社會理論讀本》，台北：
明文書局，1999 年增訂版。

孫露茜、王鳳伯編：《茹志鵑研究專輯》，浙江：浙江人民出版社，
1982 年。

孫隆基： 《中國文化的深層結構》，台北：唐山出版社，1990 年。

徐　坤：　《雙調夜行船：九十年代的女性寫作》，太原：山西教育出版社，1999 年 3 月。

徐俊西主編：《上海五十年文學批評叢書：作家論卷》，上海：華東師範大學出版社，1999 年 11 月。

郜元寶：　《拯救大地》，上海：學林出版社，1995 年二次印刷。

陳平原：　《中國小說敘事模式的轉變》，上海：上海人民出版社，1988 年 3 月。

陳信元：　《從台灣看大陸當代文學》，台北：業強出版社，1989 年。

陳信元、欒梅健編：《大陸新時期文學概論》，嘉義：南華管理學院，1999 年。

陳其光主編：《中國當代文學史》，廣東：廣東高等教育出版社，1992 年。

陳曉明：《無邊的挑戰——中國先鋒文學的後現代性》，長春：時代文藝出版社，1993 年。

———：　《剩餘的想像——九〇年代的文學敘事與文化危機》，北京：華藝出版社，1997 年。

———：　《表意的焦慮：歷史的建構與解構：當代中國文學的變革流向》，北京：中央編譯出版社，2001 年 12 月。

陳青生：　《抗戰時期的上海文學》，上海：上海人民出版社，1995 年。

———：　《四十年代後半期的上海文學》，上海：上海人民出版

社，2002 年 1 月。

陳順馨： 《中國當代文學的敘事與性別》，北京：北京大學出版
社，1995 年。

———： 《1962：夾縫中的生存》（百年中國文學總系），濟南：
山東教育出版社，2002 年 4 月。

陳思和： 《中國新文學整體觀》，台北：業強，1990 年 3 月。

———： 《還原民間——文學的省思》，台北：東大圖書公司，
1997 年。

———主編：《中國當代文學史教程》，上海：復旦大學出版社，
1999 年 9 月。

陳丹燕： 《上海的風花雪月》，北京：作家出版社，1998 年 4 月。

———： 《上海的金枝玉葉》，北京：作家出版社，1999 年 9 月。

———： 《上海的紅顏遺事》，北京：作家出版社，2000 年 9 月。

———： 《上海色拉》，北京：作家出版社，2001 年 11 月。

陳　娟主編：《記憶和幻想：中國新時期小說主潮》，上海：上海
文藝出版社，2000 年 9 月。

梁麗芳： 《從紅衛兵到作家》，台北：萬象圖書公司，1993 年。

許子東： 《當代小說閱讀筆記》，上海：華東師範大學出版社，
1997 年。

———： 《為了忘卻的集體記憶——解讀 50 篇文革小說》，北
京：生活‧讀書‧新知三聯書店，2000 年 4 月。

———： 《當代小說與集體記憶——敘述文革》，台北：麥田，
2000 年 7 月。

許道明： 《海派文學論》，上海：復旦大學出版社，1999 年。

許志英、丁帆主編：《中國新時期小說主潮》（上、下卷），北京：
人民文學出版社，2002 年 5 月。

崔志遠： 《鄉土文學與地緣文化——新時期鄉土小說論》，北
京：中國書籍出版社，1998 年。

康　燕： 《解讀上海 1990-2000》，上海：上海人民出版社，2001
年 4 月。

陸揚主編：《二十世紀西方美學經典文本·第二卷，回歸存在之
源》，上海：復旦大學出版社，2000 年 12 月。

陶郎·鄒帥萍等著：《阿拉上海人》，台北：新新聞文化公司，1996。

張子璋： 《走出傷痕——大陸新時期小說探論》，台北：東大圖
書公司，1991 年。

張京媛： 《當代女性主義文學批評》，北京：北京大學出版社，
1992 年 1 月。

———： 《新歷史主義與文學批評》，北京：北京大學出版社，
1997 年。

———編：《後殖民理論與文化認同》，台北：麥田出版社，1995 年。

張清華： 《中國當代先鋒文學思潮論》，南京：江蘇文藝出版
社，1997 年。

張　靭：　《新時期文學現象》，北京：文化藝術出版社，1998
　　　　　年 2 月。

張志忠：　《1998 年：世紀末的喧嘩》，（百年中國文學總系），濟
　　　　　南：山東教育出版社，1998 年 5 月，2002 年 4 月。

———：　《九十年代的文學地圖》，太原：山西教育出版社，1999
　　　　　年 3 月。

張德興主編：《二十世紀西方美學經典文本・第一卷，世紀初的
　　　　　新聲》，上海：復旦大學出版社，2000 年 12 月。

曾慶元：　《外國文化與中國社會主義文學》，武漢：武漢大學出
　　　　　版社，1996 年 3 月。

程代熙主編：《新時期文藝新潮評析》：開封：河南大學出版社，
　　　　　1997 年 4 月。

程金城：　《原型批判與重釋》，北京：東方出版社，1998 年 12 月。

程正民：　《巴赫金的文化詩學》，北京：北京師範大學出版社，
　　　　　2001 年 10 月。

范智紅：　《世變緣常：四十年代小說論》，北京：人民文學出版
　　　　　社，2002 年 3 月。

童慶炳：　《文學審美特徵論》，武漢：湖中師範大學出版社，2000
　　　　　年 6 月。

賀仲明：　《中國心像：20 世紀末作家文化心態考察》，北京：中
　　　　　央編譯出版社，2002 年 5 月。

閔琦等著，李英明主編：《轉型期的中國：社會變遷——來自大
　　　陸民間社會的報告》，台北：時報文化公司：1995 年。

楊　義：　《中國現代小說史》上、中、下三冊，北京：人民文
　　　學出版社，1986 年、1988 年、1991 年。

——：　《二十世紀中國小說與文化》，台北：業強出版社，1993 年。

——：　《中國現代文學流派》（楊義文存第四卷），北京：人
　　　民出版社，1998 年 11 月。

楊東平：　《城市季風——北京和上海的變遷與對峙》，台北：捷
　　　幼出版社，1996 年。

楊鼎川：　《1967：狂亂的文學年代》（百年中國文學總系），濟
　　　南：山東教育出版社，1998 年 5 月，2002 年 4 月。

楊嘉祐：　《上海：老房子的故事》，上海：人民出版社，2000 年。

葉朗主編：《現代美學體系》，北京：北京大學出版社，1999 年初
　　　版，2002 年 8 月 2 版。

葛紅兵主編：《城市批評——上海卷》，北京：文化藝術出版社，
　　　2002 年 1 月。

寧亦文編：《多元語境中的精神圖景：九十年代文學評論集》，北
　　　京：人民文學出版社，2001 年 11 月。

趙　園：　《北京：城與人》，北京：北京大學出版社，2002 年 1 月。

潘翎主編：《上海滄桑一百年》，台北：旺文社，1994 年。

蔡豐明：　《上海都市民俗》，上海：學林出版社，2001 年 3 月。

鄭家建： 《中國文學現代性的起源》，上海：上海三聯書店，2002
年 7 月。

戴錦華主編：《書寫文化英雄——世紀之交的文化研究》，南京：
江蘇人民出版社，2000 年 10 月。

薛理勇： 《舊上海租界史話》，上海：上海社會科學院出版社，
2002 年 2 月。

酈邦洪： 《新時期小說創作潮流研究》，廣東：廣東人民出版
社，1997 年。

羅曉南： 《當代中國文化轉型與認同》，台北：生智文化事業出
版社，1997 年。

譚楚良： 《中國現代派文學史論》，上海：學林出版社，1996。

譚國根： 《主體建構政治與現代中國文學》，香港：牛津出版
社，2000 年。

譚桂林： 《轉型期中國審美文化批判》，南京：江蘇文藝出版
社，2001 年 7 月。

2. 外文書目及譯著

M. H. Abrams（M.H.艾布拉姆斯）著，朱金鵬、朱荔譯：《歐美文
學術語辭典》，北京：北京大學出版社，1990 年 10 月。

M. H. Abrams 著，袁洪軍等譯：《鏡與燈——浪漫主義理論批評
傳統》，北京：中國社會科學出版社，1991 年 12 月。

Wayne C. Booth（W.C.布斯）著，華明、胡曉蘇、周憲譯：《小說修辭學》，北京：北京大學出版社，1986 年 12 月。

Robert Bocock, "Consumption". 張君玫、黃鵬仁譯：《消費》，台北：巨流，1995 年。

Steven Best（史帝文‧貝斯特）著，朱元鴻等譯：《後現代理論：批判的質疑》，台北：巨流圖書有限公司，2002 年 9 月。

Ling，D（大衛‧寧）等著，常昌富、顧寶桐譯：《當代西方修辭學：批評模式與方法》，北京：中國社會科學出版社，1998 年 12 月。

Erik H. Erikson（愛力克森），"Young man Luther"，康綠島譯：《青年路德》台北：遠流出版公司，1978 年。

Erik H. Erikson（埃里克松），"Childhood and society"，New York：Norton，1993. 羅一靜等編譯：《童年與社會》，上海：學林出版社，1992 年。

Erik H. Erikson（埃里克.H.埃里克森），"Identity：Youth and Crisis"，New York：W. W. Norton，1968. 孫名之譯：《同一性：青少年與危機》，杭州：浙江教育出版社，1998 年。

Sigmund Freud（佛洛伊德）著，葉頌壽譯：《精神分析引論／精神分析新論》（合訂本），台北：志文出版社，1985 年 9 月初版，1999 年 7 月再版。

G'erard Genetle 原著，史忠義編譯：《熱奈特論文集》，天津：百花文藝出版社，2001 年 1 月。

Robert C. Holub 著，周寧、金元浦譯：《接受理論》，瀋陽：遼寧人民出版社，1987 年。

Jürgen Habermas（尤爾根・哈貝馬斯），*"Legitimationsprobleme im Spätkapita-Lismus"*．劉北成、曹衛東譯：《合法化危機》，上海：上海人民出版社，2000 年 12 月。

Jürgen Habermas（尤爾根・哈貝馬斯）．*"Die Postnationale Konstellation：politische Essays"*．曹衛東譯：《後民族結構》，上海：上海人民出版社，2002 年 10 月。

Fredric Jameson（詹明信）著，唐小兵譯：《後現代主義與文化理論》，台北：合志文化出版，台灣英文雜誌社發行，1980 年初版，1994 年增訂三版。

Fredric Jameson（詹明信），*"Postmodernism, or, The cultural logic of late capitalism"*．吳美真譯：《後現代主義或晚期資本主義的文化邏輯》，台北：時報文化，1998 年。

Susanne K. Langer（蘇珊・郎格），*"Feeling and Form"*．劉大基譯：《情感與形式》，台北：商鼎文化，1991。

Wallece Martin（華萊士・馬丁）著，伍曉明譯：《當代敘事學》，北京：北京大學出版社，1990 年。

Francis Mulhern（弗朗西斯・馬爾赫恩）編，劉象愚、陳永國、

馬海良譯：《當代馬克斯主義文學批評》，北京：北京
大學出版社，2002 年 9 月。

Plaks Andrew H.（蒲安迪），*"Chinese narrative"*，《中國敘事
學》，北京：北京大學出版社，1996 年 3 月。

Edward W. Said（艾德華‧薩依德），*"Representations of the
Intellectual：The 1993 Reith Lectures"*.《知識份子論》，
單德興譯，台北：麥田出版社，1997 年 11 月初版。

Georg Simmel ，（席米爾；1971）.*"Fashion , in D. N. Levine (ed.),
On Individuality and Social forms"*. Chicago:
University of Chicago Press. 顧仁明譯：《金錢、性別、
現代生活風格》，台北：聯經，2001 年。

馬‧布雷德伯里、詹‧麥克法蘭編，胡家巒等譯：《現代主義》，
上海：上海外語教育出版社，1992 年 6 月。

[日] 小濱正子著，葛濤譯：《近代上海的公共性與國家》（*The
"Public" and the State in Modern Shanghai*），上海：
上海古籍出版社，2003 年 12 月。

附錄——王安憶著作發表年表（1976～2003）

　　王安憶小說與各類文章多已結集成冊出版，散見於各文集中，但仍有少數文章、訪談錄，以及小說、散文等，未見收於任何一本文集。附錄以王安憶歷來小說篇目為主，至於小說以外的文本，礙於篇幅限制，則僅錄未見於其他文集中者。

　　附上此表，以供參照，未註明「類別」及「原發表刊物」的部分，則為不詳。

一、小說

篇　　名	類　別	原發表刊物	發表時間	備　　註[1]
雷鋒回來了	短篇	少年文藝	1978.4	王安憶第一篇正式發表的小說
平原上	短篇	河北文學	1978.10	一般所認定的王安憶小說的「處女作」
一個少女的煩惱	短篇	青年一代	1979.2	
誰是未來的中隊長	短篇	少年文藝	1979.4	
信任	短篇	少年文藝	1980.1	
花園坊的規矩變了	短篇	少年文藝	1980.1	
小蓓和小其	短篇	少年報	1980.1	

---

[1] 按：「備註」部分，以補充研究者現有之篇目相關資料為主，包括頁碼或寫作時間、地點……等。寫作時間與發表時間未必完全相同，可以藉此對照王安憶小說創作歷程中更確切的時間點，掌握其細微的轉變，因此乃就現有資料及所知的情況附上，以為參酌。

篇　　名	類　別	原發表刊物	發表時間	備　　註
小院瑣記	短篇	小說季刊	1980.3	
廣闊天地的一角	短篇	收穫	1980.4	
黑黑白白	短篇	兒童文學	1980.6	
苦果	短篇	十月	1980.6	
雨，沙沙沙	短篇	北京文藝	1980.6	寫於 1979 年底
這是不是那個	短篇	廣州文藝	1980.6	
從疾駛的車窗前掠過的	短篇	人民文學	1980.6	
新來的教練	中篇	收穫	1980.6	1980.10.8 上海
命運	短篇	新港	1980.7	
啊，少年宮	短篇	芳草	1980.8	
當長笛 solo 的時候	短篇	青春	1980.11	
幻影	短篇	上海文學	1981.1	
晚上	短篇	江城	1981.2	
尾聲	中篇	收穫	1981.2	二稿於 1980.12.24
留級生	中篇	巨人	1981.2	
運河邊上	中篇	小說界	1981.3	
這個鬼團	短篇	文匯月刊	1981.3	
分母	短篇	上海文學	1981.4	
牆基	短篇	鍾山	1981.4	
停車四分鐘的地方	短篇	小說季刊	1981.4	
野菊花，野菊花	短篇	上海文學	1981.5	
婚姻	短篇	南苑	1981.5	
年青的朋友們	短篇	芳草	1981.8	1981.5.13 上海
朋友	短篇	人民文學	1981.9	

篇　　名	類　別	原發表刊物	發表時間	備　　註
本次列車終點	短篇	上海文學	1981.10	
庸常之輩	短篇	中國青年	1981.11	
金燦燦的落葉	短篇	青春	1981.12	
軍軍民民	短篇	北京文學	1981.12	
今天他十七	短篇	南京晚報	1981	
小傢伙	短篇	西湖	1982.1	
迷宮之徑	短篇	文匯月刊	1982.2	
命運交響曲	中篇	當代	1982.2	
繞公社一周	短篇	收穫	1982.3	
歸去來兮	中篇	北疆	1982.3	
回旋曲		采石	1982.3	
一個少女的煩惱（續篇）	短篇	青年一代	1982.4	
理想啊，理想——中隊長日記	短篇	小溪流	1982.4	
冷土	中篇	收穫	1982.4	
流逝	中篇	鍾山	1982.6	1982.5.9 徐州
Ｂ角	短篇	上海文學	1982.9	
車往皇藏峪	短篇	希望	1982.9	
舞台小世界	短篇	文匯月刊	1982.11	
中秋	短篇	鍾山	1983.1	
窗前架起腳手架	短篇	人民文學	1983.1	
大哉趙子謙	短篇	北京文學	1983.2	
小紅花的故事	短篇	少年文藝	1983.3	
第一次……	短篇	海燕	1983.12	

篇　　名	類　別	原發表刊物	發表時間	備　　註
69屆初中生	長篇	收穫	1984.3、4	
一千零一弄	短篇	上海文學	1984.8	1984.8.12-17上海
麻刀廠春秋	短篇	人民文學	1984.8	1984.3.22
人人之間	短篇	雨花	1984.9	1984.4.28上海
話說老秉	短篇	文匯月刊	1984.12	1984.8.22
大劉莊	中篇	小說界	1985.1	1984.7.25、8.3上海
小鮑莊	中篇	中國作家	1985.2	1984.11.17徐州 1984.12.30北京
歷險黃龍洞	短篇	十月	1985.3	1984.9.13
少年之家	短篇	清明	1985.4	
阿蹺傳略	中篇	文匯月刊	1985.6	
我的來歷	短篇	上海文學	1985.8	1985.4.21、5.2上海
老康回來	短篇	醜小鴨	1985.10	
街	短篇	作家	1985.11	
打一電影名字	短篇	采石	1985	
母親	短篇	海燕	1985	
海上繁華夢	短篇	上海文學	1986.1	
好姆媽、謝伯伯、小妹阿姨和妮妮	中篇	收穫	1986.1	
大地蒼茫	短篇	女作家	1986.1	
前面有事故	短篇	鍾山	1986.1	
蜀道難	短篇	小說	1986.2	1985.6.17上海
戰士回家	短篇	文學青年	1986.4	
荒山之戀	中篇	十月	1986.4	
閣樓	中篇	人民文學	1986.4	

篇　　名	類　別	原發表刊物	發表時間	備　　註
鳩雀一戰	短篇	上海文學	1986.4	
牌戲	短篇	北京文學	1986.5	
作家的故事	短篇	雨花	1986.6	
小城之戀	中篇	上海文學	1986.8	
阿芳的燈	短篇	人民日報 （海外版）	1986.11	
黃河故道人	長篇	小說界	1986.11	亦收於《十月》長篇 專輯 1986.2 期
她的第一	短篇	解放軍文藝	1987.1	
愛情的故事	短篇	女作家	1987.1	
錦繡谷之戀	中篇	鍾山	1987.1	
流水三十章	長篇	小說界 （長篇小說專輯）	1988.2	一稿於 1986.10.6~1987.2.13 二稿於 1987.7.20~1987.9.10
逐鹿中街	中篇	收穫	1988.1	
悲慟之地	短篇	上海文學	1988.11	頁 4-19
崗上的世紀	中篇	鍾山	1989.1	1988 年 5 月 18 日 一稿 1988 年 6 月 2 日二稿
神聖祭壇	中篇	北京文學	1989.3	
弟兄們	中篇	收穫	1989.3	1989.2.17、27
洗澡	短篇	東海	1989.9	
好婆和李同志	中篇	文匯月刊	1989.12	
叔叔的故事	中篇	收穫	1990.6	
妙妙	短篇	上海文學	1991.1	1990.10.7、10.26

篇　名	類　別	原發表刊物	發表時間	備　註
歌星日本來	中篇	小說家	1991.2	
烏托邦詩篇	中篇	鍾山	1991.5	1991.3.20、 1991.4.3 滬
米尼	長篇	芙蓉	1991.7	
紀實與虛構	長篇	收穫	1993.2	
傷心太平洋	中篇	收穫	1993.3	
光榮蒙古	中篇	時代文學	1993.4	
「文革」軼事	中篇	小說界	1993.5	1993.4.25、5.3 北京
進江南記	中篇	作家	1993.7	
香港的情與愛 （繁體版書名改作：《香港情與愛》）	中篇	上海文學	1993.8	
長恨歌	長篇	鍾山	1995.2、 3、4	
我愛比爾 （繁體版書名改作：《處女蛋》）	中篇	收穫	1995	1995 年 9.11 一稿 1995 年 10.17 二稿
姊妹們	中篇	上海文學	1996.4	1995.11,23、12.18
文工團	中篇	收穫	1997	1997 年
天仙配	短篇	十月	1998.10	1997.9.11
蚌埠	短篇	上海文學	1997.10	1997.7.12、7.24
憂傷的年代	中篇	花城	1998.3	
屋頂上的童話	短篇	北京文學		1995.12.31
從黑夜出發──屋頂上的童話（二）	短篇	北京文學	1997	1997.7
流星劃過天際──屋頂上的童話（三）	短篇	北京文學	1997	1997.10.6

篇　　名	類　別	原發表刊物	發表時間	備　　註
縱身一跳——屋頂上的童話（四）	短篇	北京文學	1998	1998.1.20 上海
剃度——屋頂上的童話（五）	短篇	北京文學	1999	1999.1.24
千人一面	短篇			1998.2.12
小東西	短篇			1998.2.23
杭州	短篇			1998.4.1
輪渡上	短篇	上海文學	1998.8	1998.4.30
隱居的時代	中篇	收穫	1998	1998.6.2、6、22
聚沙成塔	短篇			1998.7.11
遺民	短篇			1998.7.16
大學生	短篇			1998.9.25
小飯店	短篇			
酒徒	短篇	鍾山	1999	
喜宴	短篇	上海文學	1999.5	1999.1.21 上海。
開會	短篇	上海文學	1999.5	1999.2.28 上海
青年突擊隊	短篇	北京文學	1999	1999.3.1 上海
招工	短篇			1999.3.23 上海
妹頭	中篇			1999.4.7 上海
藝人之死	短篇			1999.6.29 上海
冬天的聚會	短篇	人民文學	1999.10	1999.8.2 上海
花園的小紅	短篇	上海文學	1999.11	《小說選刊》，2000 年第 1 期轉載
小邵	短篇			1999.8.27 上海
王漢芳	短篇	北京文學	2000	1999.9.10 上海

篇　　名	類　別	原發表刊物	發表時間	備　　註
陸地上的漂流瓶	短篇			1999.9.18 上海
伴你同行	短篇	當代	2000.5	2000.6.11 上海
比鄰而居	短篇	當代	2000.5	2000.6.27 上海
富萍	長篇	收穫	2001.4	2001.2、3
上種紅菱下種藕	長篇	十月	2001.1	2001.6.20、9.3
保母們	短篇	上海文學	2002.3	2001.11.27 上海
民工劉建華	短篇	上海文學	2002.3	2001.11.29 上海
喪家犬	短篇	上海文學	2002.3	2001.12.14 上海
陸家宅的大頭	短篇	上海文學	2003.3	2001.12.23 北京、上海
舞伴	短篇	收穫	2002.3	2001.12.29 上海
閨中	短篇	收穫	2002.3	2002.1.08 上海
小新娘	短篇	收穫	2002.3	2002.1.14 上海
波羅的海軼事	短篇			2002.2.14 上海
新加坡人	中篇	收穫	2002.4	2002.3.29、4.15 上海
雲低處	短篇			2002.4.29 上海
角落	短篇			2002.5.24
世家	短篇	花城	2002.6	2002.7.11 上海
桃之夭夭	長篇	收穫	2003.5	2003.7.10 上海

☆註：以上資料來源，1995 年以前的部分，參考洪士惠碩論附錄（原整理自季紅真《眾神的肖像》一書），另外去誤增刪，並增加 1995 年以後作品目錄。

二、散文（包含：隨筆、雜記、遊記、序、後記、講稿……等）

☆註：此處僅錄部分未見收於文集者，其他篇章詳見散文集《蒲公英》、《獨語》、
　　《我讀我看》、《接近世紀初》、《心靈世界》、《尋找上海》、《兒女英雄傳》……
　　等；另有訪談記錄《王安憶說》一書。

篇　　名	收錄書（報）刊	寫作時間	備　　註
向前進（原名〈征途綿綿〉）	江蘇文藝	1976.11	王安憶第二篇散文
十月的旅途	江蘇日報	1976	
老師	光明日報	1976	
我的臉火辣辣的	少年文藝	1978.10	
一個故事的第四種講法	文學自由談	1998.5	
自述	小說評論	2003.3	

國家圖書館出版品預行編目

王安憶的小說及其敘事美學 / 黃淑祺著. -- 一版.
　　臺北市：秀威資訊科技, 2005[民 94]
　　面 ；　　公分. --　參考書目：面
　　ISBN 978-986-7263-22-3（平裝）
　　1. 王安憶 - 作品研究

857.63　　　　　　　　　　　　　94005690

　語言文學類　AG0026

王安憶的小說及其敘事美學

作　　者 / 黃淑祺
發 行 人 / 宋政坤
執行編輯 / 李坤城
圖文排版 / 劉逸倩
封面設計 / 羅季芬
數位轉譯 / 徐真玉　沈裕閔
圖書銷售 / 林怡君
網路服務 / 徐國晉
出版印製 / 秀威資訊科技股份有限公司
　　　　　台北市內湖區瑞光路 583 巷 25 號 1 樓
　　　　　電話：02-2657-9211　　傳真：02-2657-9106
　　　　　E-mail：service@showwe.com.tw
經 銷 商 / 紅螞蟻圖書有限公司
　　　　　台北市內湖區舊宗路二段 121 巷 28、32 號 4 樓
　　　　　電話：02-2795-3656　　傳真：02-2795-4100
　　　　　http://www.e-redant.com

2006 年 7 月 BOD 再刷
定價：450 元

讀 者 回 函 卡

感謝您購買本書，為提升服務品質，煩請填寫以下問卷，收到您的寶貴意見後，我們會仔細收藏記錄並回贈紀念品，謝謝！

1. 您購買的書名：＿＿＿＿＿＿＿＿＿＿＿＿＿＿＿

2. 您從何得知本書的消息？

　　□網路書店　□部落格　□資料庫搜尋　□書訊　□電子報　□書店

　　□平面媒體　□ 朋友推薦　□網站推薦 □其他＿＿＿＿＿＿

3. 您對本書的評價：(請填代號　1.非常滿意 2.滿意 3.尚可 4.再改進)

　　封面設計＿＿＿　版面編排＿＿＿　內容＿＿＿　文/譯筆＿＿＿　價格＿＿＿

4. 讀完書後您覺得：

　　□很有收獲　□有收獲　□收獲不多　□沒收獲

5. 您會推薦本書給朋友嗎？

　　□會　□不會，為什麼？＿＿＿＿＿＿＿＿＿＿＿＿＿＿＿

6. 其他寶貴的意見：＿＿＿＿＿＿＿＿＿＿＿＿＿＿＿

＿＿＿＿＿＿＿＿＿＿＿＿＿＿＿＿＿＿＿＿＿＿＿＿＿

＿＿＿＿＿＿＿＿＿＿＿＿＿＿＿＿＿＿＿＿＿＿＿＿＿

＿＿＿＿＿＿＿＿＿＿＿＿＿＿＿＿＿＿＿＿＿＿＿＿＿

讀者基本資料

姓名：＿＿＿＿＿＿＿＿＿　年齡：＿＿＿＿　性別：□女 □男

聯絡電話：＿＿＿＿＿＿＿　E-mail：＿＿＿＿＿＿＿＿

地址：＿＿＿＿＿＿＿＿＿＿＿＿＿＿＿＿＿＿＿＿＿

學歷：□高中(含)以下　　□高中　□專科學校　□大學

　　　□研究所(含)以上 □其他＿＿＿＿＿＿＿

職業：□製造業 □金融業 □資訊業 □軍警 □傳播業 □自由業

　　　□服務業 □公務員 □教職　□學生 □其他＿＿＿＿＿

To：114

台北市內湖區瑞光路 583 巷 25 號 1 樓

秀威資訊科技股份有限公司　　　收

寄件人姓名：

寄件人地址：□□□

- -

(請沿線對摺寄回,謝謝!)

秀威與 BOD

BOD（Books On Demand）是數位出版的大趨勢，秀威資訊率先運用 POD 數位印刷設備來生產書籍，並提供作者全程數位出版服務，致使書籍產銷零庫存，知識傳承不絕版，目前已開闢以下書系：

一、BOD 學術著作—專業論述的閱讀延伸
二、BOD 個人著作—分享生命的心路歷程
三、BOD 旅遊著作—個人深度旅遊文學創作
四、BOD 大陸學者—大陸專業學者學術出版
五、POD 獨家經銷—數位產製的代發行書籍

BOD 秀威網路書店：www.showwe.com.tw
政府出版品網路書店：www.govbooks.com.tw

永不絕版的故事・自己寫・永不休止的音符・自己唱